KB049405

Left Hand
Brotherhood

두 번의 작별

치넨 마키토 | 민경욱 옮김

두 번의 작별

치넨 마키토 | 민경욱 옮김

Left Hand
Brotherhood

소미미디어
Somy Media

일러두기
▫ 이 책의 주석은 모두 옮긴이 주입니다.

차례

제1장

———○———

왼손의 너와

1

면도날처럼 가는 로드레이서의 타이어가 물방울을 튀긴다. 아플 정도로 세게 쏟아지는 빗방울에 체온을 빼앗겨 여름인데도 몸이 덜덜 떨릴 정도로 추웠다.

가자마 다케시는 자전거 안장에서 엉덩이를 들고 감각이 사라지고 있는 허벅지에 힘을 줘 페달을 밟았다. 순간 페달을 놓칠 뻔했으나 이를 악물고 버텼다.

—이제 한계야. 도대체 몇 시간째 달린 줄 알아?

가이토의 목소리가 들려왔다. 하지만 다케시는 말없이 페달을 계속 밟았다.

공장지대의 간선도로를 드문드문 설치된 가로등 불빛이 희미하게 비추고 있다. 해가 떨어지고 몇 시간이 지났다. 해 뜨기 전에 집을 나선 뒤로 다케시는 거의 쉬지 않고 줄곧 로드레이서를 몰았다.

—내 말 무시하지 마! 아니면 내 목소리가 안 들려? 그렇다면 굉장한 일이네.

"……들려." 다케시는 거친 숨을 몰아쉬며 대답했다.

—아, 들려? 그거참 유감이네. 어쨌든 일단 좀 멈춰.

가이토가 익살스럽게 말을 걸어왔으나 다케시는 속도를 늦추기는커녕 오른 손가락으로 시프트 레버를 누르고 기어를 바꿔 속도를 더 높였다.

—아니, 왜 이렇게 심각한데? 천하의 너라도 이대로 가면 쓰러져.

가이토의 말이 옳다. 프레임에 달아놓은 물통은 한 시간 전에 비우고 말았다. 온몸은 땀으로 흠뻑 젖어 있는데 목은 바싹 말라 칼칼하다. 온몸의 근육이 고통의 비명을 내지르고 있다.

견디기 힘들 정도의 고통. 그러나 해방감을 느끼고 있다.

수십 미터 앞에 거대한 다리가 보이고 다리 밑으로는 넓은 강이 흐르고 있다.

—다마가와 강이네. 저 다리를 건너면 도쿄야. 정말 하루 만에 도착했어.

가이토가 믿기지 않는다는 투로 중얼거렸다.

도쿄, 드디어 도쿄에 도착했다. 납처럼 무거워진 다리가 조금 가벼워진 듯하다. 로드레이서의 속도를 늦추지 않고 다리에 접근한다.

—이제 됐잖아. 오늘은 여기까지 해. 다리를 건너면 멈추라고.

"아니, 아직이야……. 도심까지 더……."

—도심까지 얼마나 될 것 같은데? 자칫하면 목숨이 위태로워.

"시끄러워……. 그 입 좀 다물어……."

—내가 가만히 있을 수 있겠어? 너만의 문제가 아니잖아!

다케시는 크게 혀를 차고 가이토의 말을 무시한 채 페달에 힘을 줬다. 그때 갑자기 가이토가 브레이크를 잡았다. 자전거가 급감속해 균형을 잃어 가는 타이어가 젖은 아스팔트 위를 미끄러졌다. 눈을 부릅뜬 다케시의 뇌리에 석 달 전의 사고가 떠오른 순간, 로드레이서와 몸이 그대로 도로에 충돌했다. 오른쪽 어깨에 강한 충격이 내달렸다.

통증을 견디며 필사적으로 산소를 들이마셨다. 호흡이 안정되자 다케시는 크게 숨을 들이켰다.

"무슨 짓이야!"

—도무지 멈추질 않으니까 억지로 멈춘 거지.

"미쳤어? 그런 속도에서 급브레이크를 잡다니! 크게 다치면 어쩌려고!"

—크게 다쳐? 링에서 죽도록 싸워도 대단한 부상조차 없는 네가 자전거에서 떨어져 구른 거로 다친다고? 오히려 계속 달리는 게 더 위험해.

조목조목 옳은 말에 할 말이 없어진 다케시는 입술을 깨물었다.

언제나 이랬다. 달변가인 이 형과 입씨름을 해봤자 늘 밀리고 만다.

다케시는 일어나 천천히 자전거를 일으켜 세웠다. 안장에 앉으려는데 가이토가 다시 브레이크를 잡았다.

"가이토……, 너 어쩔 셈이야?"

—아까부터 말했잖아. 더 달리는 건 무리야.

"닥쳐! 나는 도쿄에 갈 거야!"

—다리도 중간을 넘어섰어. 이곳은 도쿄라고. 오늘은 그만 쉬어.

"싫어. 오늘 안에 도심까지 갈 거야. 얼른 브레이크 풀어."

—왜 그렇게 도심에 집착하는데?

다케시는 입을 굳게 다물고 대답하지 않았다.

—사실은, 그저 자신을 고통으로 몰아넣으려는 거지? 그 순간만큼은 현실을 잊을 수 있으니까.

"네가 뭘 알아!"

—알지. 내가 너니까.

"아니야! 너는 가이토야. 내가 아니라고."

—아, 맞아. 나는 분명 가이토지. 하지만 동시에 너이기도 해.

"닥쳐!" 다케시는 배 속 깊은 곳에서 목소리를 짜냈다.

—닥칠 사람은 네가 아닐까? 자, 인도를 보라고.

가이토가 지적해 다케시는 도로 옆 인도로 고개를 돌렸다.

우산을 쓴 회사원이 불쾌한 시선을 던지고 있다. 다케시는 서둘러 고개를 숙였다.

—여기서 드잡이를 해봤자 '혼자 떠드는 수상한 남자가 있다'라고 신고당할 뿐이야. 그렇게 되면 곤란하지 않겠어? 애써 도망쳤는데.

"……그러니까 브레이크를 풀라고. 그러면 큰 소리를 낼 이유도 없잖아."

—그럴 수는 없어. 너와 달리 나는 치료받는 게 싫지 않아. 이대로 달릴 바에는 보호 조치를 당해 다시 돌아가는 게 낫겠어.

가이토의 말투에서 강한 결의가 느껴졌다. 다케시는 핸들을 쥔 오른손에 힘을 실었다.

"……알았어, 쉴게. ……쉬면 되잖아."

1분쯤 침묵한 뒤 다케시는 힘없이 중얼거렸다. 가이토에게, 여전히 브레이크를 잡고 있는 자기 왼손에.

'에일리언 핸드 신드롬.'

다케시가 무슨 SF영화 제목 같은 이름의 질환이라고 진단받은 것이 석 달 전이다.

음울한 분위기의 중년 주치의는 뇌질환이나 정신질환을 계기로 한쪽 팔이 자기 의사와 상관없이 움직이는 병이라고 설명했다. 팔의 행동은 매우 다양해, 물건을 집거나 글을 쓰기도 하고 때로는 자기 뺨을 때리기도 한단다. 그 모습이 마치 한쪽 팔에 '무언가'가 기생해 자기 의지대로 움직이는 것처럼 보여 '에일리언 핸드 신드롬' 혹은 '외계인 손 증후군'이라고 불린다고 했다.

그 자체도 극히 드문 질환인데 다케시의 증상에는 다른 에일리언 핸드 신드롬 환자와는 명확하게 다른 점이 있었다. 왼손에서 목소리가 들린다는 점이다.

가이토의 목소리가.

처음 왼손이 마음대로 움직이고 가이토의 목소리가 들렸을 때 다케시는 혼란스럽지 않았다. 오히려 바로 이해했다. 자기 왼손에 형의 영혼이 깃들었다고.

가이토의 목소리는 다른 이에게는 들리지 않는다. 그러나 다케시는 그 목소리를 또렷이 들을 수 있다.

"아무래도 에일리언 핸드 신드롬에 해리성 장애에 의한 환청이 겹친 듯합니다. 사고 때 머리에 생긴 외상과 극도의 스트레스가 원인이겠죠."

그렇게 말하는 주치의를 보며 다케시는 내심 비웃었다. 이 의사는 아무것도 모르네. 자신이 이해하지 못하는 일에 억지로 설명을 붙이고 있을 뿐이야.

다케시는 기억을 반추하며 굵은 빗방울이 떨어지는 칠흑 같은 하늘을 올려다봤다.

─손이 멈췄어. 뭘 하는 거야?

다리 아래에서 넋을 놓고 있던 다케시는 가이토의 목소리에 정신을 차렸다.

"아, 미안해."

가죽 장갑을 낀 왼손으로 눈길을 떨구었다. 물건을 잡기 편하도록 손가락 두 번째 관절부터를 노출한 장갑이다. 그 사고 뒤로는 외출할 때마다 늘 왼손에 끼고 있다.

다케시는 로드레이서에 매단 가방에서 간이 텐트를 꺼내기 시작했다.

10여 분 전, 가이토의 설득을 받아들인 다케시는 비를 피하려고 로드레이서와 함께 다리 밑으로 이동했다. 수건으로 몸을 닦고 젖은 옷을 갈아입은 다음 스포츠음료와 비스킷으로 영양을 보충하고 간이 텐트를 치기 시작했다.

플라스틱 골조를 조립한다. 가이토가 왼손의 '권리'를 넘겨준 덕분에 순조롭게 작업할 수 있었다.

보통은 왼쪽 손목부터 손끝까지가 가이토의 '지배 영역'이다. 거기서부터 말단은 다케시가 마음대로 움직일 수 없고 감각도 없다. 그러나 지금처럼 양손으로 작업해야 할 때는 가이토가 '권리'를 내놓으면 두 손을 자유롭게 쓸 수 있다. 로드레이서를 달릴 때도 핸들 조작을 위해 가이토는 왼손의 '권리'를 내놓는다.

그러나 가이토는 마음만 먹으면 순식간에 왼손을 자기 지배 아래 둘 수 있다. 조금 전, 다케시의 의사에 반해 브레이크를 잡았듯이. 또 마음만 먹으면 다케시의 허락 없이도 몇 초 동안은 왼쪽 팔 전체를 마음대로 움직일 수도 있다.

"됐다!" 다케시가 텐트 조립을 끝냄과 동시에 왼쪽 손목부터 손끝까지의 감각이 사라졌다.

—자, 필요한 것만 안에 넣고 빨리 쉬어. 몸이 아주 엉망이야.

"말 안 해도 알아."

그렇게 대답했을 때 뒤쪽에서 발소리가 들려왔다. 돌아보니 10미터쯤 떨어진 곳에서 노인이 이쪽을 노려보고 있다. 기름진 머리카락을 어깨까지 길렀고 얼굴도 긴 수염으로 덮여 있다.

"너, 누구야!" 느닷없이 남자가 걸걸한 목소리로 소리쳤다.

"누구냐니……."

당황한 다케시에게 남자가 성큼성큼 다가왔다. 쉰내가 코끝을 스쳤다.

"이 다리 밑은 내 집이야. 함부로 들어오지 말라고!"

—여기 사는 노숙자인가 봐. 봐, 안쪽에 집이 있어.

가이토가 낮게 읊조렸다. 돌아보니 30미터쯤 떨어진 잡초 안쪽에 골판지 집이 있었다.

"아니, 여기는 사유지가 아닐 텐데요."

다케시의 반론에 수염으로 뒤덮인 남자의 얼굴이 꿈틀댔다.

"나는 여기서 계속 살았어. 숙박할 거면 돈을 내. 안 그러면 날려버릴 테다!"

남자는 오른손을 들어 올리며 위협했다.

이거, 성가시게 됐네. 다케시가 얼굴을 찌푸리는데 가이토의
목소리가 들렸다.

—서서 파이팅 포즈를 취해.

"이봐! 이런 아저씨에게는 너무하지."

—됐어! 얼른 일어나기나 해. 잘 해결할 테니까 맡기라고.

"맡기라니……." 다케시가 미간을 찌푸리는데 남자가 한 걸
음 더 다가왔다.

"뭐라고 혼자 중얼대는 거야! 무시하지 말라고!"

남자가 침을 뱉었다. 포물선을 그린 끈끈한 액체가 왼손 장
갑에 떨어졌다.

"이 새끼가!"

다케시는 벌떡 일어나 남자를 노려봤다. 키 180센티미터,
몸무게 78킬로그램의 당당한 체구를 보고 남자는 "해, 해보자
고?!"라며 공포에 질린 얼굴로 물러났다.

"그래, 해보자!"

장갑에 묻은 침을 바지에 닦으면서 남자를 향해 오른손을
뻗었을 때 '파이팅 포즈라니까!'라고 가이토가 날카로운 소리
를 냈다. 남자의 멱살을 잡으려던 오른손이 멈췄다.

"그렇게까지 할 필요는 없잖아."

—그냥 내 말 좀 들어. 늘 잘됐잖아.

"……알았어."

다케시는 천천히 오른손을 거둬들이고 두 발을 어깨 정도

너비로 벌리며 상반신을 살짝 숙인 다음 두 팔을 얼굴 앞에 올렸다. 몇 개월 만에 취한 파이팅 포즈에 체온이 살짝 올랐다.

―어깨뼈까지 받을게.

다케시는 살짝 고개를 끄덕였다. 팔꿈치, 두 팔, 어깨, 스멀스멀 '가이토의 영역'이 퍼져나간다. 마침내 왼쪽 어깨뼈부터 손끝까지의 감각이 완전히 사라졌다. 이것이 가이토가 지배할 수 있는 최대 영역이다. 다케시가 허락하지 않으면 어깨부터 손끝까지는 몇 초밖에 움직일 수 없지만, 다케시가 직접 나서 '권리'를 양보하면 가이토가 마음대로 왼쪽 팔 전체를 지배할 수 있다.

"그래서, 이제 어쩔 셈인데?"

―자, 잠자코 구경이나 해.

가이토는 왼손 주먹을 쥐었다. 정통적인 자세를 취한 탓에 왼쪽 팔이 남자와 더 가깝다. 자신에게 다가오는 왼손 주먹을 보고 공포 때문인지, 아니면 분노 때문인지 남자의 얼굴이 벌게졌다.

"이 새끼, 어디 함부로⋯⋯."

남자가 호통을 치며 한 걸음 나선 순간, 레프트 잽이 공기를 갈랐다. 코끝에서 주먹이 멈추자 남자는 "헉!" 비명을 질렀다. 잠시 후 단단한 왼손 주먹이 위를 향하더니 천천히 펴졌다. 손가락 사이로 손바닥에 놓인 500엔짜리 동전이 나타났다.

다케시는 힐끗 배낭을 바라봤다. 어느새 지갑이 슬쩍 나와 있다. 가이토가 다케시 몰래 감쪽같이 500엔 동전을 꺼내 쥐고 있었을 것이다.

의아한 표정으로 눈을 껌뻑인 후 남자는 일그러진 미소를 지으며 500엔짜리 동전을 빼앗듯 받고 골판지 집으로 돌아갔다. 어깨뼈부터 왼쪽 손목까지의 감각이 돌아왔다.

—봐, 잘 마무리됐지?

가이토가 의기양양하게 말했다.

"돈 같은 거 안 줘도, 저런 남자는 쫓아버릴 수 있어."

—한 방 날리려고? 권투 전국대회에서 미들급 3위까지 한 네가? 크게 다쳐 상해죄로 체포될 거야.

"때릴 생각은 없었어. 그저 살짝 겁만 주려 했어."

—500엔으로 문제를 해결했으니 싸게 넘어갔잖아.

다케시는 입술을 굳게 닫았다. 옛날부터 늘 이런 식이다. 가이토는 냉정하고 판단도 정확하다.

그런 사실을 잘 알면서도, 나는 그때…….

다케시는 오장육부가 뒤집히는 듯한 후회에 시달리며 몸을 웅크려 텐트 안으로 들어갔다.

강물 소리와 어둠이 가득한 공간에서, 다케시는 어렴풋이 보이는 텐트 천장을 바라봤다.

한계를 넘어 혹사한 다리는 열이 나고 욱신거렸다. 몸의 저 깊은 곳에서부터 스며 나오는 피로로 온몸이 나른했다. 그러나 신경이 예민해진 탓인지 잠은 오지 않았다.

눈을 감자, 며칠 동안의 일이 주마등처럼 눈꺼풀 안에 떠올랐다.

―안 졸려?

"……응."

―제대로 자지 않으면 체력을 회복할 수 없어. 내일은 도심까지 가야 하잖아.

"알아. 하지만 잠이 안 와. 너도 그래?"

―나는 네 일부니까. 네가 자야 나도 자.

"……너는 너야. 내 일부가 아니라고."

힘없이 중얼거렸다. 가이토는 대답하지 않았다. 무거운 침묵이 텐트 안에 내려앉는다.

―……그런데 도쿄에서 뭘 할 셈이야?

가이토가 화제를 돌린 것에 안도하며 다케시는 "뭘 하다니?"라고 되물었다.

―설마 목적도 없이 도쿄에 가자고 한 거야? 도시로 가면 뭔가 바뀔 것 같았어? 그거 완전히 촌놈이나 할 소리야.

"그런 생각은 한 적 없어. 하지만, ……집에 있을 순 없어. 그래서 일단 도쿄로 온 거야. 사람이 많은 편이…… 숨기도 편하고."

―왜 집에 있을 수 없어?

"당연하잖아! 그냥 있다가는 강제로 정신병원에 입원하게 생겼으니까."

—어쩔 수 없지. 네가 주치의를 때렸으니까.

다케시는 말문이 막혔다. 그 틈을 놓치지 않고 가이토가 잔소리를 늘어놓았다.

—그건 너무했어. 물론 얄미운 사람이었고 도발적인 언동도 많이 했지만, 폭력을 쓰면 지는 거야. 눈앞에서 아들이 의사를 때렸으니 부모님도 입원에 동의할 수밖에. 그 일만 아니었어도 억지로 치료받는 일은 없었을 텐데.

가이토의 말에 질책하는 분위기는 없었다. 그게 오히려 괴로웠다.

"하지만 그 의사는, 너는 존재하지 않는다고…… 내 환각이라고……."

—아마 그 말이 옳을 거야. 나는…… 네 뇌가 만들어낸 환상이야.

"아니야! 그럴 리 없어! 너는 가이토야!"

다케시는 윗몸을 벌떡 일으키고 왼손을 얼굴 앞으로 가져왔다. 가이토와 마주 보는 듯한 느낌이 들었다. 가이토는 낮게 웃었다.

—내 영혼이 네 왼손에 깃들었다고? 오컬트 같은 얘기네.

"오컬트인지는 모르겠지만 나는 알아. 너는 가이토야. 그 증거로 너는 내가 모르는 것까지 알잖아. 내 뇌가 만들어낸 환상이라면 그럴 리 없잖아."

—꼭 그렇지도 않아. 인간의 뇌는 대량의 정보를 축적하고 그 일부만 꺼내 쓰지. 나는 너와 다른 부분의 뇌를 써서 생각할 거야. 그래서 네 안에 잠들어 있는, 네가 꺼낼 수 없는 정보에 접근한 것일 수도 있어.

"하지만 너는 과거의 기억도 가지고 있잖아. 내가 모르는 가이토의 기억도."

—맞아. 하지만 그건, '가이토'라는 인격을 만들어내기 위해 네 기억을 바탕으로 만든 가짜 기억일지도 몰라.

"그런 어려운 소리는 집어치워! 너는 가이토야! 분명 가이토라고!"

—……아, 알았어.

가이토는 조금 당혹스러우면서도 기쁜 듯한 목소리로 대답했다. 다케시는 다시 자리에 누웠다.

"그 의사가 너를 없애게 놔둘 순 없어. 절대로……"

그의 읊조림이 텐트 안 어둠 속에 녹아든다. 다케시의 뇌리에 어제 기억이 되살아났다.

부모님과 함께 간 정기 외래 진료에서 주치의는 다리를 꼬고 말했다.

"입원하세요. 투약으로 형의 환각을 지워드릴 테니까요."

가이토는 환각 같은 게 아니야. 틀림없이 내 왼손에 있다고. 다케시가 분노를 꾹 참으며 주장하자 주치의는 어이없다는 듯 콧방귀를 뀌었다.

"아직도 그런 한심한 소리를 하나? 다 나으면 틀렸다는 것을 알겠지. 형은 이미 없어. 자네를 고민에 빠뜨리는 그 가짜 형을 빨리 없애라고."

그 말을 듣는 순간 눈앞이 새하얘졌다. 정신을 차렸을 때는 주먹을 움켜쥐고 앞에 있는 남자의 면상을 내려치고 있었다. 주치의는 의자와 함께 쓰러져 있고 부모님은 아우성을 치고 있었다.

그 후 진료실로 밀고 들어온 남자 간호사들에게 제압당한 다케시는 진료실에서 끌려 나와 다른 방에서 대기했다. 30분 정도 지나 더는 견디기 힘들 때쯤 굳은 표정의 부모님이 방으로 와 어두운 목소리로 알렸다.

내일부터 입원해 치료받으라고.

"얌전히 그냥 입원할지, 강제로 병원에 갇힐지는 네가 정해라."

아버지가 낮은 목소리로 그렇게 말하고 어머니가 시선을 피하는 것을 보며, 다케시는 깨달았다.

내 편은 가이토밖에 없구나.

일단 집으로 돌아가 입원 준비를 마치고 오늘 오후에 입원할 예정이었다. 그래서 심야에 집을 빠져나와 도쿄를 향해 로드레이서를 정신없이 몬 것이다.

나를 둘러싼 현실에서 도망치려고.

─아니, 환각인지 아닌지는 둘째 치고 내가 사라지는 게 너

한테 더 편하잖아?

"야, 무슨 그런 바보 같은 소리를 해!"

—냉정하게 생각해보라고. 지금 네가 '비정상'으로 취급당하는 건 내게 왼손을 빼앗기고 목소리를 듣고 있기 때문이야. 나만 사라지면 너는 다시 평범한 고등학생으로 돌아간다고.

"너는…… 그래도 돼? 무섭지 않아? ……사라지는 게?"

—……무섭지 않다면 거짓말이겠지. 내 존재가 사라진다는 것은 아무래도 무섭지.

다케시가 "그렇다면……"이라고 말을 꺼냈을 때 왼쪽 손바닥이 눈앞을 가리며 말을 막았다.

—하지만 내가 사라져야 한다고 생각해. 원래 있어야 하는 형태로 돌아가는 것뿐이잖아. 내가 네 뇌의 일부분이 만들어낸 환각이라면 네 일부분으로 돌아가는 것일 뿐이고, 만약 진짜 내 영혼이 여기에 있다면 영혼이 원래 가야 할 곳으로 가야지. 그 의사 말대로 약을 먹고 내가 사라진다면 그게 제일 좋은 방법일지도……

"안 돼!" 다케시의 목소리가 텐트 안에 울렸다.

—뭐, 뭐야! 갑자기 소리를 지르고? 놀랐잖아.

"네가 사라지게 놔두지 않을 거야! 너는 영원히 내 왼손으로 있는 거야. 우리가 죽을 때까지."

다케시는 왼 손바닥을 응시하며 말을 마구 쏟아내고 거친 숨을 몰아쉬었다. 몇 초의 침묵이 흐른 뒤 가이토가 피식 웃었다.

—알았어. 그럼 미안하지만, 당분간 왼손에 좀 얹혀살게.

"응, 실컷 있어."

다케시는 씩 웃고는 눈을 감았다. 어느새 수마가 덮쳐왔다.

—내가 만약 거추장스러워지면 얼른 잘라버려라.

"그 의사의 약을 먹으라고? 싫어. 그 녀석은 믿을 수 없어."

—약으로는 내가 확실히 사라질지 아닐지 몰라. 더 확실한 방법이 있어.

"확실한 방법?" 다케시는 몽롱한 상태에서 되물었다.

—응, 여차하면 왼손을 잘라버려. 그러면 틀림없이 사라질 거야.

"참 흉한 소리도 한다, 멍청이……."

다케시의 의식은 천천히 어둠 속으로 사라졌다.

너무 뜨겁다……. 다케시는 우두커니 서 있다. 어느새 이글이글 타오르는 불꽃에 둘러싸여 있다.

문득 왼손에 뭔가가 닿았다. 보아하니 누군가와 손을 꼭 잡고 있다. 천천히 눈길을 위로 향하니 바로 앞의 인물과 눈이 마주쳤다. 입에서 나지막한 비명이 흘러나온다. 그곳에는 자신과 똑같은 얼굴의 남자가 불꽃을 등지고 있었다.

"가이토……야?"

다케시는 떨리는 목소리로 중얼거렸다. 그러나 대답은 없다.

대신 남자는 다케시의 손을 꼭 쥐고 뒷걸음치기 시작했다. 몸이 굳어버렸다.

"그만해! 무슨 짓이야!"

다케시는 소리치면서 몸의 중심을 낮췄다. 그러나 남자의 힘이 강해 몸이 질질 끌려간다. 마침내 남자의 등이 불꽃으로 된 벽에 닿았다. 셔츠로 불이 옮겨붙었는데도 남자는 개의치 않고 물러났다.

"그만해! 그만하라고!"

남자를 불의 바다에서 끌어내려고 팔에 힘을 준다. 그러나 거꾸로 몸이 끌려간다.

남자는 이제 완전히 불바다 속에 있다. 마침내 남자에게 끌려 왼손이 불의 벽에 닿았다. 피부가 타들어가고 근육이 타는 격렬한 통증을 느껴 절규했을 때 불꽃 속의 남자와 눈길이 마주쳤다. 거울을 보는 듯한 감각.

갑자기, 남자가 쥐고 있던 왼손을 놓았다. 반사적으로 손을 뺀 다케시는 고개를 들었다. 남자의 얼굴에 서글퍼 보이는 미소가 떠오름과 동시에 그 모습이 불꽃 속에 녹아버렸다.

그 자리에 무너진 다케시는 하늘을 올려다보고 짐승처럼 포효했다. 그을린 왼손에 찾아든 격렬한 통증은 어느새 사라지고 없었다.

—다케시……, 다케시……!

멀리서 이름 부르는 소리가 어렴풋이 들렸다.

"으악!"

다케시는 벌떡 일어나 거친 숨을 몰아쉬며 주위를 둘러봤다. 아무것도 보이지 않았다.

어디지? 여기가 어디지? 다케시는 정신없이 오른팔을 움직여 어둠 속에서 주위를 더듬었다.

─진정해. 텐트 안이야. 가출한 거 잊었어?

가이토의 목소리에 다케시는 오른팔의 움직임을 멈췄다. 천천히 상황을 받아들인다.

"맞다. ……다리 밑에 텐트를 쳤지."

─생각났다니 기쁘군. 또 이상한 꿈을 꿨어?

다케시가 살짝 고개를 끄덕였다.

─요즘 자주 악몽에 시달리네. 어떤 꿈이었는데?

다케시는 순간 망설이고 "좀비에 쫓기는 꿈이었어"라고 얼버무렸다.

─그런 악몽을 꾼 거면 꿈자리가 사나울 만하네. 공포 영화를 너무 많이 본 거 아니야?

한심해하는 가이토의 목소리를 들으면서 다케시는 더듬더듬 머리맡에 놓아둔 손목시계를 찾았다. 애용하는 G-SHOCK의 측면 버튼을 누르자 백라이트가 빛을 내며 문자판이 드러났다. 바늘은 오전 4시가 조금 넘은 시각을 가리키고 있었다. 2시쯤 잠들었으니 두 시간 정도밖에 못 잔 것이다. 그래선지 머리가 무거웠다. 온몸의 피로도 전혀 풀리지 않았다.

"이렇게 빨리 깨다니, 역시 신경이 날카로워져 있나 봐."

─아, 그게 아니야. 내가 깨운 거야. 계속 불렀어.

눈을 뜨기 직전, 꿈속에서 이름을 불린 것 같았다. 가이토의 목소리였나.

"왜 깨웠어? 잠을 청해 푹 쉬라며? 그보다 내가 자는 동안에도 너는 의식이 있어?"

─네가 잘 때는 기본적으로 나도 자. 큰 소리가 나거나 하면 가끔 나만 깰 때가 있기는 하지만. 나는 섬세하니까.

"둔해서 미안하네."

─빈정대지 마. 아까부터 밖에서 신음이 들려. 그래서 혹시나 해서 깨운 거야.

"신음?"

─응, 강물 소리가 너무 시끄러워서 분명하지는 않은데, 남자 소리야.

"그게 언제 일인데? 그 노숙자가 또 시비 걸러 온 거야?"

─5분쯤 전부터. 아마도 그 노숙자겠지. 돈을 더 달라고 오는 거라면 미리 너를 깨워두는 게 좋을 것 같아서.

맞는 소리다. 다케시는 옆에 놓아둔 청바지를 더듬어 찾아 누운 채 입고 무거운 머리를 흔들면서 텐트 출입구를 살짝 열어 바깥 상황을 살폈다. 다리 위 가로등에서 쏟아지는 옅은 빛으로 간신히 시야를 확보할 수 있었다.

"어이, 아무도 없어. 잠꼬대한 거······"

말이 끊겼다. 20미터쯤 앞, 높게 자란 잡초 속에 뭔가가 쓰러져 있는 게 보였다.

"저건……."

텐트에서 기어 나와 스니커즈를 신었다. 자기 전에는 분명 저런 게 없었다.

무릎까지 자란 잡초를 헤치며 앞으로 나아갈 때마다 머릿속에서 경고음이 울려댔다.

다가가지 마, 다가가서는 안 돼. 그렇게 생각하면서도 다리가 멋대로 앞으로 나아갔다.

—야, 다케시…….

가이토의 떨리는 목소리를 들으면서 다케시는 그 물체로부터 3미터쯤 떨어진 거리까지 다가가 걸음을 멈췄다. 조금 떨어진 곳에 골판지 집이 있었다. 힐끔 눈길을 던져봤으나 어디 갔는지 노숙자는 보이지 않았다.

다케시는 다시 정면을 봤다. 잡초 속 물체가 어렴풋이 망막에 맺힌다. 사람이었다. 양복 차림의 중년 남자가 옆으로 누워 자는 것처럼 쓰러져 있었다.

"저기요……. 괜찮으세요?"

다케시는 조심스레 말을 걸었다. 그러나 남자는 꼼짝도 하지 않았다.

취해서 잠들었나? 다케시는 칼칼해진 목구멍을 적시고 한 걸음 더 내디뎠다.

―기다려!

다케시는 가이토의 경고를 무시하고 쭈그려 앉아 오른손을 뻗었다. 남자의 어깨를 만진 순간, 미지근하고 미끈거리는 감촉이 손바닥에 느껴져 반사적으로 손을 뺐다. 남자가 털썩 똑바로 누운 자세가 되었다.

하얀 셔츠 가슴께에 큰 얼룩이 번져 있다. 머릿속이 새하얘졌다. 다케시는 자신이 무슨 짓을 하는지 알지 못한 채 남자의 얼굴로 오른손을 뻗었다.

―야, 이 바보야! 멈추라고!

가이토가 호통을 쳤으나 손의 움직임은 멈추지 않았다. 오른손이 남자의 뺨에 닿았다. 어둠에 익숙해진 눈은 조금 전보다 또렷하게 그 모습을 망막에 새겼다. 마르고 몸집이 작은 남자였다. 아무래도 나이는 마흔 전후일 것이다. 넥타이는 없었고 입고 있는 양복은 잔뜩 구겨져 있다.

허공을 노려보는 두 눈동자에 의사를 드러내는 빛은 전혀 없었다. 마치 눈에 유리구슬을 박아놓은 것만 같았다. 입은 반쯤 벌리고 있다.

"죽은…… 거야……?"

발밑이 무너지는 것만 같았다. "으악…… 아아악!" 그 자리에서 엉덩방아를 찧은 다케시는 소리라고 할 수 없는 비명을 지르면서 물러나 피 묻은 손바닥을 청바지에 문질렀다.

―진정해! 진정하라고!

가이토의 목소리가 울려 퍼졌다.

"아니, 죽었다고……. 살해당했어……."

—알아. 그러니까 더 진정해야지. 일단 범인이 주위에 없는지 확인해.

살인범이 아직 주위에 있을지 모른다. 다케시는 그제야 그 가능성을 깨닫고 서둘러 주위를 둘러봤다. 보이는 한 주위에 인적은 없었다.

—어쨌든 당장 범인에게 공격당할 위험은 없겠다.

"이제…… 이제 어떻게 하지?"

—지금부터 생각해야지. 잠깐 기다려.

"하지만 사람이 죽었어. 경찰을 불러야지……."

—멍청이! 상황을 좀 생각하라고! 경찰에 신고하면 어떻게 될 것 같은데?

"어떻게 되다니……."

—네 몸 좀 봐.

"몸?" 다케시는 시선을 떨어뜨렸다. 손바닥과 청바지에 온통 피가 묻어 있다. 뺨이 굳었다.

—이제 알았냐? 지금 경찰이 오면 틀림없이 네가 첫 번째 용의자야.

"아니, 왜 내가……. 내가 죽이지……."

—내가 말렸는데 네가 그 남자 몸을 만졌잖아! 그 남자 얼굴에는 피 묻은 네 지문이 남아 있을 거야. 게다가 손과 옷은

피해자의 혈흔으로 엉망이고. 당연히 의심받겠지.

"솔직히 설명하면 이해하겠지! 내가 이 사람을 죽일 이유가 없잖아!"

—너 말이야, 왜 여기 있는지 잊었냐?

한심해하는 가이토의 말에 다케시는 "어?" 하고 얼빠진 소리를 흘렸다.

—왼손에 영혼이 깃들어 있다고 주장하다가 의사를 두들겨 패, 정신병원에 강제 입원당할 예정이었는데 도망쳤어. 객관적으로 봤을 때 너는 완전히 위험인물이야. 내기해도 좋아. 네가 아무리 결백을 주장해도 경찰은 네 얘기를 안 믿을 거야.

"마, 말도 안 돼……. 그러면 어떻게 해야 하는데?"

—그걸 지금 생각 중이잖아. 입 좀 다물고 있어!

다케시는 몸을 굳히고 그대로 입을 굳게 다물었다. 수십 초의 침묵이 흐른 뒤 가이토가 툭 내뱉었다.

—……도망치자.

"도망치다니, 이대로 두고?!" 목소리가 갈라졌다.

—우선 남자 얼굴에 묻은 지문부터 지워. 그다음에 텐트를 걷고 네가 여기 있었던 흔적을 최대한 지워. 다행히 이 근처에 CCTV는 없는 것 같아. 사체가 발견되기 전에 최대한 거리를 벌리면 경찰이 네 존재를 알아차리지 못할 수도 있어.

"하, 하지만 그래도 될까?"

—적어도 사체 옆에 있다가 들키는 것보다는 낫지.

정말 그럴까? 다케시는 의문이 들었으나 고개를 끄덕이고 기어서 남자에게 다가갔다. 허공을 노려보는 눈동자와 눈이 마주쳐 식은땀이 등을 타고 흘렀다. 그때 저 멀리서 귀청을 찢는 비명이 울렸다. 몸을 떨며 비명이 들린 쪽을 돌아보니 제방 위에 양손에 쓰레기봉투를 든 남자가 서 있었다. 몇 시간 전에 시비를 건 노숙자 남자였다.

"그게 아니야!"

다케시가 손을 뻗었다. 피범벅이 된 오른손을. 남자는 다시 비명을 지르고 몸을 돌려 달리기 시작했다. 반사적으로 남자를 쫓으려는 순간 눈앞에 손바닥이 나타났다.

"무슨 짓이야?!" 시야를 막은 왼손, 가이토를 향해 다케시가 고함을 쳤다.

—너야말로 무슨 짓을 할 건데?

"당연히 저 남자를 쫓아야지!"

—손과 옷에 피를 묻힌 남자가 뛰어다닌다고 생각해봐. 틀림없이 신고될 거야. 무엇보다 그 남자를 잡아서 어쩌려고. 범인이 아니라고 설득해? 믿을 것 같아?

"그러면 어쩌라고!"

—도망치라고. 지금 당장!

왼손이 움직여 남자의 뺨을 문질렀다. 피 묻은 지문이 쓸려 사라졌다.

—텐트를 걷고 빨리 도망치는 거야.

다케시는 혼란에 빠진 채 텐트를 향해 달렸다. 망설여질 때는 가이토의 판단을 따른다. 어릴 때부터의 조건반사로 몸이 움직였다.

텐트에서 배낭과 침낭을 끌어낸 다케시는 정신없이 접으려 했다.

—뭐 하는 거야! 강에 버려!

"버리라니, 침낭을? 비싼 거라고!"

—이대로 가면 살인범이 된다고. 버리고 얼른 여기서 사라져야 해!

"아, 그래…… . 미안해."

텐트와 침낭을 끌고 강가로 가 힘껏 던진다. 텐트와 침낭은 순식간에 강물에 휩쓸렸다. 텐트가 있던 장소로 돌아온 다케시는 배낭을 짊어지고 로드레이서의 바퀴에 붙여놓은 도난방지용 체인을 풀려 했다. 그러나 손이 떨려 회전식 숫자 자물쇠를 제대로 맞추지 못했다. 그때 멀리서 순찰차 사이렌 소리가 희미하게 들려왔다.

—내가 할게.

왼손이 멋대로 움직여 능숙하게 숫자 자물쇠를 돌려 체인을 풀었다. 로드레이서를 밀며 제방을 오른 다케시는 차도로 나오자 페달을 밟았다. 어제 무리한 탓에 허벅지 근육은 바위처럼 딱딱했고 양쪽 무릎이 후끈거렸다. 그러나 그런 것을 신경 쓸 때가 아니었다. 안장에서 엉덩이를 떼고 고통을 견디며 페달을 밟았다. 로드레이서가 새벽 국도를 달리기 시작했다.

오른손 검지로 시프트 레버를 누를 때마다 기어가 올라가 차체가 가속되며 페달이 무거워졌다. 자전거가 바람을 가른다.

다케시는 기어를 더 높이려 했으나 검지에 강한 저항이 느껴지더니 딸깍 소리가 울렸다. 어느새 평소에는 거의 사용하지 않는 최고속 기어로 달리고 있었던 모양이다. 안장에서 엉덩이를 떼고 있는 데다 차체를 좌우로 흔들지 않으면 밟을 수 없을 정도로 페달이 무거워졌고 심장 고동이 빨라졌다. 양쪽 발은 불이 붙은 듯 아프다. 아무리 호흡해도 산소가 부족했다.

—너무 빨라. 기어를 낮춰. 몸이 남아나질 않겠어.

다케시는 가이토의 충고를 무시했다. 지금도 멀리서 들리는 사이렌 소리가 정신을 갉아먹고 있다. 이를 악물고는 드롭형 핸들 아랫부분을 움켜쥐고 몸을 앞으로 힘껏 기울였다. 공기 저항이 줄어들어 속도가 더 오른다. 골인 직전의 경륜 선수처럼 자전거를 크게 좌우로 흔들며 다케시는 달려간다.

—이 바보야! 고개를 들어!

호통이 울렸다. 고개를 든 다케시는 눈을 부릅떴다. 바로 앞에 신호를 기다리는 트럭이 서 있었다. 핸들을 크게 꺾자 앞바퀴가 옆 인도의 연석을 훌쩍 올라타며 자전거가 크게 흔들렸다. 쿵 소리가 주위에 낭랑하게 울려 퍼졌다.

인도에 착지한 로드레이서는 뒷바퀴가 크게 회전하며 정지했다. 다케시는 서둘러 내려 아끼는 자전거의 상태를 확인했다. 크게 찢어진 타이어 측면으로 바람이 빠져 힘없이 줄어들어 있다.

다케시는 자전거에 달아놓은 가방에서 펑크 수리 장비를 꺼내려 했다.

─소용없어. 속 타이어까지 완전히 찢어졌어. 타이어를 교체하지 않으면 못 달려.

"그건 나도 알아! 하지만 할 수밖에 없어!"

─수리할 수 있다고 해도 시간이 너무 걸려. 경찰은 곧 검문을 시작하고 근처에 수상한 놈이 없는지 조사할 거야. 손과 옷에 피를 묻힌 너는 바로 체포되겠지.

"그래서 어쩌라고!"

─자전거를 놓고 가.

"달려서 도망치라고? 곧바로 잡힐 거야."

─탈것이라면 있잖아. 뒤에.

가이토가 그렇게 말한 순간 뒤에서 높은 소리가 울렸다. 돌아보니 거대한 트럭이 빨간불에 서 있었다. 짐을 가지러 가는 중인지 짐칸에는 아무것도 실려 있지 않다.

"설마 저기에 타라고?"

─맞아. 당장 짐칸에 올라타.

"로드레이서는 어쩌고? 핸들에 피가 묻어 있어. 여기에 놔두면 방범 등록으로 주인이 나라는 것을 알 수 있어. 경찰은 내가 범인이라고 여길 거야."

―여기 있으면 바로 체포야. 그것보다는 낫잖아. 빨리해. 곧 신호가 바뀌어.

정신없이 몰아붙이는 가이토의 이야기를 들으며 다케시는 로드레이서와 트럭을 번갈아 봤다.

―이럴 수밖에 없어! 서둘러!

가이토의 독촉에 다케시는 입술을 깨물고 차도로 뛰어들어 운전사 몰래 트럭 뒤로 돌아갔다.

신호가 파란색으로 바뀌었다. 부르릉 시동이 걸리고 검은 배기가스가 배기관에서 분출했다.

―올라타!

가이토가 소리쳤다.

다케시는 달리기 시작한 트럭에 오른손을 뻗어 올라탔다. 순간적으로 손가락을 짐칸 끝에 걸었으나 체중을 지탱하지 못해 놓치고 말았다.

아스팔트에 그대로 나가떨어지겠구나. 각오하고 눈을 감자마자 왼쪽 어깨에 충격이 내달렸다. 몸이 붕 뜨는 듯한 감각. 다케시는 눈을 부릅떴다. 왼손이, 가이토가 짐칸을 꼭 움켜쥐고 있었다. 왼손 하나로 달리는 트럭 짐칸에 매달려 있었다.

―멀거니 있지 말고 얼른 오른손 좀 써라! 한쪽 팔로는 힘들어.

절박한 가이토의 목소리에 황급히 오른손으로 짐칸을 잡고 필사적으로 기어 올라가 엎어졌다. 철제 바닥이 차가워 오히려 시원했다. 트럭은 속도를 줄이는 일 없이 달리기 시작했다. 다케시는 빈 짐칸에서 대자로 뻗었다.

"저기…… 가이토." 다케시는 하늘을 올려다보며 중얼거렸다.

—왜?

"이제 우리, 살인범으로 경찰에 쫓기게 된 거지?"

—……아, 그렇겠지.

새벽하늘에 새빨간 빛으로 물든 구름이 떠 있었다.

2

여기가 어디지? 한적한 주택가에서 다케시는 정신없이 주위를 둘러봤다. 아직 이른 아침이라 부근에 다니는 사람은 없었다.

몇 분 전, 다케시가 오른 트럭이 이 근처에서 신호에 걸려 정차했다. 짐칸에 타고 한 시간 가까이 지나, 경찰 수사망으로부터 충분히 거리를 두었다고 판단한 다케시는 가이토와 의논하고 짐칸에서 내렸다.

—저기 표식이 있어.

가이토는 바로 옆의 블록 담을 가리켰다. 거기에는 '시부야 구 쇼토 2초메'라고 적혀 있었다.

"시부야……."

머릿속에 TV에서 자주 본 스크램블 교차로 영상이 떠올랐다.

—시부야가 그렇게 좋아? 촌놈 맞네.

"시부야에는 사람이 많잖아. 경찰에 쫓기고 있으니까 인파에 숨는 게 좋지."

—맞는 말일 수도 있겠다. 애써 여기까지 왔으니 스크램블 교차로나 보러 갈까?

"……너, 내 머릿속을 읽어?"

다케시는 쓱 눈을 가늘게 뜨고 왼손을 내려다봤다. 가이토는 얼버무리듯 손가락을 살랑살랑 흔들었다.

—그런 일은 없어. 여러 번 말했잖아. 나와 너는 완전히 다른 인격이야.

"그럼, 내가 어떻게 스크램블 교차로를 보러 가고 싶은지……"

—오래 봐왔잖아. 네가 무슨 생각을 하는지 정도는 금방 알 수 있지.

놀림을 당한 다케시는 입술을 굳게 다물었다.

—삐지지 마. 그보다 시부야역은 어느 쪽일까?

"스마트폰이 있으면 알아볼 텐데 로드레이서랑 같이 두고 왔어."

—야, 가지고 왔어도 사용하면 안 되지. 전원을 켜면 기지국을 통해 우리가 있는 곳을 바로 알아낼 텐데.

가이토의 지적에 다케시는 말문을 잃었다.

—경찰에 쫓기고 있다는 사실을 잊지 마라. 방심하면 바로

체포야.

"……알아."

—그럼 이제 이동할까? 자, 저쪽으로 가면 시부야역이야. 네가 가고 싶어 하는 스크램블 교차로가 있을 거야.

가이토는 바로 옆에 있는 '시부야역'이라고 적힌 표지판을 가리키며 들뜬 목소리를 냈다. 혹시 이 녀석도 스크램블 교차로를 보고 싶은 게 아닐까? 다케시는 온몸의 피가 수은으로 바뀐 것처럼 무거운 몸을 채찍질해 걸음을 옮기기 시작했다.

5분쯤 걷자 넓은 도로가 나왔다. 왼편의 돈키호테 건물을 바라보며 앞으로 나아간다. 어느새 주위는 주택가에서 상업 지구로 변했다. 이른 아침인데도 지나다니는 사람이 많다.

그때 수십 미터 앞에서 제복 경관이 다가오는 것을 발견하고 걸음을 멈췄다. 바로 뒤를 걷던 남자가 혀를 차며 앞질러 갔다. 다케시는 황급히 자신의 몸을 내려다봤다. 검은 셔츠와 청바지에 피가 묻어 있다.

—멍청한 녀석. 갑자기 멈추면 어떡해? 그냥 걸어.

가이토가 날카롭게 말했다.

"하지만 앞에서 경찰이……."

—안다고. 그럴수록 더 태연히 걸어야지. 길 한가운데 서 있으면 더 의심받아.

다케시는 다시 걸음을 옮기기 시작했다. 경관과의 거리가 좁혀지자 심박수가 올라갔다.

─안심해. 셔츠도 청바지도 짙은 색깔이라 피가 묻었는지 모를 거야. 신나게 놀다가 와인을 쏟은 대학생으로 보겠지.

"하지만…… 혹시 지명수배 되었으면……."

─아직 한 시간밖에 지나지 않았어. 아무리 경찰이 우수해도 그렇게 빨리 움직일 수는 없어. 그것보다도 거동이 수상해 검문당하면 끝이야. 그러니까 당당하게 걸어.

가이토는 타이르듯 말했다. 경관과의 거리는 이미 15미터 정도로 좁혀졌다.

몸의 떨림이 멈추질 않는다. 뒤돌아서 전속력으로 도망치고 싶다. 그 순간 누군가가 오른손을 잡았다. 다케시는 눈길을 떨궜다. 왼손이 오른손을 잡고 있었다. 악수하듯.

─괜찮아. 내가 있잖아.

가이토의 든든한 목소리가 울린다. 떨림이 멈췄다.

"……알았어."

다케시는 턱을 당기고 정면을 응시한 채 걸음을 옮겼다. 경관과의 거리가 줄어든다. 목덜미를 긁고 있던 경관과 눈이 마주쳤다. 눈을 피하고 싶은 것을 필사적으로 견디며 다케시는 미소를 지었다. 경관은 눈을 깜빡인 다음 나른하게 눈길을 돌리고 다케시를 지나쳤다.

─보라고. 아무 일도 없었지?

"아무 일도 없었다니! 심장이 터지는 줄 알았다고."

─덩치는 산처럼 큰 녀석이 심장은 벼룩만 하네. 그보다 정

면을 보라고.

"정면……?"

눈길을 든 다케시는 숨을 멈췄다. 200미터쯤 앞에 거대한 역이 버티고 있고, 바로 앞을 수많은 사람들이 복잡하게 오가고 있다. TV 화면 너머로 수없이 본 익숙한 광경이었다.

"스크램블 교차로……."

다케시는 피곤도 잊고 종종걸음으로 인파 속에 뛰어들었다. 교차로 바로 앞까지 가서 걸음을 멈췄다. 오른편에는 109가, 왼편에는 센터가이 입구가 보였다.

스크램블 교차로의 보행자 신호가 파란색으로 바뀌자 신호를 기다리던 사람들이 일제히 교차로로 진입했다. 다케시도 뭔가에 이끌리듯 나아갔다.

모든 방향에서 쏟아지는 사람들이 교차로 중심에서 뒤섞인다. 새벽이라 생각되지 않을 만큼 높은 인구밀도에 흥분이 혈류를 타고 온몸의 세포에 도달한다. 자신이 살인 용의자로 쫓기고 있다는 사실도 어느샌가 머릿속에서 사라지고 없었다. 다케시는 교차로 중심에서 걸음을 멈췄다. 주위를 오가는 사람들이 노골적으로 불쾌한 눈빛을 던졌으나 개의치 않았다.

드디어 도쿄에 왔다. 여기서 새로운 인생을 시작하자.

그때 가이토가 말을 걸어왔다.

―감상에 젖어 있는데 미안한지만, 이제 곧 빨간불이 될 거야.

살펴보니 파란불이 깜빡이고 있었다. 서둘러 교차로를 건넌 다케시는 역 앞 광장에 놓인 하치 공ㅅ 동상으로 다가갔다. 익숙한 개 동상 곁으로 가 머리를 쓰다듬은 다음 근처 벤치에 앉았다.

　—이제 만족했어? 그러면 슬슬 이동해 작전 회의나 할까?

　"그렇게 재촉하지 좀 마. 조금 더 여기 있어도⋯⋯"

　—너 말이야, 경찰에 쫓기고 있다는 거 잊었냐?

　"잊지 않았어. 하지만 경찰이 당장 쫓아올 것도 아니고."

　—그야 분명 당장 지명수배 되지는 않겠지. 하지만 지금쯤 경찰은 그 노숙자의 이야기를 토대로 몽타주를 만들고 놓고 온 자전거를 발견했을 거야. 곧 네가 용의자로 떠오르겠지. 그리고 그 정보는 틀림없이 저기로 보내질 거야.

　왼손 검지가 똑바로 가리킨 곳을 보고 뺨이 굳어졌다. 20미터 정도 떨어진 곳에 파출소가 있었다. 안에 있는 경관과 눈이 마주친 것 같아 다케시는 얼른 고개를 숙였다.

　—그러니까 얼른 몸을 숨길 장소를 찾아야 해.

　"아, 알았어. 하지만 어디로 가야⋯⋯" 다케시는 벤치에서 일어났다.

　—아까 여기로 오는 도중에 인터넷 카페가 있었어. 일단 거기로 가자.

　가이토가 재촉해 다케시는 다시 스크램블 교차로를 건너, 왔던 길을 되돌아왔다. 파친코 가게가 있는 커다란 빌딩 5층이 인터넷 카페였다. 빌딩 입구로 들어가 엘리베이터 앞까지 왔을 때 다케시가 "앗!" 소리를 냈다.

"아마 도쿄는 인터넷 카페에 입장할 때 신분증이 필요하지 않나?"

—괜찮아, 생각이 있으니까. 그리고 다케시.

가이토는 오른쪽 어깨에 멘 배낭을 가리켰다.

—너, 군자금은 얼마나 있냐?

"얼마라니, 아르바이트로 모은 20만 엔 정도 있어."

—그 정도면 충분해. 잘 들어. 작전을 설명할 테니까 잘 들어야 해…….

가이토는 이야기를 시작했다. 설명을 듣던 다케시의 표정이 일그러졌다.

"정말 잘 될까?"

—걱정하지 마. 그보다 자, 왔어.

가이토의 신호와 함께 엘리베이터 문이 열리고 안에서 젊은 남자가 나왔다. 갈색으로 물들인 앞머리가 뻗쳐 있다. 다케시는 그 남자에게 "저기요……"라고 말을 걸었다.

"어, 누구지? 무슨 일?" 갈색 머리 남자가 의아한 듯 말했다.

"아니…… 그게, 혹시 5층 인터넷 카페에서 오신 건가요?"

다케시는 안절부절못하면서도 조금 전 가이토가 지시한 대로 말했다.

"그런데, 왜요?"

통명스럽게 대답하는 남자 앞에 다케시가 손을 내밀었다.

만 엔짜리 지폐를 쥔 손을.

"이걸로, 인터넷 카페 회원증을 넘겨주지 않을래요?"

남자는 "뭐요?"라고 하며 만 엔짜리 지폐를 바라봤다.

"아…… 그러니까 내 회원증을 만 엔에 사겠다고?"

고개를 기울이는 남자에게 다케시는 "맞아요"라며 고개를 끄덕였다.

"왜 회원증이 필요하지? 이거 위험한 일 아니야?"

의심스럽다는 듯 중얼거리면서도 남자의 눈길은 지폐에 못 박혀 있었다.

"저는 가출해 도쿄에 왔어요. 그런데 신분증을 깜빡하고 안 가져와서……. 내내 걸었더니 너무 피곤해서 쉴 곳이 필요해요."

"내게 문제가 생기는 건 아니겠지?" 남자는 망설이는 표정을 지으며 말했다.

"만약 다른 사람인 게 들통나면 주운 회원증을 썼다고 할게요."

"……알았어."

남자는 다케시의 손에서 낚아채듯 만 엔짜리 지폐를 받아 지갑에 넣고 대신 카드 한 장을 내밀었다. 다케시가 그 카드를 받자 남자는 도망치듯 사라졌다.

―어때, 잘됐지?

다케시는 의기양양한 가이토의 목소리에 어깨를 움츠리고 엘리베이터에 올라타 5층으로 향했다.

직전까지 이용한 갈색 머리 남자의 회원증을 제시하면 의심받지 않을까 불안했는데 김샐 정도로 쉽게 접수가 이루어졌다.

다케시는 지정된 방으로 향했다. 간소하게 만들어진 문 안쪽에는 3제곱미터 정도의 공간에 합성 가죽 매트리스를 깐 개인실이 펼쳐져 있었다. 앉은뱅이 의자와 베개, 그리고 벽에서 바로 나오는 낮은 테이블이 있고 그 위에 구형 데스크톱 컴퓨터가 놓여 있다.

신발을 벗고 개인실 안으로 들어간 다케시는 크게 숨을 내뱉었다. 옆방과 공간을 분리하는 얇은 벽은 높이가 150센티미터밖에 안 되어 사생활이 충분히 보장되었다고는 할 수 없으나 그래도 팽팽했던 긴장이 풀렸다.

양말을 벗고 벨트를 풀자 단숨에 피로가 엄습했다. 아직 하루밖에 지나지 않았는데 집을 나온 게 아주 먼 과거 같았다.

이제 어떻게 하면 좋을까. 뇌리에 의문이 깃들었으나 피로 때문에 머리가 제대로 돌아가지 않았다. 다케시는 매트리스에 눕자마자 무거운 눈을 감았다.

─야, 다케시!

"조금만. 잠깐이라도 쉬게 해주라."

잠에 빠지며 중얼거린 다케시의 머리에 부드러운 것이 닿았다. 살짝 눈을 뜨자 왼손이 머리맡에 베개를 들고 있었다.

─베개를 베면 더 푹 잘 수 있을 거야.

"아, 고마워." 머리 아래에 베개를 깔고 다케시는 다시 눈을 감았다.

—푹 쉬어. 지금은 다 잊고.

가이토의 목소리가 아주 멀리서 들리는 것만 같았다.

3

어둠 속에서 의식이 떠올랐다. 다케시는 천천히 눈을 떴다. 표백된 듯한 빛에 망막이 하얗게 칠해져 "으윽……" 하고 신음했다. 그 순간 눈앞에 왼손이 다가와 천장에서 떨어지는 형광등 불빛을 가려줬다.

—안녕! 잘 잤어?

"몇 시간이나 잔 거지? 지금은 몇 시야?"

—2시 조금 전이야.

손목시계를 찬 왼손이 눈앞에 나타났다.

"낮? 아니면 밤?"

—당연히 낮이지. 이런 상황에서 한나절 이상 자면 두들겨패서라도 깨웠지.

"그래? ……지금 상황은 어때?"

—사체가 발견되고 꽤 시간이 흘렀으니까 보도되었을지도 모르지.

가이토가 컴퓨터 전원을 켰다. 다케시는 오른손으로 마우스를 조작해 뉴스 사이트를 열어 '국내'에 커서를 놓고 왼쪽 버튼을 클릭했다. 뉴스 기사 제목을 쭉 훑던 눈길이 한 점에 머물렀다.

다마가와에서 칼에 찔린 남성 시체 발견

그 기사를 클릭하자 기사 내용이 화면에 나타났다.

오늘 새벽, 다마가와 강변 둔치에서 남성 시신이 발견되었다. 남성은 복부와 흉부를 10여 회 찔려 경찰은 살인사건으로 보고 수사본부를 설치했다. 남성의 신원을 조사함과 동시에 사건 당시 현장에서 도망친 남성이 사정을 알 것으로 판단하고 행방을 쫓고 있다.

다케시는 눈 깜빡이는 일조차 잊고 화면을 하염없이 응시했다. '현장에서 도망친 남성'이 바로 자신일 것이다. 경찰이 자신을 쫓고 있다. 각오는 했지만 이렇게 기사로 접하니 어쩔 수 없이 무거운 현실에 짓눌릴 것만 같았다.

만약 체포되면 평생 교도소에? 아니면…… 사형?

목구멍에서 피리 소리 같은 소리가 흘러나왔다. 숨이 막힐 것 같아 필사적으로 호흡하는데 고통은 사라지지 않고 더 강해졌다. 마침내 오른손이 가늘게 떨리기 시작했다. 온몸에서 힘이 빠져나갔다.

—진정해.

하지만 다케시는 물에 빠진 듯 헐떡이며 대답조차 할 수 없었다.

갑자기 왼손이 엄지와 검지로 코를 쥐고 손바닥으로 입을 덮었다. 호흡기가 막힌 다케시는 공황 발작을 일으킬 것만 같아, 오른손으로 왼 손목을 움켜쥐고 떼어내려 했다.

—얌전히 있어! 곧 괜찮아질 거야.

호통에 다케시는 움직임을 멈췄다. 시키는 대로 하니 조금씩 숨 쉬기가 편해졌다.

—틀림없이 과호흡이 왔을 거야. 공황 상태로 과잉 호흡한 탓에 혈중 이산화탄소가 부족해져 고통스럽고 몸이 떨렸던 거지. 알겠어?

다케시는 코와 입이 막힌 채 고개를 살짝 끄덕였다.

—그럼 이제 입과 코를 풀어줄 건데, 천천히 심호흡해야 해.

입가를 덮고 있던 손이 떨어졌다. 다케시는 시키는 대로 가늘고 길게 숨을 토해냈다. 훨씬 숨 쉬기가 편해졌다. 가슴속에서 들끓던 혼란도 어느 정도 가라앉았다.

—이제 괜찮아?

"응. ……살았다."

목구멍 안에서 목소리를 짜내자 가이토는 보란 듯 한숨을 쉬었다.

—그렇게 바로 공황에 빠지지 좀 말아라. 경찰에 쫓길 줄은

처음부터 알았잖아.

"그야 알았지만, 실제 기사로 보니 뭐랄까, 현실감이…… 그보다 앞으로 어쩌지? 지명수배 되어 TV에 내 사진이 나오면……."

—이봐! 너는 열여덟 살, 미성년자야. 사진은커녕 이름도 공표되지 않아.

"아!" 다케시는 소리를 높였다. 그런 당연한 사실조차 깨닫지 못하고 있었다.

—그렇다고 안심할 상황도 아니야.

가이토가 못을 박았다.

—확실히 열여덟 살은 미성년자이니까 이름과 얼굴은 발표되지 않아. 하지만 재판을 받으면 성인과 똑같이 취급당할 가능성이 커. 체포되어 유죄가 되면 꽤 오랫동안 교도소에 있어야 하겠지. 평생 못 나올 가능성도 있고.

끔찍한 미래상에 다케시는 갈라진 목소리를 내고 말았다. "그럼 어떻게 해야……."

—경찰은 현장에서 도망친 남자가 너라는 사실을 금방 알아낼 거야. 어쩌면 이미 너를 찾기 시작했을 수도 있지. 일반에 공개하지 않더라도 경찰 내부에서는 지명수배 될 테고.

"그 정도는 알아. 그러니까 어떻게 하면 좋냐고!"

—설명할 테니까 흥분하지 좀 마. 일단 체포되면 무죄임을 증명하기는 정말 어려워. 그러니까 경찰에 출두한다는 선택지는

잊어. 도망치는 동안에 경찰이 진범을 찾아준다면 아주 좋겠지
만 그건 그다지 기대하지 않는 게 좋아. 틀림없이 경찰은 너를
범인으로 단정하고 너를 쫓는 데 전력을 다할 테니까. 이상의
사실로 판단컨대 살인 혐의를 벗을 방법은 하나밖에 없어.

"그런 방법이 있어? 어떻게?"

―간단해. 진범을 찾아야지. 나와 네가.

"뭐?" 목소리가 갈라졌다. "무슨 소리야? 혼자서 그런 일을
할 수 있을 리 없잖아!"

―혼자가 아니지.

왼손이 오른쪽 어깨를 가볍게 두드렸다.

―나도 같이 할게. 정보도 있고.

"……정보라니?"

잘난 척하는 가이토의 말에 어리둥절해진 다케시는 부루퉁
하게 말했다.

―피해자의 신원이지.

"피해자의 신원? 어떻게 알아?"

다케시가 눈을 깜빡이고 있자 가이토는 옆에 놓아둔 배낭
의 옆쪽 주머니 지퍼를 열고 안에서 뭔가를 꺼냈다. 다케시는
눈꼬리가 찢어질 정도로 눈을 휘둥그렇게 떴다. 그 무언가는
여기저기 피가 묻은 가죽 지갑이었다.

"혹시…… 그거……."

―맞아, 피해자의 지갑이야. 도망치기 직전에 양복 안주머니

를 뒤졌지.

"왜 그런 짓을 했어!"

소리친 순간 옆 개인실과의 사이를 가로막은 벽에서 쿵쿵 소리가 났다. 옆방 손님이 벽을 친 것이다.

—왜 그러냐? 왜 그렇게 흥분해?

"왜 그러냐고? 본인이 무슨 짓을 했는지 알기는 해? 경찰은 틀림없이 지갑을 훔치려고 사람을 죽였다고 생각할 거야. 강도 살인이라고. 일반적인 살인보다 죄가 무거워."

다케시는 목소리를 낮추며 왼손을 노려봤다.

—아무것도 모르는 사람은 바로 너야.

가이토는 수업하는 교사처럼 말했다.

—아무래도 지갑을 가져왔으니 유죄가 되면 죄가 무겁겠지. 하지만 애초에 체포되는 시점에서 다 끝이야. 일테면 10년 형기를 마치고 사회에 복귀한다고 쳐. 살인범이라는 오명은 평생 사라지지 않아. 제대로 된 인생을 살 수 없다고. 그러지 않으려면 경찰에 잡히기 전에 진범을 찾는 수밖에 없어. 그리고 이 안에 있는 정보는 큰 무기가 될 거야. 그래서 일부러 그 남자의 주머니에서 찾아낸 거라고.

그 짧은 순간에 이런 생각까지 해내다니. 그 판단력에 경악하고 있을 때 가이토는 지갑을 열고 안에서 운전면허증을 꺼냈다. 면허증 사진을 본 다케시의 입에 힘이 들어갔다. 사진 속 패기 없는 표정의 인물은 틀림없이 오늘 아침, 둔치에서 숨을 거둔 남자였다.

　─하야카와 소스케라. 자, 이 남자를 죽인 범인을 찾을 마음 없어? 유감스럽게도 나는 혼자서는 못 움직여. 네가 말 그대로 다리를 움직여주지 않는 한 나는 아무것도 못 해.

　가이토는 도전적으로 말하며 면허증을 테이블에 놓고 왼손을 다케시의 얼굴 앞에 내밀었다.

　숨 막히는 느낌이 사라졌다. 다케시는 힘차게 오른손을 들어 왼손에 올리고 힘껏 잡았다.

　"알았어. 우리가 범인을 찾아내자."

4

　"……정말 가는 거야?"

　다케시는 가로등 불빛이 비추는 인기척 없는 길을 무거운 발걸음으로 나아간다.

　─당연하지. 왜 여기까지 왔겠어?

　한심해하는 가이토의 목소리가 돌아왔다.

　가마타역에서 걸어서 15분쯤 떨어진 곳에 있는 한적한 주택가를 걷는 다케시는 검은 뿔테 안경을 쓰고 살짝 길었던 머리도 바싹 깎았다.

　몇 시간 전 진범을 찾아내 혐의를 풀기로 마음먹은 다케시는 다마가와 강변에서 살해된 하야카와 소스케라는 남자에 관해 인터넷으로 조사했다. 그 결과 하야카와는 프리랜서 저널리스트로 여러 잡지에 기사를 제공했다는 정보를 얻을 수 있었다. 일류와는 거리가 먼 잡지들이었고 내용도 성인업소, 약물, 폭력조직 등 사회의 어두운 면을 다루는 정보나 흥미를 끄는 도시 전설 등이 중심이었다.

대강의 정보를 얻은 다케시는 가이토의 성화에 못 이겨 싸구려 이발소에서 머리를 깎고 뿔테 안경을 샀다.

—뭐, 그냥 자기만족일지 모르지만, 변장은 해두는 게 좋지.

이발소를 나오자마자 역 세면대 거울로 짧아진 머리를 확인하는 다케시에게 가이토가 싱글대며 이렇게 말했다.

"그래서 앞으로는 어떻게 해야 하는데?"

다케시가 짧아진 머리에 위화감을 느끼면서 묻자 가이토는 청바지 주머니에서 하야카와의 운전면허증을 꺼내며 말했다.

—이 남자에 대해 더 자세히 알아야겠어.

"곧 도착이야. 정말 괜찮을까?"

다케시는 인터넷 카페에서 출력한 지도를 접어 빈 배낭에 넣었다. 다른 짐은 시부야역의 물품 보관함에 맡겼다.

—괜찮다니까. 변장으로 분위기도 바꿨잖아.

가벼운 목소리가 돌아왔다. 그러나 가슴에 움튼 불안은 사라지기는커녕 부풀기만 했다.

"……저기 십자로를 우회전해 조금 더 가면 돼."

—그럼 결정한 대로 일단 확인부터 하는 거야.

"그래." 다케시는 고개를 끄덕이고 십자로 바로 앞에서 걸음을 멈추고 블록 담 뒤에서 상황을 살폈다. 20미터쯤 앞에 오래된 2층짜리 연립주택이 서 있다. 저기가 바로 하야카와의 운전면허증에 적힌 주소였다.

—정말 더러운 연립주택이네. 하야카와는 그리 넉넉하지 못했나 봐.

다케시는 주위를 살폈다. 경찰처럼 보이는 인물은 없었다.

—경찰은 없네. 계획대로 가보자.

"저기…… 오늘은 그만두자."

—뭐? 무슨 소리야?

합성 피혁 라이더 장갑으로 손가락까지 감싼 왼손이 얼굴 앞을 가로막았다. 지문을 남기지 않으려고 뿔테 안경과 함께 산 것이다.

"아니, 마음의 준비가……. 몰래 들어가는 거니까 더 늦은 시간이 좋겠어."

다케시는 왼 손목의 시계를 봤다. 시각은 오후 8시를 조금 넘기고 있었다.

—저기 말이야, 하야카와의 시신을 발견하고 벌써 한나절이 지났어. 우리가 지갑을 가져왔다고는 해도 다른 유류품으로 신원을 파악했을지도 몰라. 그러면 당장이라도 경찰이 저 집을 수색해 증거품을 전부 회수해 갈 거야. 시간이 흐르면 흐

를수록 우리가 피해자 방을 조사해볼 기회는 줄어들어.

그런데도 다케시는 움직일 수가 없었다. 이미 형사들이 주변에 숨어 있을지도 모른다. 그런 상상이 머릿속에서 들끓었다.

경쾌한 파열음이 고막을 흔들고 뺨에 날카로운 통증이 찾아왔다. 순간 넋을 놓았던 다케시는 바로 "무슨 짓이야!"라며 가이토를, 자기 뺨을 갈긴 왼손을 노려봤다.

—멀뚱히 있길래 정신 차리라고. 봐, 이제 움직일 수 있지?

가이토의 말대로 어느새 얼어붙었던 몸이 풀려 있었다.

—고맙다는 말은 필요 없어. 그보다 얼른 들어가자.

"……알았어."

다케시는 조그맣게 혀를 차고 경계하면서 블록 담에서 나와 연립주택으로 향했다.

—서두르지 마. 자연스럽게 걸어. 주위에 사람이 없는지 확인하면서 가야 해.

"아, 응……." 다케시는 점점 빨라지려는 다리를 억누르며 눈만 굴려 주위를 경계했다. 연립주택 대지로 들어가 1층 바깥 복도를 통해 안쪽에서 두 번째 문 앞에 섰다. 그곳에는 '102 하야카와'라는 팻말이 걸려 있었다. 다케시는 긴장을 간신히 참으며 미리 계획한 대로 인터폰을 눌렀다. 동거인이 있을지 모른다. 만약 누군가 나오면 집을 잘못 찾은 척하며 돌아서기로 했다. 하지만 수십 초를 기다렸는데도 반응이 없었다.

"아무도 없나 봐."

다케시는 중얼거리면서 라이더 장갑으로 감싼 오른손으로 손잡이를 잡으려 했다.

—열리겠냐? 계획대로 뒤로 돌아 창문으로……

끼익, 문이 소리를 내며 열렸다. 가이토는 할 말을 잃었고 다케시도 입을 반쯤 벌리고 있다. 설마 열릴 줄은 몰랐다. 그냥 손을 뻗었을 뿐이다.

"잠그는 걸…… 잊었나?"

문틈으로 안을 들여다봤으나 실내는 캄캄해 상황을 전혀 알 수 없었다.

—시골이라면 모를까, 여기는 도쿄야. 그렇게 부주의할 리 있겠어?

"그럼 왜 문이 안 잠겨 있는데? 벌써 경찰이 조사했나?"

—그렇다면 출입 금지 표시 테이프를 쳤겠지. 경비도 세워놓았을 테고…….

왼손이 마치 응시하듯 다케시의 얼굴 앞을 가로막았다. 그때 위쪽에서 문 열리는 소리, 이어서 금속제 복도를 걷는 발소리가 들려왔다. 2층에 사는 사람이 외출하려는 모양이다.

—안으로 들어가!

가이토가 날카롭게 말했다. 다케시는 황급히 실내로 들어가 문을 잠갔다. 더듬더듬 벽을 더듬어 스위치를 누르자 형광등이 켜지고 쓰레기봉투가 아무렇게나 놓인 복도가 드러났다.

"……어쩌지?" 다케시는 왼손을 내려다봤다.

―일단…… 집을 뒤져보자.

"그렇지." 다케시는 신발을 신은 채 신중하게 집으로 들어가 부엌이 자리 잡은 복도를 나아갔다. 싱크대에는 더러운 식기가 잔뜩 쌓여 있었다. 다케시는 썩은 냄새가 나는 복도를 걸어가 막다른 곳의 문을 열었다.

"뭐야, ……이게?"

다케시는 망연자실한 채 중얼거렸다. 마치 태풍이 휩쓸고 간 듯한 참상이 펼쳐져 있었다. 싱글 침대가 뒤집혀 있고 모든 서랍이 열린 서랍장에서는 옷이 전부 나와 있었다. 바로 앞쪽 벽을 가득 채운 책장은 거의 비어 있고 거기에 꽂혀 있었을 책들이 바닥을 덮고 있었다. 자세히 보니 침대 매트리스가 찢어져 내부가 고스란히 드러나 있었다.

―우리보다 먼저 온 사람이 있는 것 같네.

"사람? 그게 누군데?"

―하야카와의 지갑을 빼낼 때 다른 주머니도 뒤졌는데 아무것도 없었어.

"그게 왜?"

―너, 외출할 때 지갑만 들고나오냐? 스마트폰이나 열쇠도 챙기지.

"혹시……."

―맞아. 하야카와를 죽인 범인이 훔쳤겠지. 녀석은 쓰러진 하야카와의 주머니를 뒤져 스마트폰과 열쇠를 챙겼어. 하지만

서두르느라 양복 안주머니까지는 미처 신경 쓰지 못하고 범행 현장을 떠났지.

"그렇다면 우리보다 범인이 먼저 이 방에?"

범인이 아직 집 안에 있을지 모른다. 다케시는 재빨리 방 안을 둘러봤다. 그러나 숨을 데가 거의 없는 실내에 인기척은 없었다.

—그럴 가능성이 크지. 그래서 문이 열려 있었던 거야.

"잠깐만!" 다케시는 이마에 손을 댔다. "왜 범인이 그런 짓을 해?"

—뭔가를 찾았던 게 아닐까? 위험을 무릅쓰면서까지 집 안을 뒤졌다는 것은 상당히 중요한 게 있었다는 소리지. 어쩌면 범인과 이어질 단서일 수도.

"그렇다면 범인이 가져갔겠지. 이렇게 철저하게 뒤졌는데."

—단정할 수는 없어. 철저하게 뒤졌다는 것은 좀처럼 원하는 것을 찾지 못했다는 소리잖아. 포기하고 경찰이 오기 전에 집을 떴을 수도 있어. 일단 우두커니 서 있지 말고 움직여. 오래 있을 수는 없으니까.

"아, 알았어……."

심하게 어질러진 방은 어디서부터 손을 대야 할지 모를 정도였다. 일단 책상으로 다가갔다. 책과 자료 같은 종이 다발이 산더미처럼 쌓여 있고 그 주위에는 재떨이에서 떨어진 담배꽁초가 흩어져 있다. 다케시는 문득 책과 종이 더미에서 사각형의 얇은 물체가 튀어나와 있는 것을 발견했다. B5 크기의 노트북 컴퓨터였다.

"이거, 가져가는 게 나을까?"

―당연하지. 범인으로 이어지는 데이터가 남아 있을지 모르니까.

"하지만 우리가 데이터를 제대로 조사할 수 있을지는 알 수 없잖아. 여기다 두는 게 낫지 않을까? 경찰이 더 자세히 조사해 진범을 찾아줄지도 모르잖아."

―그럴 일은 없어.

가이토는 한마디로 기각했다.

―경찰은 틀림없이 너를 쫓을 거야. 이 컴퓨터 안에 범인으로 이어지는 데이터가 있더라도 너를 쫓는 데 주력할 게 분명해. 피범벅이 되어 피해자 옆에 서 있는 모습을 들킨 거, 잊었어?

"안 잊었어. 알았어. 가져가면 되잖아."

다케시는 혀를 차고 짊어진 배낭에 노트북을 넣었다.

다음은 어디를 조사해야 할까. 아무리 생각해도 구석구석 조사할 여유는 없다. 경찰이 언제 이 집에 들이닥칠지 모른다.

―저기.

가이토가 왼손으로 빈 책장 구석을 가리켰다. 그곳에서 형광등 불빛이 살짝 반사되고 있었다. 다케시는 바닥에 흩어진 책을 밟으며 책장으로 다가가 엎드렸다. 금속제 숫자판과 반달 모양의 손잡이가 달린 30센티미터 정도의 문이 바닥에 묻혀 있었다.

"이거?" 다케시는 오른손으로 손잡이를 잡고 돌리려 했다. 그러나 꿈쩍도 하지 않았다.

—비밀 금고야. 일부러 공사까지 해서 설치했어. 틀림없이 범인도 이걸 찾았을 거야. 보라고.

가이토는 금고를 향해 왼손을 뻗어 콘크리트 바닥을 만졌다. 자세히 보니 금고의 사방 구석에 무수한 흠집이 나 있었다.

—억지로 바닥에서 빼내려고 했다가 포기했어. 콘크리트로 단단히 굳혀서 빼내려면 전문 도구가 필요할 거야.

"그럼 어떻게 해?"

—서두르지 마. 꽤 오래된 것 같네. 봐, 숫자가 흐려졌어.

"그래서? 열 수 있어?"

—그러니까 안달하지 좀 마. 잘 봐. 많이 흐려진 숫자와 거의 그대로인 숫자가 있어.

가이토의 말대로 숫자 버튼 몇 개가 확실히 흐려져 있었다.

"이 버튼이……?"

—비밀번호로 사용된 숫자야. 1, 4, 6, 7, 9. 비밀번호는 틀림없이 이 다섯 개 숫자의 조합이야.

"그럼 가능성이 있는 조합을 순서대로 눌러보면 되겠네."

—야, 다섯 개 숫자만으로도 120개의 조합이 가능해. 게다가 비밀번호가 다섯 개의 숫자라는 법은 없어. 만약 중복 숫자가 있다면 조합은 훨씬 많아져. 다 눌러보려면 며칠이 걸릴

지 몰라.

"역시 안 되는 건가?"

―포기하기는 일러. 일단 금고는 더 안 들여다봐도 돼.

가이토의 제안에 다케시가 고개를 들자 왼손이 청바지 주머니에서 지갑을 꺼냈다. 강변에서 죽은 남자의 지갑. 혹시 도움이 될지 몰라서 가져온 것이다.

"비밀번호 메모 같은 거, 없어?"

―그야 위험하니까 메모 같은 것은 남기지 않았겠지. 하지만 비밀번호를 까먹으면 곤란해. 그러니 친근한 숫자를 이용했을지 몰라.

가이토는 한 손으로 능숙하게 지갑을 열고 카드 종류를 꺼내 바닥에 늘어놓았다. 갑자기 왼손의 움직임이 멈추더니 가이토가 소리를 질렀다.

―앗!

"왜 그래?"

―은행 현금카드. 여기 적힌 계좌 번호를 봐.

왼손이 현금카드를 꺼내 얼굴 앞에 내밀었다. 지점 번호 뒤에 적힌 계좌 번호, 거기에는 '6971147'이라고 적혀 있었다.

"혹시 이게……?"

―비밀번호일지 몰라. 일단 해보자.

"알았어." 다케시는 다시 엎어져 현금카드에 적힌 일곱 자리 숫자를 눌렀다. 모든 숫자를 누른 다음 '제발!'이라고 마음속으로 기도하면서 엔터 버튼을 눌렀다.

작은 금속음이 울렸다. 눈을 부릅뜬 다케시가 금고 손잡이에 손을 댔다. 조금 전에는 아무리 힘을 줘도 꿈쩍도 하지 않던 손잡이가 아무런 저항 없이 움직였다.

─해냈다!

가이토의 환호성을 들으면서 금고 문을 열었다. 안에는 두꺼운 갈색 봉투가 들어 있었다. 꺼내서 들여다보니 봉투 속에는 바인더와 사진 등이 담겨 있었다.

"이게 뭐야?"

─하야카와는 프리랜서 저널리스트였어. 조사한 내용을 모아둔 거 아닐까?

"이런 것을 이렇게 엄중히 보관하네. 나는 무슨 보석이라도 있을 줄 알았는데."

─하야카와에게는 보석보다 가치 있는 정보야. ……틀림없이 하야카와를 죽인 범인에게도.

"범인은 이 자료를 찾으려고 집에 침입했을까?"

─아마도 그랬겠지. 그러니까 이 자료는 범인을 찾을 중요한 단서가 될지 몰라.

다케시는 서둘러 갈색 봉투의 내용물을 꺼내려 했다.

─확인은 나중에. 일단 여기서 빨리 나가야 해.

"잠깐만. 잠깐 훑어만 보게……."

느닷없이 전자음이 방의 공기를 흔들었다. 다케시는 몸을 떨며 돌아봤다. 책상에 놓인 전화에서 벨이 울리고 있었다.

"……어쩌지?" 다케시는 목소리를 낮췄다.

—어쩌냐니? 받을 수는 없잖아. 무시해야지.

여러 번 벨이 울리더니 부재중으로 넘어갔다. 인공 음성으로 '지금은 부재중입니다. 용건이 있으신 분은……'이라는 안내가 시작되었다.

"……도망쳐."

부재중 메시지를 지워버리듯 높고 인공적인 목소리가 들려왔다. 기계적으로 처리된 부자연스러운 목소리였다.

"지금 당장 도망쳐. 형사가 오고 있어."

그 말을 남기고 메시지 녹음이 시작되기도 전에 통화는 끊겼다. 방에 침묵이 내려앉았다.

"지금…… 뭐지……?" 다케시가 왼손을 내려다봤다.

—……모르겠어.

"도망치라니, 우리한테 한 말이야?"

—그런 것 같아.

"그 말은 우리가 이 집에 침입한 사실을 안다는 거잖아. 도대체 누가……?"

—전혀 모르겠어. 하지만 일단 나가자. 정말 형사가 오면 큰일이야.

"그, 그렇지."

다케시는 바닥에 흩어져 있던 카드들을 모아 주머니에 넣고 갈색 봉투를 배낭에 넣은 다음 현관으로 가려 했다.

　—거긴 안 돼. 창문으로 나가야 해. 형사와 맞닥뜨리고 싶지는 않겠지?

　"아, 맞다. 그런가?"

　다케시는 배낭을 짊어지면서 책상 옆 커튼을 젖히고 창문을 열었다. 창틀에 다리를 걸고 밖으로 나온 후 소리가 나지 않도록 조심스레 창문을 닫았다. 그때 현관 쪽에서 금속음이 들렸다. 누군가가 문을 열려 하고 있다.

　—저기 벽을 넘어!

　가이토가 목소리를 높이며 왼손의 '권리'를 넘겨준다. 서둘러 블록 담을 넘어 연립주택 대지 밖에 착지한 다케시는 귀를 기울였다. 어렴풋이 "뭐야, 이 방!"이라는 소리가 들렸다.

　형사였다. 조금만 늦게 탈출했으면 들켰을 것이다.

　—뭘 해! 얼른 도망쳐!

　"미, 미안."

　다케시는 좁은 골목으로 뛰어들었다. 머릿속에서는 전화에서 들려온 불길한 목소리가 수없이 재생되고 있었다.

5

　시부야역을 나와 스크램블 교차로로 향했다.

하야카와의 집에서 탈출해 골목길을 헤매다가 간신히 가마타 역에 도착한 다케시는 다시 시부야로 돌아왔다. 역의 물품 보관함에 맡긴 짐을 꺼내 숙소인 인터넷 카페로 갔다.

밤 11시가 지났는데도 스크램블 교차로 주변에는 수많은 사람이 모여 있었다. 보행자 신호가 파란불로 바뀌어 다케시는 무거운 발걸음을 옮겨 나아갔다. 교차로 중앙 부근에 다다르자 사방팔방에서 쏟아진 인파에 부딪혀 좀처럼 앞으로 가기 힘들었다. 처음에는 감동한 수많은 인파도 지금은 번잡스럽기만 했다. 화려한 네온이 신경에 거슬렸다.

─괜찮아?

교차로를 건너자 가이토가 말을 걸어왔다.

"……좀 피곤할 뿐이야."

다케시는 정면을 응시하고 조그맣게 말했다. 하야카와의 집을 떠난 뒤 가이토와는 거의 대화를 하지 않았다. 가이토가 뭔가 생각에 잠긴 것 같았고 다케시도 너무 피곤해 먼저 말을 걸 수 없었다.

범인으로 연결될 자료를 손에 넣었다. 진짜라면 기뻐할 상황이다. 그러나 전화에서 들린 불길한 목소리. 그 목소리를 떠올릴 때마다 불안이 온몸을 파먹었다.

─저기, 그 전화…….

가이토가 주저하며 말했다.

"그만해." 다케시는 크게 고개를 저었다. "지금은 얘기하지 마."

―미안해……. 일단 푹 쉬고 얘기하자.

발걸음을 재촉해 인터넷 카페에 도착한 다케시는 갈색 머리 남자에게 산 회원증을 점원에게 내밀었다.

회원증을 기기에 읽힌 점원이 수상쩍은 표정을 지었다.

"저기…… 왜 그래요?" 불온한 공기에 다케시가 목소리를 낮췄다.

"아뇨, 손님과 똑같은 정보로 입실한 분이 계셔서……."

―어이, 위험해.

가이토가 초조한 목소리로 말했다. 다케시도 바로 상황을 파악했다. 회원증을 판 남자가 지금 가게에 있는 것이다. 틀림없이 재발행했을 것이다.

"죄송합니다. 그만 가볼게요." 다케시는 도망치듯 엘리베이터를 탔다.

다케시는 빌딩을 나와 근처의 패스트푸드 가게에서 햄버거 세트를 주문하고 밖에서 볼 때 사각지대인 구석 자리에 앉았다.

"이제 저 인터넷 카페는 쓸 수 없겠어. 네 말 듣고 만 엔이나 냈는데."

한숨을 내쉬며 감자튀김을 입 안에 던져 넣었다.

―몰아붙이지 마. 설마 그 남자가 이렇게 빨리 새 회원증을 만들 줄은 몰랐어.

"이제 어떻게 하지? 사람들 눈이 있는 데서 하야카와의 자료를 펼쳐놓을 수는 없잖아."

─아무래도 방을 확보해야겠어. 그러는 편이 경찰에 들킬 위험도 줄고.

"그러려면 신분증이 필요해."

─없어도 잘 만한 시설은 있을지 몰라. 하지만 경찰이 그런 곳을 제일 먼저 뒤질 거야.

"앞뒤가 다 막혔네." 다케시는 어깨를 늘어뜨리고 햄버거를 베어 물었다.

─……아니야. 방법이 있을지 몰라.

"정말?! 어떻게?"

─이따가 자세히 알려줄게.

"뭐야? 비싸게 구네."

─일단은 영양부터 보충해. 그다음에 밤 산책이나 하자.

"산책? 경찰에 걸릴 수 있으니까 가능한 한 밖을 돌아다니지 말라며?"

─변장했으니 괜찮아. 숙소를 찾으려면 필요한 일이야. 그러니까 빨리 먹어.

다케시는 가이토가 재촉하자 햄버거를 위에 억지로 넣고 패스트푸드 가게를 나왔다. 다시 시부야역 물품 보관함에 짐을 맡기고 가이토의 지시에 따라 센터가이로 향했다.

눈부실 정도의 네온 빛을 받은 거리에는 취한 젊은이들이 대거 걷고 있었다.

─음, 좀 더 안쪽으로 가는 게 낫겠다. 여기는 사람이 너무

많아.

"안이라니, 무슨 생각을 하는 거야?"

불길한 예감이 들었으나 가이토는 '일단 내게 맡겨'라며 대응하지 않았다.

옛날부터 가이토에게 '맡겨'라는 말을 들으면 아무 말도 할 수 없었다. 다케시는 어쩔 수 없이 센터가이 안쪽으로 나아갔다. 몇 분쯤 걷자 네온 빛이 줄어들었다. 거리를 걷는 사람도 눈에 띄게 줄었다.

—응, 적당히 인적이 없네. 그러면 저쪽 골목으로 들어가.

"골목에? 왜?"

—일단 가. 적당할 때 지시할 테니까.

한숨을 쉬면서 지시대로 어두컴컴한 골목으로 들어갔다. 이따금 갈지자로 걷는 취객과 마주쳤다. 다케시는 지시에 따라 비슷한 골목을 들어갔다 나오기를 반복했다.

"이런 짓을 하는 이유가 뭐야?"

—안달 내지 마. 지금 찾고 있으니까.

"찾아?"

미간을 찌푸리자 가이토가 '오!' 하고 소리를 높였다. 다케시는 걸음을 멈췄다.

"왜?"

—아니, 아무것도 아니야. 일단 움직여.

가이토가 말을 얼버무린 탓에 다케시는 부루퉁한 표정으로 걷기 시작했다. 앞쪽에서 젊은 남자 둘이 다가왔다. 한 사람은 안경을 쓰고 몸집이 큰 짧은 머리의 남자, 다른 한 사람은 중간 키에 통통한 몸집이고 귀에 피어싱을 여러 개 하고 있다. 아직 몇 미터쯤 떨어져 있는데 알코올 냄새가 났다.

껄껄대고 웃으며 걷는 두 사람과 스치기 직전, 갑자기 왼쪽 어깨부터 손끝까지 감각이 사라졌다.

뭐지? 다케시가 그렇게 생각했을 때는 이미 늦었다. 멋대로 움직인 왼손이 안경 쓴 남자의 어깨를 강하게 쳤다.

"무슨 짓이야!" 안경 쓴 남자가 어깨를 움켜쥐고 노려봤다.

다케시가 미안하다는 말을 내뱉기 전에 왼손이 입을 막았다.

"이봐, 뭐야? 부딪쳤으면 사과해야지!"

안경 쓴 남자의 목소리가 거칠어졌다. 그 옆에서 피어싱 남자가 "그만해"라며 목소리를 높였다.

"대답 안 해!"

안경 쓴 남자가 술기운 탓인지 아니면 분노 탓인지 벌건 얼굴을 들이댔다. 다음 순간 가이토가 조종하는 왼손이 힘껏 남자의 멱살을 잡았다. 남자는 헛발을 디디며 골목 벽에 등이 부딪쳤다.

순간 놀란 표정을 지은 안경 남자의 얼굴이 분노로 일그러지기 시작했다.

"이 새끼!"

안경 쓴 남자는 두 손을 뻗어 다케시의 셔츠를 움켜쥐고 힘껏 반대편 벽으로 밀어붙였다. 뒷머리가 벽에 부딪혀 묵직한 통증이 찾아왔다. 다케시가 얼굴을 찌푸린 순간 남자가 배에 니킥을 날렸다. 순간 복부에 힘을 주지 못해 충격이 내장을 훑고 지나갔다. 다케시는 탁한 신음을 흘리며 몸을 웅크렸다. 배 속에서 스멀스멀 분노가 끓어올랐다.

안경 쓴 남자는 셔츠를 놓고 오른손을 크게 휘둘렀다.

그런 물주먹에 맞을 것 같냐? 다케시가 오른 주먹을 움켜쥐고 훅을 날리기 위해 체중을 앞발에 실은 순간 오른팔이 뭔가에 걸렸다. 짜증을 내며 시선을 떨어뜨린 다케시의 눈이 커졌다. 어느새 왼손이 팔꿈치 안쪽을 잡아 펀치를 막고 있었다.

눈앞에서 불꽃이 튀었다. 뺨이 저릿할 정도의 통증이 찾아오고 입 안에서 피 맛이 났다. 순간 중력이 사라진 것만 같았다. 이 감각은 잘 안다. 펀치를 맞고 다운될 때의 감각이다.

두 무릎이 꺾이며 그 자리에 주저앉고 말았다.

다케시는 아스팔트에 무릎을 꿇은 채 손가락, 발가락이 움직이는지 확인했다. 다운되면 몇 초 동안은 일어나지 않고 부상 정도를 가늠한다. 권투의 규칙을 무의식적으로 실천한 것이다.

다리에 힘이 들어가지 않는다. 상당히 강하게 뇌가 흔들렸다. 그렇게 판단했을 때 복부에 뭔가가 꽂혀 다케시는 그 자리에 그대로 뻗었다. 살펴보니 안경 쓴 남자가 오른발을 휘두른 자세로 내려다보고 있다. 자신이 차였음을 깨달았다.

아, 맞다. 여기는 링이 아니지……. 다케시는 발이 차고 간배를 오른손으로 감싸면서 입술을 깨물었다. 너무나 혼란스러워 그것조차 판단하지 못했다.

더 차려는 남자를 피어싱 남자가 뒤에서 매달리는 자세로 말렸다.

"이봐. 지나쳐! 저기 사람 좀 보라고."

안경 쓴 남자가 퍼뜩 정신을 차린 듯한 표정을 지었다. 다케시도 쓰러진 채 피어싱 남자가 가리킨 쪽으로 눈길을 돌렸다. 그곳에는 젊은 커플이 굳은 표정으로 우두커니 서 있었다.

"가자고!"

피어싱 남자에게 떠밀려 안경 쓴 남자가 도망치듯 자리를 떴다. 다케시는 멀어지는 둘의 뒷모습을 바라보다가 벽에 등을 기대고 일어났다. 배에는 아직 묵직한 통증이 남아 있었고 무릎이 덜덜 떨렸다.

"저기요……. 괜찮아요?" 커플 중 남자가 조심스레 말을 걸어왔다.

"……괜찮……습니다."

목소리를 짜내 오른손으로 입가를 닦았다. 손등에 붉은 피가 묻어났다.

"하지만 피를 많이 흘렸어요. 경찰을 부르는 게 좋을 텐데요."

"아니, 괜찮다고요!"

경찰이라는 말에 머리에 가득했던 안개가 단숨에 사라졌

다. 다케시는 이를 악물고 힘이 들어가지 않는 다리를 채찍질해 떨어진 변장용 안경을 들고 그 자리에서 도망쳤다.

골목을 빠져나오자 바로 근처에 공중화장실이 있었다. 도망치듯 화장실로 들어가 문을 잠근 다케시는 문에 등을 기대고 그대로 주저앉았다. 털썩 앉으니 바지를 통해 차가운 바닥의 감촉이 엉덩이로 전해졌다. 입 안에 남은 피를 바닥에 뱉고 두 무릎을 안았다.

그 자세 그대로 그저 시간이 흐르길 기다렸다. 뇌진탕이 회복되었는지 손발의 마비가 약해졌다. 일그러져 있던 시야도 직선을 되찾기 시작했다.

"……무슨 생각이야?"

다케시가 오른손으로 셔츠 자락을 힘껏 움켜쥐었다. 그렇게 하지 않으면 왼손을, 가이토를 힘껏 때릴 것만 같았다. 가이토가 변장용 안경을 씌워줬다.

─무슨 생각이냐니?

평소와 다름없는 가이토의 말투가 신경에 거슬렸다. 다케시는 왼 손목을 움켜쥐고 눈앞으로 가져왔다.

"왜 그런 짓을 했냐고 묻잖아! 크게 다칠 뻔했다고."

─미안, 미안해. 권투 선수인 너라면 맞아도 큰 피해는 없을 줄 알았지.

"그럴 리 있겠냐? 네 탓에 거구의 남자에게 카운터펀치[∞]를

[∞] 권투에서 상대가 자신을 향해 팔을 뻗으며 공격하는 순간 되받아치는 기술

맞았잖아!"

─좀 더 약한 녀석이었으면 좋았는데. 그래도 딱 적당했단 말이야.

"적당해?"

─어라, 몰랐어? 그 남자, 누구랑 닮았잖아.

닮아? 안경 쓴 남자를 떠올렸다. 입술이 얇고 오뚝한 코에 나름 남자다운 이목구비였으나 조금 처진 눈매 탓에 자신이 없어 보였다. 머릿속이 저릿했다. 확실히 누군가와 닮은 듯하다. 그러나 그게 누군지 모르겠다.

─모르겠으면 일단 일어나봐.

"일어나? 왜?"

─됐으니까 어서.

다케시는 가이토의 재촉에 부루퉁한 표정으로 자리에서 일어났다. 발밑이 흔들려 옆에 있던 벽을 손으로 짚었다.

─고개를 돌려 뒤를 봐. 거기에 있으니까.

"뭐?" 다케시는 뒤를 봤다. 남자와 눈이 마주쳤다. 거칠지만 왠지 자신 없어 보이는 표정의 안경 쓴 남자. 확실히 조금 전 남자와 어딘가 닮아 있다.

"……가이토." 목구멍에서 갈라진 목소리가 새어 나왔다.

아니, 가이토가 아니다. 가이토는 언제나 당당했다. 이런 약한 표정은 짓지 않았다.

이건…… 나다.

―이제 알았어? 맞아. 그 남자는 어딘가 너랑 닮았어.

거울을 응시하는 다케시의 눈앞에 뭔가가 나타났다. 저도 모르게 뒤로 몸을 젖힌 다케시는 가이토가 가늘고 긴 물체를 얼굴 앞에 내밀고 있음을 깨달았다.

"그건……."

―지갑이야. 너를 때린 남자 거지.

가이토는 한 손으로 능숙하게 가죽 장지갑을 열고 안에서 운전면허증을 꺼냈다.

―세키구치 료야네. 응, 너무 눈에 띄지 않는 좋은 이름이야.

"훔쳤어?"

―유감이지만, 다쳤으니까 위자료로 받았지.

"지갑이 사라진 걸 알면 그 남자, 경찰에 신고할 텐데."

―잠깐 어깨가 부딪혔을 뿐인데 상대를 흠씬 두들겨 팼어. 경찰에는 못 가겠지.

그래서 내가 얻어맞았다는 말인가. 모든 것을 계산했다는 소리다. 어이없음과 감동이라는 감정이 동시에 가슴에 끓어올 랐다.

"그래서 그 남자와 얽힌 거야?"

―맞아. 한바탕 소동이 벌어지는 틈에 지갑을 슬쩍했어. 너와 비슷한 남자의 신분증을 얻으려고. 이걸 사용하면 여러 가지 일을 할 수 있어. 예를 들자면……

가이토는 자못 점잖은 척하며 말을 끊고 지갑을 품에 찔러 넣었다.

─우리가 쓸 방을 빌리는 데도 말이지, 세키구치 료야 씨.

6

엘리베이터를 내리자 눈에 띄게 더러운 바깥 복도가 뻗어 있었다. 구릿빛 피부의 경박한 분위기를 풍기는 젊은 남자가 스치듯 엘리베이터에 올라탔다.

다케시는 노을을 옆얼굴로 받으며 복도를 나아갔다. 왼편에 나란히 있는 다섯 개의 현관문 중 가장 안쪽 문 앞에서 멈췄다. 바로 옆의 비상계단 입구를 바라보며 주머니에서 꺼낸 열쇠를 열쇠 구멍에 꽂았다.

손목을 돌리니 잠금장치가 풀리는 경쾌한 소리가 울렸다. 다케시는 오른손을 가슴에 댔다.

─왜 그렇게 우두커니 서 있어? 더우니까 얼른 들어가자.

왼손이 마음대로 손잡이를 잡고 문을 열었다.

"앗, 멋대로 움직이지 좀 마. 애써……"

─애써 감상에 젖어 있는데 말이지? 그렇게 대단한 일도 아니잖아?

"……대단한 일이야. 내게는." 다케시는 크게 숨을 내쉬고 열린 문을 통과했다.

시부야에서 싸운 남자에게 지갑을 슬쩍한 다음 날 저녁, 다케시는 가와사키역에서 걸어서 15분쯤 걸리는 곳에 있는 낡은 아파트 5층에 있었다. 어젯밤, 훔친 지갑에 있던 운전면허증을 이용해 인터넷 카페에 들어가 앞으로의 활동 거점이 될 만한 방을 인터넷으로 밤새도록 찾았다. 그 결과 발견한 것이 이 위클리 맨션이었다.

가능하면 도쿄에서 방을 빌리고 싶었으나 임대료가 너무 비쌌고 '하야카와 살인사건은 경시청 담당일 거야. 그렇다면 도쿄 밖에서 방을 빌리는 게 좋아'라는 가이토의 설득에 넘어갔다.

오전에 인터넷을 신청하고 훔친 면허증으로 싸구려 스마트폰도 계약했다. 이후 두 시간쯤 전에 가와사키의 부동산 중개소를 방문해 정식 계약을 맺었다. 다른 사람의 신분증인 게 들킬까 봐 불안했는데 담당자는 면허증을 슬쩍 보더니 복사하고 순순히 계약해줬다. 그리하여 다케시는 무사히 계약을 마치고 앞으로의 생활 거점이 될 아파트를 찾아온 것이다.

좁은 현관 안쪽에 2미터쯤 되는 짧은 복도가 있었다. 오른편과 정면에 문이 있고 왼편에는 부엌이라 하기도 뭔한 부엌이 있었다.

신발을 벗고 부엌을 곁눈으로 보며 복도를 나아간 다케시는 정면 문을 천천히 열었다. 찜통 같은 열기가 훅 흘러나왔다. 방에는 싱글 침대, 책상, 나무 책장, 소형 액정 TV 등 생활에 필요한 최소한의 가구가 아무렇게나 놓여 있는 약 13제곱미터의 공간이 펼쳐져 있었다.

—참 쓸쓸한 방이네. 뭐, 4만5천 엔에 2주 동안 빌린 거니까 사치스러울 수는 없겠지.

가이토의 말대로 정말 살풍경한 방이었다. 그래도 다케시의 가슴은 한껏 부풀어 있었다.

이제까지 내내 부모님 집에서 살았다. 물론 자기 방은 있었으나 늘 답답해 빨리 집을 나가 혼자 살고 싶었다.

머릿속에 그린 것과는 완전히 다른 형태였으나 그래도 자신만의 '집'을 손에 넣었다. 이전에는 맛본 적 없는 해방감이 가슴을 채웠다.

—이제 나만의 성도 손에 넣었으니 빨리 하야카와의 집에서 발견한 것을 조사해보자.

"당장? 조금 쉬면 안 돼?"

—무슨 그렇게 태평한 소리를 하냐? 너는 살인범이라는 누명을 뒤집어쓰고 있다고.

가이토의 말투가 엄격해졌다. 다케시는 "미안……"이라고 말하며 바닥에 놓은 배낭에서 노트북 컴퓨터와 갈색 봉투를 꺼냈다.

다케시는 책상에 노트북과 갈색 봉투를 올려놓고 의자에 앉았다. 침을 꿀꺽 삼킨 뒤 노트북 전원을 켰다. 액정 화면에 'WELCOME'이라는 글자가 나오고 이어서 비밀번호 창이 떴다.

—아, 역시 비밀번호를 걸어놨네.

"비밀번호를 알 수 없을까? 너, 컴퓨터 잘 알잖아."

다케시는 Enter 버튼을 눌렀다. 화면에 '비밀번호가 일치하지 않습니다'라는 표시가 나왔다.

—무슨 소리야. 비밀번호를 어떻게 할 정도의 기술은 없어.

"뭐야. 애써 여기까지 가져왔는데!"

—그렇게 신경질 부리지 마. 아직 이게 있잖아.

가이토는 갈색 봉투를 들고 다케시의 눈앞에서 살살 흔들었다.

—금고 속에 들어 있던 이게 진짜야.

"……맞아."

다케시는 노트북을 그대로 두고 갈색 봉투에서 바인더를 꺼내 책상 위에 펼쳤다. 상당히 독특한 글자가 종이를 가득 메우고 있다. 대부분은 메모처럼 휘갈겨 쓴 글씨로 한눈에 읽을 수는 없었다.

다케시는 페이지를 쭉 넘기며 본 후 바인더를 닫고 이어서 봉투에서 사진을 꺼냈다. 수면이 부족한 머리로 메모 해독을 시도하고 싶지는 않았다.

사진을 여러 장 넘기다가 다케시는 미간을 찌푸렸다. 멀리서 어떤 사람을 찍은 것이었다. 사진에 찍힌 사람들은 이쪽을 보고 있지 않다. 명백한 도촬이다.

다케시는 수십 장의 사진을 빠르게 확인했다. 대부분 야간에 찍은 것인데 피사체 대부분은 왠지 반사회적인 분위기를 내뿜는 젊은 남자들이었다.

"이게 뭐야?" 다케시는 사진 다발을 책상에 놓았다.

—조사 자료 아닐까? 그런데 질 나쁜 녀석들이네. 하야카와는 그쪽 기사도 썼으니까 무슨 위험한 일을 조사했나?

"그러다 들켜서 살해되었다고? 그렇다면 범인은 지금쯤 이 자료를 지닌 나를 쫓고 있지 않을까?"

차가운 떨림이 등을 훑고 지나갔다.

—괜찮다니까. 경찰도 너를 찾지 못했어. 여기가 발견될 리 없어.

"……하야카와의 방으로 걸려 온 전화, 기억하지?" 다케시가 목소리를 낮췄다.

—범인이 건 거라고 생각해?

"범인 말고 누가 있는데? 금고를 열지 못한 범인은 하야카와의 집을 감시했어. 그때 우리가 와서 금고를 열었어. 그리고 우연히 형사가 그 방을 찾아왔고."

다케시는 단숨에 떠들고 갈색 봉투를 가리켰다.

"범인은 이 자료를 경찰에 넘겨줄 수 없었어. 그래서 내게 경고해 탈출하도록 했어. 그런 후 우리에게서 자료를 빼앗으면 목적 달성이지."

숨이 거칠어진다. 어제 자신의 무죄를 증명하기로 마음먹은 뒤로 계속 범인을 쫓을 생각이었다. 그러나 실제로는 자신이 쫓기는 처지일지 모른다.

실제로 사람을 죽인 범죄자. 심지어 상대가 한 명이라는 보장도 없다.

—괜찮다니까.

가이토가 오른쪽 어깨를 가볍게 두드렸다.

—어제부터 오늘까지 여러 차례 확인했잖아. 누가 미행하는지. 그런데 없었잖아. 이곳이 드러날 일은 절대 없어.

분명 이틀 동안 늘 미행을 경계했다. 그러나 가슴속에 들러붙은 불안은 좀처럼 사라지지 않았다.

—그나저나 봉투에 다른 것도 있잖아. 그건 뭐야?

"다른 것?"

—몰랐어? 아까 안을 들여다봤을 때 바인더 안쪽에 뭐가 있었어.

가이토는 봉투를 들고 뒤집어 흔들었다. 안에서 작은 플라스틱 용기가 두 개 나와 책상에 떨어졌다.

"······안약?"

다케시는 콧등에 주름을 잡았다. 얼핏 보니 안약 같았다. 라벨은 없었고 안에 에메랄드블루색의 액체가 들어 있었다. 다케시가 용기를 들고 흔들자 형광등 불빛이 은은하게 난반사했다.

"안약 같은 이거, 이번 사건과 관련 있을까?"

—봉투에 들어 있었으니까 관련이 있을 것 같기는 한데. 하

야카와의 메모에 뭐든 적혀 있지 않을까? 일단 이걸 자세히 읽어보자.

가이토는 루스리프를 다케시의 눈앞에 들어 올렸다. 다케시는 무거운 한숨을 내쉬었다.

"오늘은 그만하자. 졸려서 머리가 무거워."

—무슨 소리야? 바로 이 순간에도 경찰은 너를 찾고 있어. 게다가 금방 네가 말했잖아. 범인도 우리를 찾고 있을지 모른다고.

"알아. 그건 안다고. 하지만 정말 머리가 돌아가질 않아."

아직 저녁인데 너무 졸렸다. 지난 며칠 동안 만성적인 수면 부족에 시달렸고 자신의 방에 있다는 편안함에 졸음이 몰려왔다.

—하지만…….

가이토가 중얼거렸을 때 다케시는 고개를 들었다. 어디선가 목소리가 들린 것만 같았다. 여자 목소리가. 다케시는 책상 옆에 있는 옆집과 이 집을 막은 벽으로 눈길을 던졌다.

다시 희미하게 목소리가 들렸다. 그 목소리는 명백히 환희의 감정을 담고 있었다. 참을 수 없는 쾌감에 여자가 지르는 소리. 귀를 기울이자 침대 스프링이 삐걱거리는 소리와 남자의 거친 숨소리도 들려온다.

다케시는 입을 반쯤 벌린 채 그대로 굳어버렸다. 여자의 목소리는 더 높아지더니 비명처럼 변해갔다.

몸을 섞는 남녀의 영상을 전에도 여러 번 봤다. 그런데 지금은 그저 소리만 들리는데도 생전 처음이라고 느낄 정도로 머리가 뜨거워졌다.

벽 너머에서 화면으로만 봤던 행위가 정말 이루어지고 있다. 그 사실에 정신이 혼미해질 정도로 흥분했다. 하반신에 피가 모였다.

다음 순간, 왼손이 벽을 강하게 쳤다. 둔중한 소리가 방에 울려 퍼진다. 교성이 사라졌다.

──……이 집, 벽이 정말 얇네.

가이토가 담담하게 말했다. 다케시는 침을 꿀꺽 삼키고 "……응" 하고 갈라진 목소리를 냈다. 심장 고동이 머리에까지 울렸다. 고통스러울 정도로 페니스가 딱딱해졌음을 깨달았다.

──……듣고 보니 나도 좀 피곤하네. 잠깐 쉬자.

왠지 어색하게 가이토가 중얼거리자 왼 손목에서 손끝까지의 감각이 돌아왔다.

"가이토……."

다케시는 왼손의 감촉을 확인하며 말을 걸었다. 그러나 대답은 없었다.

가이토가 왼손에 깃들었을 때 다케시는 별다른 저항감을 느끼지 못했고 그 사실을 그대로 받아들였다. 하지만 온몸의 젊은 세포에서 매일 끓어오르고 축적되는 성욕을 처리하는 것만큼은 곤란했다. 응어리진 성욕에 다케시가 괴로워한다는 걸 알아차리면 가이토는 지금처럼 온갖 이유를 대 왼손의 권리를 넘기고 전혀 반응하지 않는다.

그동안 가이토가 정말 잠들었는지는 다케시로서는 알 도리가 없다. 그에 대해 깊이 생각하지 않고 충동 해소에 힘쓰기로 했다.

다케시는 곁눈질로 벽을 바라봤다. 저 너머에 있는 남녀가 행위를 중단했는지, 아니면 목소리를 죽이고 성욕을 풀고 있는지는 모르겠다. 배꼽 아래에서 불꽃이 일렁이는 듯한 감각을 느끼며 다케시는 커튼을 닫고 형광등에서 늘어진 끈을 잡아당겼다. 어두컴컴해진 방에서 바지를 벗은 다케시는 싱글 침대에 누워 담요를 덮었다.

눈을 감고 오른손을 하반신으로 뻗어 금속처럼 딱딱해진 몸 일부를 만진다.

조금 전 들은 신음이 귓가에 되살아남과 동시에 눈꺼풀 안쪽에 교복 차림의 소녀가 떠올랐다.

다케시는 입술을 깨물었다. 강한 질투와 후회가 밀려와 왠지 모르게 흥분을 고조했다.

강렬한 자기혐오를 느끼면서도 계속 오른손을 움직였다.

몇 분 뒤, 몸 안에 휘몰아친 태풍이 가라앉으면서 단박에 졸음이 쏟아졌다. 편안한 나른함이 찾아와 다케시는 저항하지 않고 수마에 의식을 맡겼다.

의식이 떨어지기 직전, 뇌리에서 교복 차림의 소녀가 애달프

게 미소 지었다.

살그머니 눈을 뜨자 얼룩진 천장이 눈에 들어왔다. 다케시는 천천히 몸을 일으켰다. 커튼 틈으로 스며드는 빛이 방을 비추었다.

눈을 비비며 침대에서 나왔다. 돌을 가득 채운 듯 무거웠던 머리가 산뜻해졌다. 온몸에 쌓였던 피로도 훨씬 가벼워졌다. 책상 위에 내던져둔 손목시계를 보니 아침 7시를 조금 넘긴 시각이었다. 아무래도 한나절 이상 잔 모양이다.

다케시는 티셔츠와 복서 브리프 차림 그대로 두 손을 천장을 향해 힘껏 뻗었다. 우두둑 등뼈 소리가 울릴 때쯤 천장으로 뻗은 왼손의 감각이 사라졌다.

—안녕. 잘 잤어?

가이토의 목소리를 듣자 어젯밤 기억이 되살아나 다케시는 다시 마음이 불편해졌다.

"……어."

—다행이네. 나도 숙면했어. 피차 피곤했지.

배려하고 있는지 가이토의 태도는 평소와 다름없었다. 그래서 더 비참했는데 배에서 꼬르륵 소리가 크게 났다.

—그러고 보니 여기 와서 아무것도 안 먹었네. 배고프겠다.

가이토의 지적에 다케시는 배고픔을 느꼈다. 원시적인 욕구가 수치심을 날려버렸다.

─옷을 갈아입고 뭐 좀 사러 나가자. 조금 걸어가면 편의점이 있을 거야.

"그래."

다케시는 바닥에 벗어놓은 청바지를 입고 방을 나와 걸어서 몇 분 걸리는 편의점에서 즉석식품과 일용품을 사서 아파트로 돌아왔다.

엘리베이터를 타고 5층에 내린 다케시는 사 온 물품으로 빵빵해진 편의점 봉투를 오른손에 들고 바깥 복도를 걸었다. 집 문까지 몇 미터 남았을 때 갑자기 옆집 문이 열리더니 앞길을 막았다. 저도 모르게 "으악!" 소리를 지르고 말았다.

"어머!" 문 뒤에서 젊은 여자가 얼굴을 내밀었다. "미안. 놀랐어?"

"아, 아뇨. 괜찮습니다."

다케시는 대답하면서 여자를 봤다. 나이는 20대 중반쯤일까. 밝은 갈색 머리를 뒤로 묶었다. 쌍꺼풀진 눈이 소녀 같아 어려 보였는데 오뚝한 콧날과 옅은 분홍색으로 칠한 육감적인 입술은 성인 여성의 농염함을 드러내고 있었다.

여자는 "영차!" 하며 커다란 쓰레기봉투를 두 개 들고 복도로 나왔다. 노출이 심한 탱크톱 차림의 가슴은 크고 풍만한 곡선을 그렸고 짧은 반바지 사이로 하얀 허벅지가 드러나 있었다. 다케시의 목구멍에서 꿀꺽, 소리가 났다.

─……눈길 좀.

가이토의 목소리에 정신을 차린 다케시는 황급히 고개를 숙이고 슬쩍 여자를 봤다.

이 사람이……. 어젯밤, 벽 너머로 울린 교성이 뇌리에 떠올라 얼굴이 화끈거렸다.

"아, 혹시 옆집에 이사 온 사람?" 여자는 교태 어린 미소를 지었다.

"아, ……네."

다케시가 주저하며 고개를 끄덕이자 쓰레기봉투를 복도에 내려놓은 여자가 가녀린 오른손을 힘차게 들었다.

"나는 구와시마 아야카야. 잘 부탁해, 이웃!"

7

—야, 왜 그렇게 넋을 놓고 있냐!

젓가락으로 컵라면의 면을 든 채 굳어버린 다케시에게 가이토가 말을 걸었다.

—아까부터 멍하니 있네. 면 다 불었어.

"응……."

다케시는 면을 후루룩 넘기면서 테이블 위에 펼쳐진 바인더로 눈길을 떨어뜨렸다.

편의점에서 먹을 것을 사서 돌아온 뒤 하야카와의 집에서 가져온 바인더를 살폈다. 그러나 빼곡하게 적힌 글자가 좀처럼 머리에 들어오지 않았다.

─여기 '사파이어'라는 게 뭘까?

"나도 그게 영 마음에 걸려. 사파이어, 보석이지?"

페이지 제일 위쪽에 엉망인 글씨체로 커다랗게 '사파이어 판매망'이라고 휘갈겨 적혀 있었다.

─아무래도 이거, 은어 같아. 밀수나 밀매처럼 위험한 내용도 적혀 있으니까 말이야.

"밀수?" 저도 모르게 목소리가 커졌다.

─야! 무슨 얼빠진 소리야? 여기 적혀 있잖아.

가이토가 펼쳐진 페이지를 손가락질했다. 정말 자세히 보니 조그맣게 '밀수', '밀매', '판매자', '조폭' 같은 글자가 적혀 있다.

─잠깐 봐도 알 일이야. 집중 좀 해.

"……미안해."

─아까 만난 누나 때문에 그래?

가이토가 조용히 중얼거렸다. 급소를 찔려 입을 다문 다케시의 뇌리에 옆집 주인의 노출도 높은 옷차림이 되살아났다. 탱크톱 사이로 드러난 가슴골을 떠올리고 말았다.

─나도 알아. 예쁜 누나가 그런 차림으로 있으면 건강한 고등학교 남학생의 눈에는 독이지. 하지만 지금은 그럴 상황이 아니야. 살인범으로 쫓기고 있다는 사실을 잊지 마.

"안 잊었어……."

다케시는 고개를 떨궜다. 절대 잊지 않았다. 하지만 아무리 노력해도 방금 본 선정적인 몸과 어젯밤 벽 너머로 들린 교성이 머리에서 사라지지 않았다.

—그래? 그럼 됐어. 이제 노트로 돌아가자.

"그런데 이 노트의 글자, 너무 형편없어. 무슨 암호를 해독하는 것 같아."

—그러니까 더 집중해야지. 이것만 풀면 하야카와 살해범을 알아낼 수 있을지도 모르니까.

"그렇다면 좋겠지만."

다케시는 몇 번 심호흡해 마음을 가라앉히고 노트에 적힌 글에 집중했다. 독특한 글자를 읽느라 고생하면서 문장을 좇았으나 중간중간 완벽하게 해독할 수 없는 곳이 있었고 메모처럼 엉뚱한 내용도 등장해 이해하기 어려웠다. 그러나 '사파이어'라는 것의 매매에 관해 취재를 시작한다는 요지의 글임은 알 수 있었다.

"이 '사파이어'라는 게……."

다케시는 노트를 가리키다가 퍼뜩 고개를 들었다. 다시 벽 너머에서 어렴풋이 목소리가 들린 것 같았다. 남녀가 대화하는 소리.

—집중!

가이토의 날 선 목소리에 다케시는 등을 꼿꼿이 폈다. 왼손이 다케시의 뺨을 살짝 쳤다.

─혹시 어제와 같은 소리가 나면 나는 바로 벽을 두드려 조용히 시킬 거야. 그러니까 얼른 노트나 봐. 네가 보지 않으면 내게도 보이지 않으니까.

다케시는 가이토의 독촉에 "알았어"라며 눈길을 떨어뜨렸다. 그러나 내용이 전혀 머리에 들어오지 않았다. 청각에 모든 신경이 집중되고 만다.

벽 너머에서 울리는 소리가 점점 커졌다. 그 목소리에는 확연히 혐오의 감정이 담겨 있었다. 다케시가 고개를 들자 목소리가 더 커졌다. 여자의 귀청을 찢는 듯한 절규와 남자의 분노에 찬 고함. 내용은 잘 들리지 않지만 서로 싸우는 분위기는 전해졌다.

─무시해.

"하지만 싸우는 것 같아."

─사랑싸움이겠지. 내버려 둬.

가이토의 무심한 목소리는 정면에서 울린 커다란 소리에 중단되었다. 뭔가가 벽에 부딪힌 듯하다. 다케시가 눈을 깜빡이고 있는데 계속해서 둔탁한 소리가 들려왔다.

"어, 이거……."

─……엄청난 싸움이네.

"그냥 둬도 괜찮을까?"

─어쩔 수 없잖아. 다른 사람 일에 참견하는 거 아니야.

"살려줘요!" 한층 더 큰, 그리고 비통한 목소리가 울렸다.

다케시는 서둘러 의자에서 일어나 현관으로 향하려 했다. 그러나 왼손이 멋대로 움직여 책상 끝을 잡아 몸의 균형이 무너졌다.

"왜 이래!"

—너야말로 어쩔 셈인데!

"당연히 저 사람을 도와야지."

—몇 번을 말했냐? 너는 살인 용의자야. 눈에 띄는 행동을 해서 어쩌려고?

"이대로 놔두면 누군가 신고할 거야. 경찰이 우리에게도 사정을 물으러 올 수도 있어."

다케시는 자기 생각을 단숨에 내뱉었다. 가이토도 말문이 막힌 듯하다.

"경찰에 신고되기 전에 이 소동을 막아야지. 불만 없지?"

다케시는 책상을 잡은 왼손으로 시선을 떨어뜨렸다. 벽 너머에서는 지금도 비통한 목소리가 들려왔다.

—……알았어.

가이토가 마지못해 책상을 놓자마자 다케시는 현관으로 달려갔다. 바깥 복도로 나왔을 때 옆집 현관문이 열리더니 안에서 구와시마 아야카가 맨발로 뛰쳐나왔다. 얻어맞았는지 얼굴에는 붉은 흔적이 있었다. 다케시를 발견한 아야카는 말없이 품에 안겼다.

"아, 저기…… 괜찮으세요?" 부드러운 감촉이 팔에 전해져 심장이 크게 뛰었다.

"어디 가려고!"

젊은 남자가 아야카의 방에서 나왔다. 다케시를 발견한 남자는 눈을 쓱 가늘게 떴다. 중간 키에 적당한 몸집의 남자는 탈색한 갈색 머리를 어깨까지 기르고 있었다. 뮤지션 출신의 양아치 같은 분위기다.

"이 새끼, 넌 누구야?"

"……누구인지는 상관없잖아?" 다케시는 아야카를 등 뒤로 감췄다.

"그렇지. 누구인지는 상관없지. 그러니까 쟤를 내게 넘겨."

"이 사람에게 무슨 짓을 할 건데?"

"시끄러워! 쟤는 내 여자야! 상관없는 놈은 끼어들지 마!"

"당신과는 이제 끝이야! 두 번 다시 오지 마!" 다케시의 뒤에서 아야카가 소리쳤다.

"어이, 그런 소리 하지 마. 화해하자고. 물론 때린 건 미안해. 하지만 그건 너를 사랑해서 그런 거야."

남자가 갑자기 태도를 바꿔 달콤한 말을 건네자 아야카는 두 손으로 귀를 막았다.

"듣고 싶지 않아! 됐으니까 얼른 가!"

─그것 봐. 역시 사랑싸움이었잖아.

가이토가 한심하다는 듯 중얼거렸다.

겁먹은 표정의 아야카가 매달리는 눈빛으로 다케시를 올려다봤다. 아이섀도로 라인을 그린 커다란 눈에 빨려 들 것만 같은 착각에 빠졌다.

"일단 방으로 들어가자. 내가 사랑해줄 테니까 기분 풀어."

남자가 야릇한 미소를 지으면서 다가왔다.

"이 사람이 싫다잖아." 다케시는 남자를 노려봤다.

"아니, 너는 상관없잖아! 얻어맞고 싶지 않으면 얼른 꺼져!"

"……가이토, 왼손 좀 빌려줘."

다케시가 나지막하게 중얼거렸다. '아이고, 네'라며 어이없어 하는 목소리와 함께 왼 손목에서 손끝까지의 감각이 돌아왔다.

장발의 남자는 오른팔을 크게 휘둘러 다케시의 얼굴을 향해 주먹을 내려치려 했다. 다케시는 미끄러지듯 앞으로 나아갔다. 순식간에 간격이 좁아지자 남자의 얼굴에 놀라움이 떠올랐다.

다케시는 왼손 주먹을 쥐고 허리를 획 돌렸다. 체중을 실은 보디 블로[8]가 남자의 간 부위를 타격했다. 남자는 발에 밟힌 개구리 같은 소리를 내며 그 자리에 무너져 내렸다.

배를 움켜쥐고 침을 질질 흘리며 끙끙대는 남자를 다케시는 차갑게 내려다봤다.

"너나 꺼져. 두 번 다시 여기 오지 마라."

공포와 고통으로 얼굴을 일그러뜨린 남자는 배를 감싸 쥐고 비틀비틀 일어나 엘리베이터 쪽으로 도망쳤다. 그 모습이 완전

[8] 흉복부에 가하는 타격

히 사라지는 것을 확인하고 돌아보자 아야카가 입을 반쯤 벌리고 있었다.

"괜찮으세요?"

"아, 응……. 너, 세구나. 놀랐어." 아야카는 다케시의 얼굴을 뚫어지게 쳐다봤다.

"권투를 조금 했어요. 그보다 얼굴이 빨간데……."

"아! 이거?" 아야카는 자기 오른뺨을 가리켰다. "괜찮아, 괜찮아. 이 정도는 익숙해."

"익숙하다니……."

"헤어지자고 할 때마다 오늘처럼 화를 냈거든."

"……매번, 맞았어요?"

다케시가 낮은 목소리로 묻자 아야카가 자학적인 미소를 지었다.

"그래도 네 덕분에 살았어. 이제 깨끗하게 헤어질 수 있겠어."

"하지만 또 올지도 모르잖아요."

"괜찮아. 저 녀석, 약한 사람에게는 강하지만 강한 사람에게는 아무것도 못 하는 한심한 놈이야."

아야카는 크게 기지개를 켰다. 탱크톱에 감싸인 풍만한 가슴 탓에 숨이 멎을 것만 같다.

─내가 얘기했지? 눈길 조심!

그때까지 침묵을 지키던 가이토가 충고했다. 어느새 왼손의 감각이 사라지고 없었다.

"저기요, 힘든 일 생기면 언제든 알려주세요. 제가 도와드릴 테니까."

"고마워. ……어라?"

아야카가 몸을 기울여 다케시의 목덜미로 얼굴을 가져왔다. 부드러워 보이는 머리카락이 살짝 흔들리며 어렴풋한 장미 향이 코끝을 스쳤다.

"왜…… 그러세요?" 심장 고동이 빨라졌다.

"……라면 냄새."

"앗, 방에서 컵라면을 먹어서."

"흠, 그렇게 몸집이 큰데 컵라면으로는 부족하지 않아?"

"아, 그게, 그냥."

—야, 이제 됐잖아. 다른 사람과의 접촉은 최대한 줄여야 해.

가이토가 강하게 말했다. 확실히 맞는 소리다.

"저, 제가 할 일이 있어서 그만 실례할게요."

다케시는 아쉬움이 남았지만, 간신히 몸을 돌려 자기 집으로 돌아왔다. 현관문을 닫기 직전, "정말 고마웠어"라는 말이 흘러 들어왔다.

—이제 만족해? 정의의 사도님.

"여자가 맞고 있었어. 돕는 게 당연하지."

—저 누나보다 네가 더 위험한 상황이라는 것만은 잊지 말아줘.

"잊지 않았다고. 경찰이 출동하면 곤란해서 도운 거야. 그게 다야."

—정말 그럴까? 남자를 쫓아버리고는 아주 좋아 죽던데.

"안 그랬거든!"

다케시는 혀를 차고 방으로 돌아와 책상 앞에 앉았다.

—그건 그렇고, 너, 저런 타입이 좋아? 더 얌전한 사람을 좋아하지 않았냐?

가이토의 놀리는 듯한 소리를 듣는 순간 다케시의 뇌리에 석 달 전 일이 떠올랐다.

자기와 얼굴이 똑같은 남자가 검은 머리의 소녀와 나란히 강을 걷는 모습. 걸음을 멈춘 둘이 아주 자연스럽게 서로를 바라보고, 그리고…….

"시끄럽다고!"

다케시는 오른 주먹으로 책상을 내리쳤다. 둔탁한 소리가 방에 울리고 이어서 침묵이 찾아왔다.

—……미안해. ……내가 너무 나갔다.

다케시는 가이토의 사과를 무시하고 말없이 바인더를 바라봤다.

어색한 공기가 흐르는 가운데 다케시는 하야카와가 남긴 메모 해독에 온 신경을 집중했다. 그러면 불쾌한 생각을 하지 않을 수 있다. 살인범으로 쫓긴다는 사실도, 3개월 전에 목격한 그 충격적인 광경도, 그리고 그 뒤에 일어난 비극도.

페이지를 한 장씩 넘긴다. 역시 글자가 너무 엉망이라 해독할 수 없는 부분이 많다. 그러나 2, 30분 메모를 보고 있으니 어렴풋하게나마 하야카와가 무슨 일을 했는지 알 수 있었다.

하야카와는 '사파이어'의 판매 경로 전모를 파악하려 한 것이다.

"이 '사파이어'라는 게 뭘까……?"

콧등을 주물렀다. 작은 글자를 내내 보고 있었더니 눈이 아팠다.

—적어도 보석은 아니네.

수십 분 만에 가이토의 목소리가 들려왔다.

다케시는 "……응" 하고 부루퉁하게 대답했다. 무시할까 했는데 시간이 분노를 얼마쯤 희석해주었다. 그때 갑자기 딩동 경쾌한 전자음이 방에 울려 퍼졌다. 다케시가 황급히 돌아봤다.

"설마…… 아까 소동이 신고되어 경찰이 왔나……?"

—그런 것치고는 너무 늦은 것 같은데…….

가이토가 자신 없이 중얼거렸을 때 다시 인터폰 전자음이 울렸다. 다케시는 천천히 의자에서 일어났다.

—나가보려고?

"상대가 경찰인지 정도는 확인하는 게 낫잖아."

—경찰이면 어쩌려고?

"그야……"

인터폰이 세 번째 울렸다.

"……일단 확인하자."

다케시는 발소리를 죽이면서 방을 나와 복도를 거쳐 현관 문 앞까지 이동했다. 심장이 격렬하게 뛰는 가운데 문에 박힌 렌즈를 들여다봤다. 밖에 선 인물을 본 순간 온몸의 힘이 빠져 그 자리에 주저앉을 뻔했다. 그곳에는 노출이 심한 옷을 입은 여성이 있었다.

─아까 그 누나야? 사람 놀라게 하지 좀 말라고 해라.

가이토의 불만을 들으면서 다케시는 손잡이로 오른손을 뻗었다.

─야, 열 거야?

"그야, 벨을 눌렀으니까."

─됐으니까 얽히지 말자. 그만큼 위험이 늘어. 집에 없는 척하자.

다케시는 잠금장치에 손을 댄 채 생각에 잠겼다. 분명 다케시의 말이 옳다. 하지만…….

다케시는 거칠게 잠금장치를 풀고 손잡이를 잡았다. 가이토가 '야?!'라며 놀라 소리를 높였다.

보통은 가이토의 지시를 따른다. 그러나 수십 분 전부터 이어진 짜증 때문에 그의 말에 반하는 행동을 한 것이다.

"죄송해요. 오래 기다리셨죠? 무슨 일이시죠?"

다케시는 가이토 보란 듯 상냥하게 말했다.

"조금 전 일, 보답."

아야카는 미소를 지으며 두 손에 들고 온 3단 타파웨어 그

롯을 내밀었다.

"네? 보답이요?"

"응. 젊은 사람이 제대로 챙겨 먹지 않으면 안 돼. 간단한 음식을 만들었어."

"아……."

기세에 눌려 다케시는 저도 모르게 타파웨어 그릇을 받고 말았다. 그러자 아야카가 생긋 웃었다.

"저기, 나 좀 들어가도 돼? 밥 차려줄게."

"네? 잠깐만요."

"괜찮아. 아, 아니면 여자 친구가 있나?"

"그건 아닌데……."

"그럼 괜찮지?" 아야카는 다케시의 가슴을 두 손으로 가볍게 밀고 현관으로 들어왔다.

—제대로 거절해! 방 안에 자료가 있다고!

가이토의 날카로운 목소리가 날아왔다.

"저기, 방이 좀 정신없어서……."

"그런 건 신경 쓰지 마. 아, 혹시 보여주고 싶지 않은 게 있나? 알았어. 여기서 기다릴 테니까 정리하고 알려줘."

"아, 저…… 그럼……."

다케시는 타파웨어 그릇을 든 채 복도를 지나 방으로 들어왔다.

—무슨 짓이야? 그럼 방을 치운 다음에는 들어오게 하겠다

는 거야?

"어쩔 수 없잖아. 그냥 이야기가 그렇게 흘러갔는데. 도쿄 사람은 다 이런가?"

다케시는 아야카에게 들리지 않도록 목소리를 낮췄다.

—저 누나가 오지랖이 넓은 거야. 방해되니까 얼른 쫓아버려.

가이토가 짜증스럽게 말했을 때 현관에서 "다 치웠어? 들어가도 돼?"라는 소리와 복도를 걷는 소리가 들렸다.

—자료를 숨겨!

가이토가 소리쳤다. 다케시가 황급히 책상으로 달려가 흩어져 있던 사진과 바인더를 서랍에 집어넣었을 때 문이 열렸다. 다케시는 들고 있던 에메랄드블루색 액체가 든 조그만 용기를 얼른 청바지 주머니에 쑤셔 넣었다.

"실례하겠습니다."

—이 사람, 뭐야? 너무 무례하네.

가이토가 독설을 내뱉는 가운데 아야카는 방을 둘러봤다.

"옵션 가구 외에는 아무것도 없네."

"……막 이사해서요."

다케시가 긴장한 채 대답하자 아야카는 방 가운데 놓인 낮은 테이블에 타파웨어 그릇을 놓고 복도에 있는 부엌으로 돌아갔다.

"그릇 좀 빌릴게."

아야카는 수납장에 구비된 식기를 꺼내 가볍게 씻어서 가져오더니 낮은 테이블 옆에 앉아 능숙하게 타파웨어 그릇의 음식을 식기로 옮겼다.

"자, 먹어봐."

테이블에 감자조림과 닭튀김, 그리고 쌀밥이 놓이자 식욕을 자극하는 냄새가 방 안을 가득 채웠다. 다케시는 어떻게 해야 할지 몰라 왼손을 내려다봤다.

―······먹어. 이유는 모르겠는데 이 누나, 네게 먹이를 줄 때까지는 눌러앉아 있을 것 같아. 그렇다면 얼른 먹고 돌려보내라.

"그, 그럼······. 감사히 먹겠습니다."

다케시는 아야카의 맞은편에 앉아 "잘 먹겠습니다"라며 아야카에게 받은 젓가락을 감자조림으로 가져갔다. 입에 넣은 순간 포근한 감자가 입 안에 퍼졌다. 부드러운 맛이 혀를 감싼다.

맛있었다. 그보다 왠지 푸근했다. 도쿄로 온 이후, 아니, 그 '사고' 이후로 한 번도 이런 푸근한 맛을 느끼지 못했다. 다케시는 한 손에 밥그릇을 들고 요리를 마구 입에 쓸어 넣었다. 아야카는 그 모습을 흐뭇하게 바라봤다.

다케시는 모든 요리를 깨끗이 비우고 한숨을 내쉬었다.

"봐! 역시 컵라면으로는 부족하지?"

아야카는 부엌 구석에 놓인 소형 냉장고를 마음대로 열고 안에서 녹차 페트병을 두 개 꺼내 하나를 다케시에게 건넸다.

"아, 감사합니다."

―감사나 하고 있을 때가 아니라고. 멋대로 남의 집 냉장고

를 열다니. 이 누나, 상식이 너무 없는 거 아냐?

가이토는 투덜댔으나 아야카는 환하게 웃었다.

"가끔 또 만들어줄게. 옆집에 살게 된 것도 인연이니까."

"아니…… 그건 너무 죄송해요."

다케시가 가슴 앞에서 오른손을 살살 흔들자 아야카가 진지한 표정을 짓더니 몸을 내밀었다.

"그렇지 않아! 도움을 받았는데!"

그 기세에 다케시가 반사적으로 입을 다물자 아야카도 화들짝 놀라더니 조그맣게 헛기침하고 힐끗 다케시의 얼굴을 올려다봤다.

"지난 몇 달 동안, 내내 그 남자가 무서웠어. 전에도 가끔 맞긴 했는데 오늘은 평소보다 훨씬 미쳐 날뛰더라. 네가 도와주지 않았다면 어떻게 됐을지……."

아야카는 두 손으로 자기 어깨를 안고 가늘게 떨었다.

"아무도 안 도와줄 줄 알았어. 이제까지 이웃들은 보고도 못 본 척했거든. 그래서 네가 도와줘서 정말 기뻤어. 뭐랄까, 히어로가 나타난 것만 같았어."

"말도 안 돼요……." 다케시는 너무 낯간지러워 눈을 내리깔았다.

"그래서 보답하고 싶었어. 게다가 이웃이잖아. 가능한 한 사이좋게 지내고 싶어. 아! 그러고 보니 나는 네 이름도 모르네. 알려줄래?"

"이름이요? 다케시입니다. 산악 할 때 '악嶽' 자에 무사할 때 '사士' 자요."

가이토의 '야, 이 멍청이야!'라는 소리가 울렸다. 다케시는 자기 실수를 깨닫고 얼굴을 일그러뜨렸다. 신분을 숨기려고 간신히 가명을 얻었는데 저도 모르게 본명을 내뱉고 말았다.

"다케……시……?"

아야카는 더듬더듬 이름을 발음했다. 그 눈동자는 초점을 잃고 아주 먼 곳을 보는 것만 같았다.

"그, 그런데요……. 왜 그러세요?"

심상치 않은 상황에 당황하며 묻자 아야카는 퍼뜩 정신을 차린 듯한 표정을 지었다.

"아, 아니야. 아무것도 아냐. 그렇구나, 다케시구나. 몇 살?"

"아, 그게…… 스물하나예요."

이번에는 손에 넣은 가짜 신분증의 나이를 댔는데 새삼 소용없는 짓이었다.

"스물하나야? 나보다 여섯 살 아래네. 대학생?"

아야카의 질문 공세에 다케시는 "뭐……"라며 말을 흐렸다.

"앗, 미안. 너무 흥분해서 그만. 그럼 이거 설거지만 하고 갈게."

아야카는 빈 그릇을 모으기 시작했다.

"아, 괜찮아요. 제가 할게요."

다케시가 엉덩이를 드는 바람에 주머니에 넣은 플라스틱 용기가 바닥으로 떨어졌다. 아야카는 발밑까지 굴러온 용기를 집어 얼굴 앞으로 가져갔다. 의아하다는 듯 눈을 몇 번 깜빡이더니 에메랄드블루색의 액체가 든 용기를 몇 번 흔들었다.

"그건……."

다케시가 얼버무리려는데 아야카의 얼굴에 왠지 야릇한 미소가 퍼졌다.

"뭐야? 이런 걸 몰래 가지고 다니다니. 성실하게 생겨서는, 꽤 노나 봐."

"네? 무슨 말씀이시죠?"

"됐어. 그만 얼버무려. 경찰에 이를 만큼 대단한 것도 아니고. 좋은 취미네. 혼자 사용해? 아니면 누구랑 같이 사용할 거야?"

아야카는 의미심장한 미소를 흘리면서 역시 어떤 의미를 담은 눈길을 던졌다.

─야, 이 누나, 이게 뭔지 아나 봐. 당장 물어봐! 빨리!

"저, 구와시마 씨는 아세요? 그 용기에 든 게 뭔지?"

"물론 알지. 나도 성실하고 착한 애는 아니니까."

아야카는 농염하게 눈을 흘기고 옅은 색의 액체가 흔들리는 플라스틱 용기를 입술에 댔다.

"사파이어잖아."

8

"사파이어?!"

다케시가 목소리를 높임과 동시에 가이토도 '사파이어?!'라고 소리쳤다.

"왜? 왜 그래? 갑자기 소리를 지르고?" 아야카가 눈을 깜빡였다.

"이게 '사파이어'예요?"

"어, 아니야? 사파이어처럼 보이는데⋯⋯." 아야카는 목을 움츠리는 듯한 동작으로 고개를 끄덕였다.

―도대체 사파이어가 뭔지 물어봐!

가이토의 지시가 울렸다. 다케시는 턱을 당기고 "이 사파이어라는 거, 뭐예요?"라고 물었다.

"어? 몰라? 가지고 있으면서?" 아야카가 아이섀도를 칠한 눈을 부릅떴다.

"아니 그게, 아는 사람이 그냥 주고 가서⋯⋯."

우물쭈물하는 다케시를 보던 아야카의 눈이 의심스럽다는 듯 가늘어졌다.

"그 아는 사람이, 이게 뭔지는 안 알려줬다고?"

"아, 네⋯⋯."

"뭐, 됐어. 이건, 최고로 기분 좋게 해주는 약이야. 합법 허브라고 하지."

"합법 허브?" 다케시가 되물었다.

—위험한 약이라는 소리야. 법률상으로는 금지되지 않은 성분으로 마약 같은 효과를 얻는 약이지. 그저 금지 약물에서 화학식만 살짝 바꿔 법망을 빠져나간 거라 심한 중독을 일으키거나 건강상 피해를 일으키기도 해.

다케시는 가이토의 설명을 들으면서 아야카가 든 용기를 가리켰다.

"그걸 마시면 기분이 좋아져요?"

"어머! 다케시. 아직 안 써봤구나."

"……구와시마 씨는 해보셨어요?"

"말했잖아. 나도 꽤 놀았다고. 물론 해봤지."

아야카는 새빨간 혀로 플라스틱 용기를 핥았다. 그 관능적인 행동에 다케시는 절로 눈길을 피하고 말았다.

"그걸 마시면 어떻게 되는데요?"

"……정말 기분이 좋아져. ……정말."

아야카가 열에 들뜬 듯 중얼거렸다.

"배 속에서 불이 나. 나와 내 주위의 경계가 사라지고 자신이 녹아드는 것만 같지. 따뜻한 액체 속에 떠 있는 것 같은 느낌이 들어."

아야카는 황홀한 표정으로 눈길을 천장 언저리에서 방황하더니 살짝 뜬 눈으로 다케시를 바라봤다.

"혼자 하는 것도 기분이 좋지만, 더 최고일 때는, 언제일 것 같아?”

“어, 언제요?”

뺨을 붉게 물들인 아야카에게 눈길을 빼앗긴 채 다케시는 잠긴 목소리로 중얼거렸다.

“사파이어를 마신 다음, ……할 때.”

“할 때……?”

다케시가 침을 삼키자 아야카가 키득키득 웃었다.

“어머나, 당연한 거 아니야? 섹스지.”

너무나 직설적인 대답에 다케시는 할 말을 잃었다.

“사파이어 약효가 도는 중에 섹스하면 정말 최고야. 어디부터가 나고, 어디부터가 상대 몸인지 모른다니까. 함께 녹아 섞여. 그걸 경험하면 제정신일 때 하는 섹스는 너무 싱겁게 느껴져.”

“아, 네…….”

얼빠진 소리를 흘리는 다케시를 보고 아야카는 짓궂은 미소를 지었다.

“말로는 제대로 이해가 되지 않겠지. 이게 여기 있으니…… 둘이 해볼래?”

아야카는 두 손을 낮은 테이블에 올리고 몸을 내밀어 다케시의 귓가에 속삭였다. 부드러운 아야카의 머리카락이 다케시의 뺨을 간지럽혔다.

이 사람과……. 몸을 태울 듯한 욕구가 가슴속에서 날뛰었다.

뭐라고 대답해야 할지 모른 채 입을 열려는 순간 아야카가 웃음을 터뜨렸다.

"농담이야. 그렇게 겁먹은 표정은 짓지 마. 이제 막 만난 남자애를 건드리진 않아."

아야카는 깔깔대고 웃으며 다케시의 어깨를 손바닥으로 찰싹찰싹 때렸다.

"그, 그렇겠죠……." 다케시는 실망한 속내를 들키지 않도록 최대한 싹싹해 보이는 미소를 지었다.

"어쨌든 그렇게 기분 좋게 만들어주는 약이야. 혼자 하는 사람, 커플로 즐기는 사람, 그리고……"

왠지 자조적인 표정을 지으면서 아야카가 용기를 던졌다.

"모든 걸 잊고 싶은 사람일까."

"모든 걸……?" 다케시는 포물선을 그리며 날아온 용기를 잡았다.

"응. 그걸 마시면 불쾌한 것들을 다 잊을 수 있어. 아무리 힘든 일이라도 잊고 행복해지지……."

다케시는 아야카의 설명을 들으면서 용기에 든 액체를 바라봤다.

모든 것을 잊을 수 있다. 살인범으로 쫓기는 것도, 교복 입은 소녀도, 그리고 석 달 전 일어난 그 사고도…….

─어이, 아직 물어볼 게 있을 텐데?

가이토가 재촉해 다케시는 제정신을 차렸다.

"저기, 구와시마 씨……. 이 사파이어라는 약은 어디서 사요?"

―맞아. 바로 그게 제일 중요해.

가이토가 맞장구를 쳤다.

살해된 하야카와는 사파이어의 판매 경로를 쫓고 있었다. 그것을 해명하면 하야카와를 살해한 진범에 도달할지 모른다.

"응? 왜 그런 게 알고 싶어?"

아야카는 고개를 살짝 기울이면서 지극히 당연한 의문을 드러냈다. 뭐라고 해야 이해할까 10여 초간 머리를 짜낸 뒤 다케시는 입을 열었다.

"⋯⋯잊고 싶은 게 정말 많아요. ⋯⋯잊고 싶은데 잊을 수 없는 게."

뇌리에 활활 타오르는 불꽃이 떠올라 토할 것 같아진 다케시는 입가를 막았다. 아야카는 몇 초 동안 생각에 잠기더니 손목시계로 눈길을 떨구었다.

"많이 늦었네. 지금 가면 밤샘이겠어."

"밤샘이요?"

다케시가 고개를 갸웃하자 아야카는 풍만한 가슴 앞에서 두 손을 가볍게 움직였다.

"다케시, 춤 좋아해?"

9

폭음이 고막을 두들기고, 무수한 레이저가 어두컴컴한 공간을 가른다. 안개처럼 플로어에 피어오르는 담배 연기에 다케시는 계속 기침했다.

"클럽에는 처음 와?"

옆에 선 아야카가 호통치듯 말한다. 그렇게 하지 않으면 어마어마한 음량의 댄스 음악 탓에 대화조차 불가능하다. 다케시는 다른 차원의 공간에 압도되어 고개를 끄덕였다.

한 시간쯤 전에 '사파이어'의 입수 방법을 묻자 아야카는 "그럼 가볼까?"라는 말을 꺼냈다. 일단 자기 집으로 돌아가 준비를 마친 아야카는 여전히 상황을 파악하지 못한 다케시를 데리고 가와사키역에서 전차를 타더니 중간에 지하철로 갈아타 롯폰기 외곽에 있는 이 클럽으로 왔다.

블랙 라이트가 비추는 농구장 크기의 공간에서 수십 명의 젊은 남녀가 일사불란하게 춤추는 광경은 B급 SF영화를 방불케 했다.

아야카는 다케시의 손을 잡고 "이쪽으로"라며 플로어 구석의 조그만 바 카운터로 데려갔다. 키가 큰 중년 바텐더가 춤추다 지친 손님에게 술을 건네고 있었다. 그쪽은 스피커에서 먼 덕분에 그나마 쉽게 대화할 수 있었다.

"오호! 아야카네." 아야카를 발견한 바텐더가 살짝 손을 흔들었다.

"오랜만에 왔어요. 생맥주 둘 주세요."

아야카는 바텐더에게 브이 사인을 날리고 다른 한 손으로는 핫팬츠 주머니에서 천 엔짜리 두 장을 꺼내 카운터에 놓았다.

"오케이! 저기는 처음 보는 얼굴이네? 새 남자 친구?"

바텐더는 맥주잔을 아야카에게 건넸다.

"뭐, 그런 느낌?"

아야카는 적당히 대답하고 잔을 받으며 바텐더에게 뭐라고 속삭였다. 바텐더는 "오케이"라며 입술 끝을 올렸다.

"가자."

아야카는 다케시를 데리고 조금 떨어진 곳으로 이동해 벽에 등을 기대게 하고 "자"라며 잔을 내밀었다.

"앗, 저는, 술은……."

"무슨 소리야! 얼른 받아."

아야카가 밀어붙이는 바람에 다케시는 잔을 받았다.

"일단 건배!"

아야카가 잔을 부딪쳤다. 다케시는 잔 속에서 거품을 내는 황금색 액체를 바라봤다. 딱 한 번 권투부 동료 집에서 몰래 맥주를 마셨다가 너무 힘들어 죽을 뻔한 적이 있었다. 그러나 지금은 스물한 살이어야 한다. 여기서 안 마시면 너무 부자연스러울 것이다.

각오를 다지고 잔에 입을 댔다. 입 안에 퍼지는 쓴맛에 다케시는 얼굴을 찡그렸다.

"그게 아니야."

아야카는 웃으며 말하고는 맥주를 단숨에 들이켜고 만족스럽게 숨을 내뱉었다.

"맥주는 단숨에 넘기는 거야. 그래야 목 넘김과 뒷맛이 좋지. 자, 해봐."

아야카는 다케시가 든 잔에 손을 얹었다. 어쩔 수 없이 시키는 대로 맥주를 목구멍 깊이 들이부었다. 탄산의 자극이 목구멍, 그리고 식도를 타고 떨어진다. 그게 의외로 기분 좋았다. 입 안에 살짝 쓴맛이 남았으나 불쾌하지 않고 상쾌했다. 다케시는 잔에 남은 액체를 뚫어지게 바라봤다.

"어른으로의 계단, 하나 올라왔어?"

아야카는 놀리듯 말하고 보란 듯 잔에 남은 액체를 들이켰다.

"다케시는 진짜 몇 살이야?"

아야카의 질문에 심장이 크게 뛰었다.

"어? 그러니까 스물하나라고……."

"흠…… 뭐, 됐다. 그런 걸로 해두자."

아야카는 짓궂게 입꼬리를 올렸다. 다케시는 내심의 동요를 얼버무리려고 맥주를 들이켰다.

"자, 분위기를 잡았으니 일단 춤이나 출까?"

아야카가 다케시의 잔을 받아 카운터에 놓았다. 다케시가 "저, 사파이어는……"이라고 묻자 아야카는 황급히 입가에 검지를 댔다.

"큰 소리로 말하면 안 돼. '그게' 올 때까지는 그냥 춤이나 추자."

다케시의 손을 잡고 아야카는 플로어 가운데로 나아갔다.

—정말 제멋대로인 아가씨네.

엄청난 음량의 댄스 음악 속에서도 가이토의 투덜거림이 들려왔다.

플로어 중심에 가까워짐에 따라 인구밀도가 높아졌다. 휙 몸을 돌려 다케시와 마주 서서 가볍게 스텝을 밟기 시작한 아야카는 얼굴을 가까이 대고 "자, 어서, 다케시도"라며 속삭였다.

"아니, 춤은……."

"적당히 추면 돼. 몸을 흔들라고." 아야카가 도발하듯 몸을 꿈틀댔다.

다케시는 어쩔 수 없이 흉내를 내듯 따라 춤추기 시작했다. 처음에는 발이 마음대로 움직여지지 않는데 몸을 흔들다 보니 상반신과 하반신이 리듬을 맞추기 시작했다.

"꽤 잘 추네."

아야카가 윙크했다. 다케시는 흥이 나 몸을 크게 움직였다.

빠른 템포의 댄스 음악이 홀을 가득 채우고 눈부신 레이저가 달리는 공간에서 춤을 추고 있자니 현실감이 옅어졌다. 아까 마신 맥주 탓에 얼굴이 화끈거리고 기분이 한껏 달아올랐다.

블랙 라이트에 떠오른, 땀에 번들대는 아야카의 얼굴은 매력적이었다. 눈을 가늘게 뜬 그녀와 시선이 닿았다. 그때 둘 사이에 남자가 끼어들었다.

체격이 좋은 젊은 남자는 다케시를 돌아보고 우습다는 듯 콧방귀를 뀌더니 아야카를 향해 몸을 돌리고 몸을 흔들기 시작했다. 남자가 아야카에게 뭐라고 했으나 음악 소리가 너무 커 들리지는 않았다.

—남자가 같이 놀자고 말을 거는 중인가 봐.

가이토가 흥미진진한 듯 중얼거렸다. 남자가 손을 아야카의 허리로 뻗었다. 아야카는 순간 입술을 일그러뜨렸으나 그 손을 뿌리치려 하지 않고 다케시에게 도발적인 눈길을 던졌다. 그 의미를 이해한 다케시는 입가에 힘을 주었다.

다케시는 남자의 어깨로 손을 뻗어 거칠게 뒤로 잡아당겼다. 아야카와 떨어져 두세 걸음 물러난 남자가 인상을 쓰며 노려봤다. 그를 무시하고 아야카에게 다가가자 그녀는 두 손으로 다케시의 목을 감았다. 남자에게 눈길 한 번 주지 않고 '어서 꺼져'라고 말하듯 아야카는 턱을 획 젖혔다. 남자는 떨떠름한 얼굴로 멀어졌다.

"다케시, 멋져."

다케시의 목에 팔을 두른 채 아야카는 다시 스텝을 밟기 시작했다. 그때 갑자기 음악이 바뀌었다. 격렬한 댄스 음악에서 완전히 분위기가 바뀌어 차분한 재즈 선율이 흘렀다. 공간을 가르던 형형색색의 레이저도 꺼져 어두컴컴한 플로어에 끈끈한 공기가 가득 찼다. 주위를 둘러보니 그때까지 격렬하게 춤추던 남녀가 몸을 밀착하고 있었다.

"이건……?"

다케시는 당황했으나 아야카는 목을 감은 손을 당겨 몸을 밀착했다.

"내 허리를 안아."

귓가에 숨소리가 느껴지자 야릇한 떨림이 등을 훑고 지나갔다.

"어서."

다케시는 그 말에 떠밀려 황급히 두 손으로 가는 허리를 안았다. 어느새 왼 손목부터 손가락 끝까지의 감각이 돌아왔다. 배려인지, 아니면 포기인지, 가이토가 권리를 양도한 듯하다.

아야카가 리드하듯 천천히 몸을 좌우로 흔들었다. 다케시는 그 리드에 몸을 맡겼다. 풍만한 가슴이 몸에 닿았다. 목덜미에 닿은 아야카의 팔에 살짝 땀이 배어 있었다. 밀착한 몸의 뜨거우면서도 부드러운 감촉에 머리로 피가 솟구쳤다.

"어때? 첫 클럽, 꽤 재밌지?"

"저, 저……" 다케시는 가라앉은 목소리를 간신히 짜냈다.

"왜?" 아야카는 고개를 갸웃했다.

"왜 저를 데려왔어요?"

다케시는 주위에서 춤추는 사람에게는 들리지 않도록 목소리를 낮췄다.

"왜라니? 네가 말했잖아. '그것'을 어디 가면 살 수 있냐고."

"그랬죠. 하지만 굳이 데려오지 않아도 사는 곳만 알려주면……."

"맥주도 제대로 못 마시는 애가 여기서 잘 대처할 수 있겠어?"

"……왜, 이렇게까지 잘해주세요? 오늘 처음 만났는데."

"오늘 처음 만난 네가 나를 도와줬잖아. 누가 그렇게 도와줄 줄은 상상도 못 했어. 도시에서는 누구나 자신이 위험을 무릅쓰면서까지 다른 사람을 돕지 않거든. 하지만 너는 달랐어."

아야카가 다케시의 빗장뼈 근처에 뺨을 댔다. 다케시는 잠자코 아야카의 이야기에 귀를 기울였다.

"이 도시에 있으면 어느새 내가 사라질 것만 같아……, 없어질 것 같아…… 너무 무서워. 그런데 너무 무서워서, 더는 무섭다는 생각이 들지 않았으면 해서, 사라지고 싶어."

사라지고 싶다. 그 말이 가슴을 후벼 판다. 그것은 지난 3개월 동안 자신도 내내 품은 마음이었으니까. 다케시는 아야카의 허리를 안은 팔에 힘을 줬다. 아야카의 입에서 살짝 한숨이 흘렀다. 고개를 든 아야카가 촉촉한 눈동자로 다케시를 봤다.

"네 도움을 받았을 때, 아주 조금 외롭지 않다는 생각이 들었어. 그래서 보답하고 싶었어."

"외로울 일은 없어요. 제가 있잖아요."

아주 자연스럽게 주제넘은 말이 입에서 흘러나왔다. 아야카의 동공이 커지는 게 또렷이 보였다.

"맥주도 못 마시는 주제에. 건방지긴."

아야카는 다시 다케시의 어깨에 고개를 기댔다. 둘은 귓가에 스며드는 재즈 선율에 몸을 맡겼다.

DJ가 블루스 타임이 끝났음을 알리자 다시 폭음과 레이저가 돌아왔다. 아야카는 다케시에게서 몸을 떼고 엄지를 세워 플로어 구석을 가리켰다. 저쪽으로 이동하자는 뜻이리라.

팔에 남은 온기에 살짝 미련이 남았으나 다케시는 아야카와 함께 조금 전 맥주를 마신 쪽으로 이동했다.

"즐거웠어. 꽤 설렜어. 역시 권투 선수, 몸이 좋네."

아야카가 부끄러움을 감추려는 의도인지 혀를 날름 내밀었다.

"그래서 앞으로 어떻게 해요?"

"당연히 첫차가 운행될 때까지는 춤춰야지."

"네? 아침까지……?"

"어머, 돌아가려 해도 이미 차가 끊겼어. 택시로 가와사키까지 가려면 만 엔은 더 내야 할 걸? 젊으니까 밤샘 괜찮지? 오늘은 그냥 즐기자."

"아니, 놀러 온 게 아니어서. 여기에는……."

사파이어를 구하러 왔다는 말을 계속하려는데 아야카가 검지로 다케시의 입술을 막고 제지했다.

"알아. 그러니까 그쪽부터 얼른 해치우자고."

아야카가 입술에서 손가락을 떼고 다케시의 뒤를 가리켰다. 돌아보니 어느새 바로 뒤에 눈빛이 날카로운 남자가 서 있었다. 오른쪽 눈썹에서 관자놀이까지 칼로 벤 듯한 흉터가 있었다.

"······얼마?" 남자는 낮은 목소리로 말했다.

"뭐?" 다케시가 얼빠진 소리를 내자 남자는 짜증스럽다는 듯 고개를 저었다.

"그러니까 얼마나 필요하냐고?"

다케시가 당황하고 있으니까 아야카가 "5천이지?"라며 소리를 높였다. 남자는 경계하듯 주위를 둘러보면서 살짝 끄덕였다.

"그럼 이 정도."

아야카가 손을 내린 채 네 개의 손가락을 세웠다. 그것을 본 남자가 아무 말 없이 인파 속으로 사라졌다.

"구와시마 씨, 금방 그거······."

"됐으니까 여기서 기다려. 앗! 목마르다. 맥주 괜찮지?"

아야카는 다케시의 답을 듣기도 전에 바 카운터 쪽으로 걸어갔다.

—클럽에서 댄스라. 완전히 도시 사람 다 됐네.

가이토가 놀리듯 말했다.

"사파이어의 입수 방법을 알아내기 위해서라고."

—그런 것치고는 무척 즐기던데. 예쁜 누나와 블루스 타임이라.

"시끄러워."

—하긴 오늘 밤은 어쩔 수 없지. 하지만 저 누나와 그리 친해지지 않는 게 좋겠어. 진범을 찾을 때까지는 다른 사람과의 접촉을 최소한으로 줄여야 하니까. 게다가······

"게다가 뭐?"

—저 누나, 왠지 믿을 수가 없어. 저런 타입과는 얽히지 않는 게 좋아. 특히 너처럼 단순한 타입은 말이야.

자신이 단순하다는 자각은 있다. 하지만 그래도 애가 탔다. 반론하려 했으나 그 전에 '누나, 온다'라고 가이토가 말했다. 돌아보니 아야카가 두 손에 찰랑찰랑 가득 담은 맥주잔을 들고 뒤에 서 있었다.

"자, 다케시. 여기 있어."

"감사합니다······."

아야카가 내민 잔을 받자 아야카는 "그럼 다시 건배!"라며 잔을 들었다. 다케시는 아야카의 잔에 자신의 잔을 부딪치고 곧바로 차가운 맥주를 단숨에 들이켰다. 뜨거워졌던 몸이 식었고 탄산이 목을 자극했다. 아직 맛있다는 생각은 들지 않으나 상쾌함은 좋았다.

"오! 이제 잘 마시네."

아야카는 자신도 맥주를 마시면서 핫팬츠 주머니에서 뭔가를 꺼내 "자, 선물"이라며 다케시의 왼손에 쥐여주었다.

—이게 뭐야······.

가이토가 투덜투덜 중얼거리면서 다케시의 얼굴에 대고 손을 폈다. 다케시는 숨을 멈추고 가이토도 '어?'라며 놀라워했다. 거기에는 에메랄드블루색의 액체가 든 플라스틱 용기가 네 개 놓여 있었다.

"안 된다고! 이렇게 대놓고 보면!"

아야카의 말에 가이토는 얼른 용기를 청바지 주머니에 쑤셔 넣었다.

"이거, 사파이어죠? 어떻게……?"

다케시가 목소리를 낮춰 묻자 아야카가 바 카운터에 선 바텐더를 슬쩍 봤다.

"저 바텐더가 중개해줘. 저기라면 돈을 건네도 눈에 띄지 않으니까."

보아하니 바텐더 옆에 조금 전 말을 걸어 온 흉터의 남자가 있었다.

남자가 바텐더에게 사파이어를 건네고 아야카가 맥주와 함께 그것을 산 것 같다. 흉터 남자는 일어나 춤추는 사람들의 무리 속으로 사라졌다.

―뒤쫓아!

가이토의 목소리가 울림과 동시에 다케시는 맥주잔을 아야카에게 떠넘기고 바닥을 박차고 나섰다. 뒤에서 "앗! 다케시!"라는 아야카의 목소리가 들려왔다.

인파를 헤치며 계단까지 와 1층으로 올라왔다. 그곳에는 지하에서 춤추다 지친 많은 이들이 술을 마시고 있었다. 흉터 남자는 없었다.

—밖으로 나가!

가이토의 지시가 날아왔다. 다케시는 클럽을 뛰쳐나와 정신없이 좌우를 둘러봤다. 입구에 선 거구의 문지기가 의심스러운 눈길을 던졌다.

수십 미터 앞에 흉터 남자가 좁은 골목길로 들어가려는 게 보여 다케시는 서둘러 그 뒤를 쫓았다. 골목길로 접어들자 발소리를 들었는지 흉터 남자가 걸음을 멈추고 돌아봤다.

"……조금 전 손님? 무슨 일이지? 거래는 끝났을 텐데."

"아뇨, 그게……."

다케시는 말문이 막혔다. 하야카와 살해와 관련된 단서를 잡으러 왔으나 앞으로 어떻게 할지는 영 생각이 떠오르지 않았다. 그때 가이토가 속삭였다.

"뭐라고……?" 다케시는 당황해 왼손을 내려다봤다.

—됐으니까 일단 말해.

가이토가 강하게 밀어붙여 다케시는 고개를 들고 흉터 남자를 봤다.

"저를 고용해주시지 않을래요?"

다케시는 가이토가 지시한 대로 말했다. 남자가 미간을 찌푸렸다.

"너, 무슨 소릴 하냐?"

"그러니까 저를 그룹에 넣어주세요. 무슨 일이든 할 테니까."

반쯤은 자포자기한 채 시키는 대로 말했다.

"너, 뭘 할 줄 아는데?" 남자는 벌레를 쫓듯 손을 저었다.

"아무리 위험한 일이라도 할게요. 주먹만큼은 자신 있으니까."

"주먹에 자신이 있어?"

남자는 입술 끝을 올리며 다가와 다케시의 몸을 핥듯 살폈다.

"그러고 보니 몸이 정말 좋네. 격투기 같은 거라도 했나?"

"네."

다케시가 "권투를"이라고 계속 말하려는 순간 남자의 화살 같은 앞발이 날아왔다. 허를 찔려 반응할 수 없었다. 뾰족한 구둣발이 명치를 가격하기 직전 왼손이 움직여 다리를 안쪽에서 후려쳤다. 회전이 어긋난 발차기는 다케시의 몸을 스쳤다.

순간 균형을 잃은 흉터 남자의 턱에 왼손 주먹이 쏙 더해졌다.

"⋯⋯권투인가?"

남자는 턱에 주먹을 맞은 채 찡그리며 읊조렸다. 그때 골목에서 "다케시!"라는 소리가 울렸다. 돌아보니 아야카가 종종걸음으로 다가오고 있었다.

—아, 좀! 방해하지 마라.

가이토가 짜증스럽게 말하며 주먹을 뺐다.

"갑자기 없어져서 놀랐잖아. 무슨 일⋯⋯."

흉터 남자를 발견했는지 아야카는 입을 다물었다. 남자는 콧방귀를 뀌고 다케시의 어깨를 치고 지나가 잰걸음으로 골목을 떠났다.

"얽히지 마. 위험한 놈이니까. 어디까지나 손님으로 접해야
지. 일단 클럽으로 돌아가 춤추자. 아직 첫차가 다닐 때까지는
시간이 있으니까."

아야카가 오른팔을 잡고 끌어당겼다. 그런 다케시에게 가이
토가 '이거 보라고'라며 말을 걸었다. 시선을 떨어뜨린 다케시
의 눈이 크게 벌어졌다.

―아까 그 남자가 부딪치고 가면서 준 거야.

왼손이 쥐고 있는 명함 크기 종이에는 휴대전화 번호가 적
혀 있었다.

제2장

푸른 유혹

1

○—○

한여름의 태양이 가차 없이 쏟아지는 공중전화 부스 안은 사우나처럼 무더웠다. 뺨과 목덜미로 끊임없이 떨어지는 땀을 오른손으로 닦는다. 아야카에게 이끌려 롯폰기 클럽에 간 다음 날 오후 4시 조금 넘은 때, 다케시는 가와사키 골목의 공중전화 부스에 있었다.

결국은 아침까지 아야카와 어울려 춤을 추는 바람에 아파트에는 오전 7시가 넘어서야 돌아왔다. "같이 샤워라도 할래?"라며 놀리는 아야카와 헤어져 집으로 돌아온 다케시는 그대로 침대에 쓰러져 정신없이 잤다. 그리고 오후 3시쯤 일어나 샤워로 땀과 담배 냄새를 씻어낸 후 전화를 걸기 위해 아파트를 나왔다.

—더운 건 알겠는데 집중하자. 방에서는 벽이 얇아 이런 위험한 전화는 못 해.

수화기를 든 가이토가 말을 걸어왔다. 다케시는 "알았어"라며 100엔짜리 동전을 투입구에 넣고 메모지에 적힌 휴대전화 번호를 눌렀다.

호출음이 다섯 번 울린 다음 벨 소리가 느닷없이 끊겼다. 아마도 상대가 받은 모양이다. 그러나 수화기에서 목소리는 들리지 않았다.

—연결은 됐어. 숨소리가 들리잖아.

가이토의 지적을 듣고 보니 수화기 너머에서 가는 숨소리가 들리는 것도 같았다.

"아, 저기. 들리나요?"

확인하자 젊은 남자의 낮고 억눌린 목소리가 들려왔다.

"어디, 얼마나?"

무슨 뜻인지 몰라 "아……, 아니……"라고 우물쭈물했다. 혀 차는 소리가 크게 울렸다.

"그러니까 어디로 몇 개나 가져가면 되냐고?"

—우리를 손님으로 아나 봐.

가이토의 속삭임에 다케시는 상황을 파악했다.

"저, 약이 아니라 어제……."

"……권투 꼬마?"

"네, 그렇습니다!"

"목소리는 높이지 마라. 그래서…… 어제 얘기, 진심이냐? 우리 팀에 들어오고 싶다고?"

"네, 진심입니다! 부탁드립니다!"

몇 초의 침묵이 흐른 뒤 남자가 나직하게 말했다.

"두 시간 뒤에 롯폰기로 와. 면접을 볼 테니까."

남자는 "메모해"라고 말하고 체인점 카페 이름과 주소를 빠르게 말했다. 다케시는 전화기 위에 미리 준비한 볼펜으로 부르는 내용을 메모지에 적었다.

"장소와 시간, 알겠지?"

간신히 주소를 휘갈겨 적은 다케시가 "네"라고 대답하자마자 전화가 끊겼다.

─참 성미 급하네.

가이토가 수화기를 제자리에 놓는다. 다케시는 메모지를 접어 청바지 주머니에 넣고 전화 부스를 나왔다. 정신없이 뿜어 나오는 땀이 너무 싫어 다케시는 왼손으로 눈길을 향했다.

"어쩌지?"

─그야 빤하잖아. 호랑이 굴에 들어가야 호랑이를 잡지.

"그렇지."

다케시가 목덜미의 땀을 닦고 역으로 향하려 하는데 왼손이 얼굴 앞을 막아 시야를 가렸다.

"왜?"

─일단 방으로 돌아가 샤워부터 하고 셔츠를 갈아입어. 그

래도 면접이니 땀범벅인 채로 가는 건 좋지 않아. 아무리 위험한 일이라도.

남자는 손가락 끝에 담배를 끼우고 하얀 연기를 내뱉었다. 다케시는 건너편 자리에서 오렌지주스를 마시다가 작게 기침했다.

"뭐야. 너 담배도 못 피워?" 남자가 한심하다는 듯 콧방귀를 뀌었다.

"상관없잖아요. 그보다 면접을 이런 데서 해요?"

다케시는 주위를 둘러봤다. 남자가 말한 카페는 고층 빌딩이 늘어선 일각에 있었다. 같은 롯폰기라도 어제 갔던 지역과는 분위기가 달랐다. 가게 손님 대다수는 고급스러운 정장을 입은 직장 남성들이나 우아한 직장 여성들이다. 티셔츠에 청바지 차림인 다케시와 재킷은 입고 있으나 어딘가 위험한 분위기를 풍기는 눈앞의 남자는 확연히 이곳과 어울리지 않았다.

"여기라 좋은 거야. 저 고귀하신 놈들은 담배를 도통 안 피워서 여기 흡연 구역에는 늘 사람이 없거든."

남자의 말대로 가게는 나름 북적였는데 유리로 나뉜 흡연 구역 안에는 다케시와 남자뿐이었다.

"그러니까 비밀 얘기를 나누기에는 아주 좋은 곳이지."

남자는 재떨이에 담배를 비벼 끄고 "자, 너, 이름은?"이라고 갑자기 물어왔다.

─료야. 그렇게만 대답해.

다케시가 입을 열기 직전에 가이토가 지금 쓰고 있는 가명을 대라고 지시했다.

"……료야예요."

"료야라. 나는 가즈마야. 뭐, 피차 가명 같은데 그건 신경 쓸 것 없겠고. 정체를 모르는 게 더 안전하니까."

가즈마라고 밝힌 남자는 빈정대듯 입술 끝을 올리고 새 담배에 불을 붙였다.

"그런데 너, 왜 우리 팀에 들어오겠다는 거냐?"

"돈이죠. 돈이 필요해요."

다케시는 망설임 없이 대답했다. 가와사키에서 여기까지 오는 동안, 어떤 질문을 받아도 탄로 나지 않도록 가이토와 여러 번 시뮬레이션을 거쳤다.

"그렇다면 성실하게 일하면 되잖아?"

"시급 몇백 엔에 실컷 이용당하라는 말이에요? 그건 싫습니다. 애당초 학교도 제대로 안 나온 나를 고용해주는 데도 거의 없어요. 하지만 당신들 같은 일이라면 학력 없이도 큰돈을 벌 수 있잖아요."

"흠, 사실 우리 일에 학력은 필요 없지."

가즈마는 입술을 일그러뜨리고 날카롭게 다케시를 쳐다봤다.

"하지만 말이야, 그렇게 쉽게 큰돈을 버는 건 아니야. 잘 들어……."

"처음에는 밑바닥부터 시작한다. 그리고 팀에 공헌하는 만큼 올라간다. 아닌가요?"

다케시는 가즈마의 말을 가로막고 가이토가 미리 준비해준 대사를 읊었다. 가즈마는 씁쓸한 표정을 짓고 "맞아"라고 중얼거리더니 몸을 내밀어 다케시의 멱살을 잡았다.

"그런데 말이야, 다시는 내 말 끊지 마라. 우리 팀에서 상하관계는 절대적이야. 알았어?"

"……알겠습니다."

다케시가 고개를 끄덕이자 가즈마는 몸을 젖히듯 의자 등받이에 기댔다.

"네가 우리 팀에 들어오고 싶은 이유는 알았어. 이제 우리가 너를 받을 이유는 뭘까?"

"어제 보셨잖아요."

다케시는 가볍게 오른손을 주먹 쥐고 가슴 앞으로 가져왔다. 어젯밤의 기억이 되살아났는지 가즈마는 벌레라도 씹은 얼굴로 테이블에 놓인 커피를 마셨다.

"확실히 너는 꽤 좋은 주먹을 가지고 있어. 게다가 우리는 지금 세력을 넓히는 중이지. 사람을 모으고 있던 참이야."

다케시가 "그럼"이라며 엉덩이를 떼는데 가즈마가 손바닥을 들어 제지했다.

"재촉하지 마. 바로 동료로 들일 만큼 우리 팀은 무르지 않아. 시험을 봐야지."

가즈마는 테이블에 놓인 클러치 백을 들더니 다케시에게 툭 던졌다.

"안을 확인해. 천천히."

지퍼를 열고 안을 본 다케시는 숨을 멈췄다. 에메랄드블루색 액체를 담은 플라스틱 용기가 10여 개 들어 있었다.

"그게 뭔지는 알지?"

"사파……"

"말하지 마라. 이 멍청한 녀석아! 고개만 끄덕여."

가즈마의 일갈에 다케시는 서둘러 살짝 고개를 끄덕였다.

"내 참. 어디서 누가 들을지 모르니까 정신 바싹 차려."

"하지만 이거 위법이 아니라고 들었는데요……."

"언제 적 얘기를 하고 있냐? 지난 몇 년 사이에 이쪽 관련은 다 규제되기 시작했어. 가지고 있다가 경찰한테 걸리면 바로 체포야."

잔뜩 굳어버린 다케시에게 가이토가 속삭였다.

─당연하겠지. 그렇지 않으면 어제처럼 복잡하게 거래할 필요도 없겠지.

알고 있었으면 처음부터 말했어야지. 속으로 욕설을 퍼부으면서 다케시는 클러치 백을 주위가 보지 못하도록 살며시 무릎 위에 놓았다.

"그래서 나는 무슨 일을 해야 하나요?"

"그것을 가지고 있어." 가즈마는 천장을 향해 담배 연기를 토했다. "앞으로 잠시 바깥에서 활동해야 하는데 나는 좀 그래. 경찰의 검문을 받기 쉽거든. '상품'을 들고 돌아다닐 수가 없으니까 네게 맡기고 싶은데."

"나한테요?"

"그래, 맞아. 너는 덩치는 좋은데 살짝 얼빠진 것처럼 보여서 그냥 애 같아. 경찰이 의심하지 않을 녀석이지. 딱 적당해."

가즈마는 재킷 안주머니에서 작은 휴대전화를 꺼내 테이블에 놓았다.

"그건 은밀히 거래되는 선불 휴대전화야. 계약자는 우리와는 전혀 관련 없는 놈이지. 거기로 연락할 테니까 가지고 있어."

가즈마는 빠르게 설명하고 자리에서 일어났다.

"그걸 들고 롯폰기 어딘가에서 대기하고 있어. 내가 연락하면 바로 가지고 오고. 알았어?"

흡연 구역을 나가는 가즈마에게 다케시는 그저 고개를 끄덕일 수밖에 없었다. 가즈마의 모습이 사라지자 다케시는 늘하던 대로 가죽 라이더 장갑을 낀 왼손을 내려다봤다.

"……어떻게 하지?"

─어떻게 하나니, 시키는 대로 해야지. 하야카와 살해범에게 다가가려면 저 가즈마라는 남자가 속한 팀에 들어가야 하니까. 여하튼 여기 우두커니 있으면 너무 눈에 띄니까 일단 자리를 옮기자.

"그래."

다케시가 일어나 이동하려는데 왼손이 테이블을 꽉 잡았다.

—제대로 치워야지. 여기 셀프서비스 같아.

착신음이 울리자마자 테이블에 놓인 휴대전화를 낚아채듯 잡았다.

"료야?"

전화에서 가즈마의 목소리가 들렸다.

"그렇습니다. 왜 이렇게 오래 걸리셨어요?"

다케시가 조그맣게 말했다. 가이토가 왼손으로 입가를 가려주었다.

"쓸데없는 질문은 하지 마라. 지금 어디야?"

"역 옆의 햄버거 가게예요."

다케시가 가게 이름을 대자 바로 전화가 끊겼다.

"뭐야, 이걸 가져가는 게 아니었어!"

다케시가 투덜대며 무릎에 놓인 클러치 백으로 눈길을 떨어뜨렸다. 가즈마와 만난 카페를 나와 이 햄버거 가게 3층 구석에 자리를 잡고 하염없이 기다렸다. 하지만 연락 없이 네 시간이나 흘렀다.

"가이토, 뭔가 이상하지 않아?"

—확실히 이상하기는 해. 이렇게 시간이 걸린 것보다 우리가 있는 곳을 묻고 바로 전화를 끊은 게 더 이상해.

"혹시 우리가 속았나……?"

─그럴 가능성도 있지. 일테면 희생양으로 삼으려 하는지도 모르지. 사파이어를 가진 우리가 여기 있다고 경찰에 신고해 체포되게.

"뭐?! 그러면 얼른 도망쳐야지!"

갑자기 일어나는 바람에 의자가 쓰러지며 큰 소리를 냈다. 손님들의 눈길이 집중되었다.

─어디까지나 가능성일 뿐이야. 우리가 체포된다고 해서 그 남자에게 좋을 게 없잖아.

"그럼 어떻게 하면 좋아? 여기서 기다려? 아니면 도망쳐?"

다케시는 너무 혼란스러워 판단을 가이토에게 맡겼다. 지난 18년 동안, 늘 그랬듯이.

─음, 일단 이 가게에서 나가자. 만에 하나 경찰이 오면 우린 끝이야. 하야카와 살해범으로 수배된 사람임이 들통날 거야. 조금 떨어진 곳에서 누가 오는지 확인하자.

"알았어."

다케시는 자리를 떠나 계단을 내려가 1층에 내려서기 직전에 걸음을 멈췄다. 가즈마가 계단을 올라오려던 참이었다.

"어디 가려는 거야?"

눈을 가늘게 뜨는 가즈마를 앞에 두고 다케시는 대답을 할 수 없었다.

"됐어, 일단 돌아가. 위에서 확인할 테니까."

"확인이라니, 뭘요?"

"됐으니까 위로 가라고. 거기서 설명하지." 가즈마는 짜증스럽게 턱짓했다.

— 일단 올라가자.

"괜찮을까?"

가즈마가 알아차리지 못하도록 다케시는 오른손으로 입을 가리고 속삭였다.

— 본인이 온 걸 보니 경찰에 신고했을 가능성은 작아. 게다가 이런 데서 싸웠다가는 바로 신고야.

듣고 보니 옳은 소리다. 다케시는 뒤로 돌아 등 뒤를 경계하며 계단을 올라갔다. 3층에 도착하자 다케시는 원래 자리에 앉았다.

"뭐야? 여기 금연이네."

맞은편에 앉은 가즈마는 금연 마크를 보고 얼굴을 찌푸리며 손을 내밀었다.

"……뭐요?"

"백 말이야. 백을 얼른 내놔. 시험 결과를 확인할 테니까."

"시험 결과라니?"

"그냥 얼른 달라고."

다케시는 거친 목소리를 내는 가즈마에게 클러치 백을 건넸다. 무심하게 백을 받아 든 가즈마는 지퍼를 열고 내용물을 확인했다.

"열둘, 열셋, 열넷…… 열다섯. 다 잘 있네. 연 흔적도 없고."

"당연하죠. 무슨 말을 하는 거예요!"

"일단 시험에는 합격."

가즈마는 그렇게 말하고 일어나 옆에 있던 쓰레기통에 클러치 백을 버렸다.

"무슨 짓을?! 소중한 '상품'이잖아요!"

"저거, 가짜야. 근처에서 파는 안약이야. 라벨을 떼면 '상품'과 똑같이 생겼지."

"네? 왜 그런 일을?"

"그러니까 테스트지. 일단 한잔하며 얘기하자."

가즈마는 입술 한쪽 끝을 올렸다.

"자, 한잔해. 내가 낼 테니까."

가즈마가 맥주잔을 내밀었다.

"왜 이런 데?"

다케시는 오른손으로 잔을 들고 어젯밤 아야카에게 배운 대로 목구멍 깊이 호박색 액체를 흘려 넣었다. 식도를 타고 떨어지는 차가운 자극에 초조함이 조금 흐려졌다.

가즈마는 햄버거 가게를 나와 롯폰기힐스 근처의 스탠딩 바로 다케시를 데려왔다. 팝 음악이 상당히 크게 흐르는 가게 안에서는 손님 대다수가 손에 술잔을 들고 환담하고 있었다. 그중 절반 정도가 외국인이다.

가즈마는 가게에 들어와 작은 테이블을 확보한 다음 카운터로 가 맥주잔을 양손에 들고 돌아왔다.

—하루 만에 아주 술꾼이 다 됐네, 고등학생.

가이토의 놀림을 한 귀로 흘리고 있자 단숨에 반 잔 이상을 마셔버린 가즈마가 테이블 너머로 얼굴을 내밀었다.

"이 가게라면 누가 우리 이야기를 들을 위험이 없지."

확실히 가게 안은 배경음악과 사람들 떠드는 소리로 소란해 옆 테이블 대화조차 전혀 들리지 않았다.

"그럼 설명해주세요. 왜 내게 가짜를 주고 몇 시간이나 방치한 거예요?"

"그렇게 대들지 마. 그러니까 그게 테스트였다고."

"무슨 테스트요?"

"너, 몇 번이나 사파이어를 사용했냐?"

"네? 그런 수상한 약, 사용한 적 없어요."

다케시가 입술을 일그러뜨리자 가즈마의 얼굴에 비열한 웃음이 떠올랐다.

"뻥치지 마라. 그렇게 섹시한 누나와 같이 샀잖아. 그 후 사파이어를 마시고 마구 해댔을 거 아냐. 부럽네."

다케시가 굳게 입을 다물자 가즈마는 크게 양손을 펼쳤다.

"어이! 뭐야? 그렇게 멋진 여자와 클럽에서 춤을 추고, 게다가 사파이어까지 사놓고 안 했다고? 그 여자, 분명 전에도 다른 남자와 사파이어를 샀는데."

그저께 벽 너머로 들은 교성이 귓가에 살아나 다케시는 미간을 찌푸렸다.

"그렇게 무서운 얼굴 하지 마라. 네가 그 누나와 어떤 사이든 상관없어. 사파이어를 사용하지만 않으면."

"그걸 사용한 적 있으면 어떻게 되는데요?"

말의 뜻을 음미하듯 묻자 가즈마의 표정이 굳어졌다.

"노예가 될 수 있지. 사파이어의 노예가."

노예라는 강력한 단어에 다케시는 순간 말을 잃었다.

"앞으로 팔 상품에 관해 아무것도 몰라? 어쩔 수 없지. 좋은 기회니까 내가 강의 좀 해주지."

가즈마는 테이블에 팔꿈치를 대고 몸을 내밀고는 목소리를 죽여 이야기를 시작했다.

"일단 첫 번째, 사파이어는 정말 최고야. 나도 이제까지 다양한 약을 시도해봤지만, 이걸 하면 하늘에 오르는 기분이 되지. 힘든 일도 괴로운 일도 다 녹아 사라진다고. 특히 약 기운이 있을 때 여자랑 하면 그야말로 천국이야."

"사파이어…… 사용한 적 있어요?"

"그야 뭐. 손님에게 팔려면 우선 '상품'을 자세히 알아야 하잖아? 그래서 시험 삼아 해보지. 그거, 정말 최고야. 다른 약처럼 약효가 떨어졌을 때의 불쾌감도 없어. 게다가 초기에는 의존성도 거의 없고 이상한 부작용도 없어. 매일 사용하고 싶을 정도로. 다만 나는 몇 번 해보고 손을 씻었지만."

"왜요? 의존성도 부작용도 없다면서요?"

"이야기를 잘 들으라고. '초기'라고 했잖아. 이따금 사용한다면 사파이어는 천사의 약이지. 하지만 말이야, 상용하면 다른 얼굴을 보게 돼."

가즈마는 의미심장한 말이라도 하려는 듯 말을 끊고 턱을 당겼다.

"악마의 얼굴이지. 일단 사파이어의 쾌감을 잊지 못해 사용 횟수가 늘어. 일단 이러기 시작하면 다음은 나락으로 떨어지는 일만 남았지. 늘 사파이어만 생각하고 사파이어의 약효가 끊어진 상태를 견디지 못해. 결국은 사파이어 외에는 아무것도 생각하지 않게 되고 그것을 위해서라면 무슨 짓이든 하게 돼. 여기까지 오면 이미 인간으로의 존엄성은 종이짝처럼 가벼워진다고. 그게 바로 사파이어의 노예라는 거야."

가즈마의 담담한 말투가 더 소름 끼치게 들렸다.

"나는 그런 놈을 여럿 봤어. 단 하나의 사파이어를 위해 사람까지 죽이는 놈들을."

"……내가 그런 상태가 아닌지 시험해본 거예요?"

"그래, 맞아. 동료로 들어오고 싶다고 하고 사파이어를 들고 튀는 게 아닌지 확인할 필요가 있었지. 만약 네가 노예였다면 내가 맡긴 사파이어를 사용하려 할 테니까. 하지만 그런 흔적은 없더라."

가즈마는 테이블에 놓인 잔을 들어 남은 맥주를 단숨에 마셨다.

—자, 지금이야. '동료로 받아주는 겁니까?'라고 물어봐!

맥주잔을 테이블에 놓은 가즈마 앞에서 입을 다물고 있자 가이토가 말을 걸어왔다. 그러나 다케시는 입을 열 수 없었다.

눈앞에 있는 남자의 동료가 된다는 것. 그것은 곧 약 없이는 살 수 없는 폐인을 만드는 일을 돕는 것이다.

"아까도 말했듯 우리 팀은 지금 동료를 늘리는 중이야. 하지만 어떤 놈이든 좋은 건 아니야. 담당한 '상품'에 손을 대는 놈은 있을 수 없고 그러지 않더라도 우리 팀에 들어오려면 두 가지 조건이 있어."

"······조건이요?" 다케시는 굳은 혀를 움직여 목소리를 짜냈다.

"우선은 팀에 공헌할 수 있냐는 거야. 돈이나 인맥, 아니면 도움이 될 능력이 있어야지. 그 점에서 네게 문제는 없어. 어제 내가 직접 봤으니까, 이걸."

가즈마는 가볍게 주먹을 휘둘렀다.

"그러니까 마지막 조건에 동의하면 너는 우리 동료가 될 수 있어. 우리 팀의 철칙은 '팀에 충성을 다하고 명령에 절대복종한다'야. 너, 맹세할 수 있어? 맹세하면 너는 지금부터 내 동료야."

가즈마가 내민 오른손을 다케시는 바라봤다.

하야카와가 생전에 찾아 헤맨 이 조직의 내부로 들어가는 것, 그것이 진실에 다가가 누명을 벗는 데 필요하다는 사실은 안다. 그러나 몸이 움직이질 않았다.

"왜? 마음이 변했어?" 가즈마가 쏘아봤다. "망설일 시간은 없어. 그렇게 우유부단한 놈은 중요할 때 도움이 안 되니까."

—뭐 하는 거야? 얼른 녀석의 손을 잡아!

다케시는 가이토의 재촉하는 목소리를 무시했다. 가이토는 '아, 정말!'이라며 짜증을 냈다.

—진짜 동료가 되겠다는 게 아니잖아. 그냥 그런 척하는 거라고. 조직 안의 정보를 손에 넣어 하야카와를 죽인 놈을 찾으려면 어쩔 수 없어. 그렇게 범인을 잡으면 조직은 무너지고 결과적으로 약으로 고통받는 사람을 줄일 수 있다고!

가이토의 말이 정론일 것이다. 그러나 내민 손을 잡는 순간 악마에 영혼을 팔게 될 것만 같았다.

"……시간 초과!"

가즈마는 일부러 크게 한숨을 내쉬고 손을 빼려 했다. 그 순간 왼손이 재빨리 움직여 가즈마의 오른손을 움켜쥐었다. 몸을 돌리던 가즈마는 아연실색해 천천히 다케시를 돌아보며 위험한 빛을 담은 웃음을 지었다.

"앞으로 잘 부탁해, 파트너."

2

방을 나와 복도를 걷는데 정면에서 탱크톱을 입은 여성이 걸어왔다.

"어머 다케시, 어디 나가?" 옆집에 사는 구와시마 아야카가 가볍게 손을 들었다.

"네, 아르바이트가 있어서……."

"어? 이런 시간에 아르바이트? 벌써 오후 6시가 넘었어."

"야근이라……."

"야근이라면 편의점 같은 거?"

"그래요."

다케시는 사실대로 말할 수 없어 말을 흐렸다. 2주쯤 전부터 다케시는 일주일에 세 번 정도 가즈마의 사파이어 판매를 돕고 있다.

"어딘데? 잠깐 들를까?" 아야카가 장난스러운 미소를 지었다.

데이트 폭력에서 구해준 일에 감사하는 마음 때문인지, 클럽에 간 날 뒤로도 아야카는 음식을 주거나 밤에 놀러 가자고 제안하며 늘 주위를 맴돌았다. 그러나 가이토에게 귀에 딱지가 앉을 정도로 '다른 이와의 접촉은 최소한으로 하라'는 말을 들은 탓에 음식은 받았으나 처음 클럽에 간 이후로 둘이 외출한 적은 없었다.

"아뇨, 아르바이트하는 데가 좀 멀어서요……."

"흠, 그렇구나. 속상하다."

아야카는 핑크색 립스틱을 칠한 입술을 내밀었다. 다케시는 "죄송해요"라며 목을 움츠렸다.

"아! 그러고 보니 말이야."

아야카가 다가와 귓가에 입을 댄다. 장미 향이 어렴풋이 코를 스쳤다.

"그날 산 사파이어, 아직 가지고 있어? 요즘 너무 싫은 일이 많아서 써볼까 싶어서."

아야카가 놀리듯 "같이 쓸래?"라고 물었다. 그 의미를 이해한 다케시는 얼굴이 화끈거려 황급히 몸을 돌렸다.

"아뇨, 그게…… 이제 없어요."

"뭐? 그렇게 많았는데 다 썼다고?"

아야카는 아이섀도를 그린 눈을 동그랗게 떴다.

"너무 자주 쓰면 안 돼, 그거. 이상해지는 사람도 있다는 소문이 도니까."

다케시의 입가에 힘이 들어갔다. 그런 말을 듣지 않아도 잘 안다. 지난 2주 동안 사파이어의 노예가 된 사람을 여럿 봐왔기 때문이다.

눈물과 콧물을 쏟으면서 애원하는 사람, 온 힘을 다해 빼앗으려는 사람, 밤 상대를 해줄 테니 달라는 여자마저 있었다.

"아뇨, 안 썼어요. 무서워서 아는 사람에게 줘버렸어요."

"어머, 그랬어? 아까워라. 적당히 쓰면 전혀 문제없는데."

"저, 아야카 씨는 얼마나 자주 쓰세요?"

"얼마나? 그러네, 한 달에 한두 번 정도? 그거 꽤 비싸니까 그렇게 자주 쓸 수도 없고, 또 그 '소문'도 좀 걸리고."

다케시는 안도의 숨을 내쉬었다. 그 정도라면 문제는 없을 것이다. 개인차는 있으나 주 3회 이상 사용하면 위험하고 매일 사용하면 돌이킬 수 없다고 들었다.

"어머? 혹시 내가 남용할까 봐 걱정해주는 거야? 그럴 일은 없어. 이래 봬도 나 대학교 때 화학을 전공해서 그런 약의 위험성 정도는 잘 알아."

─정말? 그렇게 안 보이는데.

가이토가 중얼거렸다.

"뭐, 없다면 어쩔 수 없지. 그럼 오늘은 술로 풀까. 참, 다케시, 내일 밤에 시간 돼? 같이 놀러 가지 않을래?"

아야카는 고개를 기울이며 제안했다. 내일 '아르바이트' 일정은 없다. 저도 모르게 고개를 끄덕이려는데 가이토의 '거절해!'라는 날카로운 소리가 울렸다.

─지금은 헤벌쭉하며 누나와 놀러 다닐 틈이 없다고!

반론의 여지가 없어 끄덕이려던 고개의 움직임을 멈췄다.

"……죄송해요. 약속이 좀 있어서."

"그래? 갑자기 말해서 미안했어. 그럼, 아르바이트 열심히 해."

쓸쓸하게 미소 짓는 아야카의 얼굴을 보니, 가슴이 미어지며 아팠다. 다케시는 현관문을 열고 방으로 들어가는 아야카를 바라보다가 입을 굳게 다물고 엘리베이터로 향했다.

─저기, 다케시.

조금 전과는 완전히 다른, 조심스러운 말투로 가이토가 불렀다.

"……왜?"

—너, 저 누나한테 너무 집착하는 거 아니야? 이런 절박한 상황에서 왜 가까워지려고 해? 무슨 이유라도 있어?

"딱히." 자신도 놀랄 만큼 냉담한 대답이 입에서 흘러나왔다.

—……그래. 그렇다면 됐고.

어딘가 어색한 가이토의 목소리를 듣자 다케시의 뇌리에 세 달 전 광경이 떠올랐다.

친구와 웃으며 대화하는 교복 차림의 소녀. 그러나 그 눈동자는 초점을 잃어 유리구슬 같았다. 그녀의 눈이 문득 이쪽을 본다. 그 순간 그녀의 얼굴에 떠오른 인공적인 표정이 순식간에 사라지더니 대신 유리구슬 같은 눈동자가 짙은 검은색으로 변했다.

'왜, 그가 죽었어……? 왜, 네가 아니고……?'

다케시는 그 눈동자에 빨려 들어갈 것만 같아 멀거니 그녀의 억양 없는 목소리를 들었다.

머리에 예리한 통증이 찾아와 다케시는 관자놀이를 누르며 신음했다.

왜 그녀가 생각나지? 왜, 새삼스레?

다케시는 관자놀이를 누른 채 엘리베이터에 올랐다.

"……뒤까지 열두 개. 15분 뒤에 와."

가즈마의 지시에 "오케이"라고 답한 다케시는 휴대전화를 여름용 재킷 주머니에 넣었다. 오전 4시를 넘긴 롯폰기 교차로 부근. 이런 시간임에도 주위에는 술에 취한 젊은이들과 꼭 붙어 입맞춤하는 남녀, 호객 중인 외국인 등 수많은 사람이 있었다.

―그 클럽 뒷골목이면 3번 로커인가? 저쪽이 지름길이야.

왼손 검지가 좁은 골목을 가리켰다.

"나도 알아."

다케시는 성큼성큼 가이토가 가리킨 골목을 통과했다. 지난 2주 동안 롯폰기 일대의 지리는 이미 숙지했다.

조금 넓은 도로로 나오자 코인 로커가 있었다. 그 앞까지 이동해 액정 화면에 표시된 '짐 찾기'를 터치한 다케시는 재킷 안주머니에서 꺼낸 IC카드를 인식기에 댄다. 잠금장치 풀리는 소리가 울리더니 문 하나가 열렸다.

주변을 경계하며 백 하나를 꺼내 지퍼를 연다. 백에는 에메랄드블루색 액체가 담긴 작은 플라스틱 용기가 쌓여 있었다. 다케시는 재빨리 열두 개의 용기를 꺼내고 백을 다시 로커에 넣은 뒤 IC카드를 이용해 짐을 맡겼다.

전화로 지시받을 때마다 필요한 개수의 사파이어를 코인 로커에서 꺼내 가즈마에게 전달한다. 그것이 다케시에게 주어진 일이었다. 이 방법이라면 사파이어를 항상 가지고 다닐 필요도 없으니 위험 부담이 줄어든다. 게다가 만에 하나 경찰의 검문을 받아 몸수색을 당하더라도 열쇠를 가지고 있는 게 아니므로 코인 로커에 뭔가를 맡겨놓았다는 의심을 받지 않는다.

롯폰기 일대, 다섯 군데의 코인 로커에 사파이어를 숨겨놓았다. 다케시는 지시받을 때마다 지정된 장소에서 가장 가까운 로커로 사파이어를 가지러 갔다.

다케시는 IC카드를 재킷 안주머니에 다시 넣고 자연스럽게 걷기 시작했다. 지금부터 지정한 곳까지 가야 하는데 그때가 가장 위험하다. 사파이어를 소지하고 있으므로 경찰의 검문이라도 받는 날에는 모든 게 끝이다. 체포되면 하야카와 살해 용의자로 지명수배 중인 사실도 밝혀질 것이다.

'사파이어를 운반할 때는 절대 서두르지 마라. 산책이라도 하는 것처럼 걸어. 그런데도 경찰이 말을 걸어오면 그때는 네 주먹이 나설 차례야.'

이 '아르바이트'를 시작할 때 가즈마에게 들은 설명이다.

"저기, 가이토." 다케시가 라이더 장갑을 낀 왼손을 봤다. "이런 위험한 '아르바이트', 해야 할 의미가 정말 있어?"

2주 전, 자리를 뜨려는 가즈마의 손을 잡은 가이토를 다케시는 나무라지 않았다. 그 판단이 옳았으나 한 걸음 내디딜 각오가 자신에게 없었다는 것을 잘 알기 때문이다.

다만 한 가지 오산이 있었다. '아르바이트'를 시작하면 팀 내부에 들어갈 줄 알았는데 지난 2주 동안 가즈마 이외의 팀원과 접촉한 적이 없다. 가즈마에게 자연스럽게 "다른 사람도 소개해주세요"라고 말했으나 그때마다 "일을 더 해 쓸 만한 놈임을 증명해야지"라는 말을 들었다.

"그 남자, 팀에 넣어줄 마음도 없이 나를 그냥 심부름꾼으로 쓰려는 게 아닐까?"

—그럴 가능성도 있지.

가이토가 씁쓸하게 인정했다.

"그러면 이대로 '아르바이트'를 하고 있어봤자 소용없잖아. 지난 2주를 날린 거야. 이러고 있다가는 언젠가 경찰에 발견돼. 다른 방법을 생각해야 하지 않을까?"

—다른 방법이라면 구체적으로 어떤 거?

"그야⋯⋯" 다케시는 말문이 막혔다.

아무리 변장했다고는 해도 도망자의 몸으로 이렇게 밤의 번화가를 돌아다니는 데 공포를 느꼈다. 종종 인터넷으로 사건의 수사 상황을 확인하는데 요즘 들어 큰 변화는 없는 듯했다. 하지만 경찰이 자신을 쫓고 있는 것만은 틀림없다. 하야카와의 자료도 계속 읽어나갔는데 이것도 온통 휘갈겨 쓴 데다 모르는 고유명사도 많아서 혼자서는 이렇다 할 정보를 얻을 수 없었다.

—더 유효한 방법이 있다면 그걸 채용할게. 하지만 지금은 그 가즈마라는 남자가 사파이어 판매망에 다가갈 유일한 단서잖아. 그 남자와의 인연을 끊는 건 곤란해.

"하지만 이대로 가면 그냥 잡심부름만 하다 끝날 거야."

―그 남자가 그럴 생각이라면 우리도 더는 위험 부담을 질 이유가 없지. 예를 들어 그 남자를 미행하거나, 때에 따라서는…… 강제로 정보를 캐낼 수도 있지.

"강제로? 어쩔 셈인데?"

―어디까지나 최악의 상황이야. 일단은 이 사파이어를 건네자고.

가이토는 재킷 위로 안주머니에 든 플라스틱 용기를 만졌다.

시간에 맞춰 지정된 골목에 도착하자 가즈마가 젊은 남자와 이야기를 나누고 있었다. 조금 떨어진 곳에서도 왠지 험악한 분위기가 감지되었다.

또……? 다케시는 골목으로 들어서며 한숨을 쉬었다. 다섯 번에 한 번 정도 꼴로 이렇게 거래에 문제가 발생했다. 그 대부분이, '사파이어의 노예'가 된 손님이 돈도 없으면서 사파이어를 손에 넣으려고 할 때다.

그럴 때 가즈마가 취하는 행동은 단순하다. 상대가 매달리든 돈 이외의 대가를 내겠다고 하든 완벽하게 무시한다. 그리고 만약 상대가 무력으로 사파이어를 빼앗으려 하면 폭력을 써 대항한다. 다케시는 이제까지 2주 동안 가즈마가 거래 상대의 명치에 주먹을 꽂는 광경을 세 번이나 목격했다.

"돌아갈까요?"

다케시는 몇 미터 떨어진 위치에서 걸음을 멈추고 이쪽에 등을 돌린 가즈마에게 말을 걸었다. 만약 거래가 이루어지지 않으면 사파이어는 원래 있던 로커에 넣어야 한다.

"아냐. 열 개만 넘겨."

가즈마가 돌아보지도 않고 말했다. 동시에 가즈마의 앞에 선 남자가 크게 양손을 펼쳤다.

"뭐야! 열 개나 한꺼번에 사는 거야. 서비스 좀 해줘. 어느 가게나 많이 사는 손님에게는 할인을 해주잖아."

—가격 교섭이야? 쓸데없는 짓을 하네. 얼른 넘기고 가자.

다케시가 안주머니에서 사파이어 용기를 꺼내 열 개를 세어 가즈마에게 다가갔다.

"가즈마 씨, 열 개입니다."

"그래, 오늘은 이걸로 장사 끝이야. 돌아가도 돼."

가즈마는 사파이어를 받고 자신의 카고 바지 옆 주머니에서 세 번 접은 만 엔짜리 지폐를 꺼냈다. 하룻밤에 3만 엔, 이 '아르바이트'의 대금이다.

다케시는 아르바이트 대금을 받고 골목을 떠났다. 일단 안주머니에 남은 사파이어를 로커에 다시 넣은 뒤 열쇠로 이용한 IC카드를 미리 받은 사서함용 갈색 봉투에 넣고 봉해 우체통에 던져 넣으면 오늘 일은 끝이다.

다케시는 대로를 피해 코인 로커로 향하며 왼손으로 눈길을 떨구었다.

"'아르바이트'가 끝났는데 이대로 돌아가? 아니면……."

—가즈마를 미행하자고?

"응, 저 상황이면 거래에 조금 시간이 걸릴 것 같아. 지금부터 서두르면 녀석이 사라지기 전에 조금 전 골목으로 돌아갈 수 있어."

가이토는 대답하지 않았다. 이상해서 "가이토?"라고 불렀다.

—쉿! 뒤에, 누가 쫓아와.

가이토의 날카로운 목소리가 날아왔다. 다케시는 청각에 온 신경을 집중했다. 확실히 등 뒤에서 발소리가 울렸다.

발소리가 점점 커진다. 다케시는 빌딩과 빌딩 사잇길로 들어가 일부러 걷는 속도를 늦췄다. 지나가는 사람이라면 그대로 지나칠 것이다. 하지만 아니라면…….

바로 뒤에서 발걸음 소리가 멈췄다. 돌아보니 수염을 아무렇게나 기른 중년 남자가 서 있었다.

"안녕."

남자는 두꺼운 입술로 미소를 지었다. 육식동물이 이를 드러낸 것만 같았다.

다케시는 한 걸음 물러나 남자를 관찰했다. 키는 자신과 비슷한데 덩치는 두 배쯤 크다. 두꺼운 몸을 와이셔츠에 쑤셔 넣은 느낌이다. 구겨진 넥타이를 두른 목 주위에 승모근이 솟아 있고 반소매 밑으로 드러난 두 팔은 통나무처럼 굵었다.

옷만 보면 한심한 직장인 같은데 남자의 온몸에서 뿜어 나오는 위험한 분위기가 그게 아니라고 부정하고 있다.

"……누구시죠?"

다케시는 경계하며 중심을 낮췄다. 남자는 바지 주머니에서 두 번 접힌 검은 것을 꺼냈다. 그게 뭔지 깨닫고 온몸의 피가 얼어붙었다.

"아자부경찰서의 반다라고 해. 잠깐 이야기 좀 하고 싶은데."

남자는 경찰수첩을 내밀며 즐거운 듯 말했다.

—도망쳐!

가이토의 목소리에 다케시는 제정신을 차렸다.

—사파이어를 들고 있어. 여기서 체포되면 끝이야. 전력으로 도망쳐!

황급히 몸을 돌린 순간, 다케시는 목덜미에 충격을 느꼈다. 몸이 뒤로 잡아당겨지더니 순간 두 발이 공중에 떴다. 재킷 찢어지는 소리가 좁은 골목에 울렸다.

"상대가 자기소개를 했으면 본인도 이름을 대야지?"

반다라고 이름을 밝힌 형사는 다케시의 재킷 뒷덜미를 잡고 놀리듯 말했다.

'절대로 경찰에 잡히지 마라. 여차하면 주먹을 써.'

사파이어 운반책 일을 시작했을 때 가즈마가 수없이 한 얘기가 떠올랐다.

어쩔 수 없지. 다케시는 오른손 주먹을 쥐고 몸을 돌리며 훅을 날렸다. 그러나 관자놀이에 주먹이 박히기 직전 반다가 갑자기 재킷을 잡은 손을 당겼다.

뒷덜미에 커다란 돌이 떨어진 듯한 충격이 찾아왔다. 다케시는 앞으로 휘청이며 균형을 잃었고 펀치는 힘없이 공중을 갈랐다.

"기동대원이었던 내게 이렇게 꽉 잡히면 아무도 도망 못 가. 경찰 유도라는 거야."

다케시는 허리부터 꺾인 자세로 앞으로 몸을 구부린 채 정수리에서 울리는 목소리를 들었다.

"그리고 나를 때리면 공무집행방해죄야."

반다는 다케시의 재킷 오른쪽 소매를 잡고 재빨리 몸을 회전하며 다리를 차올렸다.

중력이 사라지고 시야가 뒤집혔다. 제트코스터라도 탄 기분이다. 자신이 뭘 하는지 알 수 없었는데 갑자기 등부터 딱딱한 콘크리트 바닥에 떨어졌다. 폐에서 억지로 공기가 밀려 나와 숨을 쉴 수 없었다. 온몸에 격렬한 통증이 찾아왔다.

"허리 후리기야. 안심해. 크게 안 다치게 등부터 잘 떨어지게 했으니까."

반다는 얼굴을 들이대고 재킷 주머니를 뒤졌다. 다케시가 어떻게든 저항해보려 했으나 신경이 마비된 듯 몸이 움직이지 않았다. 안주머니를 뒤지던 반다의 얼굴에 위험한 미소가 번졌다.

"어라, 이게 뭘까?"

반다는 에메랄드블루색 액체가 든 플라스틱 용기를 손바닥 위에서 만지작거렸다.

이제 다 끝이구나. 체포되어 철저히 조사받으면 내가 하야카와 살해로 지명수배 중인 것도 발각되고 만다. 가슴에 절망이 차올랐다.

등의 통증이 가라앉고 몸의 감각이 돌아왔다. 그러나 움직일 기력도 없었다. 그런 다케시의 오른팔을 반다가 익숙한 손놀림으로 비틀었다. 팔꿈치와 어깨 관절이 비틀려 다케시의 몸은 자기 의사와 상관없이 뒤집혔다. 반다는 다케시의 청바지 주머니에서 지갑을 꺼냈다.

"세키구치 료야, 스물하나. 사이타마현에 사는군."

두꺼운 목소리가 떨어졌다. 지갑에 넣어둔 면허증을 보고 있으리라.

"자, 세키구치. 이대로 가면 너는 위법 약물 소지 및 공무집행방해죄 현행범으로 체포돼. 혹시 네가 학생이면 당연히 퇴학이고 어디서 일하고 있으면 해고야. 재판은 집행유예를 받을 가능성도 있지. 하지만 전과자가 되면 세상인심이 사나워져. 제대로 된 사회생활은 그리 쉽지 않을 거야. ……하지만 다른 길도 있지."

아스팔트에 납작 엎드려 있던 다케시는 고개를 살짝 움직여 반다를 올려다봤다.

"……다른 길?"

"그래. 그걸 선택하면 너는 체포되지 않아. 오늘 일은 세상에 알려지지 않지."

반다는 비튼 오른손을 놓았다.

"도망치지 마라. 이름도 주소도 다 아니까. 이곳에서 도망쳐도 바로 수배해 체포할 테니까."

다케시는 말없이 일어나 관절이 꺾인 팔과 어깨를 가볍게 움직여보았다.

"내게 무슨 짓을 시키려고요?"

"이런 말을 누가 엿들을지도 모르는 곳에서 할 수는 없지. 따라와."

반다는 지갑을 다케시에게 던지고 손짓하더니 걷기 시작했다. 다케시는 어떻게 해야 할지 몰라 멀거니 서 있었다.

"안 따라오면 체포한다."

반다가 고개만 돌려 말했다. 다케시는 오른 주먹을 쥐었다. 아까는 도망치려다 당한 것이지만 정면 승부를 펼치면 승산은 있다. 잡히기 전에 펀치를 날리면…….

—시키는 대로 하자.

머리에 떠오른 전투 시뮬레이션은 가이토의 말로 중단되었다.

"왜?" 다케시는 반다 모르게 속으로 중얼거렸다.

—저 형사가 면허증을 봤잖아. 여기서 도망치면 좋을 게 없어.

"그건 다른 사람 거야. 문제없잖아."

—그 다른 사람 신분증을 이용해 우리는 방을 빌렸어. 여기서 도망치면 애써 얻은 안식처를 잃게 돼.

다케시는 입술을 깨물었다.

―게다가 이 형사가 무슨 생각인지 궁금해. 어쩌면 이용할 수 있을지 몰라.

"……알았어."

다케시는 힘없이 주먹을 풀었다. 자신에게 말했다고 생각했는지 반다가 "그럼 됐어"라며 코웃음을 치고 걷기 시작했다. 다케시는 그 뒤를 따랐다. 좁은 골목을 여러 개 통과해 환락가 외곽까지 오자 반다는 낡은 다용도 빌딩 앞에 멈췄다.

"여기야."

"여기라니……."

3층짜리 빌딩은 폐허 같았다. 음식점이 입점해 있었던 것처럼 보이는 1층은 셔터가 내려져 있었다. 2층과 3층 창에는 성인업소 같은 점포 이름이 적혀 있었는데 불이 꺼져 있는 것으로 보아 영업하지 않는 듯했다. 자세히 보니 창문 유리에 금이 가 있다.

"잔말 말고 얼른 와."

반다는 거침없이 빌딩 입구 유리문을 열고 지하로 이어지는 계단을 내려갔다. 아직 전기는 들어오는지 계단에는 형광등이 깜빡이고 있었다.

지하로 내려가 캄캄한 복도를 걸어간 반다는 막다른 곳에 있는 문을 열었다. 그 안은 여러 개의 카운터 자리와 소파 자리 두 세트가 놓인 조그만 바였다. 점원은 보이지 않는데 카운터 안쪽 선반에는 술병이 여러 개 놓여 있다.

"일단 앉아." 반다는 소파 자리에 털썩 앉았다. 다케시는 시키는 대로 낮은 테이블을 끼고 건너편 소파에 앉아 가게 안을 둘러봤다.

"여기는 뭐 하는 데예요?"

"보이는 대로 몇 달 전에 망한 바야. 그런데 이 빌딩 주인이 한심한 놈이라. 얼른 철거하면 될 일을 차일피일 미루고 있는 데다가 전기와 수도도 아직 안 끊겼어. 우리 같은 일을 하면 종종 이런 안성맞춤인 장소 소문이 들려오지."

"안성맞춤?"

"맞아. 아무도 들어선 안 되는 이야기를 하기에 어울리는 장소. 지금처럼."

"……이런 곳으로 데려와 나를 어쩔 셈인데요?"

"경계할 필요는 없어. 남자 취향은 아니니까. 맞다, 한잔할래?"

"아뇨, 됐습니다."

다케시가 굳은 목소리로 대답하자 반다는 "그럼, 나는 마실까?"라며 자리에서 일어나 제집처럼 카운터 안으로 들어갔다.

"이 바 주인은 야반도주 비슷하게 나간 터라 술이 꽤 남아 있어."

반다는 쇼트 글라스에 위스키를 붓고 단숨에 마셨다.

"괜찮겠어요? 형사가 근무 중에 술을 마셔도?"

"지금 몇 시인 줄 알아? 당연히 근무 시간은 아니지."

"나를 체포하려는 거 아니었어요?"

"개인적인 수사야. 근무 중에 하기에는 좀 문제가 있는 수사라. 자, 그럼 바로 본론으로 들어갈까?"

반다의 목소리가 낮아졌다. 다케시의 몸에 긴장이 내달렸다.

"너는 사파이어 밀매에 연루되어 있어. 그렇지?"

단도직입적으로 날아온 질문에 다케시는 말문이 막혔다.

—인정해. 괜히 부정했다가 심증만 굳어져.

가이토가 권하는 대로 다케시는 주저하며 고개를 끄덕였다.

"그러니까 너는 스네이크 조직원이란 말이지?"

"스네이크?"

"어이, 이봐! 그런 것도 몰라? 진짜 말단이군."

—스네이크가 팀 이름인가 봐. 확인해.

가이토가 재빨리 지시를 내렸다.

"그 스네이크라는 게, 사파이어를 파는 놈들을 말하는 거죠? 저는 그저 벌이가 좋은 아르바이트가 있다고 해서 시작한 것이지 딱히 조직이랄 건……."

"상상보다 훨씬 피라미네. 쓸모없는 놈이었군."

"투덜대지 마시고 좀 알려주세요. 스네이크가 뭡니까?"

다케시가 강하게 나가자 반다의 눈매가 매서워졌다.

"왜 내가 설명해야 하지? 이 자식, 네 처지를 생각하라고!"

"나를 봐주는 대신 이용하려는 거잖아요? 그렇다면 자세히 알려주세요. 아무것도 모르는 멍청이보다는 상황을 아는 게 이용 가치가 있겠죠."

다케시는 반다의 박력에 압도되었으면서도 배꼽 밑에 힘을 주고 노려봤다. 몇 초 동안, 둘의 시선이 격렬하게 엉켰다. 먼저 눈길을 피한 사람은 반다였다.

"이런 내게 덤비다니 애송이 주제에 꽤 배짱이 있군. 마음에 들어. 알려줄 테니까 잘 들어."

반다는 술을 마셔서 그런지 조금 가라앉은 목소리로 말하기 시작했다.

"스네이크라는 것은 회색 집단이야. 촌스럽고 단순한 이름이지? 머리 나쁜 녀석들한테 딱 어울리는 이름이야."

"회색 집단이요?"

"양아치 집단이지. 조폭처럼 제대로 된 조직이 아니라 더 느슨하게 모여 한심한 짓을 하지. 폭력대책법 덕분에 야쿠자의 세력이 약해져 인원도 줄고 있는데 최근에는 이런 어정쩡한 불법 집단이 늘어나 조폭이나 하던 일에도 손을 대기 시작했어."

반다는 부아가 나는 듯 위스키를 들이켰다.

"이 녀석들이 성가신 게, 야쿠자처럼 명확한 지휘 계통이 없다는 점이야. 그래서 누가 보스고 어떤 명령을 내리는지 분명치 않아. 애당초 보스가 있는지조차 모르겠어. 게다가 기존의 야쿠자도 지키던 최소한의 규칙마저 아무렇지도 않게 무시하고 맘대로 행동해. 분별없는 녀석들이 모여 노는 것처럼 위험한 범죄를 저지른다고."

"스네이크도 그런 조직 중 하나인가요?"

"그중 하나 수준이 아니야. 지금 가장 문제인 집단이지. 2, 3년 전까지는 대단한 조직이 아니었는데, 어떤 시기를 경계로 완전히 바뀌었어. 그것을 공급하기 시작하면서부터."

"사파이어……." 다케시가 목소리를 낮췄다.

"아, 맞아." 반다는 크게 양손을 펼쳤다. "사파이어의 등장으로 마약 시장은 완전히 바뀌었어. 우선 법률이 따라가지 못하는 탓에 단속할 수 없던 때 젊은이들 사이에 단숨에 퍼졌어. 다른 마약과 격이 다른 강력한 황홀감을 얻을 수 있는 데다 초기에는 부작용이 적어. 게다가 당시는 소지해도 죄가 아니었어. 그러니 체포될 위험까지 무릅쓰고 대마나 필로폰에 손대기보다 그쪽을 택하겠지."

"하지만 지금은 규제되잖아요."

"그래, 그렇지. 판매는 물론 소지만으로도 체포되게 법이 개정되었어. 그래서 붐도 꺼질 줄 알았지. 실제로 위험한 마약 대부분은 단속 강화로 단숨에 시장에서 사라졌으니까. 그런데 사파이어만은 반대였지."

"반대요? 거래량이 늘었어요?"

"거래량은 거의 변함이 없어. 다만 시장 규모의 자릿수가 달라졌지. 불법이 된 탓에 희소가치가 생겨 가격이 몇 배 뛰었어. 게다가 원래 예상했던 것보다 상당히 의존성이 강했지. 어느 정도 사파이어를 한 놈은 가격이 얼마이건 간에 그걸 사.

그리고…… 마지막에는 어떻게 될 것 같나?"

침을 흘리면서 사파이어를 원하는 노예들의 모습이 뇌리를 스쳤다.

"처음에는 도쿄 번화가에서만 입수할 수 있었던 사파이어가 지금은 지방 도시까지 퍼졌어. 그 판매망의 중심에 스네이크가 있어. 지방 조직에 사파이어를 넘겨 엄청나게 돈을 벌어 조직을 넓히고 있지. 지금은 웬만한 조폭은 손도 못 댈 정도야."

"……스네이크가 뭔지는 알았어요. 그래서 내가 뭘 해야 하죠?"

"당연한 거 아니야? 정보원이지." 반다는 입술 한쪽 끝을 올렸다.

"정보원이요?"

"너는 말단이라 해도 스네이크의 일원이야. 조직 내부를 조사해 내게 정보를 흘리라고."

"무리예요. 나는 스네이크라는 이름조차 안 알려줄 정도로 말단이라고요."

"무리라면 체포해야지."

반다의 날카로운 눈빛에 다케시는 가볍게 몸을 뺐다.

"나도 그러고 싶지 않아. 너처럼 피라미를 잡아봤자 대단한 공도 안 돼. 꼭 낚아야 한다면 거물을 노려야지. 스네이크의 보스를 체포하거나 사파이어의 제조원을 폭로하거나. 뱀은 대가리를 뭉개놓지 않으면 다시 살아난다고."

"제조원⋯⋯이요?"

"맞아. 사파이어가 어디서 만들어지는지, 그것만 알면 판매망을 괴멸시킬 수 있어. 일반적으로 위험한 마약은 해외에서 만들어져 밀수되지. 하지만 사파이어는 한 번도 밀수에서 적발된 적이 없고 일본 외에서는 거의 보이지 않아. 일본 어딘가에 만드는 놈이 있고 그것을 스네이크가 공급하고 있다는 거야. 그 새끼가 곧 제조원을 찾아낼 줄 알았는데."

반다가 크게 혀를 찼다.

"무슨 일이 있었나요?"

"그것을 조사하던 정보원이 얼마 전에 살해당했어. 다마가와 강변에서 칼에 찔렸지."

심장이 쿵 내려앉았다. 온몸의 땀샘에서 얼음처럼 차가운 땀이 스며 나왔다. 도움을 요청하듯 다케시는 눈길을 왼손으로 떨어뜨렸다.

─걱정하지 마. 지금은 머리를 자르고 안경도 쓰고 있어. 이 형사는 너를 세키구치 료야로 믿고 있어. 우리가 하야카와 살해로 지명수배 된 사람인지 모른다고.

그런 말을 들어도 긴장이 사라지지 않았다. 이가 덜덜 떨렸다.

─하야카와가 이 형사의 정보원이라면 마침 잘됐어. 놈에게 붙어 정보를 얻어내야지.

"그 정보원이 살해됐다면⋯⋯." 다케시는 갈라진 목소리를 짜냈다.

"그렇게 겁먹지 마. 프리랜서 기자에게 스네이크와 사파이어 제조원을 조사하게 했어. 그 녀석, 그다지 조사가 이루어지지 않는다며 내게 보고도 하지 않더니 실은 제조원에 다가간 모양이야. 그리고 너무 깊게 파다가 당하고 말았지. 아무래도 알아낸 정보로 협박해 푼돈을 벌려 했던 것 같아. 주위에 '곧 큰돈이 들어온다'라고 떠들고 다녔다는군. 너는 이상한 생각 말고 내게 정보를 넘겨. 그러면 신변 안전은 보장하지."

반다는 안심시키듯 가볍게 말했다. 다케시는 침을 삼키고 입을 열었다.

"그러면 그 프리랜서 기자는 스네이크 조직원에게 살해된 건가요?"

어쩌면 자신은 지명수배 되지 않은 게 아닐까. 경찰은 스네이크 관계자를 쫓고 있지 않을까. 그런 희미한 기대가 가슴에 일었다.

"수사본부는 가출 중인 애송이가 절도 목적으로 죽였다고 결론짓고 그 녀석을 지명수배 했지. 뭐, 증거가 많은 것 같으니까 그 녀석이 범인이겠지. 하지만 그 녀석도 틀림없이 스네이크와 관련이 있을 거야. 단순 절도는 절대 아니야."

낙담한 다케시 앞에서 반다가 입술을 핥았다.

"잘만 하면 스네이크를 조사하는 와중에 그 애송이가 어디 숨어 있는지도 알아낼지 모르지. 그러면 큰 공이 돼."

─당신 눈앞에 있는 게 그 '애송이'라고.

다케시는 신나서 중얼대는 가이토를 노려봤다. 가이토는 얼버무리듯 손가락을 살살 흔들었다.

"뭐, 사정이 이래서 나는 정보원을 잃었기 때문에 새로운 정보원이 필요해졌지. 그래서 덫을 놓아 널 잡은 거야."

"덫?"

"아직도 몰라? 아까 사파이어 가격을 깎던 남자는 내가 뿌린 미끼야. 중독자에게 돈을 주고 그렇게 하라고 지시했어. 그러면 운반책, 그러니까 너는 남은 사파이어를 들고 보관 장소로 돌아가야겠지. 내가 그걸 미행해 잡은 거야."

"그렇다면 왜 내가 아니라 가즈……, 사파이어를 팔던 남자를 잡지 않았나요?"

"너, 그 녀석이 누구인 것 같아?" 반다는 단단한 어깨를 움츠렸다. "개인 상대로 약을 파니 피라미라고 생각하는 거야? 녀석은 스네이크의 간부 중 하나야. 큰 거래 때 출장을 가고 문제가 생기면 상대를 제압하는 싸움꾼이야."

"그렇다면 더더욱 그 사람을 잡아야죠. 스네이크의 내부 사정도 잘 알 테니까 신문을 해서 알아내면……."

"아무 말도 안 하겠지." 반다가 다케시의 말을 막았다. "녀석은 간부야. 게다가 스네이크에 충성을 맹세하고 달콤한 과실을 땄어. 그런 놈이 스네이크를 와해시킬 정보를 흘릴 리 없지. 게다가 그놈에게 정보원 일을 시키다니, 말도 안 되지. 그래서 너 같은 놈을 노린 거야. 아직 스네이크에 그 정도 마음이 없는 놈을."

반다는 말을 끊고 턱을 당긴 다음 다케시를 노려봤다.

"그래서 어떻게 할 건가? 내 말에 따를 거야? 아니면 이대로 경찰서로 연행될래? 마음대로 해."

—선택의 여지가 없어. 체포되면 끝장이야. 게다가 잘만 하면 수사 상황이나 스네이크의 정보를 이 형사에게 들을 수 있어. 도움의 손길이 온 거나 다름없어. 다만 쉽게 받아들이지 말고 이렇게 말하는 거야. 일단은…….

가이토의 지시를 들은 다케시는 천천히 얼굴을 들었다.

"……알겠어요. 받아들이죠. 하지만 이대로 가면 저 같은 말단이 스네이크의 내부 정보를 캐낼 수는 없겠죠. 그러니 형사님에게 부탁드릴 게 있어요."

"부탁? 내 참, 네 처지를 생각해라. 배짱이 있는 건지, 바보인지. 일단 얘기나 들어보자. 내게 뭘 시킬 셈이야?"

"그게……."

다케시는 가이토의 말을 그대로 반다에게 전했다.

3

"……뒤로 여덟 개, 20분 뒤야. 알겠어?"

"네, 알겠습니다. 20분 뒤요."

반다에게 체포되고 사흘이 흘렀다. 다케시는 평소처럼 심야 롯폰기에서 가즈마의 전화를 받고 있었다.

─그곳 뒤라면…….

"응, 드디어 왔어."

다케시는 가이토를 보며 긴장을 감춘 채 중얼거리고 스마트폰으로 전화를 걸었다. 상대가 바로 받았다. 10여 초쯤 이야기를 나눈 뒤 다케시는 스마트폰을 주머니에 넣었다.

"좋아, 가자!"

기합을 넣고 말하자 가이토는 '응'이라며 왼 주먹을 움켜쥐었다.

다케시는 평소처럼 코인 로커에서 사파이어를 꺼내 가즈마가 있는 곳으로 향했다.

20분 뒤, 지시받은 장소에 도착했다. 롯폰기 번화가에서 한 블록 안으로 들어간 좁은 골목, 가끔 거래에 이용되는 장소다. 가슴에 손을 대고 심호흡을 되풀이한 다케시는 수십 미터 앞 도로에서 익숙한 얼굴을 발견했다.

─저쪽도 모든 준비를 마친 것 같아. 그럼 갈까?

가이토의 재촉에 다케시는 마지막으로 크게 숨을 내쉬고 골목으로 들어섰다. 가로등이 거의 없는 어두컴컴한 거리를 걸어가자 두 사람의 그림자가 보였다. 가즈마와 병적으로 마른 젊은 여자. 여자는 불안한 시선으로 여기저기 둘러보고 있다. 전형적인 사파이어의 노예다.

"가져왔어요." 다케시는 안주머니에서 꺼낸 사파이어를 가즈마에게 건넸다.

가즈마는 이쪽을 보지도 않고 용기를 받더니 벌레라도 쫓듯 손을 흔들었다.

다케시가 재빨리 골목을 나오자 그곳에 곰 같은 체격의 형사가 기다리고 있었다.

"건넸어?"

"……네."

"그럼 이제 가볼까?" 반다는 입술을 적셨다.

"상대는 가라테를 합니다. 무기도 있을지 모릅니다."

"걱정하지 마. 누가 너를 집어던졌는지 잊었냐?"

"처음에 배를 차세요. 잊지 마세요."

반다는 "응"이라며 가볍게 손을 들고 산책이라도 하듯 가볍게 골목으로 들어갔다.

반다를 배웅한 다케시는 그 자리에서 기다렸다. 마침내 골목 안에서 고함이 들렸다.

—아직 일러.

"알아."

가이토의 목소리를 들으면서 다케시는 언제든 달릴 수 있도록 몸을 낮췄다. 골목에서 조금 전 여자가 비명을 지르며 달려 나왔다. 다시 고함이 들렸다.

—아직이야.

숨죽인 목소리로 가이토가 속삭인 순간, 뭔가 무거운 것이 떨어지는 듯한 소리가 들렸다.

─지금이야!

가이토의 신호와 함께 다케시는 골목으로 뛰어들었다. 안에 두 남자가 쓰러져 있는 게 어렴풋이 보였다. 다가감에 따라 상황이 분명해졌다. 반다가 어깨 걸기로 가즈마를 제압하고 있었다. 사흘 전의 다케시와 마찬가지로 격렬하게 내던져졌는지, 가즈마의 표정은 고통으로 일그러져 있고 거의 저항하지 못했다.

"무슨 짓이야? 가즈마 씨에게서 떨어져!"

미리 입을 맞춘 대로 말하면서 다케시는 두 손으로 반다의 몸을 밀었다.

"뭐 하는 새끼야!"

몸의 균형을 잃은 반다는 가즈마를 놓고 일어났다. 그러나 가즈마는 일어나지 못했다. 예상대로 던져진 충격으로 움직일 수 없게 되었으리라.

"가즈마 씨에게 손대지 말라고!"

다케시는 너무 연기처럼 보이지 않도록 주의하며 호통치면서 반다에게 주먹을 날렸다. 이것도 미리 맞춘 대로 반다는 날아오는 펀치를 쉽사리 피하고 다케시의 몸을 가볍게 잡고서 가즈마 위로 내던졌다. 몸 아래에서 가즈마가 고통스러운 비명을 질렀다.

잘도 던지네. 다른 사람 위에 던져진 덕분에 거의 다치지 않은 다케시는 감탄하며 가즈마에게 말을 걸었다.

"가즈마 씨, 죄송해요. 괜찮으세요?"

가즈마는 너무 고통스러운지 신음만 흘릴 뿐이었다.

이 정도면 당분간 일하지 못하겠구나. 다케시는 그렇게 판단하고 반다를 올려다봤다.

"당신, 누구야?"

"아자부서의 형사다. 저 남자에게 볼일이 있으니 한심한 피라미는 꺼져!"

"가즈마 씨를 어떻게 할 셈인데?!" 다케시가 가즈마의 몸을 덮치듯 감쌌다.

"일단 불법 약물 소지와 공무집행방해죄로 체포하고 천천히 이야기를 들어야지."

반다는 양복 품에서 수갑을 꺼내 놀리듯 좌우로 흔들었다. 그때 몸 아래에서 "……료야"라는 가냘픈 목소리가 흘러나왔다.

속삭이는 듯한 가즈마의 목소리에 다케시도 조그맣게 "네"라고 대답했다.

"재킷 안주머니에 스마트폰이 있어. 그걸 꺼내."

"네? 왜요?"

"그냥 시키는 대로 해. 저 형사 몰래."

가즈마는 얼굴을 찡그린 채 필사적으로 목소리를 짜냈다. 다케시는 살짝 고개를 끄덕이고 가즈마의 몸을 덮은 채 가즈마의 안주머니에서 스마트폰을 꺼냈다.

"어이, 수갑이 하나밖에 없어. 그러니 네 놈은 봐줄 테니까 어서 꺼져."

반다는 다케시를 떼어내고 가즈마에게 수갑을 채웠다. 둔탁한 금속음이 골목에 울렸다.

"얼른 가!"

손을 뒤로 돌린 채 수갑이 채워진 가즈마가 소리쳤다. 다케시는 "하지만……"이라고 당황하는 척했다.

"됐으니까 얼른 가라고!"

다시 호통이 날아오자 다케시는 얼굴을 찡그리고 휙 몸을 돌려 달리기 시작했다. 골목길을 빠져나와 인파를 헤치면서 대로를 수십 초쯤 달린 뒤 걸음을 늦추고 손안에 있는 스마트폰을 내려다봤다.

─아주 열연이었어.

가이토의 농담에 대답할 여유가 없었다. 이 스마트폰은 가즈마가 사파이어 거래에 사용하는 것이다. 사파이어를 원하는 사람은 이 스마트폰에 주문을 넣는다. 그러나 정말 중요한 것은 사파이어 주문이 아니었다.

다케시는 스마트폰을 조작했다. 그러나 비밀번호를 요구하는 화면이 나타날 뿐이다. 저도 모르게 혀를 차고 말았다.

─그렇게 초조해하지 마. 예상했던 바야. 이제 기다려야지.

가이토가 태평하게 말했다.

─일단 긴장했으니 목이 마르지 않아? 어디 좀 쉬러 가자.

"아, 그래."

다케시는 스마트폰을 쥔 채 심야임에도 인파로 가득한 거리를 나아갔다.

손님이 거의 없는 24시간 영업 패스트푸드 가게. 가게 가장 안쪽에 자리를 잡은 다케시는 테이블에 놓인 스마트폰을 노려보고 있었다.

가즈마의 스마트폰을 입수한 지 이미 두 시간 가까이 지났다. 그동안 세 건 정도 "사파이어를 팔아달라"는 전화가 왔으나 "물건이 없어"라고 대답하고 끊었다.

비밀번호로 잠겨 있어서 전화를 받는 일밖에는 할 수 없었다. 그저 기다릴 수밖에 없는 상황을 견디다 못한 다케시는 다리를 달달 떨기 시작했는데 스마트폰이 부르르 진동했다. 액정 화면에는 '히로키 씨'라는 문자가 깜빡였다.

재빨리 스마트폰을 든 다케시는 통화 버튼을 터치해 얼굴 옆에 댔다.

"여보세요……." 긴장으로 목소리가 떨렸다.

"……너, 누구야?"

젊은 남자의 의아해하는 목소리가 들렸다. 그의 뒤로 엄청나게 큰 음악 소리가 들렸다.

"료야입니다." 다케시가 지금 사용 중인 가명을 댔다.

"료야? 내가 용건이 있는 건 가즈마인데. 그거 가즈마 스마트폰 아냐? 가즈마는 어디 있어?"

"……여기 없어요."

"없으면 얼른 녀석을 찾아와!"

호통이 고막을 때렸으나 다케시는 "그건 안 돼요"라고 억양 없이 대답했다.

"……안 되다니?"

"가즈마 씨는 조금 전 경찰에 체포되었어요."

전화 너머에서 숨을 삼키는 소리가 들려왔다.

"……체포라니, 무슨 일이 있었는데?!"

"사파이어 거래 현장을 경찰에 들켰어요."

"녀석이 그렇게 쉽게 잡혔다고? 가라테라면 이 근처 경찰은 그 녀석 상대가 안 된다고."

"상대는 곰 같은 형사이고 전 기동대원이라고 했어요."

말문이 막혔는지 목소리가 들리지 않았다. 다케시는 말없이 상대의 반응을 기다렸다.

"……그래서, 너는 도대체 누군데?"

동요한 상태에서 다소 회복되었는지 남자는 숨죽인 목소리로 물었다.

"그러니까 료야라고요. 가즈마 씨 밑에서 일하고 있어요."

"왜 네가 가즈마의 스마트폰을 가지고 있지?"

"연행되기 직전에 가즈마 씨가 내게 맡겼어요. 이 스마트폰이 중요하다며 절대 경찰에 넘겨선 안 된다고."

"……맞아. 그 스마트폰은 중요해. 팀원이나 판매 상대의 연락처가 있으니까. 그런 중요한 것을 어디서 빌어먹다가 왔는지 모르는 네게 맡겼다고?"

남자의 목소리에 의심이 퍼졌다.

—이렇게 대답해. 잘 들어.

가이토의 지시가 들렸다. 다케시는 집중하고 그가 시키는 대로 대답했다.

"함께 일하게 된 지는 얼마 안 됐어요. 하지만 가즈마 씨는 내게 잘해줬어요. 그래서 아까 가즈마 씨를 힘껏 도우려 했고요. 하지만 그 형사는 정말 강했다고요. 가즈마 씨가 '나 대신 이걸 들고 도망쳐서 연락이 오는 것을 기다려'라며 스마트폰을 내게 맡겼어요. 그래서 나는 형사를 뿌리치고 필사적으로 도망쳤어요. 그리고 내내 연락이 오기를 기다렸어요."

감정을 담아 말했다. 여기가 승부처다. 여기서 믿음을 얻으면 이제까지 굳게 닫혀 있던 팀 내부로 한 걸음 들어갈 수 있다.

전화 너머에서 빠른 템포의 음악과 함께 생각하는 듯한 분위기가 전해졌다.

—이제 한 방이면 될 것 같은데. 그럼 이건 어때?

가이토는 신나서 다시 지시를 내렸다. 다케시는 고개를 끄덕이고 다시 입을 열었다.

"가즈마 씨가 맡긴 이 스마트폰만은 무슨 일이 있더라도 지키고 싶어요. 스네이크에게 이건 중요한 거죠? 알려주세요. 이

걸 어디로 가져가면 되나요? 내가 그 형사에게 발견되기 전에.”

다케시는 최대한 절박하게 말했다. 스마트폰 너머에서 한숨이 들려왔다.

“맞아. 그 스마트폰은 회수해야 해. 너, 지금 어디 있지?”

“롯폰기인데요.”

“그렇다면 마침 잘됐다. 지금 말하는 곳으로 와. 최대한 빨리.”

남자는 재빨리 장소를 말하고 “알았지?”라고 확인한 뒤 전화를 끊었다. 다케시는 크게 숨을 내뱉었다.

—오늘 밤, 두 번째 열연, 수고했어. 하지만 앞으로가 진짜야. 정신 차려.

“알아.”

다케시는 스마트폰을 주머니에 넣고 자리에서 일어났다.

—하지만 정말 그곳으로 오라고 할 줄이야.

가이토가 혼잣말처럼 툭 내뱉었다.

귀청을 찢는 듯한 댄스 음악이 온몸을 두드린다. 다케시는 열에 들뜬 표정으로 몸을 흔드는 남녀를 헤치고 플로어 안쪽으로 갔다.

아는 곳이었다. 아야카가 처음 데려온 클럽. 그곳 VIP룸이 바로 전화를 건 남자가 지정한 장소였다.

플로어를 가로지르자 가죽을 덧댄 문이 여러 개 있고 그 앞에 검은 정장을 입은 문지기들이 직립 부동으로 서 있다. 다케시는 지시대로 'No. 3'이라고 적힌 문 앞으로 갔다. 문지기 하나가 말없이 다케시 앞을 가로막았다.

"스마트폰 건으로 히로키 씨라는 사람이 이리 오라고 했는데요."

전화를 끊을 때 남자는 "나는 히로키야. 문지기에게 얘기해 놓을게"라고 말했다.

문지기는 표정 변화 없이 옆으로 비켜서서 무거워 보이는 문을 열어주었다. 다케시는 "감사합니다"라고 인사하고 방으로 들어가 재빨리 실내를 훑어봤다.

벽과 바닥이 번쩍이는 약 16제곱미터 정도의 방 중앙에 U자 형태의 가죽 소파가 놓여 있었다. 낮은 유리 테이블에 비싸 보이는 술병이 여러 개 놓여 있다. 천장에는 거대한 샹들리에가 달려 있다. 휘황찬란하고 기이한 분위기의 방이다.

다케시는 소파로 눈길을 던졌다. 젊은 남자와 노출이 심한 옷을 입은 여자가 셋씩 앉아 있었다. 소파 중심에 앉은 드레드 헤어의 남자를 보고 다케시는 저도 모르게 소리를 지를 뻔했다. 그 남자를 본 적이 있었다. 하야카와의 자료에 있던 사진 속 남자 중 하나였다.

"네가 료야야?"

드레드 헤어의 남자가 목소리를 냈다. 다케시가 고개를 끄덕이자 남자는 테이블 위의 버튼으로 손을 뻗었다. 방 밖에 있던 문지기 중 둘이 들어왔다.

"잠시 중요한 얘기를 할 거야. 여자들을 데리고 나가."

여자들 사이에서 불만이 터져 나왔다.

"아까 비싼 술을 실컷 마셨잖아? 이제는 일해야 해. 얼른 꺼져."

그녀들은 투덜대며 나갔다. 세 남자와 다케시만 남았다.

"내가 아까 전화한 히로키야. 가즈마의 스마트폰을 가져왔어?"

다케시가 "네"라며 주머니에 손을 넣는데 양옆에 앉은 두 남자가 흠칫하며 방어 태세를 취했다.

—경계가 정말 심하네. 권총이라도 있는지 의심하나 봐.

가이토의 태평한 목소리를 들으면서 다케시는 남자들을 자극하지 않도록 천천히 주머니에서 스마트폰을 꺼내 히로키에게 건넸다.

"정말 가즈마의 스마트폰이네. 이게 경찰에 넘어갔으면 큰일이었어. 잘했어."

다케시는 손에 들어온 스마트폰을 흐뭇하게 바라보는 남자를 가만히 바라봤다.

"왜? 더는 용건이 없잖아? 얼른 꺼져."

"경찰에게 체포될 위험을 무릅쓰면서까지 이 스마트폰을 필사적으로 지켰어요. 그 노력에 어울리는 상을 받고 싶은데요."

미리 가이토와 상의해 준비한 말을 했다.

"아까는 꽤 멋진 말을 지껄이더니 결국은 돈이냐?" 히로키의 얼굴에 경멸의 빛이 스쳤다.

"돈은 필요 없어요."

"그럼 뭐야? 술? 약? 아니면 여자?"

"아뇨. 일을 주세요."

"일?" 히로키의 가늘게 다듬은 눈썹이 꿈틀댔다.

"가즈마 씨는 중요한 인물이었죠? 그 사람이 체포됐으니 문제가 크겠죠."

"……뭐, 그렇지. 그래서 무슨 말을 하고 싶은 건데?"

다케시는 노려보는 히로키를 향해 한 걸음 다가가 당당하게 말했다.

"가즈마 씨가 하던 일을 내게 맡겨주시면 안 될까요?"

"뭐? 가즈마 일을 네가 하겠다고?"

히로키가 위협하듯 말했다. 다케시는 꿈쩍도 하지 않고 "네"라고 고개를 끄덕였다.

"너, 가즈마가 어떤 일을 했는지 알아?"

"자세히는 모릅니다. 하지만 무슨 일이든 할게요. 가즈마 씨가 돌아올 때까지만이라도 내게 맡겨주세요."

반다가 가즈마를 체포한 사이 조직의 내부로 들어간다. 가이토가 생각한 그 작전의 성공 여부는 이 대화로 결정된다. 어떻게 해서든 히로키의 신뢰를 얻어야 한다.

"용돈이라면 줄 테니까 얼른 돌아가."

히로키가 장지갑에서 만 엔짜리 지폐를 열 장 정도 꺼내 내밀었으나 다케시는 움직이지 않았다. 히로키의 입술이 일그러졌다.

"이 새끼, 너무 나대네. 너 같은 애송이에게 가즈마의 일을 맡길 리 있겠냐? 다치기 전에 얼른 돈 들고 사라져라."

"어떻게 나를 다치게 하실 거죠?"

담담하게 읊조리는 다케시 앞에서 히로키는 "뭐?"라며 짜증을 냈다.

"그러니까 어떻게 나를 다치게 할 거냐고요? 혹시 저 둘에게 나를 때려눕히라고 시킬 건가요? 저 사람들은 보디가드인가요? 그렇다면 대신 저를 써주세요. 훨씬 쓸모가 있을 겁니다."

남자들이 흥분하며 일어나려 했으나 히로키가 "가만있어!"라고 일갈하자 얼굴을 붉히면서 소파에 다시 앉았다.

"너, 이 둘을 이길 수 있다고 했냐?" 히로키의 입술에 조소가 번졌다.

"네, 물론입니다."

다시 일어나려는 두 남자를 히로키가 팔을 들어 제지했다.

"나름 잘 싸우기는 하지만, 이 녀석들은 보디가드가 아니야. 보디가드는 가즈마지."

"가즈마 씨가?"

"그래, 맞아. 그렇다고 종일 나를 따라다니는 건 아니야. 큰 거래가 있을 때 입회해. 문제가 생기면 대처하려고. 우리 조직에서 녀석은 싸움꾼으로서 아주 귀중한 인재야. 네가 그걸 대신할 수 있다고?"

다케시가 "할 수 있습니다"라고 바로 대답하자 히로키의 얼굴에서 썰물 빠지듯 조소가 사라졌다.

"……진심으로 말하는 거냐?"

"네, 어떻게 하면 증명할 수 있나요?"

다케시가 도발적으로 말하자 히로키는 양옆 남자들에게 가볍게 눈짓했다.

—이 남자가 어떻게 나올지 알겠지?

가이토가 속삭였다. 당연하다. 다케시는 히로키 몰래 살짝 턱을 당겼다. 그와 동시에 평소에는 없던 왼손의 감각이 돌아왔다. 다케시는 왼 주먹을 쥐었다.

"이 둘을 상대해 이겨봐. 그러면 너를 가즈마 대신 고용하지."

히로키가 그렇게 말하자마자 두 남자가 소파에서 일어나려 했다. 그러나 그 전에 다케시가 움직였다. 가까이 있는 남자에게 재빨리 다가가 왼손으로 그 어깨를 가볍게 눌렀다. 구부정하게 일어나려던 남자는 쓰러지듯 다시 소파에 앉았다.

놀란 표정으로 올려다보는 남자를 향해 다케시는 재빨리 라이트 스트레이트를 날렸다. 조준한 주먹이 남자의 턱을 쓰다듬듯 지나갔다. 헉, 소리와 함께 남자의 얼굴이 순간 떨렸다. 머리에 가해진 원심력 탓에 뇌가 격렬하게 흔들려 남자의 의식이 완전히 날아갔다.

—뒤!

가이토의 목소리가 울렸다.

"안다고."

다케시는 반사적으로 대답하며 돌아봤다. 다른 남자가 테이블에 놓인 샴페인 병을 휘두르며 달려들고 있었다. 다케시는 왼팔을 들어 머리를 보호한다. 날카로운 소리가 나고 앞 팔에 내려쳐진 유리병이 산산이 부서졌다.

날카로운 통증에 얼굴을 찌푸렸다. 살펴보니 팔이 찢어져 피가 배어 나오고 있었다. 깨진 병에 베인 모양이다. 다케시는 살짝 혀를 차고 뒤로 물러나 바닥을 차서 남자와의 거리를 단숨에 좁혔다.

깨진 병을 다시 휘두르려는 남자의 품으로 들어간 다케시는 왼팔을 접고 허리를 힘껏 돌렸다. 왼 주먹이 남자의 간장 부위에 박혔다. 손에서 떨어진 병이 바닥에서 부서졌고 남자는 배를 움켜쥐고 무릎을 꿇었다. 그 입에서 고통스러운 신음과 함께 마시던 술이었을 액체가 흘러나왔다. 순식간에 둘을 무력화한 다케시는 파이팅 포즈를 풀고 히로키를 봤다.

—역시! 대단해.

가이토가 칭찬을 늘어놓을 때 뒤에서 문이 열리고 문지기 둘이 뛰어 들어왔다. 쓰러진 남자들을 보고 그들의 표정이 굳었다.

—이건…… 좀 좋지 않은데.

다케시는 "그러네……"라며 방어 태세를 취했다. 문지기들은 다케시보다 훨씬 체격이 크고 팔뚝도 통나무처럼 두꺼웠다.

일대일이면 모르겠으나 둘을 동시에 상대하기에는 버겁다. 다케시가 마른 입술을 축이는데 문지기들이 거리를 점점 좁혀왔다.

"그만해!"

방에 고함이 울렸다. 덮치려던 문지기들의 몸이 크게 흔들렸다.

"하지만 저 둘……." 문지기 하나가 조심스레 말했다.

"너무 마셔서 쓰러졌을 뿐이야. 얼른 나가. 앞으로 중요한 얘기를 할 거니까."

그들은 서로의 얼굴을 바라볼 뿐 움직이지 않았다.

"얼른 나가라고 했을 텐데!"

히로키가 거칠게 말하며 손을 흔들었다. 문지기들은 주저하면서도 방을 나갔다.

문이 닫히자 히로키가 뭔가를 던졌다. 왼손이 마음대로 움직여 그 물체를 잡았다.

"가즈마…… 씨의, 스마트폰?"

왼손이 잡은 것을 보고 다케시가 고개를 갸웃했다.

"잠금은 풀어놨어. 네가 가지고 있어. 거기로 연락할 테니까."

"연락, 이요?"

"'일'이 있을 때 연락한다고. 그 스마트폰에 자세한 시간과 장소를 문자로 보낼 거야. 예정대로라면 모레 밤에 거래가 있으니까 일단 알아둬."

"그럼 나를……."

"그래, 네가 가즈마의 후임이야. 어서 와, '스네이크'에."

히로키는 입술 끝을 올리고 양손을 크게 펼쳤다.

4

앞쪽에 위클리 맨션이 보였다. 다케시는 왼쪽 팔 앞에 손수건을 대고 걸었다. 하얀 손수건이 빨갛게 물들었다.

—아무래도 흰색은 너무 눈에 띄어. 아까부터 지나가는 사람들이 힐끔힐끔 돌아봤다고.

"어쩔 수 없잖아. 이 색밖에 안 파는데."

몇 시간 전, 다케시는 가즈마의 스마트폰을 받고 클럽을 나왔다. 목적은 달성했으니 전차가 다니기 시작할 때까지 패스트푸드 가게에서 시간이나 때우려 했는데 왼팔에서 뜨뜻한 액체가 뚝뚝 떨어졌다. 아까 싸울 때 베인 상처에서 피가 흘러나온 것이다. 거칠게 베인 상처에서 피가 떨어지는 광경은 너무나 참혹해 지나가던 사람들이 기이한 눈빛을 던졌다.

아무리 넓고 깊은 롯폰기의 밤이라 해도 피를 흘리며 돌아다니면 눈에 띈다. 순찰 중인 경찰의 눈에 띄면 검문을 받을 것이다. 경찰의 눈을 피하려고 근처 편의점에서 지혈용으로 손수건을 사서 인터넷 카페 개인실에 들어가 남은 시간을 보냈다.

첫차를 탈 계획이었는데 긴장과 피로로 소모되었던지 개인실에 들어가 푹신한 의자에 앉자마자 수마가 덮쳐왔다. 그대로 다섯 시간 이상이나 잠들어 인터넷 카페를 나왔을 때는 해가 훤히 밝아 있었다. 통근하는 직장인으로 넘쳐나는 전차를 타고 가와사키로 오면서 다케시는 가능한 한 상처가 보이지 않도록 왼팔에 손수건을 대고 있었다.

—얼른 집에 가서 소독해야 해. 곪으면 큰일이야.

가이토가 역 앞 약국에서 산 소독약과 붕대가 든 봉투를 흔들었다.

"왼손 움직이지 마. 아프잖아. 왼손 감각 좀 없애주면 안 돼?"

지금은 왼 손목과 손끝까지가 가이토의 '영역'이라 팔의 통증이 온전히 느껴졌다.

—싫어. 지금 팔 앞쪽까지 '영역'을 넓히면 내가 아프다고.

다케시의 요청은 단칼에 거절당했다. 아파트 입구로 들어서 엘리베이터로 5층에 도착하자 손수건을 주머니에 넣고 열쇠고리를 꺼내면서 바깥 복도를 걸었다. 그때 옆집 문이 열리고 아야카가 하품하면서 나타났다. 평소처럼 탱크톱을 입은 아야카는 다케시를 보자마자 크게 손을 흔들었다.

"안녕, 다케시! 지금 아르바이트하고 오는……" 아야카의 얼굴에서 웃음기가 사라졌다.

황급히 왼손을 뒤로 감추는 다케시에게 아야카가 성큼성큼 다가왔다.

"이 상처, 뭐야?!"

"아뇨······. 아르바이트하다가 좀 다쳐서······."

"좀 다친 게 아니잖아. 병원에 가야 해."

"보기에는 흉한데 그리 깊은 상처는 아니에요. 바로 피도 멎었고."

"하지만 세균이 들어가면 어떻게 해? 아무래도 병원에 가서 진찰받아야 할 것 같아."

"아니, 정말 그렇게까지 할 필요는······. 소독약도 다 사 왔고요."

다케시는 애교 부리는 듯한 표정까지 지으며 비닐봉지를 아야카 앞에 내밀었다. 병원 진찰은 피하고 싶었다. 혹시 경찰에서 병원으로 정보를 보냈을 가능성도 있다.

아야카는 굳은 표정으로 10여 초쯤 침묵을 지키더니 다케시의 오른팔을 잡았다.

"아······ 왜?"

"일단 와."

아야카는 당황하는 다케시의 손을 끌어 자기 집 문을 열고 들어갔다.

"뭐 해. 멀거니 있지 말고 신발 벗고 들어와."

아야카가 재촉했다. 다케시는 "아, 네"라며 얼빠진 소리로 대답하고 시키는 대로 신발을 벗었다.

아야카는 다케시의 손을 끌고 소형 냉장고가 놓인 부엌이 있는 짧은 복도를 지나 문을 열었다. 그 순간 라벤더 향기가 확 다케시의 코끝을 스쳤다.

바닥에 푹신한 카펫이 깔려 있고 침대 옆에는 화장품이 놓인 화장대가 있었다. 책상 위에는 패션 잡지와 조그만 아로마 오일 병이 놓여 있었다.

싱글 침대, 책상, TV까지 놓인 가구는 똑같은데 책상에 자료가 산더미처럼 쌓인 자기 방과 비교하면 훨씬 차분했다. 너무나도 성인 여성의 방이라 저도 모르게 긴장하고 만다.

"일단 침대에 앉아."

아야카가 다케시의 손에서 약국 봉투를 받고 침대를 가리켰다. 다케시는 시키는 대로 연분홍 커버를 씌운 침대에 걸터앉았다. 다케시가 쓰는 담요와는 비교할 수 없을 정도로 부드러운 감촉이 엉덩이를 통해 느껴졌다. 동시에 라벤더 향과 함께 살짝 관능적인 땀 냄새가 스쳤다.

다케시는 슬쩍 이불을 만졌다. 이 아파트에 온 밤에 벽 너머로 들린 교성이 귓가에 되살아나 뺨이 화끈거렸다.

침대가 살짝 왼쪽으로 기울었다. 고개를 드니 어느새 아야카가 바로 옆에 앉아 있었다. 바로 곁에서 아야카의 얼굴을 보게 된 다케시는 다시 고개를 숙였다. 긴장으로 어지러울 정도다.

"왜 그렇게 굳어 있어? 여자 방에 처음 들어온 것은 아닐 테고."

다케시는 "아뇨……"라며 힘없이 중얼거렸다.

"어라? 혹시 처음이야? 여자 친구도 없었어?"

"……같은 반 여학생 방에서 여럿이서 공부한 적은 있어요."

아니, 왜 이렇게 솔직히 대답하고 있지? 자기혐오에 휩싸였다.

"하지만 단둘이 있는 건 처음이라고?"

놀리는 듯한 아야카의 목소리를 듣자 비참해졌다.

"의외다. 다케시는 스포츠맨이라 인기가 많을 줄 알았는데."

맞다. 인기가 전혀 없었던 것은 아니다. 같은 학년 여학생에게 몇 번쯤 고백받은 적도 있다. 다만 그녀들과 교제한 적은 없다.

뇌리에 교복 차림의 소녀가 떠오름과 동시에 날카로운 통증이 가슴을 관통했다. 다케시는 입술을 깨물었다.

"아, 미안, 미안. 놀리려고 그런 건 아니야. 그렇게 굳어 있지 마. 덮치진 않을 테니까. 일단은 상처를 꼼꼼히 소독하고 붕대를 감자."

아야카는 다케시의 어깨를 두드리고 어느새 책상 위에 준비한 거즈와 소독약을 들었다.

"어? 아니, 이런 거 안 해주셔도 돼요. 제가 할게요."

"적당히 해치우고 끝낼 생각이지? 그럼 안 돼. 제대로 치료해야지. 게다가 한 손으로 붕대를 어떻게 감아? 됐으니까 내게 맡겨."

아야카가 살짝 강하게 말했다. 다케시는 교사에게 혼난 것 같은 기분이 들어 "네"라고 말하며 고개를 끄덕였다. 아야카는 만족스러운 미소를 짓고 거즈에 소독약을 흠뻑 적신 뒤 다케시의 왼팔을 들었다.

"조금 따갑겠지만 참아. 세균을 완전히 죽여야 하니까."

아야카가 정성껏 상처를 닦았다. 다케시는 어금니를 악물고 고통을 견뎠다.

"상처가 꽤 깊어. 역시 병원에 가는 게 낫지 않겠어?"

"……괜찮습니다."

아야카는 살짝 한숨을 내쉬고 새 거즈에 소독약을 묻혔다. 거즈가 피부를 닦는 소리만이 방의 공기를 흔들었다. 영 불편하면서도 어딘지 푸근한 분위기가 방을 채웠다.

"저…… 아야카 씨, 이런 거 잘하시네요." 다케시가 조심스럽게 입을 열었다.

"응. 동생이 자주 다쳤어. 우리 집, 엄마 혼자 우리를 키우고 일해야 해서 거의 집에 없었거든. 그러니까 늘 내가 동생을 소독해줬지. 그래서 익숙해."

"동생이 있어요? 근처에 사나요?"

"……아니. 좀 떨어진 곳에."

아야카가 손길을 멈추고 아련한 눈빛으로 천장을 바라봤다. 다시 방에 침묵이 내려왔다.

"아, 미안. 정신을 놓고 있었네. 다케시도 형제가 있어?"

아야카는 고개를 가볍게 흔들고 어색하게 웃었다.

"네, 쌍둥이 형이…… 있어요."

"어머, 쌍둥이야? 그 형은 근처에 살아?"

"……네, 가까이 있어요. ……아주 가까이."

다케시는 아야카가 만지고 있는 왼손으로 눈길을 떨구었다.

"그래? 가까이 있구나. 부럽다."

아야카는 화장대에 거즈를 놓고 대신 붕대를 들어 다케시의 왼팔에 능숙하게 감았다.

"자, 일단 끝났다. 이제 정기적으로 소독하고 붕대를 제대로 바꿔줘야 해."

아야카는 붕대를 고정하고 가슴 앞에서 두 손을 모았다.

"정말 감사해요. 큰 도움이 되었어요."

감사의 말을 전하는 다케시의 눈을 아야카가 들여다봤다.

"저기, 진짜로 왜 다친 거야?"

"네? 그러니까 아르바이트하다가……."

"편의점 아르바이트를 하다 이렇게 심하게 다칠 수가 있나?"

"그게…… 상품 병이 깨져서……."

제대로 이유를 대지 못해 우물쭈물하는 다케시를 보던 아야카가 갑자기 표정을 풀었다.

"됐어. 그런 것으로 하지 뭐."

더는 추궁하지 않는 데 안도의 한숨을 내쉰 다케시는 침대에서 일어났다.

"정말 큰 신세를 졌습니다."

몸을 돌려 가려는데 아야카가 일어나 두 어깨를 잡았다. 아
야카가 아주 가까운 거리에서 올려다보고 있었다. 입 안의 침
이 바싹바싹 말랐다.

"저…… 무슨 일……?" 떨리는 목소리로 중얼거리자 아야카
가 목에 두 손을 감았다. 뺨과 뺨이 맞닿을 거리, 훅 부풀어
오른 머리카락에서 상쾌한 감귤 냄새가 났다.

"하고 싶은 얘기가 생기면 언제든 와. 들어줄게. ……단둘이."

아야카가 말할 때마다 귓불에 숨결이 느껴져 야릇한 떨림
이 등을 훑고 지나갔다. 다케시가 서둘러 물러서자 아야카는
짓궂은 미소를 짓고 손을 흔들었다. "그럼 또 봐."

"아, 네……. 실례할게요."

다케시는 머리가 뜨거워지는 것을 느끼면서 도망치듯 현관
으로 갔다. 한시라도 빨리 이 방에서 나가지 않으면 이성을 제
대로 유지하지 못할 것만 같았다. 자기 방으로 돌아온 다케시
는 힘껏 닫은 문에 기댔다. 100미터 달리기라도 한 듯 호흡과
심장이 날뛰었다.

—너 말이야, 왠지 저 누나 마음에 완전히 든 것 같다.

"전에 도와준 보답이지." 다케시가 바싹 마른 입 안을 축이
며 말했다.

—그것만으로 여자가 젊은 남자를 자기 방에 들여? 완전히

너를 유혹한 거라고.

"잠깐 놀린 거야."

─응, 분명히 놀리는 것도 있었어. 하지만 보통은 저렇게 아슬아슬하게 굴지 않지. 역시 너를 유혹한 거야.

"……여자를 참 잘 아네."

다케시는 목구멍 깊은 곳에서 소리를 짜냈다. 자신과 똑같은 얼굴의 남자와 교복 차림의 소녀가 나란히 걷는 광경이 떠올랐다. 둘의 얼굴에 행복한 미소가 번졌다. 썰물처럼 흥분이 사라지고 가슴속에 검고 끈적이는 것이 용솟음쳤다.

다케시는 복도를 걸어 방으로 들어와 가즈마의 스마트폰을 아무렇게나 책상에 내던지고 쓰러지듯 침대에 누웠다. 항의라도 하는 것처럼 침대 스프링이 비명을 질렀다.

─……저기, 다케시. 아무래도 저 누나와 가까워지지 않는 게 좋겠어.

다케시는 누운 채 눈만 움직여 왼손을 봤다.

"참 끈질기네. 왜 그렇게 아야카 씨가 마음에 안 드는데?"

─그야, 저 누나, 좀 이상하지 않아? 아무리 도와줬다고 해도 갑자기 너무 네게 접근하는 거 같지 않냐?

"미안하네. 내가 너처럼 인기가 없어서."

─그런 말이 아니라고. 순수하게 감사하는 마음을 표하는 것일 수도 있어. 하지만 그렇다고 해도 너무 거리가 가까운 것 같아.

"여자도 잘 모르는 나를, 아야카 씨가 다른 목적이 있어서 유혹하고 있다는 거야?"

─내 말은, 그 사람의 행동에 속셈이 있을지 모르니까 조심하자는 거야. 처음 남자에게서 구해줬을 때도 상황이 너무 그럴듯했던 것 같아.

"무슨 소리야? 아야카 씨가 경찰이고 나를 감시라도 한다는 말이야?"

─아니, 그건 아닐 테지만…….

가이토가 말을 흐렸다.

"잊었어? 아야카 씨는 우리가 여기 오기 전부터 옆집에 살았어. 나를 감시하는 거라면 어떻게 내가 이 집을 고를 줄 알았을까?"

가이토는 대답하지 못했다. 다케시는 고개를 저었다.

"내가 누구랑 친해지든 상관없잖아? 왼손 이외에 이 몸은 내 거야. 아무리 왼손에 얹혀산다고 해도 거기까지는 참견하지 마."

다케시는 내뱉듯 말하고 오른손으로 눈두덩을 누른 채 가이토의 반응을 기다렸다.

─……아, 그렇지. 네 말이 옳아. 괜히 참견해서 미안해.

아니, 왜 이렇게 바로 사과하지? 다케시는 아플 만큼 세게 입술을 깨물었다. 네가 이런 상태가 된 것은 다 내 탓이잖아. 왜 나를 원망하지 않지?

송곳니가 입술을 찢었는지 날카로운 통증이 느껴지고 입 안에 피 맛이 퍼졌다. 다케시는 눈을 덮고 있던 오른손을 살짝 들었다.

답답한 시간이 흘러간다. 벽시계 초침이 움직이는 소리가 너무나 크게 울렸다.

갑자기 방 공기가 흔들렸다. 보니 책상에 놓인 스마트폰이 진동하고 있다.

"또 뭐야?"

다케시는 천천히 일어나 앙탈을 부리듯 온몸을 떠는 스마트폰으로 손을 뻗었다.

어젯밤, 이 스마트폰을 받은 후 여러 번 착신이 있었다. 그때마다 히로키의 연락인가 싶어 마음을 다졌는데 전부 사파이어를 사고 싶다는 의뢰였다.

처음에는 꼬박꼬박 전화를 받아 "지금은 사파이어를 팔 수 없다"라고 답했는데 그때마다 "그러면 안 돼!", "언제 팔 수 있어?" 등의 질책을 받다 보니 중간쯤부터 액정에 표시된 상대 이름만 확인하고 착신을 거부했다.

다케시가 스마트폰을 들자 진동이 멈췄다. 미간을 찌푸리면서 확인하자 문자가 하나 들어와 있었다.

문자 폴더를 연 다케시의 눈이 커졌다. 송신자에 '히로키 씨'라고 적혀 있었다.

지령이다! 다케시는 정신없이 화면을 터치해 문자를 열었다.

내일 정오 게이큐 본선 로쿠고도테역

문자에는 그렇게만 적혀 있었다.
—일단 내일 그 역에 가봐야 할 것 같네.
가이토의 목소리를 들으면서 다케시는 하염없이 액정 화면을 바라봤다.

<h2 style="text-align:center">5</h2>

　내리쬐는 태양 아래, 강변에 늘어선 한 야구장에서 초등학생 야구팀이 연습하는 것을 보며 다케시는 잔디밭에 앉아 있었다. 20미터쯤 떨어진 곳에 있는 나무 아래 벤치에는 히로키가 다리를 꼰 자세로 스마트폰을 조작하고 있다. 그리고 제방 위에는 히로키의 수행원 남자 둘이 강한 햇살에 얼굴을 찡그리고 있다.
　다케시는 손목시계를 봤다. 시각은 오후 1시가 될 참이었다.
　한 시간 전, 문자에서 지정한 대로 게이큐 본선 로쿠고도테역에 도착하자 이미 히로키 일행이 기다리고 있었다. 한여름인데도 가죽 재킷을 입은 히로키는 다가가자 말없이 메모 한 장을 건넸다. 메모에는 이 다마가와 강변 둔치까지의 지도가 그려져 있었고, 그곳까지 혼자 가서 다리 밑에 앉아 대기하라고 적혀 있었다.

다케시는 당황스러웠으나 지령대로 10분 정도 걸어 이곳에 도착했다. 그리고 몇 분 있으니 두 남자에 이어 히로키도 와서 조금 거리를 두고 대기했다.

"여기서 뭘 할 셈일까?"

다케시는 여름 재킷 위로 드러난 목덜미를 닦았다.

—당연히 사파이어 거래겠지. 봐, 저 남자들이 가지고 있는 것을.

가이토는 왼손으로 제방 위에 선 남자들을 가리켰다. 남자 하나가 자그마한 배낭을, 다른 하나는 클러치 백을 들고 있었다.

—틀림없이 저 가방에 사파이어가 들어 있겠지.

"이런 데서 거래를 할까? 보통 한밤에 항구 같은 데서 하지 않나?"

—그렇게 튀는 곳에서는 안 하겠지. 오히려 누가 이런 데서 불법 약물을 거래하리라 생각하겠어? 모여 다니지 않는 것도 전원이 체포되지 않도록 조심하는 거겠고. 꽤 생각 많이 했네.

"그래도 이렇게 탁 트인 공간에서? 나는 분명히 조직의 본거지 같은 곳에서 거래할 줄 알았어. 그러면 스네이크라는 조직의 정보를 많이 얻을 텐데."

—거래 상대를 이쪽 영역 안에 들여놓기 싫겠지. 문제가 생겼을 때 무슨 짓을 할지 모르잖아. 그렇게 간단히는 안 될 거야.

가이토가 손가락을 천천히 흔드는데 히로키가 일어나 이쪽으로 다가왔다.

"시간 됐어. 따라와."

히로키가 바로 앞을 통과하면서 말을 걸었다. 다케시는 일어나 긴장한 채 그의 뒤를 따랐다. 성큼성큼 제방을 내려간 히로키는 아무도 사용하지 않는 야구장으로 가더니 3루 쪽 벤치로 들어가 짜증스럽게 머리를 쓸어 올렸다.

"아, 오늘 정말 덥네. 얼른 끝내고 돌아가자."

제방 위에서 대기하던 남자들도 벤치로 왔다.

"저, 여기서 뭘 하나요?"

"입 닥쳐. 너는 지시가 있을 때까지 가만히 있으면 돼!"

다케시가 질문하자 배낭을 든 남자가 호통쳤다. 얼마 전 라이트 스트레이트로 실신시킨 남자였다. 또 다른 클러치 백을 든 남자도 험악한 눈길을 던졌다. 보디 블로로 간장에 한 방 먹은 일에 아직도 감정이 남은 듯하다.

"조용히 해. 눈에 띄어 어쩌려고?"

히로키가 낮은 목소리로 남자들을 일갈하고 다케시를 가리켰다.

"내가 이 녀석을 보디가드로 쓰기로 했어. 불만 있어? 지금부터 중요한 비즈니스를 할 거야. 괜한 말썽은 일으키지 마라."

남자들이 부루퉁한 얼굴로 끄덕일 때 히로키가 중얼거렸다.

"왔다."

다케시는 히로키의 눈길이 향하는 곳을 봤다. 다리 바로 앞

차도에 세워진 왜건에서 세 명의 젊은 남자가 내렸다. 그들은 제방을 내려와 곧장 이쪽으로 왔다.

"오랜만이네요, 히로키 씨."

벤치 앞까지 오자 선두에 선 금발 남자가 경박한 웃음을 지었다. 이쪽도 한여름인데 재킷을 걸치고 있다.

다케시는 히로키 옆에 서서 금발 뒤의 남자들을 관찰했다. 둘 다 꽤 체격이 좋다. 저쪽의 보디가드일 것이다. 그들도 다케시를 날카롭게 살폈다.

혹시 문제가 생기면 저 둘을 상대해야 한다. 동시에 덮치면 힘들 수도 있겠다. 최대한 하나를 KO시키고 남은 남자와 일대일로 싸워야 한다.

다케시가 머릿속으로 작전을 짜고 있는데 금발 남자가 "그건 그렇고 오늘은 정말 덥네"라고 중얼거리며 재킷 안쪽으로 손을 넣었다.

무기?! 중심을 낮추는 다케시를 히로키가 한 손으로 제지했다.

금발 남자의 재킷에서 나온 손에는 두툼한 갈색 봉투가 쥐어져 있었다.

"그럼 자, 확인해보세요."

히로키는 금발 남자가 내민 갈색 봉투를 받고 열었다. 다케시의 목구멍에서 "윽" 소리가 새어 나왔다. 봉투 안에는 돈다발이 있었다. 아무리 낮게 잡아도 수백만 엔은 될 것이다.

히로키는 바로 봉투를 재킷 안주머니에 넣고 고개를 돌려 배낭 든 남자에게 눈짓했다. 남자는 배낭을 어깨에서 내려 금발 남자에게 건넸다.

금발 남자가 배낭의 지퍼를 살짝 열었다. 조금 전 가이토가 예상한 대로 안에는 사파이어가 담긴 용기가 빼곡하게 담겨 있었다.

금발 남자는 "이거, 매번 고맙습니다!"라고 쾌활하게 말하고 뒤에 대기한 남자들과 함께 다시 제방을 올라 왜건에 올라탔다.

"자, 이제 갈까?" 히로키는 목뼈를 울려 소리를 냈다.

"네? 벌써 끝났어요?" 다케시는 눈을 깜빡였다.

"이번 상대는 여러 번 거래해서 척척 진행되었어. 옛날에는 이래저래 갈등이 있었는데 최근에는 어느 정도 상대가 정해져서 그리 문제가 생기진 않아."

"그럼 왜 나를 데려왔어요?"

"장사에 절대란 없어. 게다가 경찰에 걸릴 가능성이 아예 없다고는 할 수 없지. 그때는 네가 몸을 던져 우리를 도망칠 수 있게 해야 해. 그게 네 일이야. 알았어?"

다케시가 고개를 끄덕이자 히로키가 턱짓했다. 뒤에 대기하고 있던 남자가 다케시에게 거칠게 클러치 백을 넘겼다.

"이건?"

"보수야. 이번에는 꽤 큰 거래였고 너도 처음이라 인심 좀 썼어."

"보수?" 다케시는 중얼거리면서 클러치 백을 열어보고는 숨을 멈췄다. 안에는 수십 개의 사파이어가 담겨 있었다.

"뭐야? 그 얼굴은? 가즈마는 늘 '그걸' 받았어. 너는 현금이 좋나? 하지만 그걸 파는 게 더 수입이 좋아."

—가즈마는 보디가드 일로 받은 사파이어를 팔아 돈벌이를 한 모양이네.

다케시는 가이토의 목소리를 들으면서 백에 든 사파이어를 물끄러미 바라봤다.

"어떻게 할 거야? 돈이 더 좋으면 그건 돌려줘."

다케시는 히로키가 재촉하자 잠시 망설이다가 백을 돌려주려 했다. 그때 가이토가 '안 돼!'라고 소리쳤다. 다케시는 황급히 백을 든 손을 뺐다.

—사파이어를 받는 게 나아. 그러는 편이 이걸 다루는 녀석들에게 더 쉽게 다가갈 수 있어.

"역시 이걸 받는 게 낫겠어요." 다케시는 양손으로 백을 안았다.

"오케이! 이걸로 보수는 줬고 오늘은 해산이야. 너는 택시로 집에 가. 그런 걸 들고 있다가 경찰 검문에 걸리면 끝이니까."

히로키의 이야기를 듣고 고개를 끄덕이는데 허리 언저리에서 진동이 느껴졌다. 주머니에 넣어둔 가즈마의 스마트폰을 꺼냈다. 화면에 '가나코'라고 표시되어 있다.

또? 다케시는 '거부' 버튼을 터치했다. 이 '가나코'라는 인물에게서는 지난 이틀 동안 열 번 이상 전화가 왔다.

"누구야?" 히로키가 스마트폰을 들여다보며 물었다.

"사파이어를 팔라는 연락이에요. 정말 정신없이 전화해요."

"이런 시간에? 가즈마는 일주일에 세 번, 오후 9시 이후 롯폰기에서만 팔았어."

"그런데 몇 명은 그거랑 관계없이 걸어대는데요?"

"아! 그 녀석들, 이름이 등록되어 있지?" 히로키의 얼굴에 조소가 떠올랐다. "그 녀석들은 '단골'이야. 사파이어 없이 살 수 없는 놈들이지."

"……사파이어의 노예, 말이죠?"

"오호, 멋진 말을 아네. 맞아, 그 노예야. 몇 번이고 끈질기게 전화하는 걸 보니 지금쯤 사파이어가 떨어져 금단 증상이 나타났을 거야."

다케시는 여러 번 봤던 사파이어의 노예들을 떠올렸다. 벌건 눈에 침을 질질 흘리면서 사파이어를 구걸하는 사람들. 절로 미간이 찌푸려진다.

"그 녀석들에게는 빨리 파는 게 좋을 거야. 사파이어 금단 증상은 강렬하니까. 너무 괴로워 자살하는 녀석도 있어."

히로키는 크게 웃으며 수행원 남자들과 함께 사라졌다.

―아, 정말, 상상 이상의 쓰레기네.

"……우리는 그런 쓰레기를 돕고 있다고."

―누명을 벗으려는 거니까 어쩔 수 없잖아. 돕고 있는 게 아니라고.

가이토의 위로를 들어도 가슴에 들러붙은 개운치 않은 답답함은 사라지지 않았다.

조금 전 금발 남자에게 건넨 대량의 사파이어. 저것 때문에 얼마나 많은 사람이 폐인이 될까……. 암담한 심정에 얼굴을 찌푸리는데 다시 스마트폰이 진동하기 시작했다.

다케시는 화면에 나온 '가나코'라는 글자를 바라보다 천천히 '통화' 버튼을 터치했다.

이 거리에도 완전히 익숙해졌네. 사파이어 거래에 입회한 날 심야, 지하철 히비야선 개찰구를 나와 지상으로 올라온 다케시는 다양한 인종의 사람이 오가는 롯폰기 교차로를 바라봤다.

아야카에게 이끌려 처음 이곳에 왔을 때는 기이하고 위험한 분위기를 자아내면서도 마음의 말랑말랑한 부분을 간질이는 분위기에 압도되었다. 그러나 지금은 아무런 감정이 들지 않는다. 아니, 오히려 도시의 흐릿한 공기에 살짝 혐오감까지 느껴졌다.

얼마 전까지만 해도 그토록 도쿄를 동경했는데. 다케시는 쓸쓸하게 웃으며 가출한 뒤의 일을 떠올렸다.

다마가와 둔치에서 남성의 시체를 발견한 이후 인생은 급변했다. 살인범이라는 오명을 뒤집어쓰고 도망치다가 어느새 불법 약물 매매에 손대고 말았다. 평범한 고등학생으로 학교에 다닌 게 여러 해 전의 일인 것만 같다.

……아냐, 그게 아니야. 다케시는 왼손으로 눈길을 떨어뜨렸다. 왼손에 가이토가 깃들게 된 그 사고 이후로 내 인생은, 나는 완전히 변했다.

변했다……. 나는 과연, 그 사고 이전의 '나'와 같은 인물일까.

미지의 생물을 보는 듯한 부모님의 눈빛이 뇌리에 되살아나자 다케시는 가슴이 답답해졌다.

—왜 그래? 괜찮아?

"……응, 괜찮아."

—그러면 얼른 약속 장소로 가자. 시간이 별로 없어.

낮에 히로키 일행이 사라진 다음 '가나코'라는 인물의 전화를 받자 스마트폰에서 젊은 여성의 쨍쨍한 목소리가 울렸다.

"왜 여러 번 전화했는데 안 받아?! 사파이어가 전혀 없다고! 부탁이니까 빨리 팔아줘! 부탁이야!"

다케시는 너무나 절박한 목소리에 압도되어 가즈마가 사파이어를 팔지 못하게 되었다는 사실을 알리고 제안했다. 꼭 필요하다면 가즈마 대신 자신이 사파이어를 팔겠다고.

"누구든 상관없으니까 빨리 팔아!"

다케시는 비통한 절규를 내지른 여자에게 심야에 롯폰기에서 만나기로 약속하고 통화를 끊었다.

걸으면서 허리에 두른 웨스트 백에 오른손을 댔다. 이 안에는 오늘 히로키에게 받은 사파이어가 들어 있다. 가능하면 사파이어를 든 채 밤거리를 이동하는 것은 피하고 싶었으나 자신은 가즈마와 달리 운반책이 없다. 어딘가에 사파이어를 두고 거래 때마다 옮기는 방법도 택할 수 없었다.

다케시는 내쉬는 숨에 긴장을 녹여내면서 걸음을 재촉했다. 어떤 길로 가면 경찰을 만날 위험을 줄일 수 있는지 가즈마 밑에서 일한 경험으로 알고 있었다.

큰 도로를 피해 걸어 약속한 니시아자부의 다용도 빌딩 옆 좁은 골목에 도착했다. 손목시계로 눈길을 떨어뜨린다. 이제 10분만 지나면 날짜가 바뀐다. 오전 0시에 이 골목에서 만나기로 했는데 골목에는 사람이 보이지 않았다.

"아직 안 왔나 봐."

─그러네. 전화로는 먼저 와서 기다릴 것 같았는데.

조그맣게 말하면서 어두운 골목 안으로 들어갔다. 빌딩 외벽에 설치된 녹슨 계단 옆을 지나치려 할 때 그 아래에서 뭔가가 꿈틀댔다. 깜짝 놀란 다케시는 재빨리 두 팔을 들어 파이팅 포즈를 취했다.

"당신이…… 가즈마 대신……인 사람?"

가녀린 목소리가 울렸다. 눈의 초점을 맞추자 외부 계단 밑에 여자가 웅크리고 있었다.

조심조심 여자에게 다가간 다케시의 눈이 커졌다. 상상보다 훨씬 젊다. 아마도 자신과 비슷한 나이일 것이다. 덜덜 떨고 있는 몸은 세일러복으로 감싸여 있었다.

─야! 이 애, 아직 고등학생 아냐? 게다가 심야에 세일러복

을 입고 이런 데 오다니 제정신이야? 경찰이 보면 바로 보호 조치야.

틀림없이, 그런 너무나도 당연한 판단조차 할 수 없을 만큼 정신적 궁지에 몰렸을 것이다. 이런 아이까지 사파이어의 노예가 되다니…….

우두커니 서 있자 소녀가 매달렸다. 충혈된 눈이 다케시를 노려봤다.

"내 얘기 들었지?! 당신이 아까 전화를 받은, 사파이어를 가지고 있는 사람이야?!"

기가 눌려 고개를 끄덕이자 소녀는 치마 주머니에 떨리는 손을 넣고 만 엔짜리 두 장을 꺼냈다.

"빨리! 빨리 줘. 벌써 나흘이나 못 썼어. 몸이 떨려……. 너무 힘들어……."

고작 나흘 지났다고 이런 상태가 되나? 사파이어의 중독성에 다케시는 아연실색하고 말았다.

"빨리 달라고 했잖아! 사파이어 가지고 있지!"

소녀의 호통에 다케시는 서둘러 웨스트 백 지퍼를 열었다. 안에 든 에메랄드블루빛으로 흔들리는 약을 보자 소녀는 눈을 희번덕댔다.

사파이어를 네 개 꺼내고 백 지퍼를 닫으려는 다케시의 손목을 소녀가 잡았다. 놀란 다케시에게 소녀가 아양을 떠는 듯한 눈길을 던졌다.

"저기, 네 개면 금방 없어져. 부탁이니까 조금 더 줘."

다케시는 대답하지 못했다. 자기도 모르게 네 개를 꺼냈는데 이걸 줘도 되는지 모르겠다. 이 소녀에게 필요한 것은 불법 약물이 아니라 의료 시설에서의 치료다.

"돈이라면 나중에 꼭 줄게. 괜찮아. 만남 사이트를 통해 틀림없이 내일이면 남자를 만날 거야. 이 교복을 입고 학생증을 보여주면 다들 용돈을 줘."

소녀가 어떻게 돈을 버는지 깨닫고는 할 말을 잃었다. 침묵을 거부로 받아들였는지, 소녀의 얼굴에 초조함이 묻어났다.

"내일이 안 되면 지금부터 이 근처에서 남자를 찾을게. 그러니까……."

"……그만해." 다케시가 가라앉은 목소리를 짜냈다.

"그, 그러면 지금부터 당신과 호텔에 갈게. 아니면 여기서 서비스할까? 그러니까 내게 사파이어를 조금만 서비스로 줘."

소녀가 쓰러질 듯 비틀대며 다케시의 사타구니로 손을 뻗었다.

"그만하라고 했잖아!"

다케시는 오른손으로 소녀의 어깨를 밀었다. 그리 힘을 준 것도 아닌데 몸집이 작은 소녀는 몸의 균형이 무너지며 땅에 두 손을 짚었다.

반사적으로 "아, 미안……"이라고 사과하는 다케시를 올려다보면서 소녀는 떨리는 입술을 열었다.

"나, 정말…… 사파이어가 없으면 살 수가 없어. 그게 떨어지고 이틀만 지나도 너무 괴로워……. 죽을 만큼 괴로워……. 어떻게 해야 할지 모르겠어."

"하지만 이대로 계속 쓰면 안 돼."

"나도 알아! 하지만 어쩔 수 없다고! 그러니까 빨리 사파이어를 줘!"

소녀는 갈라진 목소리로 소리치고 자기 몸을 끌어안듯 웅크리고 덜덜 떨기 시작했다.

"사파이어……, 사파이어를 줘……."

모깃소리 같은 목소리가 좁은 골목의 공기를 살짝 흔들었다.

—이 애, 어쩌지?

다케시는 가이토의 질문에 대답하지 않고 쭈그리고 앉아 소녀의 떨리는 등에 손을 댔다.

"이거, 가지고 가."

다케시는 웨스트 백에서 10여 개의 사파이어를 꺼내 내밀었다. 소녀는 눈을 커다랗게 뜨고 덮치듯 사파이어를 빼앗으려 했다. 그러나 다케시는 재빨리 오른손을 뺐다.

"이걸로 당분간 버틸 수 있을 거야. 그동안 사파이어 없이 사는 생활로 돌아가."

"그건…… 안 돼."

"해야 해!"

다케시는 고개를 젓는 소녀에게 힘주어 말했다. 소녀의 표정에 두려움이 스쳤다.

"잘 들어. 어쨌든 지난 4일은 참았다며. 오늘, 사파이어를 마시고 앞으로는 5일을 참아. 그렇게 조금씩 사용하지 않는 기간을 늘리면 언젠가는 사파이어 없이 살 수 있어."

"하지만 5일이나 참다니⋯⋯."

"하라고! 그렇게 하지 않으면 앞으로도 계속 사파이어의 노예로 살게 된다고. 그런 인생, 싫지? 노력하겠다고 약속하면 이거 줄게."

"왜⋯⋯ 왜 사파이어를 끊으라는 거야? 당신 판매상이잖아?"

금단 증상이 강해졌는지 소녀의 떨림이 커졌다.

"그런 건 상관없어. 그보다 약속할 거야, 말 거야?"

"할게! 약속할 테니까 빨리 사파이어를 줘!" 소녀는 숨이 끊어질 듯이 손을 뻗었다.

"내일, 남자는 만나지 마. 당장 사파이어 하나를 마시고 증상이 가라앉으면 가져온 2만 엔으로 택시 타고 집에 가는 거야. 알았어?"

"알았어! 알았다고!"

다케시는 소녀에게 사파이어를 건넸다. 채 가듯 양손으로 사파이어를 받아 든 소녀는 정신없이 그중 하나를 열어 단숨에 들이켰다. 수십 초 만에 소녀의 상태에 변화가 생기기 시작했다. 온몸에 퍼진 떨림이 가라앉았고 고통으로 일그러진 표정이 평온해졌다. 다음 순간, 소녀는 하늘을 올려다보며 "아!"
라는 신음을 흘렸다.

"고마워. 정말 고마워."

소녀는 촉촉한 눈으로 다케시를 바라보며 그의 오른손을
잡아 자기 가슴에 댔다. 세일러복을 통해 전해지는 부드럽고
풍만한 감촉에 다케시의 숨이 거칠어졌다.

어둠 속에서 살짝 고개를 숙이고 행복한 듯 미소 짓는 세일
러복 소녀의 모습에 머릿속 깊이 잠들어 있던 옅은 기억이 소
환되었다.

"나나미……." 무의식적으로 입에서 그 이름이 흘러나왔다.
왼 손가락이 흠칫 움직였다.

소녀가 "응?"이라며 의아한 얼굴로 다케시를 올려다봤다.

"아냐, 아무것도 아냐." 다케시는 서둘러 오른손을 뺐다.

"저기, 당신은 이제 어떻게 할 거야? 어디 차분한 데 가서
이야기 좀 하면 안 돼?"

소녀의 눈빛에는 나이에 어울리지 않는 요염함이 있었다. 눈
앞의 소녀와 기억 속의 소녀가 겹쳐 보여 다케시는 고개를 저
었다.

"약속대로 곧장 돌아가. 그리고 시간을 두고 사파이어를 끊
는 거야. 알겠어?"

"왜? 이렇게 됐으니 같이 있자."

"됐으니까 얼른 가. 약속했잖아!"

다케시가 힘껏 몸을 돌려 도망치듯 골목을 나왔다.

재빨리 어두운 골목을 몇 분쯤 걷는데 '정말 저걸로 된 걸까?'라고 가이토가 중얼거렸다.

"뭐가?"

─사파이어를 열 개 넘게 줬어. 정말 저걸로 사파이어의 노예에서 벗어날 것 같아? 오히려 사파이어에 더 빠질 것 같아.

"그럼 어떻게 해야 했는데? 달리 저 아이를 갱생시킬 방법이 있어?"

─그야, 우리가 신경 쓸 일은 아니지.

냉정한 가이토의 말에 다케시는 라이더 장갑을 낀 왼손을 노려봤다.

─보라고. 딱히 저 아이에게 사파이어를 강제로 먹인 것도 아니잖아. 틀림없이 흥미 삼아 손을 댔다가 빠졌겠지. 미성년자라고 해도 왼손인지 오른손인지도 모르는 초등학생도 아니고. 자기 행동에는 책임을 져야지.

"자업자득이니까 내버려 두자고?"

─그런 말이지. 게다가 사파이어를 더 주지 않는 게 저 아이를 위한 일일 수도 있었어. 확실히 금단 증상에 시달릴 테지만, 그대로 사파이어를 쓰지 않으면 언젠가는 약물 의존에서 벗어나지 않을까?

"아까 히로키가 말했잖아. 금단 증상이 너무 괴로워 자살하는 놈도 있다고. 그렇다면 억지로 치료하기보다 천천히 약을 끊는 게 안전해."

—자, 여기서 언쟁을 벌여봤자 소용없어. 다른 사람이나 신경 쓰고 있을 시간이 없어. 한시라도 빨리 진짜 살인범을 찾아내 누명을 벗어야지.

알아. 그건 안다고. 하지만…….

다케시는 입을 다문 채 계속 걸었다.

—……나나미.

가이토가 조용히 중얼거렸다. 다케시는 걸음을 멈췄다.

—아까 너, 나나미라고 했지? 혹시 그 애가 나나미로 보였어?

"……시끄러워." 다케시는 목구멍 깊은 곳에서 소리를 짜냈다.

—아직도 나나미가 말한 게 신경 쓰여? 나나미도 진심으로 한 말이 아니야. 그냥 조금 혼란스러워서……

"시끄럽다고 했잖아!"

다케시는 얼굴 앞으로 왼손을 가져와 고함을 쳤다.

—……미안해. 이제 말 안 할게.

팔을 내린 다케시는 가이토의 사과에 대답하지 않고 밤의 롯폰기를 다시 걷기 시작했다.

이걸로 일단 다 끝났다. 롯폰기힐스 뒤쪽에 있는 공원을 나온 다케시는 우두둑 목을 돌려 소리를 냈다.

오늘 밤에만 세일러복 소녀까지 포함해 다섯 명에게 사파이어를 건넸다. 그 모두가 가즈마의 스마트폰에 이름이 등록된 '단골'이었다. 지금도 공원 안에서 중년 직장인 같은 남자에게 다섯 개를 팔고 나온 참이었다.

세일러복 소녀 외에는 특별히 금단 증상을 보이지 않았고 금전적으로도 여유가 있는 듯해서 가즈마와 마찬가지로 하나에 5천 엔에 팔았다. 다케시는 웨스트 백을 열었다. 수십 개나 들어 있던 사파이어가 반 이하로 줄었다. 공원 안에 세워진 시계탑을 보니 시각은 오전 3시 반을 넘어서고 있었다.

—수고했어.

지난 세 시간 이상 내내 잠자코 있던 가이토가 말을 걸어왔다. 그러나 다케시는 반응하지 않았다.

—아직도 기분 상했어? 미안해. 다시는 나나미 얘기 안 할게. 그러니까 기분 풀어.

가이토가 '나나미'라는 이름을 말할 때마다 가슴이 조여들었다.

아직도 질투하나. 둘에게서 모든 것을 빼앗아놓고. 분노의 원인이 격렬한 자기혐오를 얼버무리려는 것임을 알기에 더 기분이 가라앉았다.

"별로 기분 상하지 않았어."

—오! 드디어 대답했다!

가이토가 가볍게 말했을 때 청바지 주머니 속 스마트폰이 진동했다.

"또 뭐야?"

다케시는 한숨을 쉬면서 주머니에 오른손을 넣었다. 아까부터 2, 30분 간격으로 발신 표시 제한 전화가 걸려 왔다. 아마도 '단골' 이외의 사람이 사파이어를 주문하려는 것이리라. 스마트폰을 꺼낸 다케시의 미간이 찌푸려졌다. 화면에 '가나코'라는 글자가 떠 있었다.

—세일러복 아니야? 무슨 일이지?

"글쎄⋯⋯." 불길한 예감이 들어 다케시는 전화를 받았다.

"저, 잘 지내?"

혀가 꼬인 채 응석을 부리는 목소리가 울려 다케시는 미간을 찌푸렸다.

"무슨 일이야? 사파이어는 이미 건넸잖아."

"응, 고마워. 덕분에 정말 기분이 좋아. 마치 내가 내 몸에서 나와 공중에 떠 있는 것 같아. 야경도 아름답고, 바람도 소리도 반짝반짝 빛나. 천국은 틀림없이 이런 느낌일 거야. 오빠도 이리로 안 올래?"

소녀는 노래하듯 말했다.

"여기라니, 어딘데? 집에 안 갔어?"

"집? 그런 데는 안 돌아갈 거야. 여기가 더 즐거워. 이제 하나도 안 무서워. 계속 이렇게 있고 싶어. 이렇게 행복한 상태로 사라지고 싶어."

"사라지다니 무슨 소리야? 어이, 지금 어디야?"

스마트폰에 대고 소리쳤으나 어느새 통화가 끊겨 있었다.

—아무래도 사파이어에 완전히 취해 환각 상태에서 전화했나 봐.

가이토의 읊조림을 듣고 다케시는 걷기 시작했다. 느렸던 걸음이 점차 빨라지더니 종종걸음으로, 끝내는 전속력으로 달리기 시작했다.

—야, 왜 그래? 갑자기 왜 이렇게 서둘러?

대답할 여유가 없었다. 가슴속에서 계속 부풀고 있는 불길한 예감이 다리를 움직였다.

몇 분 동안 전속력으로 달린 다케시는 다용도 빌딩 사이의 좁은 골목으로 들어갔다. 소녀에게 사파이어를 건넨 골목. 숨을 죽이면서 안으로 들어갔는데 소녀의 모습은 보이지 않았다.

—아까 그 애를 보러 왔어? 이제 그냥 둬.

가이토의 목소리를 무시하며 주위를 둘러보던 다케시의 눈길이 한 점에 머물렀다. 외부 계단 옆 땅바닥에 조그만 빈 플라스틱 용기가 세 개 떨어져 있다. 사파이어 용기였다.

"세 개나……."

—상당히 강한 금단 증상이었으니까. 그 반동으로 자제할 수 없었겠지.

"그 애, 어디 갔지?!" 다케시는 다시 주위를 둘러봤다.

—더는 그 애와 얽히지 말자. 괜한 말썽에 휘말리기 전에 돌아가자.

"어떻게 이대로 둬! 그 애에게 사파이어를 건넨 사람은 바로 나야."

—왜 그렇게 집착해? 그 애는 나나미가 아냐.

"닥쳐! 그건 나도 알아!" 다케시는 갈라진 목소리로 소리쳤다.

그랬다, 알고 있었다. 그런데도 사랑스러운 그 소녀의 얼굴이 뇌리에 떠오르고 말았다.

다케시는 이를 악물다가 퍼뜩 고개를 들었다. 조금 전 전화 통화로 들은 소녀의 지리멸렬한 말들. 그중에 '야경이 아름답다'라는 말이 있었다.

그 말은……. 다케시는 바로 옆에 있는 외부 계단을 오르기 시작했다.

—갑자기 왜 그래?

"옥상이야. 틀림없이 옥상에 있어."

철제 외부 계단이 탕탕 큰 소리를 냈다. 10층 정도의 높이를 단숨에 올라 헐떡이며 옥상에 도착한 다케시는 눈을 부릅 떴다. 공조 설비만 놓인 텅 빈 옥상 끝. 추락 방지용 펜스 너머에 세일러복 소녀가 서 있었다.

"아, 왔다!" 돌아본 소녀는 다케시를 보고 웃었다.

"무슨 짓이야! 그런 데서!"

"무슨 짓이라니, 바람을 보고 있어. 자, 보이잖아. 반짝반짝 빛나며 지나가는 거."

황홀한 표정을 짓고 있는 소녀의 모습에 등골이 서늘해졌다. 소녀의 몸은 천천히 좌우로 흔들렸고 그 눈은 완전히 초점을 잃었다.

—이거 너무 위험한데. 완전히 맛이 갔어. 뭐, 당연한가? 아래 좀 보라고.

가이토의 재촉에 시선을 떨구자, 빈 플라스틱 용기가 두 개 더 떨어져 있었다.

—합쳐서 다섯 개야. 정신을 놓은 것도 당연해. 이건 아무래도 안 되겠어.

"저기, 일단 이쪽으로 와서 얘기하자."

다케시가 소녀를 자극하지 않으려고 최대한 부드럽게 말을 걸었다.

"에이, 오빠가 여기로 와. 무척 아름다워. 끔찍한 현실이 전부 녹아버리고 세상이 빛나."

소녀가 춤을 추듯 울타리 밖의 좁은 발판에서 몸을 한 바퀴 회전시켰다.

"아, 알았어! 그쪽으로 갈 테니까 얌전히 있어."

다케시가 황급히 말을 건네고 천천히 소녀에게 다가간다. 소녀는 완전히 취한 듯 몸을 좌우로 흔들면서 이따금 행복한 듯 웃었다.

울타리까지 3미터쯤 남았을 때 소녀가 "저기"라며 말을 걸어왔다.

"오빠도 힘든 거 있어?"

"무슨 말······이야?"

당황하는 다케시의 얼굴을 소녀가 가리켰다.

"얼굴을 보면 알아. 현실이 싫고 괴롭고 힘들어 도망친 사람의 얼굴. 나랑 같은 얼굴."

다케시는 걸음을 멈췄다.

"오빠도 나처럼 다 잊으면 돼. 다 잊고, 다 사라져버리면 그만이야. 그러면 더는 괴롭지 않아."

"다 잊고······."

─야, 왜 그렇게 멀거니 있어. 저 아이를 도와야지.

"아, 맞다······."

가이토의 목소리에 정신을 차린 다케시가 발을 내디디려 했다. 그 순간 소녀가 "오지 마!"라며 소리를 질렀다.

"나를 현실로 다시 데려갈 생각이지!"

"아니, 이상한 짓은 안 해. 그냥 얘기나 하려고."

"얘기할 거면 나랑 같은 곳으로 와. 이 세계로 오라고."

"이 세계?"

"사파이어 아직 가지고 있지? 그걸 마시고 여기로 와."

"사파이어를······."

다케시는 웨스트 백을 내려다봤다. 10여 초쯤 그대로 굳어 있다가 떨리는 손으로 백에서 사파이어를 하나 꺼냈다.

"그래, 그걸 마시고 여기로 와. 그럼 다 잊을 수 있어."

다 잊을 수 있다. 그 사고도······. 다케시는 누군가에 조종되기라도 하듯 사파이어 용기 뚜껑을 오른손 엄지와 검지로 비틀어 열고 얼굴 앞까지 가져왔다.

다 잊고…… 다 없어지면……. 다케시는 천천히 사파이어를 입으로 가져갔다.

—그만해!

가이토의 성난 목소리가 몸을 흔들었다. 입술에 닿은 사파이어 용기가 손에서 미끄러져 떨어졌다. 흘러나온 에메랄드블루색 액체가 옥상 바닥에 흡수되었다.

—무슨 생각이야?! 그보다 얼른 저 애를 구해.

"미, 미안해……."

다시 소녀를 본 다케시의 온몸이 굳었다. 소녀의 얼굴에서 황홀한 미소가 사라지고 없었다.

"여기로 안 오는구나……. 나는 이제 그쪽으로는 못 가. 행복한 상태로 사라지고 싶으니까."

심장이 크게 뛰었다. 다케시는 무의식적으로 달리기 시작했다. 소녀의 몸이 뒤로 기울어졌다.

오른손을 힘껏 뻗었다. 손가락 끝에 소녀의 손이 닿았으나 깡마른 그 손은 다케시의 손가락 사이를 빠져나갔다. 다케시는 상반신을 울타리 너머로 내밀어 중력에 휩쓸린 소녀를 향해 손을 뻗었다. 그러나 허공을 휘저을 뿐이었다. 진심으로 행복한 표정을 지으며 떨어지는 소녀의 모습이 다케시의 눈에 너무나 느리게 비쳤다.

소녀의 모습이 점점 작아지더니, 얼마 후 과일 으깨지는 듯
한 소리가 고막을 흔들었다.

비통한 절규가 울려 퍼진다. 다케시는 그 목소리가 자기 입
에서 나오는 것임을 깨닫지 못했다.

다케시는 절규하며 오른손을 뻗은 채 아래 펼쳐진 광경을
하염없이 응시했다. 이윽고 소녀의 몸 아래에서 퍼져 나온 붉
은 액체가 아스팔트 위로 번져나갔다. 시야에서 원근감이 사
라져 땅에 빨려 들 것만 같은 감각에 사로잡혔다.

―위험해! 너까지 떨어지겠어!

왼손이 가슴께에 있는 펜스를 밀었다. 다케시는 뒤쪽으로
물러서다가 엉덩방아를 찧고 오른손을 천천히 얼굴로 가져왔
다. 손끝에 스친 소녀의 손 감각이 남아 있다.

구하지 못했어. ⋯⋯또 구하지 못했어.

"윽?!"

왼손에 타는 듯한 통증이 찾아와 다케시는 얼굴을 찌푸렸다.

지금, 왼 손목에서 손끝까지의 '권리'는 가이토가 갖고 있다.
왼손의 감각은 당연히 없어야 하는데 불에 덴 듯한 통증이
온몸을 공격했다.

이를 악물고 라이더 장갑을 낀 손으로 눈길을 돌린 순간,
뇌 저 깊은 곳에서 솟구친 기억의 급류가 의식을 파고들었다.

쓰러진 오토바이. 솟아오른 불기둥. 이마에서 뺨까지 퍼진

따뜻하고 끈적한 감촉. 굳게 맞잡은 손. 그리고 나와 같은 얼굴의 남자.

한 줄기 불꽃이 뱀처럼 꿈틀대며 다가온다. 자신과 같은 얼굴에 문득 미소가 떠오르더니 손을 놓는다. 그리고 뻗은 왼손이 화염에 휩싸인다.

"그만해!"

격렬하게 고개를 흔들며 끔찍한 기억을 머리 밖으로 밀어내고 다케시는 오른손으로 머리를 감쌌다.

멀리서 비명이 들려왔다. 아마도 지나가던 사람이 소녀의 시신을 발견했을 것이다. 그러나 다케시는 움직일 수 없었다.

중력에 이끌려 슬로 모션으로 떨어지는 소녀와 자신과 같은 얼굴의 남자.

4개월 전, 그리고 몇 분 전의 기억이 뒤섞여 정신을 괴롭히고 있다.

모든 것을 잊고 싶었다. 세일러복 소녀도, 강변에서 발견한 시체도, 기이하게 반짝이는 푸른 약도, 그리고…… 가이토와의 일도.

다케시는 공벌레처럼 몸을 동글게 말고 외부와 자기 사이에 두꺼운 번데기를 만들기 시작했다. 만지면 피가 배어 나올 듯한 고통스러운 현실에서 눈을 감기 위해. 의식이 자기 내면으로 떨어진다. 빛도 소리도, 열대야의 끈끈한 공기도 느껴지지 않는다.

―뭐 하는 거야!

의식 저 깊은 곳에서 목소리가 울렸다. 다케시는 어금니를 악물었다.

"……나 좀 그냥 놔둬."

―그럴 수 있겠냐? 당장 여기를 떠나. 곧 경찰이 올 거야.

"그래서?"

―그래서, 라니?

"어떻게 되든 상관없잖아."

―무슨 소리야?! 그 애는 여기서 떨어졌어. 경찰이 오기 전에 도망쳐야지.

"됐어. 이제 어떻게 되든 상관없어……."

그래. 이제는 어떻게 되든 상관없다. 살인자로 구속되어 벌을 받자. 자업자득이다.

실제로 사람을 죽였으니까. 태어날 때부터 내 곁에 있던 내 분신을.

너무 피곤하다. 그냥 끝내자.

왼팔의 감각이 사라진다. 다음 순간, 격렬한 충격이 뺨에 찾아왔다. 몸을 웅크리고 무릎을 안고 있던 다케시는 옥상에 옆으로 누워 있었다.

머리가 어질어질하다. 징, 하는 이명과 머리가 뻥 뚫린 듯한 통증이 머리를 내달렸다. 알고 있는 느낌이다. 권투에서 강렬한 일격을 당해 다운되었을 때의 느낌이다.

"무슨 짓이야!"

다케시는 자신을 때린 왼팔을 노려봤다. 가이토가 거칠게 멱살을 잡고 몸을 일으키려 하는 바람에 셔츠가 조금 찢어졌다.

―이제 정신 좀 차렸겠지.

확실히 조금 전까지 사라져 있던 현실감이 돌아왔다. 강렬한 펀치가 다케시와 현실을 갈라놓던 막을 찢어버렸다.

뜨뜻한 바람을 타고 멀리서 순찰차 사이렌 소리가 들려왔다. 체포되어도 상관없다고 생각했으면서도 등골이 서늘해졌다.

―아직은 괜찮아. 얼른 사파이어 용기를 회수하고 도망쳐!

"하지만 나는……."

다케시가 말을 흐리자 왼손이 멱살을 놓고 얼굴 앞을 가로막았다. 가이토와 눈이 마주친 느낌이다.

―다케시, 잘 들어. 그 애는 내가 아니야.

설득하는 듯한 가이토의 말에 다케시의 몸이 굳는다.

"하지만 그 애는 내가 준 사파이어 때문에……."

―아니야! 그녀 스스로 한 선택이야. 네가 책임을 느낄 필요는 없어.

"하지만……."

―너는 지금, 사파이어 유통 경로의 중심에 있어. 잘만 하면 사파이어의 공급원을 끊어내, 더는 그 아이 같은 희생자가 나오지 않게 할 수 있다고. 그러려면 경찰에 잡히지 말아야 해.

제대로 사고할 수 없는 머리에 가이토의 설득이 스며든다.

다케시는 천천히 몸을 일으켰다. 판단하기 힘들 때는 가이토의 말을 따른다. 어릴 때부터의 행동 원칙이 몸을 움직였다. 순찰차의 사이렌 소리는 아주 가까이 다가와 있었다.

—당장 도망쳐!

그 목소리를 신호로 다케시는 일어났다. 옥상에 흩어진 빈 사파이어 용기를 주워 바지 주머니에 찔러 넣고 외부 계단으로 향했다. 커다란 금속음을 내며 계단을 뛰어 내려오는데 사이렌 소리가 멈췄다. 경관이 현장에 도착한 것이다.

외부 계단이 있는 좁은 골목 끝은 막다른 골목이다. 이 골목에서 나가려면 소녀가 떨어진 바깥쪽 거리를 지나가야만 한다. 만약 그쪽에서 골목으로 경관이 오면 모든 게 끝이다.

다케시는 계단을 뛰어 내려와 그곳에 떨어진 사파이어 용기를 줍고 골목 출구 쪽으로 달려가 일단 빌딩에 몸을 숨기고 바깥 도로를 살폈다. 회전등을 켠 순찰차가 도로에 정차해 있었고 두 경찰관이 쓰러진 소녀 곁에 서 있었다. 구경꾼들이 스마트폰으로 촬영하며 멀리서 현장을 바라보고 있다.

모두가 소녀의 시신에 온정신을 쏟고 있다. 지금이다.

다케시는 호흡을 가다듬고 골목을 빠져나와 소란스러운 인파를 등지고 걷기 시작했다. 속도를 올리려는 발을 필사적으로 달래며 최대한 눈에 띄지 않도록 걷던 다케시는 십자로를 돌자마자 몸을 숙여 달리기 시작했다.

그 현장으로부터, 그리고 자기 탓에 한 소녀가 목숨을 잃었다는 현실로부터 조금이라도 도망치고 싶었다. 뇌리에 미소를 지으면서 떨어지는 소녀가 계속 떠올랐다. 그것은 어느새 자신과 같은 얼굴을 한 남자의 낙하 장면으로 바뀌었다.

다케시는 격렬한 구역질이 올라와 황급히 걸음을 멈추고 블록 담에 오른손을 대고 토하려 했다. 끈끈한 위액이 흘러나왔다. 타는 듯한 통증이 구강 안에 퍼졌다.

——……이 정도 벗어났으면 괜찮을 거야. 곧 첫차가 다닐 시간이야. 역으로 가자.

힘없이 고개를 끄덕인 다케시는 오른팔로 입가를 닦고 터덜터덜 걷기 시작했다.

6

지하철과 JR을 갈아타고 가와사키로 돌아온 다케시는 공허한 마음으로 역을 나왔다. 오전 6시가 조금 넘은 시각, 햇살을 받은 인적 드문 거리를 걸어 위클리 맨션의 집으로 돌아왔다. 암막 커튼 틈으로 빛이 살짝 들어오는 방은 어두컴컴했다. 침대로 다가가 쓰러지듯 누웠다. 눈을 감으면 빌딩 옥상에서 떨어지는 소녀의 모습이 또 눈꺼풀 안에 떠올랐다.

내가 사파이어를 줘서……. 후회가 마음을 갉아먹었다.

——또 그 애를 생각해?

다케시는 대답하지 않았다.

─아까도 말했잖아. 네 탓이 아니라고. 그 자리에서 여러 개를 마시고 환각 상태가 된 것도, 도우려던 네 손을 뿌리치고 뛰어내린 것도, 그 애 선택이었어.

"……내가 그렇게 많이 주지 않았으면 뛰어내리지 않았겠지."

─그건 결과론이야. 네가 책임을 느낄 필요는 없어.

"그럴 순 없어!"

벌떡 몸을 일으키고 왼손을 노려봤다.

"전부 내 잘못이야. 내가 사파이어를 주지 않았으면……. 내가 그 애의 전화를 받지 않았으면……. 내가 비에 젖은 산길을 그렇게 오토바이로 달리지 않았으면……."

─오토바이?

가이토의 목소리가 잠겼다.

─혹시 내가 죽었을 때 얘기야?

다케시는 입술을 꽉 깨물었다. 가이토가 한숨을 내쉬는 듯한 소리를 냈다.

─역시 나와 그 애를 하나로 생각하는구나. 그 애가 떨어지는 것을 보고 4개월 전의 사고를 떠올렸겠지. 그래서 그렇게 충격을 받았구나.

다케시는 말없이 계속 입술을 깨물고 있었다.

─몇 번이나 말해야 하나? 그건 사고였어. 나는 너를 원망하지 않아.

"……'나'라는 거, 가이토를 말하는 거야?" 다케시는 잔뜩 목소리를 낮추고 중얼거렸다.

―뭐? 뭐라는 거야?

"처음 네가 내게 말을 걸었을 때 나는 가이토의 영혼이 왼손에 깃들었다고 생각했어. 하지만 너는 줄곧 이렇게 말했어. 그런 오컬트 현상은 일어나지 않는다고. 자신은 사고 후유증으로 나타난 나의 다른 인격이라고. 죽은 가이토와는 다른 사람이라고."

―……분명 그렇게 말했지.

"그렇다면 가이토가…… 진짜 가이토가 나를 원망하지 않는지, 너는 알 리 없잖아!"

―……그러네. 맞아.

그 목소리는 평온했다.

―내게는 '가이토'로서의 기억도 있고, 자아도 있어. 하지만 그것은 그 사고로 장애가 생긴 네 뇌가 '가이토'를 구하지 못한 후회를 완화하려고 만들어낸 것일지도 모르지. 하지만 내가 단순한 가짜, 네 뇌가 만들어낸 다른 인격이라 해도, 나는…… '가이토'는 너를 원망하지 않아.

"어떻게 네가 그렇게 단언할 수 있지!"

―'가이토'는……, 나는 웃고 있었으니까. 네 손을 놓을 때.

다케시는 주먹을 움켜쥐었다. 정말 그랬다. 굳게 잡은 서로의 왼손을 풀고 중력에 이끌린 몸이 슬로 모션으로 낙하할 때, 가이토는 웃고 있었다. 조금 슬퍼 보이기는 했어도 왠지 만족스럽다는 듯.

─내가 죽은 건, 그냥 좀 운이 나빠서야. 하지만 너까지 저 승길 동무로 삼지 않았어. 그래서 그때 웃었던 거야. 내가 진짜 '가이토'든 아니든 그것만은 틀림없어.

"아니야, 전부 내 탓이야! 내가 너를 데리고 나가서……. 내가 오토바이로 과속해서……. 그러니까 가이토는 나를 원망할 게 분명해! 너는 가이토가 아니야!"

다케시는 오른손으로 머리를 마구 헝클고 왼손을 노려봤다.

"전부 네 잘못이야. 자신이 가이토라고 속였으니까."

─딱히 속인 기억은…….

"닥쳐! 너만 없었으면 내 머리가 정상이 아니라고 여겨지지도 않았어! 가출하지 않았으면 강변 둔치에서 살인사건에 휘말리지도 않았고. 지금 이렇게 된 것은 다 네 탓이야! 얼른 내 왼손에서 사라져!"

한심한 소리를 지껄이고 있다는 사실은 자각하고 있었다. 그저 분풀이라는 것도 이해하고 있었다. 하지만 몸 저 깊은 곳에 응어리져 있는 진흙탕 같은 감정을 토해내지 않으면 온 몸의 세포가 썩어버릴 것만 같았다.

─나만 없으면…… 말이지?

"왜? 내 말이 틀려?"

─……부엌으로 가줘.

가이토가 억양 없는 말투로 중얼거렸다.

"부엌? 왜?"

─그냥 좀 가줘. ……부탁이야.

기에 눌린 다케시는 "알았어"라며 입을 내밀고 일어나 부엌으로 이동했다.

"여기서 뭘 하라고?"

다케시가 묻자 왼쪽 어깨부터 손끝까지의 감각이 사라졌다. 가이토가 자신의 영역을 넓힌 듯하다. 다케시의 의사와는 상관없이 움직인 왼팔은 싱크대 옆에 있는 서랍을 열었다. 그곳에 보관된 조리 도구 중에서 가이토가 꺼낸 것을 보고 다케시의 몸이 굳었다. 커다란 식칼이었다.

"뭐 하려는 건데!"

다케시가 반사적으로 얼굴 앞까지 들어 올린 오른손에 가이토는 떠맡기듯 칼자루를 쥐여주었다.

─……잘라.

왼손이 그대로 도마 위로 이동한다. 다케시는 눈을 부릅떴다.

"무슨…… 소리야?"

─나도 내가 '가이토'인지, 아니면 너의 다른 인격인지 몰라. 하지만 이것만은 확실해. 나는 왼손에 있어. 왼손만 잘라내면 나는 사라질 거야. ……영원히 말이야.

"나보고 왼손을 자르라고?!"

─괜찮아. 지금 왼쪽 어깨까지 내 영역이니 고통은 못 느낄

거야. 잘라낸 다음 제대로 지혈해라.

"웃기고 있네. 그런 게 될 리……"

—해!

분노를 담은 목소리에 다케시는 입을 다물었다.

—네 말처럼 내가 있어서 너는 궁지에 몰렸어. 내가 있어서 그 사고를 딛고 다시 일어나지 못했지. 진짜 '가이토'든 아니든 나는 사라져야 해.

다케시는 눈동자만 움직여 오른손의 식칼을 봤다. 커튼 틈으로 스며든 얼마 안 되는 햇빛이 칼날에 반사되었다.

—하라고! 얼른 잘라버려!

그 목소리에 이끌리듯 다케시는 천천히 식칼을 들어 올렸다. 마치 오른팔이 자기 의사와는 상관없이 움직이는 것 같았다.

이 팔을 내리찍으면 나는 '정상'으로 돌아간다.

머리 위에서 식칼을 든 채 굳어버린 다케시의 뇌리에 주마등처럼 과거의 기억이 스쳤다. 자신과 같은 얼굴을 한 남자의 기억이.

'가이토'가 사라져버린다. 완전히……. 갑자기 알몸으로 빙하 세계에 내던져진 듯한 한기가 온몸을 내달렸다. 손에서 떨어진 식칼이 바닥에서 살짝 튀어 올랐다.

다케시는 오른손을 주먹 쥐고 부엌 안쪽 벽을 때렸다. 둔탁한 소리가 울리고 주먹에 묵직한 통증이 찾아왔다. 그 둔통이 당장이라도 무너져 내릴 것 같은 정신을 그나마 안정시켜주었다.

성큼성큼 방으로 돌아와 책상에 놓인 자료를 거칠게 쓸어 버렸다. 바닥에 떨어진 사진과 파일을 짓밟으며 아무렇게나 주먹을 휘둘러 의자를 쓰러뜨렸다.

가슴속을 휘젓고 있는 충동에 몸을 맡겼다.

책장을 쓰러뜨리고 바닥과 벽을 마구 때리고 책상을 발로 찼다. 손과 발이 딱딱한 것에 닿을 때마다 뇌를 관통하는 듯한 통증이 기분 좋게 찾아왔다.

얼마나 난동을 부렸을까. 몇 분일까, 아니면 수십 분일까. 다케시는 거친 숨을 몰아쉬며 태풍이 지나간 듯 물건이 어질러진 방 안에 우두커니 서 있었다.

―이제 좀 진정이 되었어?

가이토가 조금 냉랭하게 말을 걸어왔다. 다케시는 입을 굳게 다물고 대답하지 않았다.

―나를 없애지 않아도 되겠어?

"……무슨 소리야." 다케시는 모깃소리 같은 목소리로 말했다. "왼손을 자르면 병원에 가야 해. 사고라고 해도 경찰에 신고될 거야."

―아, 그렇기는 하네. 거기까지는 생각도 못 했다.

"생각하지 못했다고? '가이토'는 늘 냉정해."

―네가 어떻게 생각할지 모르지만, 나도 아직 18년밖에 못 살았어. 이런 이상한 상황에서는 혼란스러울 수밖에 없다고.

"……네가 진짜 '가이토'라면 말이지."

─······그렇지. 그보다 오른손은 괜찮아? 권투 선수니까 주먹을 아껴야지.

다케시는 왼손의 태평한 목소리를 들으면서 천천히 방 안을 둘러봤다. 분노와 절망이 모두 사라진 건 아니었다. 하지만 그보다도 권태감과 무력감이 온몸의 세포를 파고들었다.

고개를 숙이고 무너지듯 방 한가운데 무릎을 꿇었을 때 문열리는 소리가 방에 울렸다. 다케시는 천천히 고개를 들었다. 현관문이 열리고 햇살이 들어왔다. 어두컴컴한 방에 익은 눈이 아파 절로 손으로 얼굴을 가렸다.

현관에 누군가 서 있다. 그러나 역광이라 얼굴이 잘 보이지 않는다. 드디어 경찰이 여기까지 찾아온 걸까? 경계하는 다케시의 고막을 "다케시?"라는 부드러운 목소리가 흔들었다.

"아야카······ 씨······?"

초점을 맞추니 그 실루엣의 허리 언저리가 부드러운 곡선을 그리고 있었다. 문이 닫히자 다시 방이 캄캄해졌다. 옆집에 사는 여성, 구와시마 아야카의 모습이 또렷하게 보였다.

"저, 어떻게······."

신발을 벗고 들어온 아야카에게 조심스레 말을 걸었다.

"어떻게? 그게 무슨 소리야? 아침 댓바람부터 무지막지한 소음을 내고는. 잠들었다가 놀라 깼잖아. 옆집 사는 사람이 내가 아니었으면 지금쯤 호통을 듣고 있을 거야."

아야카가 일부러 보란 듯 하품했다.

"……죄송해요." 다케시는 목을 움츠렸다.

"그런데 무슨 일이야?" 아야카가 천천히 방을 둘러봤다.

"네?"

"네? 그건 아니지. 이렇게 난리를 피운 걸 보니 무슨 일 있는 거지?"

"……아무것도 아니에요."

"뭐야? 남의 숙면을 방해해놓고 대충 넘어가려고?"

"아뇨……." 다케시가 고개를 숙이자 입술을 굳게 다문 아야카가 천천히 다가왔다.

따뜻한 감촉이 뺨에 닿았다. 눈길을 드니 아야카가 양손으로 뺨을 감싸고 얼굴을 들여다보고 있다. 길고 가는 눈에 넋이 나간 자기 얼굴이 비쳤다.

"그렇구나……. 괴로운 일이 있구나. 사라지고 싶을 정도로 괴로운 일이."

아야카는 평소의 밝은 분위기와는 다른, 성인 여성의 포근한 미소를 짓고 있었다.

"어떻게……." 목소리가 떨렸다.

"알아. 옛날의 나와 똑같은 얼굴이니까."

아야카는 양손으로 다케시의 머리를 감싸 풍만한 가슴으로 가져갔다. 손바닥보다 훨씬 부드럽고 따뜻한 감촉이 얼굴에 닿자 머리에 피가 솟구쳤다.

"전부 내뱉어버려. 그러면 조금 편해져. 내가 들어줄게."

아야카의 목소리에 마음이 흔들렸다. 내내 품고 있기만 한 것을 모두 털어놓자. 미칠 것 같은 욕구가 굳게 다물고 있던 입을 열게 했다.

"형이…… 죽었어요. 오토바이 사고로……."

—하지 마! 잘못했다가는 신고당해!

거의 무의식적으로 이야기를 엮어내던 혀의 움직임을 가이토의 질책이 가로막았다.

"오토바이……."

다케시는 고개를 들었다. 아야카가 입을 반쯤 벌리고 멍한 표정을 짓고 있다.

"저, 오토바이가 왜……?"

거기까지 얘기했을 때 갑자기 아야카의 양손이 다케시를 강하게 안았다. 부드럽고 풍만한 가슴이 숨 쉬기 힘들 정도로 다시 얼굴에 밀려왔다. 다케시는 영문도 모른 채 그저 가만히 있었다. 가슴 깊숙한 곳에서 들려오는 심장 소리가 시간을 알려주었다.

"나 말이야……, 동생이 있어. 다섯 살 아래인 남동생."

얼마 후 아야카가 혼잣말처럼 가만히 중얼거렸다. 다케시가 살짝 고개를 들자 아야카는 먼눈으로 천장을 바라보고 있었다.

"우리 집은 말이야, 엄마 혼자 아이들을 키워서 엄마가 늘 일하러 나가 집을 비웠어. 그래서 동생은 내가 돌봐야 했어. 그래선지 동생도 나를 잘 따랐어. 정말 귀여운 동생이었어."

아야카는 담담하게 이야기를 이어갔다.

"내가 대학생일 때 어머니가 심장 발작으로 갑자기 돌아가셨어. 우리를 키우려고 너무 열심히 일한 거지. 그래서 나와 동생만 남았고 동생만이 내 유일한 가족이었어……."

"지금 동생분은……?"

아야카가 과거형으로 말하는 것을 깨닫고 물었다.

"엄마가 소액이지만 생명보험을 들어놓아서 생활은 어렵지 않았어. 덕분에 대학도 졸업하고 큰 회사에 취직했어. 동생도 열심히 공부해 장학금을 받고 국립대학에 들어갔고. 그렇게 둘이 의지하며 살았어."

아야카는 다케시의 질문에 대답하지 않고 계속 이야기했다. 가늘어진 그 눈에는 아마도 과거의 추억이 떠올라 있을 것이다. 다케시는 끼어들지 않고 가만히 귀를 기울였다.

"행복했어……. 일도 바쁘고 경제적 여유도 없었지만, 정말 행복했어. 그런 행복이 이어지리라 생각했어. 그런데…… 그러지 않았어."

아야카의 목소리가 떨렸다. 도톰한 입술을 깨문 다음 천천히 입을 열었다.

"동생이, 죽었어. ……교통사고로."

다케시는 그러리라 반쯤 예상했으면서도 숨을 삼켰다.

"그 애는, 아르바이트해서 저금한 돈으로 오토바이를 샀어. 옛날부터 타고 싶었다며. 언젠가 나를 뒤에 태우고 여행하자고도 했어. 그런데 산에서 달리다가 미끄러져서……."

산……, 오토바이 사고……. 4개월 전의 사고가 뇌리를 스치며 등줄기에 떨림이 지나갔다.

"연락받았을 때 믿을 수가 없었어. 병원에서 동생을 봤을 때도 전혀 실감이 안 났어. 그게 말이야, 얼굴에 찰과상이 조금 있었을 뿐 그냥 잠든 것처럼 보였거든. 그래서 깨우려고 손을 뻗었어. 그랬더니…… 차가웠어. 뺨이 딱딱하고 차가웠어……. 밀랍 인형을 만진 것 같았어. 그 순간에…… 세상이 무너졌어."

"세상이……?"

다케시가 되물었다. 눈을 크게 뜬 아야카의 얼굴에 건드리면 부서질 것 같은 공허한 미소가 떠올라 있었다.

"내게 세상은 동생이 곁에 있는 거였어. 그 동생이 없어졌는데 나는 살아 있다는 게…… 영 이상해. 여기는 내가 있을 곳이 아니야. 이런 세상에 살아봤자 소용없어. 나는 그때 '텅 비어'버렸어."

"비어버려……."

다케시는 중얼거리며 오른손을 자기 가슴에 댔다. 흉곽의 내용물이 완전히 빠져나가버린 것 같은 느낌. 가이토가 죽었다는 소식을 들었을 때 맛본 느낌.

"응, 텅 비어버렸어. 그래서 어떻게 되든 상관없었어. 노력해 취직한 회사도 그만두고 밤거리를 어슬렁거렸지. 거의 마시지 않던 술도 마셨고 더 위험한 것에도 손을 댔어. 한심한 남자와도 사귀었고."

다케시는 이 아파트에 온 날 쫓아버린 남자를 떠올렸다.

"그렇게 내게 고통을 주지 않으면 자신이 이 세상에 존재한다는 실감이 들지 않았어. 그리고 고통을 느끼는 동안에는…… 동생을 잊을 수 있었어."

"잊고 싶어요? 동생을?"

그 질문이 얼마나 잔혹한 것인지 자각하면서도 다케시는 질문을 던졌다. 아야카의 얼굴에 우는 것 같기도 웃는 것 같기도 한 표정이 나타났다.

"잊고 싶지 않아. 그 애를 잊고 싶지 않아. ……하지만 그 애가 이제 없다는 것을 떠올리면 심장이 짓눌리는 것처럼 아파. 살아 있다는 걸 견딜 수가 없어. 그래서, ……잊고 싶어."

모순된 답이다. 그러나 다케시는 그 고통을 너무나 잘 알았다. 그 사고 직후, 자신도 느꼈던 고통이니까. 아야카는 가슴 저 깊은 곳에 담겨 있던 응어리를 토해내듯 깊은 한숨을 내쉬고 눈가에 맺힌 눈물을 손등으로 닦았다.

"왜 이런 얘기를 할까? 그 애가 죽은 뒤로 한 번도 안 했는데."

이제야 정신을 차린 듯 아야카는 고개를 숙이고 안겨 있는 다케시의 눈을 들여다봤다. 아주 가까운 거리에서 둘의 눈길이 엮이고 하나가 되어갔다.

"자…… 말해봐. 다케시도."

립스틱을 칠해 반짝이는 입술 사이로 흘러나온 목소리가 다케시의 몸에 스며든다. 다케시는 아야카에게서 조용히 몸을 떼고 입을 열었다.

—야, 하지 마. 얘기해봤자 소용없는 일이라고.

가이토가 충고한다. 그러나 혀는 움직임을 멈추지 않았다.

"내게는……"

—그만해. 금방 들은 이야기의 어디까지가 진짜인지도 모르잖아.

아니야. 금방 들은 이야기는 다 진짜야. 똑같은 경험을 한 나는 알아.

"내게는 형이 있었어요. 쌍둥이, 똑같은 얼굴을 한 형제가." 다케시는 빠르게 말했다.

—이런 멍청이…….

가이토의 포기한 듯한 중얼거림이 들려왔다.

"형제? 그 애가 죽었어?"

아야카의 질문에 다케시는 천천히 고개를 저었다.

"아뇨. 제가 죽였어요. 내가 형을, 줄곧 함께 자란 분신을 죽였어요."

아야카의 가늘고 긴 눈이 커졌다.

"4개월 전, 저는 가이토를……, 형을 오토바이 뒷자리에 태우고 산길을 달렸어요. 그 산 정상의 전망대에 가려고, 거기서 형과 얘기하려고요."

"어떤 얘기?"

"……여자 얘기요."

"좋아하는 애 얘기?"

다케시는 순간 망설였으나 조그맣게 끄덕였다.

"네, 소꿉친구라 초등학교 때부터 우리 형제와 잘 놀았어요. 중학교, 고등학교까지 같은 학교라 자주 셋이 어울렸죠. 늘 그렇게 지낼 줄 알았어요……."

"하지만 그러지 않았구나."

"네, 그럴 수 없었죠. 어느새 그 녀석과 형이 사귀기 시작했어요. 둘은 제게 다 얘기할 생각이었는데 그 전에 제가 우연히 둘이 손을 잡고 걷는 것을 보고……."

"충격이었겠네. 자신만 남겨진 것 같아서."

아야카는 손을 뻗어 다케시의 뺨을 어루만졌다.

"그래서 형과 얘기하려고 산 정상 전망대에 가려 했어요. 거기라면 다른 사람이 들을 걱정 없이 얘기할 수 있으니까요. 그리고 바람을 조금 쐬어서 냉정해지고 싶었어요. 형은 무슨 얘긴지 알아차렸는지 조용히 따라왔어요. 짜증이 난 탓에 꽤 속도를 낸 산길을 올랐어요. 그때 도로를 어떤 그림자가 휙 지나갔어요. 아마도 길고양이 같은 거였겠죠. 반사적으로 피하려 했는데 핸들을 놓쳐 그대로 가드레일을……."

동생의 사고가 떠올랐는지, 아야카의 표정이 굳어졌다.

"정신을 차렸을 때는 가드레일 바깥쪽, 절벽 옆에 쓰러져 있었어요. 머리를 세게 부딪혀 상황을 바로 이해하지 못했죠. 오토바이는 완전히 구겨졌고 새어 나온 기름에 불이 붙었는지, 주위는 화염으로 휩싸여 있었어요. 그리고 제 왼손은 형의 손을 잡고 있었어요. ……절벽에서 떨어지려 하는 형의 손을."

"절벽에서……."

"사고 직후의 기억이라 애매해요. 제가 형의 손을 잡았는지, 아니면 절벽에서 떨어질 것 같아서 형이 제 손을 잡았는지는 기억이 나질 않아요. 그저 정신을 차렸을 때는 손을 놓으면 형이 절벽에서 떨어지는 상황이었어요. 저는 갈비뼈가 부러져 끌어 올릴 수도 없었어요. 형도 오른손이 이상한 방향으로 구부러져 있어서 자기 힘으로 기어 올라올 수 없었고요."

다케시는 라이더 장갑을 낀 왼손을 만졌다. 가이토는 여전히 침묵을 지키고 있었다.

"힘을 주지 못해 제 몸이 점점 절벽 쪽으로 끌려갔어요. 게다가 주위는 불길에 휩싸였고, 그 불길이 점점 다가왔어요. 그리고 제 왼손에는…… 흘러나온 기름이 살짝 묻어 있었어요."

그때 느낀 절망적인 기분이 가슴에 솟구쳐, 다케시는 손으로 얼굴을 가렸다.

"그대로 있었으면 형과 함께 절벽으로 떨어졌을 거예요. 불티가 날아와 손에 묻은 기름에 붙을 수도 있었죠. 그렇게 되면 형을 붙잡고 있는 것도 힘들었죠."

"그래서 형의 손을 놓았어?"

아야카가 조용히 말했다. 그 말투에 비난하는 느낌은 없었다.

"아니요! 저는 놓을 생각이 없었어요. 다만 형에게 어떻게 해야 할지 물었어요."

"형이 뭐라고 했어?"

"아무 말도 안 했어요." 다케시가 힘없이 고개를 저었다. "대답하는 대신 저를 보고 웃었어요. 그리고 형은…… 가이토는 제 손을 뿌리쳤어요."

아야카가 살며시 숨을 들이켰다.

"제가 소리치자마자 왼손에 묻은 휘발유에 불이 붙어 타올랐어요. 하지만 뜨겁지 않았어요. 저는 형이 떨어지는 절벽을 향해 불타는 손을 계속 뻗었죠. ……기억나는 것은 거기까지예요. 정신이 들었을 때는 병원 침대 위에 있었어요."

이야기를 끝낸 다케시는 짙은 피로를 느꼈다. 납처럼 무거운 공기가 방 안을 채웠다.

그 사고 때 무슨 일이 있었는지, 부모님에게도 얘기하지 못했다. 4개월 동안, 줄곧 혼자 품고 있던 진실을 처음으로 토해냈다. 그러면 조금은 고통이 줄어들 것이라 기대했다. 그러나 그 사고를 생생하게 회상하니 온몸을 칭칭 감고 있던 후회의 사슬이 느슨해지기는커녕 더 단단히 조여왔다.

"네 탓이 아니야……." 아야카가 다정하게 말을 걸어왔다. "사고였어. 형은 너를 살리고 싶어 마지막에 손을 놓은 거야."

"모르는 일이에요!" 다케시가 힘껏 고개를 저었다.

"몰라? 뭘?"

"그때 정말 형이 스스로 손을 놓았는지, 확신이 서질 않아요. 어쩌면 제가 손을 놓았을지도. 나 혼자 살려고 태어날 때부터 계속 함께였던 형제를 죽였을지 모른다고요."

"말도 안 돼……. 형이 손을 뿌리친 걸 기억하잖아?"

"기억해요. 하지만 죄책감에서 도망치려고 그렇게 믿어버린 것일 수도 있죠. 내게 유리한 기억으로 바꿔놓았을지도 몰라요."

다케시는 오른 손톱으로 머리를 세게 눌렀다. 날카로운 통증이 느껴졌으나 힘을 뺄 생각은 없었다. 관자놀이를 타고 뜨뜻한 액체가 흘렀다.

─아니야. 그때 나는 스스로 손을 놓았어. 그렇게 하지 않으면 둘 다 죽으니까.

가이토가 초조하게 말했다. 다케시는 천천히 왼손에 낀 라이더 장갑을 벗었다. 그 아래에서 켈로이드 상태로 얽은 왼손이 드러났다.

"전부, 내가 진실을 외면하려고 만들어낸 망상일지도 몰라."

그렇다. 자신이 무너지지 않으려고 기억을 바꿨을지도 모른다. 그리고 왼손에 가이토의 영혼이 깃들었다고 믿는 것으로 가이토의 죽음을 짊어지지 않으려는 비겁한 놈일지 모른다.

가이토는 반론하지 않았다.

화상의 흔적이 새겨진 왼손에 하얗고 가녀린 손이 포개진다. 퍼뜩 고개를 들자 아야카가 자애로운 미소를 짓고 있었다.

"힘들었구나. 내내 현실에 짓눌린 상태로. 나처럼."

다케시는 무슨 말을 하려 했으나 입술 사이로 "아……"라는 말이 되지 못한 소리만이 흘러나왔다.

"도망쳐도 괜찮아. 현실을 외면하고 전부 잊고 도망쳐도."

"도망치려 했어요. 하지만 안 돼요. 형이 떨어지는 장면이 내내 머릿속에 들러붙어 사라지질 않아요!"

왼손에 깃든 가이토와 대화함으로써 쌍둥이 형이 죽었다는 현실을 필사적으로 외면해왔다. 하지만 세일러복을 입은 소녀가 빌딩 옥상에서 떨어지는 것을 목격한 뒤로 내내 도망쳐온 현실에 짓눌릴 것만 같았다.

다케시는 매달리는 눈빛으로 아야카를 봤다.

"아야카 씨는 어떻게 다시 일어섰어요?"

"나도 다시 일어서지 못했어. 그저, 고통을 잊는 방법을 몇 가지 알아냈을 뿐이지."

"그것도 좋아요. 그 방법을 알려주세요."

간청하는 다케시의 몸을 아야카가 다시 꼭 안았다.

"괜찮아. 진정해."

아야카의 체온에 한껏 흐트러졌던 정신이 조금이나마 균형을 되찾았다.

"우리는 이 세계에 남겨진 사람이야. 그러니까 서로를 도와야 해."

"어떻게 하면 되나요?!"

아야카는 갈라진 목소리를 내는 다케시에게서 몸을 떼고 일어나 어질러진 방구석으로 이동했다. 거기에 떨어진 물건을 보고 다케시는 신음했다. 웨스트 백이었다. 살짝 열린 지퍼 사이로 에메랄드블루색 액체가 담긴 작은 플라스틱 용기가 나와 있다. 아야카는 쭈그리고 앉아 가는 손가락을 백에 넣어 사파이어 용기를 두 개 꺼냈다.

"뭐야? 버렸다더니. 아직 다 가지고 있네."

아야카가 사파이어를 내밀었다. 어두컴컴한 방 안에서 옅은 빛을 내는 액체에 눈길이 빨려 들 것만 같다.

"마셔. 그러면 나쁜 생각이 다 녹아 사라져."

"하지만…… 그건 일시적인……"

"일시적이라도 다 잊을 수 있어. 괴로움과 고통에서 온전히 해방되어 행복해져."

"온전히 해방……."

그 말에 격렬하게 마음이 흔들렸다. 지난 4개월 동안, 온몸에 늘 무겁고 딱딱한 사슬이 감겨 있었다. 이 액체를 마시기만 하면 그게 사라진다. 다케시는 천천히 오른손을 뻗었다.

─바보야, 안 돼!

가이토의 목소리에 사파이어 용기를 만지려던 손을 멈췄다.

─그 약을 마신 노예가 어떻게 됐는지 잊었어?

망자처럼 사파이어를 구걸하는 사람들. 사파이어 노예들의 모습이 머리를 스쳤다.

"왜 그래?" 아야카가 고개를 기울였다.

"아니, 이걸 마시면……."

"이 약이 없으면 살 수 없게 될까 봐 무서워? 괜찮아. 그렇게 자주 사용하지만 않으면 의존증은 안 생겨."

아야카가 용기를 흔들었다. 에메랄드블루색 액체가 살짝 스며든 햇살을 받아 반짝였다.

"지금은 형 생각에 짓눌려버릴 것 같은 마음부터 걱정해야 하지 않을까?"

—그렇지 않아. 그 약은 너무 위험해. 절대 손대지 마.

아야카와 가이토, 어느 쪽 말을 따를지 망설이며 다케시는 손을 뻗은 채 그대로 있었다.

반론을 허락지 않는 가이토의 성난 목소리에 몸이 떨렸다. 이토록 강한 가이토의 말투는 이제까지 들어본 적 없었다. 다케시는 조심스레 오른손을 거둬들였다.

"그래……? 역시 처음이라 두렵구나."

아야카는 탄식하고 어깨를 움츠렸다. 가이토가 '드디어 포기했나?'라고 안도하는 순간 아야카는 용기를 열고 안의 액체를 입에 넣었다.

"아니?!"

—어?

말문이 막힌 다케시와 가이토 앞에서 아야카는 보란 듯 목울대를 울리며 꿀꺽꿀꺽 사파이어를 마셨다.

"누나가 모범을 보여줬으니 안심하고 마실 수 있겠지?"

아야카는 익살을 떨듯 말하고 만족스러운 듯 후, 하고 숨을 내쉰 뒤 눈을 감았다. 수십 초 후, 아야카의 입에서 "아……!"라는 농염한 목소리가 새어 나왔다. 눈을 서서히 뜬다. 관능적인 눈동자가 다케시를 응시했다.

"……아, 정말 기분 좋아. 그러니까 너도 마셔. ……괜찮으니까."

아야카는 다른 사파이어 용기를 내밀었다. 그러나 다케시는 움직이지 않았다.

"아직도 무서워? 그렇다면 내가 마실게."

아야카는 살짝 혀가 꼬인 것처럼 말하고 다시 용기 뚜껑을 열고 사파이어를 입에 넣었다. 무슨 의도인지 파악하지 못한 다케시에게 짓궂은 미소를 지으며 아야카가 당돌하게 다가왔다.

껍질을 벗긴 귤처럼 촉촉하고 탄력 있는 감촉의 입술이 닿아 다케시는 눈을 부릅떴다.

순간적으로 사고 정지가 일어난 뒤에야 비로소 다케시는 아야카가 키스했다는 사실을 깨달았다. 혼란스러운 탓인지, 아니면 흥분한 탓인지 현기증이 덮쳐왔다. 뜨겁고 축축한 것이 입술을 뚫고 들어왔다. 그것이 아야카의 혀임을 깨달은 순간 현기증이 더 강해졌다.

아야카의 입술과 함께 달콤하고 끈끈한 액체가 입술 사이로 흘러들어 입 안을 채웠다.

"마셔……"

키스한 상태라 어눌한 목소리로 아야카가 말했다. 입술로 전해지는 진동에 머리로 피가 몰렸다.

마시라니 뭘……?

—사파이어야! 얼른 뱉어.

가이토의 목소리에 다케시는 정신을 차렸다.

사파이어? 사파이어를 입으로 옮긴 거야? 반사적으로 고개를 빼려는데 뒷머리에 손이 감겨 있어 불가능했다. 아야카의 혀가 입 안을 휘저었다. 관능의 물결에 뇌가 마비되어간다.

"혀를……"

아야카가 속삭였다. 겹친 입술 틈으로 조심스레 이동시킨 다케시의 혀에 아야카가 자신의 혀를 감았다. 머릿속에서 무언가가 터지는 듯한 느낌이 났다. 다케시는 아야카의 가는 몸을 꼭 안고 정신없이 그 입술과 혀를 탐했다. 입 안에 담긴 액체가 성가셨다.

아야카는 눈을 가늘게 뜨고 일단 여유롭게 다케시의 욕정을 받아들인 다음, 이번에는 반격하듯 몸을 내밀어 다시 혀로 다케시의 입 안을 애무하기 시작했다.

"마셔……. 다 잊고, 같이 기분 좋아지자……."

유혹하는 아야카의 목소리가 입 속에서 고막으로 전해졌다.

—멈춰!

가이토가 말리는 목소리는 너무나 작게 들렸다.

아야카와 혀를 나눈 채 다케시는 사파이어를 마셨다.

인공적인 달콤함을 남기며 끈끈한 액체가 식도를 타고 떨어졌다.

점액질 액체가 위로 떨어진다. 명치 부근이 살짝 따뜻해졌다.

"어때?" 아야카가 뚫어지게 쳐다봤다.

"어떠냐니, 별로……."

그때 온몸의 세포가 크게 흔들렸다. 다케시는 당황해 가슴에 손을 얹었다.

뭔가가 온다, 어떤 커다란 파도가 안쪽에서. 그 예감에 다케시는 경계했다.

"괜찮아, 된 거야. 다 맡겨. 몸도 마음도……."

아야카가 귀에 훅 불어넣은, 달콤하면서도 저릿한 감각에 긴장이 풀어진 순간, 그것이 찾아왔다. 돌풍에 온몸이 붕 뜬 것 같았다. 다케시는 눈을 부릅떴다. 어두컴컴한 방에 보석 같은 반짝임이 가득하다.

중력에서 해방된 듯 몸이 가볍다. 따뜻한 액체 속에 부유하며 자신이 그 속에 녹아드는 것 같다. 조금 전까지 온몸을 채우고 있던 나쁜 감정이 흘러간다.

행복했다. 그저, 행복했다. 그날, 가이토의 손을 놓은 순간부터 몸을 휘감고 조이던 사슬에서 풀려난다. 다케시는 크게 몸을 젖혔다. 어두운 천장에도 반짝임이 가득해 마치 플라네타

룜을 보는 듯했다.

문득, 다케시는 왼손의 감각이 돌아온 것을 깨달았다. 다케시는 왼손을 얼굴 앞에 가져와 "가이토?"라며 조그맣게 불러본다. 그러나 대답은 없다.

한심해서 숨어버렸나? 조금 둔해진 머리로 생각하는데 시야에 아야카의 얼굴이 뛰어들었다.

"감상은?"

장난스러운 미소를 지은 아야카의 목소리가 메아리쳐 뇌에 스며든다.

"최고예요."

다른 감상은 나오지 않았다. 처음 찾아온 충격은 이미 사라지고 없다. 대신 한없이 좋은 행복과 해방감이 피를 타고 온몸의 세포로 퍼져나갔다.

"나쁜 일, 잊었어?"

다케시는 자기 가슴을 더듬어본다. 가이토의 손을 놓았다는 후회도, 소꿉친구 소녀에게 모욕당한 고통도, 그리고 살인범으로 쫓긴다는 절망도, 지금은 전혀 찾을 수 없었다.

"다 잊었어요. 이렇게 기분이 좋다니……."

다케시의 감상은 아야카의 열렬한 키스로 차단당했다. 아야카의 혀가 입 안을 핥았다. 조금 전 키스로도 현기증이 날 정도로 흥분했다. 그러나 지금 온몸을 훑는 관능의 파도는 비할 바가 아니었다. 허리가 풀리고 온몸의 근육에서 힘이 빠진

다. 강렬한 펀치를 턱에 맞았을 때처럼 자유를 잃는다.

몇 초 동안 다케시의 입술을 탐하던 아야카는 얼굴을 떼고 섹시하게 눈을 흘겼다. 그 눈길에 꽂힌 다케시는 공포에 가까운 기대에 몸을 떨었다.

"최고는 지금부터야."

다케시의 몸에 손을 두른 아야카는 젖은 입술에서 혀를 내밀었다. 목덜미를 훑고 지나가는, 따뜻하면서도 축축한 감촉에 다케시는 비명 같은 소리를 흘렸다.

"처음 만났을 때 말했잖아."

아야카가 우물거리는 목소리로 말했다. 목덜미, 뺨, 빗장뼈로 그녀의 혀가 이동할 때마다 파문처럼 쾌감이 퍼진다.

"사파이어를 마시고 하면 최고로 기분이 좋다고."

"하다니……." 입 속이 바싹 말라 목소리가 갈라졌다.

"다케시, 처음이지?"

아야카가 귓가에서 속삭였다. 입을 다무는 다케시를 보고 아야카는 대답을 재촉하듯 귓불을 깨물었다.

"아, 네……."

약간의 수치심과 가슴이 터질 것 같은 기대로 얼굴이 뜨거워졌다.

"괜찮아. 내가 다 받아줄게. 다 잊게 해줄게."

아야카는 탱크톱 옷자락에 손을 대고 급히 끌어 올렸다. 다케시는 숨 쉬는 것조차 잊고 점차 드러나는 나긋한 곡선에 매료되었다.

윗옷을 벗은 아야카는 하나로 묶은 머리도 풀었다. 머리카락을 확 풀어 헤친 순간 달콤한 귤 냄새가 코끝을 스쳤다.

"어때?"

아야카는 손에 든 탱크톱을 연기하듯 내던졌다. 그러나 얇은 옷감에 감싸인 두 개의 풍만한 가슴에 의식을 빼앗긴 다케시에게는 대답할 여유가 없었다. 도기처럼 하얗고 매끄러운 피부는 그 자체로 옅은 빛을 내는 것처럼 보였다.

거친 숨을 몰아쉬며 몸을 앞으로 내민 다케시를 보고 귀엽다는 듯 웃으며 아야카는 두 손을 자기 등으로 돌렸다. 금속 부딪치는 작은 소리가 너무나 크게 들렸다.

아야카의 가슴을 감싸고 있던 브래지어가 중력에 이끌려 마룻바닥에 툭 떨어졌다.

정신을 차렸을 때는 아야카를 침대에 밀어 넘어뜨리고 올라타 그 가슴을 양 손가락으로 움켜쥐고 있었다. 아야카는 살짝 비명을 질렀다. 그러나 그 목소리에 두려운 기색은 없었다. 오히려 자아를 잃은 다케시의 반응을 즐기는 것처럼 보였다.

난폭한 행동임을 자각하고 이성은 멈추라고 경고했다. 그러나 두 손바닥에 전해지는, 빨려 들 것 같은 부드러움에 자극된 본능이 다케시의 몸을 움직였다.

다케시는 움켜쥔 두 언덕에 달려들었다. 녹아버릴 듯한 부드러운 가슴의 감촉을 맛보던 혀끝에 딱딱하게 솟은 게 닿았다. 아야카의 고통스러운 듯한 호흡이 관능을 더 부채질했다.

정신없이 아야카의 몸을 만끽하던 다케시의 몸이 가늘게 경련했다. 밑에 있는 아야카의 손이 사타구니로 가더니 당장이라도 청바지를 찢을 것처럼 솟아오른 것 위에 얹어졌다. 하얗고 작은 손이 천 너머로 그것을 애무한다.

욕망을 처리하기 위해 자기 손으로 만지는 것과는 차원이 다른 쾌감에, 다케시는 가슴에서 입을 떼고 신음을 흘렸다.

"그렇게 거칠게 하지 마. 조금 아팠잖아."

아야카가 가볍게 노려본다. 조금이나마 이성을 되찾은 다케시는 "죄송해요"라며 의기소침해졌다.

아야카는 다시 의미심장한 미소를 짓고 다케시의 하반신으로 뻗은 손에 가볍게 힘을 주어 청바지 너머로 그것을 움켜쥐었다. 고통과 쾌감이 동시에 찾아와 다케시는 흠칫 몸을 뺐다. 그 틈에 상반신을 일으킨 아야카가 남은 손으로 다케시의 가슴을 밀었다. 저항하지 못한 다케시는 침대 반대편으로 쓰러졌다.

"걱정하지 마. 도망치지 않아. 그보다 그냥 보내지 않을 거야."

아야카는 익살스럽게 말하고 한쪽 손으로 다케시의 티셔츠를 목덜미까지 올리고 드러난 유두를 핥았다. 뜨겁고 축축한 감촉에 다케시는 이를 악물었다.

"조금 전에 내게 해준 것에 대한 보답이야."

혀를 돌리며 어눌한 목소리로 중얼거린 아야카는 다시 청바지 너머로 딱딱하고 뜨거워진 부분을 문지르기 시작했다. 다케시는 그대로 누워 알 수 없는 쾌감에 우롱당하고 있을 수밖에 없었다. 두꺼운 천을 통해 전해지는 감촉이 너무 감질나 다케시는 엉덩이를 이리저리 움직였다. 아야카는 요염하게 입꼬리를 올리고 다케시의 가슴에서 배꼽을 향해 천천히 혀를 이동시키며 벨트를 풀었다.

찰칵찰칵 금속음이 방의 공기를 흔든다. 다케시는 고개만 들어 벨트를 푼 아야카가 청바지 지퍼를 잡고 내리는 모습을 숨 쉬는 것도 잊은 채 바라봤다.

아야카는 다케시의 옆에 바싹 누워 손가락으로 다케시의 하복부를 걸기라도 하듯 천천히 쓰다듬었다. 마침내 그 손가락이 복서 브리프 안으로 침입해 타오를 것처럼 뜨겁고 성이 난 덩어리를 만졌다. 천 너머로 느껴질 때와는 비교할 수 없는 따뜻한 감각에 사로잡혔다.

"기분 좋아?"

아야카가 손을 위아래로 움직인다. 대답할 여유는 없었다. 눈을 감고 이를 악문 다케시의 몸이 활처럼 휘었다. 아야카의 손 움직임이 빨라진다.

눈 속에서 불꽃이 튀는 것 같았다. 온몸의 근육이 수축하고 심장 박동에 맞춰 뜨거운 덩어리가 아야카의 손안에서 수없이 춤을 춘다.

방심하면 실신할 것 같은 쾌감에 우롱당하면서 다케시는

숨을 멈춘다. 마침내 관능의 물결이 밀려가고 탈력감이 덮쳐왔다. 다케시는 침대에 사지를 내던지고 필사적으로 산소를 빨아들였다. 호흡이 차분해져 무거운 눈꺼풀을 드니 아야카가 얼굴을 들여다보고 있었다.

"굉장했어. 그렇게 좋았어?"

흥분이 가라앉으면서 수치심이 가슴을 채웠다. 아야카의 얼굴을 볼 수가 없었다.

"그렇게 실망하지 마. 아주 귀여웠으니까."

아야카는 다케시의 뺨에 입술을 댔다. 그러나 비참한 기분이 사라지기는커녕 커져만 갔다.

"괜찮아. 이제 시작했을 뿐이니까."

아야카는 그렇게 속삭이고 침대 위로 이동해 온몸에 힘이 빠진 다케시의 두 다리 사이로 들어왔다.

"사파이어 약효가 아직 남아 있으니까 금방 회복될 거야."

"네? 무슨……?"

아야카는 대답 없이 복서 브리프에 손을 대고 쓱 내렸다. 살짝 힘이 풀린 페니스가 드러났다. 아야카는 두 손으로 그것을 감싸고 보란 듯 얼굴을 대고 입에 머금었다. 화상이라도 입은 것처럼 뜨겁고 부유하는 듯한 부드러운 감촉에 감싸이자 사라졌던 욕망의 불꽃이 다시 타오르기 시작했다. 아야카가 핥고 있는 부분에 피가 몰려 다시 부풀며 딱딱해졌다.

아야카는 슬쩍 눈을 떠 올려다보고는 얼굴을 앞뒤로 움직였다. 하반신이 녹아버릴 것 같은 쾌락을 다케시는 이를 악물며 음미했다.

"아까보다 굉장한 것 같아. 사파이어 약효가 돈다고 해도 역시 젊어."

다케시의 하반신에서 고개를 든 아야카는 젖은 입술을 손가락으로 닦고 침대 옆에 섰다. 다케시는 누운 채 아야카를 올려다봤다.

"그렇게 안타까운 표정은 짓지 마. 다케시도 서."

다케시는 아야카의 손에 이끌려 일어났다. 어두컴컴한 방에서 반라인 두 사람이 마주 섰다.

아야카는 핫팬츠 단추를 풀고 바지를 내렸다. 팬티 한 장 차림이 된 아야카를 다케시는 눈 한 번 깜빡이지 않고 바라봤다.

"다케시도 벗어."

아야카의 재촉에 정신을 차린 다케시는 시키는 대로 정신없이 티셔츠와 청바지, 그리고 양말을 벗어 던졌다.

아야카는 팬티에 손가락을 걸고 장난스러운 미소를 짓더니 내리기 시작했다. 선 채 한쪽 무릎을 구부려 작은 레이스 천 조각을 빼낸 아야카는 다케시에게 다가와 복서 브리프에 손을 댔다.

"전부."

복서 브리프를 내리자 아야카는 다케시의 목에 팔을 둘렀다. 매끄러운 피부가 착 달라붙었다. 전에 없을 정도로 성난 음경은 아야카의 배꼽 근처에 닿아 있었다.

"이번에는 같이 좋아야지."

어떻게 해야 할지 몰라 우두커니 서 있던 다케시에게 매달리듯 체중을 실었다. 허를 찔린 다케시는 몸의 균형을 잃고 아야카와 함께 침대에 쓰러졌다.

몸 아래에 실오라기 하나 안 걸치고 누운 아야카. 그 얼굴에 떠오른 요염한 미소를 정신없이 보고 있자니 현실감이 사라졌다. 이것이 실제로 일어나는 일인지, 아니면 망상이 만들어낸 환상인지 구분이 되질 않았다.

밑에 누운 아야카가 꾸물꾸물 몸을 움직였다. 페니스 끝에 축축한 감촉이 찾아왔다. 그게 무엇을 의미하는지 깨닫자 호흡이 가빠졌다. 아야카는 누운 채 다리를 올려 다케시의 허리를 발목으로 감았다.

행복한 듯 가늘어진 눈동자에 빨려 들 것만 같은 착각에 사로잡혔다.

"……어서 와."

살짝 벌어진 입술 틈으로 흘러나온 달콤한 속삭임을 듣자마자 다케시는 체중을 잔뜩 실어서 허리를 밀어 넣었다.

방에 울려 퍼진 높은 교성이 다케시를 더욱 흥분시켰다. 그저 죽을힘을 다해, 본능이 시키는 대로 허리를 계속 움직인다. 아야카는 그 움직임을 포용하듯 받아주었다.

연결된 부분의 경계가 녹아들며 하나가 된다. 이제는 어디까지가 자신이고 어디부터가 상대인지 알 수 없다.

침대의 삐걱대는 소리가 공기를 흔드는 어두컴컴한 방에서 둘은 서로를 한없이 탐했다.

눈을 뜨자 어두컴컴한 방 천장이 보였다. 암막 커튼 틈으로 살며시 스며든 햇살은 붉은빛을 띠고 있었다. 아무래도 저녁이 된 듯하다.

내가 무슨 짓을……? 다케시는 무거운 머리를 흔들며 몸을 일으켰다. 몸을 덮은 담요 아래로 아무것도 입지 않은 상반신이 드러났다.

다케시는 눈을 부릅뜨고 오른손으로 담요를 끌어 올렸다. 하반신도 속옷조차 입지 않았다. 입을 반쯤 벌린 채 그대로 굳은 다케시의 머리에, 고통스러운 듯 미간을 찌푸리면서도 입가는 유쾌한 듯 웃고 있는 아야카의 얼굴이 스쳤다. 동시에 그 아름답고 나긋나긋한 몸의 기억도.

다케시는 황급히 옆을 확인했다. 그러나 침대에 아야카는 없었다. 방을 둘러봤으나 역시 아야카는 없었다.

"잠깐. 잠깐만 기다려……." 다케시는 머리를 감싸고 눈을 감았다.

입으로 사파이어를 옮겨주어 마셨다. 그것만은 틀림없다. 하지만 거기서부터 뒤는…….

아야카가 이끄는 대로 한 몸이 되고 욕망이 이끄는 대로 몇 시간 동안 서로를 탐했다. 그 기억은 몽롱한 가운데서도 은은하게 빛나는 것 같은데, 그것이 실제로 일어난 일인지, 아니면 사파이어가 보여준 환각인지 가늠할 수 없었다.

—아이고, 이제 깼어?

갑자기 들린 소리에 다케시는 몸을 떨고 좌우를 봤다.

"놀래지 좀 마."

—별로 놀라게 할 생각은 없었는데. 그냥 말을 걸었을 뿐이야.

"왜 그래……? 짜증을 내고."

—당연하지. 사파이어 같은 걸 마셔 놓고.

"저기, 가이토……. 사파이어를 마신 다음, 너, 사라졌지? 그거, 화나서 숨어버린 거야?"

조심스레 물으니 가이토는 고개를 젓듯 손을 흔들었다.

—잘 모르겠어. 나도 너무 한심해서 숨어버리려고 했어. 그런데 그 전에 머리가 멍해졌어. 물론 내게는 머리가 없지만.

가이토가 왼손을 쥐었다 폈다 했다.

—그리고 정신을 차리니 네가 알몸으로 누워 있더라. 아마도 사파이어 효과가 떨어져 의식이 돌아온 거 아닐까?

"그럼, 사파이어를 마신 다음 무슨 일이 있었는지 모르겠네?"

다케시는 가이토 몰래 안도의 숨을 내쉬었다. 아야카와의 행위가 실제로 있었는지 아직 분명치 않다. 그러나 그것이 현

실이라면 욕망에 따라 짐승처럼 저지른 행위를 가이토에게 알
리고 싶지 않았다.

　—너도 사파이어를 마신 후의 기억이 없어?

　"그렇지는……. 하지만 어쩐지 꿈을 꾼 것처럼 기억이 확실
치 않아."

　—혹시 꿈속에서, 그 누나와 다른 사람에게 말할 수 없는
짓을 했나?

　"어떻게 그걸?!"

　—내가 깨어났을 때 그 누나가 옆에서 자고 있었거든. 알몸
으로.

　말문이 막힌 다케시 앞에서 가이토는 과장되게 '하!' 하고
탄식 같은 소리를 냈다. 기분 나쁜 침묵이 찾아왔다.

　"……뭔데? 하고 싶은 말이 있으면 해."

　—하고 싶은 말? 너무 어이가 없어서 말해야 좋을지도 모르
겠어. 졸업 축하한다고 할까?

　"관둬."

　—내 참. 몇 번을 얘기했냐? 그 누나와 가까워지지 말라고.
그런데…….

　"아야카 씨는 어디 있어?" 어색함을 얼버무리려고 다케시는
재빨리 물었다.

　—글쎄다. 30분쯤 전에 일어나 옷을 입고 나갔어. 참고로
현관으로 가기 전에 너의 뺨에 키스하더라. 내가 잠들어 있는

동안 무척 친해졌나 봐.

가이토의 빈정거림을 흘려들으며 침대에서 나온 다케시는 바닥에 던져진 옷을 입고 복도로 나와 아야카의 집으로 갔다.

—만나서 어쩌려고? '아까는 고마웠습니다'는 말이라도 할 생각이야?

"참 시끄럽네. 입 좀 다물어."

어떻게 할지는 다케시 자신도 몰랐다. 그저 그녀와 대화하고 싶었다.

인터폰을 누르자 가벼운 전자음이 울려 퍼졌다. 그러나 문은 열리지 않았다. 계속 인터폰을 눌렀으나 역시 반응은 없었다.

—집에 없나 봐. 장이라도 보러 갔나?

가이토가 중얼거렸을 때 멀리서 "다케시"라는 소리가 들렸다. 바깥 복도 펜스로 몸을 내밀고 아래를 보니 1층 비상계단 출구 근처에서 아야카가 손을 크게 흔들고 있다.

"일어났어? 마침 잘됐다. 이리 좀 올래?"

"네? 아, 네."

대답하며 비상계단을 내려가기 시작한 다케시는 "저기, 가이토"라며 왼손을 봤다.

"너 말이야, 사파이어를 마신 뒤에 의식이 없어졌다고 했잖아. 그 말은 사파이어 때문에 강제적으로 잠들었단 소린가?"

—아마도 그랬겠지. 어떤 원리인지는 모르지만, 사파이어의 효과가 떨어질 때까지 나는 잠들고 왼손의 '권리'를 잃는 것

같아. 뭐, 그 위험한 약물이 뇌에 이상한 영향을 줬겠지. 무슨 일이 일어나도 이상할 게 없어.

"그래……?"

─뭐야? 사파이어를 계속 마시면 나를 없앨 수 있다고 생각하는 거야? 그건 포기해라. 그렇게 마시면 바로 '사파이어의 노예'가 되고 말아. 만약 나를 없애고 싶으면, 내가 늘 말하는 대로 왼손을 잘라버려.

"너를 없애고 싶다고 한 적 없어!"

목소리가 거칠어지자 가이토는 '아, 네, 네'라며 손가락을 움직였다.

"몸은 어때?"

비상계단 출구에서 몸에 딱 붙는 티셔츠에 치마바지를 입은 아야카가 기다리고 있었다. 몇 시간 전의 행위가 머리를 스쳐 다케시는 눈을 내리깔았다.

"머리가 좀 무거운데 그거 외에는 다 괜찮아요."

"맞아, 처음 사파이어를 하면 두통이 좀 있어. 하지만 여러 번 쓰다 보면 사라지니까 괜찮아."

─그런 약을 또 사용할 리 없지.

가이토가 짜증스럽게 말했다.

"혼자 나와서 미안해. 몸이 끈적끈적해서 샤워하고 싶었어. 너무 편안하게 자고 있어서 깨우기 미안했어."

"아뇨, 그야……."

"그렇게 격렬하게 한 건 오랜만이네. 역시 젊으니까 좋더라. 내일은 근육통이 생길 것 같아."

정말 내가 이 사람과……

거리낌 없는 말의 내용이 아야카와 관계했다는 것을 실감케 해 뺨이 붉어졌다.

아야카는 허리를 조금 굽혀 아래쪽에서 얼굴을 들여다봐 다케시와 억지로 눈길을 맞췄다.

"근육통 나으면 또 하자."

"아니, 그게……"

"어머, 싫어? 혹시 안 좋았어?"

"아뇨, 그런 건 아니에요. 뭐랄까, 무척…… 좋았어요."

어쩔 줄 몰라 하는 다케시에게 아야카는 "나도 좋았어"라며 윙크했다.

"그런데 아야카 씨는 여기서 뭐 하세요?"

부끄러움을 얼버무리려고 다케시는 억지로 화제를 바꿨다.

"자전거 보관소에 가려다가 다케시가 바깥 복도로 나오길래 말을 걸었지."

"자전거 보관소요?" 다케시는 돌아봤다. 이 아파트 뒤편에는 거주자용 자전거 보관소가 있었다.

"응, 잠깐 와봐."

아야카가 다케시의 손을 잡고 이끌었다. 함석지붕이 있는 간소한 자전거 보관소에는 10여 대의 자전거와 스쿠터가 놓여 있었다. 다케시는 아야카에게 이끌려 자전거 보관소의 가장 안쪽까지 이동했다.

"이것 좀 봐."

아야카가 가리킨 곳을 보자 뺨이 굳어졌다. 오토바이였다. 예전에 타고 다니던 것과 비슷했다. 튼튼한 대형 오토바이. 그 측면에 아스팔트에 격렬하게 긁혀 생긴 것으로 보이는 큰 흠집이 있었다.

"이게 내 동생 유품이야." 아야카는 칠이 벗겨진 오토바이의 보디를 어루만졌다. "동생은 말이야, 이걸 타고 가다가 사고를 당했어. 이 오토바이가 넘어지는 바람에 땅에 부딪혔지."

아야카는 갑자기 돌변해 억양 없는 목소리로 이야기를 시작했다.

"이런 걸 타지 않았으면 동생은 죽지 않았다고 생각하니 이 오토바이가 너무 미웠어. 히스테리를 부려서 여러 번 몽둥이를 휘두르기도 했어."

자세히 보니 실제로 쓰러져 생긴 것으로 볼 수 없는 상처가 있었다.

"……그렇게 미우면 그냥 폐차시키면 되었잖아요."

"여러 번 그러려고 했는데 그러지 못했어. 그 애, 이 오토바이를 무척 애지중지했거든. 이걸 버리면 그 애의 추억까지 버리는 것 같아서. 그래서 미워하면서도 바로 곁에 두고 있었지. 이것을 볼 때마다 고통스러워지는데도."

아야카는 오토바이에 손을 댄 채 입을 굳게 다물었다.

"그런데 왜 지금, 여기 왔어요?"

아야카는 말없이 허탈한 미소를 짓고는 다케시를 향해 무언가를 던졌다. 반사적으로 받아 든 다케시는 오른손에 놓인 것을 보고 눈을 깜빡였다.

"키?"

"응, 이 오토바이 키. 네게 줄게."

"내게? 왜요?"

"아니, 내가 가지고 있어도 쓸모가 없잖아. 운전할 줄 알지?"

"하지만 나는……."

눈앞을 가로지르는 그림자, 크게 회전하는 시야, 그리고 화염에 휩싸인 오토바이.

4개월 전 사고가 뇌리에 되살아나자 다케시는 토할 것만 같아 황급히 오른손으로 입을 막았다. 그 사고 이후 오토바이를 탈 수 없게 되었다. 자전거는 괜찮지만, 오토바이는 타려고만 하면 사고 트라우마에 온몸이 얼어붙고 말았다.

"이제는…… 오토바이를 탈 수 없어요……." 다케시는 손가락 틈으로 목소리를 짜냈다.

"왜? 오토바이 사고를 당해서? 하지만 다케시는 내 동생과 달리 살아남았잖아. 그러니까 괜찮아. 틀림없이 탈 수 있을 거야."

"하지만……."

"처음 만났을 때부터 생각했어. 다케시는 왠지 내 동생과 분위기가 비슷해. 이 오토바이를 타면 더 그럴 것 같아. 그 애가 되살아난 것처럼. 다케시와 마찬가지로 그 애도 사고로 죽지 않은 것처럼."

아야카의 말이 열기를 띠기 시작했다. 다케시를 보는 눈이 공허해졌다.

—야, 이 누나, 제정신이야? 도통 알아듣지 못할 소리를 하잖아.

아야카는 가이토의 이야기를 들으며 우두커니 서 있던 다케시에게 다가와 그의 몸에 팔을 둘렀다.

"이제는 놓치지 않을 거야. 앞으로 계속 함께 있을 거니까."

몇 시간 전, 관능을 불러일으키며 몸을 뜨겁게 달궈주었던 목소리에 지금은 체온을 빼앗기는 것만 같았다.

7

"아니, 아주 순조롭군. 이리 짧은 시간에 용케도 그렇게 내부에까지 들어가다니. 연극 좀 해서 그 가즈마라는 녀석을 체포한 보람이 있네."

반다가 건너편 자리에 앉아 커피를 마신다. 다음 날 정오, 다케시는 시나가와의 한 카페에서 형사를 만났다. 어젯밤 연락해 잠입 수사 상황을 보고하러 오라고 명령했다.

다케시는 가즈마 대신 스네이크 잠입에 성공해 사파이어 거래에 입회했다고 보고했다.

"그런데 이런 데서 만나도 괜찮아요?"

다케시는 목소리를 낮추면서 가게 안을 둘러봤다. 50석 정도의 자리가 거의 다 차 있었다. 손님 대부분은 비즈니스 상담 중인 직장인들이다.

"왜? 형사와 만나는 걸 스네이크 놈들에게 들킬까 봐 무서워?"

"당연하죠. 전에 갔던 망한 바에서 만나면 좋잖아요."

"바? 아! 거긴 이제 안 돼. 나 말고 다른 녀석이 배짱을 시험한다고 찾아와 한바탕 난리를 부려 건물주가 지하 입구를 봉쇄했어. 건물이 철거될 때까지 드나들 수 없게 됐지."

"거기가 아니라도 비슷한 데를 여럿 알잖아요?"

"그때야, 상황에 따라서는 너를 좀 거칠게 '설득'할 수도 있었으니까. 하지만 오늘은 그냥 보고만 듣는 거야. 여기면 충분하지. 이런 비즈니스 거리에 스네이크 놈들이 올 리 만무하니까. 놈들에게 이곳은 남극보다도 더 인연이 없는 곳이야. 됐으니까 보고나 해."

"알겠어요."

다케시는 콜라로 입을 축이고 다마가와 강변 둔치에서 이루어진 거래를 자세히 설명했다.

"다마가와 운동장이라. 누가 볼지도 모르는 그런 곳에서 거래하다니, 정말 아마추어가 하는 짓은 엉망진창이라니까. 뭐, 그래서 오히려 맹점이 되기도 했지만."

"아마추어요? 히로키라는 남자는 스네이크의 간부잖아요?"

"스네이크 자체가 아마추어 집단이야. 이제까지 마약은 각성 제를 중점으로 조폭이 취급해왔어. 놈들은 오랜 경험이 있어 서 아무도 모르게 거래하지. 하지만 우리 경찰과 마약단속반 녀석들도 마찬가지로 오랜 노하우가 있어. 놈들이 어떤 방법 을 쓸지 어느 정도는 상상할 수 있지. 그렇게 조폭과 우리는 함께 밥을 먹고 살아. 그런 상황에서 최근에 느닷없이 튀어나 온 게 스네이크 같은 어정쩡한 조직이야."

"아마추어라면 쉽게 적발할 수 있지 않아요?"

"아마추어라 프로는 생각도 못 하는 짓을 벌인다고. 도통 알 수 없는 경로로 약을 유통하고 다른 조직이 장악한 지역에서 당당하게 팔지. 게다가 기존 조직처럼 지휘 계통도 구축하지 않아. 조폭은 어디나 보스가 명확하니까 그놈이 마약 매매에 관여하고 있다는 증거만 잡으면 끝나. 하지만 스네이크는 누가 리더인지도 몰라. 조직원들조차 누가 자기 조직을 운영하는지 모르는 상태야. 그리고 보스를 아는 일부 간부는 체포되더라 도 입을 열지 않아. 정말 성가시기 이를 데 없다니까."

반다는 지긋지긋하다는 듯 혀를 차더니 눈을 가늘게 떴다.

"상황이 이래서 너를 쓰는 거야. 너는 최대한 빨리 그 히로 키라는 남자를 통해 리더의 정체를 알아내."

"애당초 그 히로키가 리더를 아는지조차 모르겠어요."

"아니, 알고 있어." 반다는 두꺼운 입술 끝을 올렸다. "그 정도로 대량의 사파이어를 유통한다면 녀석은 중요한 간부가 틀림없어. 사파이어는 스네이크의 최대 자금원이니까."

─아무래도 우리가 생각보다 스네이크의 심장부에 근접한 것 같네.

가이토가 콜라가 든 잔 둘레를 만졌다.

"그러면 나는 히로키에게 리더가 누군지 물어보면 되는 건가요?"

"아, 이 멍청한 새끼. 무슨 소리야!" 반다는 거친 목소리를 냈다. "네가 말을 꺼내면 의심받겠지. 리더의 정체는 놈들에게 가장 중요한 기밀이야. 눈에 띄지 않도록 행동하면서 최대한 빨리 리더나 공급원의 정체를 찾으라고."

─이 아저씨, 말도 안 되는 소리를 지껄이네.

투덜대는 가이토의 말을 들으면서 다케시는 고개를 기울였다.

"공급원이라면 사파이어를 만드는 놈이죠? 스네이크 조직원이 아닌가요?"

"응, 아니야."

"왜 그렇게 단언하세요?"

"하야카와, 내가 썼던 정보원이 보고했어. 다마가와 강변 둔치에서 살해된 남자 말이야."

"……그 정보원이 뭐라고 했는데요?" 다케시는 동요가 드러나지 않도록 얼굴에 힘을 줬다.

"왜 그런 것까지 너한테 얘기해야 하는데! 너는 체포를 피하는 대신 내가 알고 싶은 것을 전해주기만 하면 된다고!"

"그 하야카와라는 사람도 리더와 공급원을 추적하다 살해됐죠? 나도 같은 일을 한다고요. 몸을 지키기 위해 최소한의 정보를 알고 싶은 건 당연하지 않나요?"

가이토가 '와, 기가 막힌 설득이야'라고 중얼거렸다. 반다는 심각한 표정으로 몇 초 동안 생각에 잠겼다.

"⋯⋯아, 확실히 너까지 죽으면 꿈자리가 사납겠다."

반다는 목소리의 톤을 살짝 낮추고 이야기를 시작했다.

"사파이어를 사러 오는 사람 중에는 꽤 괜찮은 대학의 학생도 있다는 사실을 알아? 그중에서 화학을 전공한 대학원생에게 하야카와가 접근했어. 이야기를 들어보니 그 녀석은 스네이크 조직원으로부터 사파이어의 분석을 요청받았다고 하더군."

"분석?"

"사파이어처럼 위험한 마약은 화학적으로 합성된 거야. 즉 그 성분의 화학식만 알아내면 만들 수 있다는 소리지. 스네이크 녀석들은 그걸 알고 싶어 했어."

"그건 곧⋯⋯."

"그래, 그거야. 스네이크는 사파이어를 어떻게 만드는지 몰라. 그러니까 어딘가에 사파이어를 만드는 놈이 따로 있고 스네이크는 그걸 팔 뿐이라는 얘기지."

"굳이 공급원에게 사는 것보다 직접 만드는 게 더 이익이죠. 그 대학원생은 지시에 따랐나요?"

"사파이어 일이 대학에 알려지면 그대로 퇴학이니까. 스네이크가 시키는 대로 해야지."

틀림없이 하야카와도 똑같이 협박해 정보를 알아냈을 것이다. 다케시는 살짝 몸을 내밀었다.

"분석은 끝났나요?"

"응, 화학 전문가에게는 그리 어려운 게 아니었다더군."

"그렇다면 스네이크는 이미 직접 사파이어를 만들고 있지 않을까요?"

"아니, 일이 그렇게 쉽게 풀리진 않았어." 반다는 어깨를 움츠렸다. "사파이어에서는 네 종류의 화학 물질이 검출되었어. 베이스가 된 것은 몇 년 전에 간사이 일대에서 유행한 위험 약물이야. 강력하게 트립*할 수 있어서 한동안 퍼졌는데 효과가 떨어지면 강력한 숙취 같은 증상이 나타나고 배드 트립도 많이 일어나 순식간에 자취를 감췄지."

"그것에 세 종류의 화학 물질을 섞어서 사파이어를 만들었군요. 다른 화학 물질까지 알면 만들 수 있는 거 아닌가요?"

"아, 사파이어의 원료인 네 종류의 화학 물질, 그 자체는 합성이 어렵지 않다고 해. 다만 문제는 배합이지. 네 종류의 물

∞ 환각 체험

질, 그것을 어떤 비율로 섞어야 사용하는 사람을 포로로 만들 만한 효과를 내는지, 그걸 몰라. 아무렇게나 섞으면 부작용만 강해지는 쓰레기가 될 뿐이지."

"성분을 아는데 만들지는 못한다?"

다케시가 고개를 갸웃하자 반다는 테이블에 놓인 콜라 잔을 가리켰다.

"세계 최고의 탄산음료 회사가 만든 이 콜라, 어떻게 만드는지 공표되지 않았다는 건 알아? 콜라 캔에 성분은 다 표시되어 있어. 그것을 바탕으로 수많은 회사가 똑같은 것을 만들려고 했으나 성공하지 못했어. 그 탄산음료를 만드는 데는 극소수만이 아는 극비 레시피가 필요해. 사파이어도 마찬가지야. 공급원만 아는 네 종류 화학 물질의 배합. 비밀의 레시피를 알 수 없는 한 그 푸른 마법의 약은 만들지 못해."

"사파이어의 레시피……." 다케시는 작은 탄산 거품이 터지는 검은 액체를 응시했다.

"맞아. 스네이크만이 아니야. 불법 약물 매매에 관여하고 있는 놈들이 혈안이 되어 사파이어의 레시피를 입수하려 하고 있어. 그것만 알면 사파이어라는 황금알을 낳는 거위를 손에 넣을 수 있으니까."

"스네이크의 리더는 사파이어 만드는 놈을 알잖아요. 그렇다면 강제로 알아내면 되지 않아요?"

"고문이라도 해서 레시피를 손에 넣으라고? 아니, 그럴 수는 없지. 확실히 직접 만들 수 있으면 지금보다 훨씬 큰돈을 벌겠지. 하지만 레시피를 알아내지 못했는데 그 사람이 도망치거나 죽으면? 스네이크는 최대 수입원을 잃게 돼. 그거야말로 팀 붕괴의 위기지. 놈들은 과거의 야쿠자처럼 의리로 뭉친 조직이 아니라 돈으로 엮인 그룹이라 그런 위험은 감수하지 않아."

반다는 일단 말을 끊고 턱을 당긴 채 목소리를 낮췄다.

"물론 어디까지나 사파이어 매매를 독점한다는 조건 아래에서 말이지. 하지만 상황이 조금만 바뀌어도 어떤 소동이 일어날지 몰라. 사파이어는 약쟁이들에게 있어 엄청난 가능성을 품고 있는 물건이야. 그 권리를 놓고 피바람이 부는 사태가 생길지도 모르지. 자칫하면 일본만이 아니라 해외의 위험한 조직까지 달려들 가능성도 있다고."

현재는 평균대 위에서 한쪽 발을 들고 있는 듯한 기묘한 균형 위에서 안정된 상황임을 실감하고 다케시는 몸을 떨었다. 균형이 무너지고 혼돈의 소용돌이가 일어났을 때 자신은 틀림없이 그 혼돈에 휘말려 다시는 정상으로 돌아올 수 없을 것이다. 그런 사태를 막기 위해서라도 한시라도 빨리 하야카와를 죽인 진범을 찾아내 누명을 벗어야 한다.

빨대를 입에 대고 콜라를 빨아들였다. 톡 쏘는 탄산의 자극을 음미하며 어떻게 해야 반다에게 조금이라도 더 정보를 얻을 수 있을지 생각한다.

"그런 요란한 세계를 내게 조사하라고 한 건가요?"

"이봐, 엉뚱한 비난은 하지 마라. 너는 처음부터 사파이어 판매자였어."

"용돈벌이로 사파이어 판매를 도운 것뿐이었어요."

"저쪽 세계에 관여하는 것은 원래 그런 위험을 짊어지는 거야. 원망할 거면 너무 안이하게 마약 밀매에 뛰어든 너의 경솔한 머리를 원망해. 하지만 걱정은 마. 지금 상황은 안정적이야. 그리 위험하지는 않아."

"위험하지 않다니, 나 이전의 정보원은 살해됐잖아요. 대충 말하지 좀 마세요."

—오! 말을 잘 끌어가네.

가이토의 놀림에 짜증이 나 다케시는 반다를 노려봤다.

"녀석이 욕심을 내 얻은 정보를 내게 넘기지 않고 공갈에 나섰다고. 그래서 살해된 거야. 멍청한 자식. 그렇게 위험한 놈들을 위협하려 하다니."

"그 정보원이 손에 넣은 정보가 뭔데요? 스네이크 리더의 정체? 아니면 사파이어 공급원?"

"둘 중 하나겠지. 다만 자세한 건 나도 몰라. 신분이 밝혀지자마자 곧장 수사본부 사람들이 하야카와의 집으로 갔는데 이미 엉망이 되어 있었어. 하야카와가 어떤 정보를 찾아냈든 이미 놈들이 없앴겠지."

—아니, 그건 아니지.

가이토가 낮은 목소리로 말했다. 그렇다. 그렇지 않다. 다케시는 하야카와의 방에 침입했을 때를 떠올렸다. 철저하게 어질러진 방의 비밀 금고에는 필사적으로 열려 한 흔적이 남아 있었다.

하야카와를 살해한 범인은 자신의 정체와 이어질 증거를 손에 넣지 못했다. 그리고 틀림없이 그 증거는 내 손에 있을 것이다.

하지만 그 금고에 든 자료에는 스네이크의 리더나 사파이어 공급원과 직접적으로 이어질 만한 정보는 없었다.

도대체 하야카와는 어떤 정보를 입수했고, 그것을 어디에 숨겼나.

"이봐, 왜 그러고 있어?"

날카로운 목소리가 날아와 다케시는 정신을 차렸다.

"아, 죄송해요. 조금 생각할 게 있어서⋯⋯. 역시 하야카와라는 사람을 죽인 것은 스네이크 조직원일까요?"

"틀림없이 그렇겠지. 하야카와가 손에 넣은 정보가 리더의 정체이든 사파이어 공급원이든 간에 공표되면 스네이크에게는 치명적이야. 그 머리 나쁜 집단이라면 빨리 죽여버리자고 생각했겠지."

"사파이어를 공급하는 놈들일 가능성은 없나요?"

"그럴 가능성은 작아. 마약을 만들 정도의 지식을 지닌 놈들이야. 어느 정도 인텔리 집단이겠지. 그런 놈들이라면 위험 부담을 고려해 그렇게 쉽게 사람을 죽이진 않을 거야. 무엇보다 범인은 미성년자라더라. 틀림없이 스네이크 조직원일 거야."

"하지만 스네이크 조직원들이 경찰 수사에 쫓기는 분위기는 전혀 없던데요."

"그야, 수사본부는 범인과 스네이크의 관계를 알아내지 못했으니까. 범인의 신원이 밝혀진 뒤 그 녀석의 흔적을 찾는 데 인원을 다 쓰는 바람에 하야카와가 어떤 조사를 했는지 알아내는 것은 미뤄졌어. 게다가 녀석들, 공을 다른 놈들에게 넘기지 않으려고 범인의 얼굴 사진을 수사본부 밖으로 흘리지 않았지. 그러니까 체포에 시간이 걸리는 거야. 그 틈에 내가 스네이크를 일망타진해 하야카와를 죽인 범인까지 찾아낼 거야."

반다는 의기양양하게 말했다. 이 형사와 수사본부의 공명심 경쟁으로 서로의 정보를 교환하지 않은 덕분에 다케시가 범인을 쫓을 시간을 벌었다. 다케시는 이 상황에 감사하며 질문을 계속했다.

"수사본부가 범인을 찾는 데 아직 시간이 더 걸릴까요?"

"아니, 그렇지도 않아." 반다의 표정이 갑자기 험악해졌다.

"본청 수사1과 살인반 놈들은 살인자를 쫓는 프로야. 그런 녀석들이 관할서의 인력을 총동원해 흔적을 쫓고 있어. 범인이 어디에 숨었든 점점 다가가고 있을 거야. 곧 체포돼도 이상할 게 없지, 이 순간에도 말이야."

바로 뒤에 형사들이 다가온 것 같은 망상에 시달려 다케시는 뒤를 돌아볼 뻔했다.

"만약 범인이 체포되고 그 녀석이 스네이크의 조직원이라는 게 밝혀지면 본청은 전력으로 스네이크를 잡으려 하겠지. 놈들이 진심으로 나서면 어정쩡한 불법 집단은 순식간에 무력화돼. 하지만 스네이크가 사라져도 사파이어는 사라지지 않아. 자칫 사파이어를 만드는 놈들이 몸을 숨길 자금을 얻으려고 사파이어 레시피를 고가에 어떤 조직에 팔 수도 있어. 그렇게 되면 이제 회수는 불가능해."

반다가 턱을 당겼다.

"그 전에 반드시 사파이어를 만드는 놈들을 체포해 레시피를 압수해야 해. 그렇지 않으면 사파이어 유통은 못 막아."

"……정말 그게 목적이에요?"

눈앞의 형사에 대한 불신이 혀를 움직였다. 반다는 "무슨 뜻이지?"라며 매섭게 쳐다봤다.

"그 레시피는 고가로 팔린다면서요. 사파이어를 만드는 놈들을 발견하면 당신이 거래하려는 거 아니에요? 놓아주는 대신 레시피를 넘기라고."

그 질문이 그의 심기를 건드릴 수 있다는 것 정도는 알았다. 그래도 질문할 수밖에 없었다. 뜻밖에도 반다는 격노하지 않았다. 얼마 남지 않은 커피를 입에 털어 넣고 크게 숨을 내뱉었다.

"……어제 새벽에 말이야, 롯폰기 한 빌딩에서 여고생이 떨어졌어."

심장이 빗장뼈 안쪽에서 쿵 내려앉았다.

—아무 말도 하지 마. 입 다물고 있어.

가이토가 지시했다. 그런 지시를 받지 않아도 혀가 굳어 움직이지 않았다.

"목격자에 따르면 떨어지기 직전에 크게 웃거나 이상한 소리를 질렀다더군. 현장에 도착한 경관이 조사한 바로는 빌딩 옥상에 용기가 남아 있었고. ……사파이어 용기 말이야."

—……전부 주운 줄 알았는데 하나 남았나?

"조사해보니 몇 개월 전에 부모가 이혼하고 우울한 상태에서 사파이어에 손을 대기 시작했다더군. 원래는 성적도 좋았는데 점점 학교에도 안 가고 가출을 반복했대. 그리고 결국은 다용도 빌딩에서 다이빙했지. 참혹했던 모양이야. 부러진 팔뼈가 피부를 뚫고 나왔고 뇌수도 반쯤 아스팔트 위에 나와 있었지. 젠장, 열일곱이었다고. 신원 확인을 하러 온 부모는 시신을 보자마자 실신했어."

목구멍 안쪽에서 신음을 흘리는 다케시에게 반다가 차가운 눈길을 던졌다.

"왜 그렇게 창백해? 너도 사파이어 밀매에 관여하고 있잖아. 너 같은 새끼들이 판 약에 애들이 죽어가는 것을 나는 수없이 봤다고."

반다는 들고 있던 잔을 거칠게 받침에 내려놓았다.

"위험 약물은 주로 해외의 화학 공장에서 대량 생산되지. 만약 레시피가 큰 조직으로 넘어가면 그런 공장에 사파이어 제조 라인이 생기고 지금과는 비교할 수 없을 정도로 많은 사파이어가 유통될 거야. 그리고 그만큼 사파이어의 노예도 늘어나겠지."

반다는 일어나 다케시를 내려다봤다.

"사파이어가 유행하면서 약물로 죽는 사람이 늘었어. 그중에는 아직 세상 물정조차 모르는 애들도 많아. 그러니 어떤 수단을 써서라도 사파이어를 이 세상에서 없애야 해. 이 답이면 이해가 될까?"

다케시는 고개를 끄덕일 수밖에 없었다.

"알았으면 무슨 일이 있더라도 스네이크 리더의 정체를 알아 와. 알겠나?"

반다는 계산서를 들고 몸을 돌렸다. 계산을 마친 반다의 모습이 사라진 뒤에 다케시는 비틀비틀 안쪽 화장실로 갔다. 개인 칸에 들어가 문을 잠근 다케시는 문에 등을 기대고 그대로 주저앉았다. 참기 힘든 한기가 온몸을 덮쳐왔다. 다케시는 두 손으로 어깨를 감싸 안고 몸을 웅크렸다.

소녀가 죽은 데 대한 책임. 다가오는 경찰 수사망. 자신들을 쫓는 정체불명의 존재. 그 하나하나가 자신을 덮쳐와 심장이 터질 것만 같았다.

—괜찮아?

"괜찮을 리 있겠나!"

다케시는 소리치듯 대답하고 청바지 주머니를 뒤졌다. 손가락 끝으로 주머니 안쪽에 있는 딱딱한 것을 잡아 꺼냈다. 작은 용기에 담긴 에메랄드블루색 액체가 전구의 빛을 받아 반짝였다. 집을 나올 때 가이토 몰래 주머니에 넣어 온 것이다.

—야! 왜 그런 걸 가져왔어?!

다케시는 말없이 용기 안에서 흔들리는 액체를 바라봤다. 이것만 마시면 등뼈가 부러질 것처럼 무겁게 달려드는 공포, 초조, 후회 같은 모든 나쁜 감정이 녹아 사라진다.

—멈춰. 그런 걸 마셔서 몇 시간쯤 고통을 무마한다고 달라지는 건 없어.

가이토가 용기를 빼앗으려는데 다케시는 오른손을 높이 들어 왼손을 막았다.

"알아. 알지만…… 안 되겠어."

몇 시간, 그 얼마 안 되는 순간이라도 모든 것을 잊고 해방되고 싶었다. 미칠 듯한 욕구에 거스를 수 없었다. 다케시는 용기 끝을 어금니로 물고 손목을 돌려 뚜껑을 땄다.

—내 얘기 좀 들어. 그게 어떤 약인지 알잖아!

다케시는 뚜껑을 버리고 내용물을 목으로 흘려 넣었다. 끈끈한 달콤함이 입에 남았다.

—이건 아니지! 네게 좋은 일이 아니라고. 부탁이니까 당장 뱉어……

간청하는 가이토의 목소리가 점점 작아지고 마침내 들리지 않게 되었다. 왼 손목부터 손끝까지의 감각이 돌아오는 것과 동시에 가슴을 채우고 있던 고통이 사라졌다. 그리고 대신 행복이 넘쳐흘렀다. 중력이 갑자기 사라진 듯 몸이 가볍다.

다케시는 황홀한 숨을 내쉬고 일어나 거울을 봤다. 거울에 비친 얼굴은 조금 전까지의 창백한 낯빛의 청년이 아니라 상기된 뺨에 행복한 미소를 짓고 있는 자기 자신이었다.

거울을 보고 있자니 가이토와 마주 보고 있는 느낌이 들었다. 다케시는 환히 웃었다.

"가이토, 미안해. 하지만 이번에는 어쩔 수 없어. 앞으로는 이런 약 안 쓸게."

변명하며 거울에 비친 웃는 얼굴을 바라본다. 가이토가 웃으며 용서해준 기분이 든다.

자, 이제 뭘 할까? 애써 시나가와까지 나왔으니까 이제까지 경찰 눈이 무서워 거의 하지 못한 도쿄 여행이나 하는 것도 나쁘지 않겠다. 아니면 위클리 맨션으로 돌아가 또 아야카 씨와……. 어제의 관능적인 기억이 되살아나 하반신이 뜨거워졌다. 급속히 부푼 성욕이 도쿄 관광의 흥미를 삼켜버렸다.

가게를 얼른 나와 가와사키로 돌아가자. 화장실에서 나오려는데 여름 재킷 안주머니에서 진동이 느껴졌다.

"뭐야! 하필 이때."

기세가 꺾인 다케시는 투덜대면서 품에서 가즈마의 스마트폰을 꺼냈다. 어차피 사파이어를 팔라는 연락이겠거니 생각하고 액정 화면을 봤는데 '히로키 씨'라는 표시가 떠 있었다.

"……녀석이야?"

다케시는 떼를 쓰듯 요란하게 진동하는 스마트폰을 바라봤다. 가능하다면 무시하고 아파트로 돌아가고 싶었다. 그러나 히로키의 연락은 진범과 이어져 있는 가느다란 실이다.

간신히 남아 있던 이성이 손가락을 '통화' 아이콘으로 향하게 했다.

"무슨 일이야? 내 연락에는 바로 응답해야지!" 히로키의 호통이 울렸다.

"죄송해요. 못 들어서." 사파이어의 영향으로 발음이 자꾸 꼬였다.

"……됐어. 그보다 또 거래야. 내일 오후 5시. 지난번 거래했던 다마가와 강변 둔치 운동장으로 직접 와. 잘 들어. 내일 오후 5시야."

용건만 전하고 전화가 끊겼다.

"내일이라……." 혼자 중얼거리고는 스마트폰을 안주머니에 다시 넣고 화장실을 나왔다.

성큼성큼 가게 출구로 향하는 다케시의 머리에는 이미 내일 거래 생각은 완전히 사라지고 없었다.

한시라도 빨리 아야카와 살을 맞대고 싶다. 사파이어에 취한 뇌에서 샘솟는 성욕이 다케시의 발을 계속 움직였다.

8

"어이, 듣고 있지? 무슨 말 좀 해."

다케시는 저녁노을로 물든 주택가를 걸으면서 라이더 장갑을 낀 왼손을 내려다봤다.

"미안하다고 했잖아. 이제 좀 기분 풀어."

다케시는 한숨을 섞어가며 사과했다. 오늘 아침부터 내내 이렇게 말을 거는데 가이토는 한마디도 대답하지 않았다. 너무 대답이 없어 사파이어를 마셨을 때처럼 깊이 잠들었나 의심했지만 지금은 왼 손목부터 손끝까지의 감각이 없다. 잠들어 있다면 왼손의 '권리'도 잃었을 것이다. 역시 토라져 무시하는 것이다.

당연한 일인가. 다케시는 뒷머리를 긁적였다.

어제, 시나가와 카페에서 사파이어를 마시고 가와사키 위클리 맨션으로 돌아온 다케시는 억누를 수 없는 욕망을 가슴에 품고 아야카의 집 인터폰을 눌렀으나 그녀는 집에 없었다. 어쩔 수 없이 다케시는 자기 방으로 돌아왔다.

날뛰는 성욕을 발산하지 못한 것은 유감이나 침대에 누워 눈을 감자 형용할 수 없는 행복에 휩싸였다. 눈꺼풀 안에 만화경처럼 형형색색의 빛이 반짝였다.

두세 시간, 보석이 박힌 듯한 세계를 부유한 다케시의 의식은 문 닫히는 소리에 각성했다. 벽에 귀를 대니 사파이어로 예민해진 청각이 아주 작은 발소리를 잡아냈다. 침대에서 벌떡 일어나 신발도 신지 않고 바깥 복도로 나온 다케시는 아야카의 집 현관문을 두드렸다. 인터폰을 누르고 기다리는 시간마저 아까웠다.

열린 문으로 아야카의 얼굴이 나타난 순간, 이성을 놓고 말았다. 밀고 들어가듯 안으로 들어가 놀라움에 눈을 크게 뜬 아야카를 벽에 밀어붙이고 약으로 고양된 감정을 그대로 그녀의 입술에 실었다.

굳게 닫혀 있던 아야카의 입술을 집요하게 혀로 핥아대자 이윽고 힘을 빼고 키스에 적극적으로 응했다. 수십 초, 서로의 혀를 교환한 뒤 몸을 떼자 "놀랐잖아!"라며 요염한 미소를 지으며 다케시의 손을 잡고 방 안으로 들어갔다.

침대에 눕히려는 다케시를 "잠깐!"이라며 제지한 아야카는 침대 옆 화장대 서랍을 열고 안에서 사파이어 두 개를 꺼냈다. 다케시가 이미 마셨다고 하자 아야카는 살짝 불만스러운 표정을 짓고 서랍에 하나를 넣은 뒤 남은 하나를 들이켰다.

둘은 그저께와 마찬가지로 격렬하게, 체력이 되는 한 관계했다. 완전히 나가떨어져 좁은 침대에서 몸을 겹치고 몇 시간 잔 뒤에 다시 사파이어를 마시고 행위를 이어나갔다.

밤새 단속적으로 이어진 관계, 아침 햇살이 커튼 틈으로 새어 들기 시작할 때가 되어서야 다케시는 곤히 잠든 아야카를 놔두고 자기 방으로 돌아왔다.

피부에 아야카의 감촉을 남긴 채 그대로 침대에 쓰러져 기절하듯 잠들었다. 그리고 세 시간쯤 전에 '언제까지 잠만 잘 셈인데!'라는 가이토의 호통에 일어난 다케시는 오후 5시 거래를 떠올리고 서둘러 방을 나왔다.

전차를 갈아타고 역에 도착해 이렇게 강변 둔치를 향해 걷고 있다. 다케시는 왼손에 대고 조심스럽게 물었다.

"가이토, 설마 너, 사파이어의 영향으로 말하지 못하게 된 거야? 그건 아니지?"

─……그렇지 않아.

너무나도 불쾌한 목소리가 돌아왔다.

"저기, 그렇게 화내지 마."

─시끄러워. 너랑 말하고 싶지 않아.

"너무 궁지에 몰려 머리가 어떻게 됐나 봐. 그러니까……"

─궁지에 몰린 상황이니까 더 냉정해져야지. 그런데 너는 약으로 도망쳤어. 비겁한 놈.

"비겁한 놈이라니, 너무하잖아."

─사실이잖아. 이런 중요한 시기에 그 누나랑 밤새도록 그 짓이나 하고, 무슨 생각이야?

"어떻게 그걸?!"

어제 시나가와 카페에서 사파이어를 마시고 오늘 아침 일어날 때까지 왼손의 감각은 완전히 다케시에게 돌아와 있었다. 아야카와의 일을 가이토가 알 리 없었다.

—역시, 그 누나와 지냈구나.

가이토가 한심하다는 듯 말했다. 넘겨짚은 데 걸려들었음을 깨닫고 뺨 근육이 굳었다.

—그 누나와 어울리지 말라고 몇 번이나 말했잖아.

"아야카 씨에게 무슨 문제가 있는데?"

—자전거 보관소에서 있었던 일, 잊었어? 그 눈, 완전히 맛이 갔던데. 제정신이 아니야.

손목을 흔드는 가이토를 보면서 다케시는 조용히 중얼거렸다. "어쩔 수 없잖아."

—어쩔 수 없다고?

"그 사람은 동생을 잃었어. 아이 때부터 줄곧 함께 지낸 동생을. 그게 어떤 기분인 줄 알아?"

가이토는 대답하지 않았다.

"아야카 씨는 '세상이 무너졌다'고 했어. 정말 그런 느낌이야. 그때까지 살아온 일상이 거울이 깨지는 것처럼 소리를 내며 산산조각이 난다고. 도무지 제정신으로는 있을 수 없어. 그 사람은 나랑 똑같아."

—……너는 이상하지 않아.

"이상하지 않다고? 나는, 죽은 형이 왼손에 산다고 떠들고 다녀. 아무리 생각해도 제정신이 아니지. 아야카 씨보다 내가 훨씬 위험해."

다케시는 격정에 사로잡혀 마구 떠들어댔다.

"나는 아야카 씨의 마음을 알아. 그 사람도 내 마음을 알고."

—그래도 가까이하지 않는 게 좋아. 그 사람 때문에 너는 이미 약에 손을 댔어.

가이토의 목소리에는 고뇌가 가득했다. 다케시는 오른손을 크게 저었다.

"사파이어가 뭐 대수야? 기분이 조금 좋아지는 게 다잖아. 무엇보다 약효가 돌 때는 왼손이 원래 상태가 돼. 그런 의미에서는 그때가 더 정상이지."

—사파이어의 약효가 돌 때가 정상이라고? 웃기고 있네! 세일러복 애를 생각해라.

행복한 미소를 지으며 천천히 낙하하는 소녀의 모습이 떠오르자 두통이 찾아왔다.

—그 누나와 있으면 너는 또 사파이어를 사용하겠지. 그러니까 더는 어울리지 마. 가능하면 그 집을 해약하고 다른 은신처를……

"입 닥쳐! 그 사람이 필요해. 너보다 훨씬!"

가이토가 숨을 삼키는 기척이 전해졌다. 다케시는 자신이 내뱉은 말을 반추하다가 정신을 차렸다.

"아니야……. 그런 의미가 아니라……."

몇 초의 침묵 뒤 가이토는 '다 왔네'라고 중얼거리며 앞쪽을 가리켰다. 고개를 들자 수십 미터 앞에 제방이 보였다. 그곳을 넘으면 히로키가 지정한 장소인 운동장이 나온다.

─왜 그렇게 넋을 놓고 있어? 얼른 가자.

다케시는 망설이며 고개를 끄덕이고 제방을 넘어 지난번 거래가 이루어진 야구장으로 갔다. 아직 히로키 일행의 모습은 보이지 않았다.

─아직 안 왔나 봐. 여기서 좀 기다리자.

지시대로 1루 쪽 벤치에 앉았다. 조금 전 이야기를 사과하고 싶었으나 어떻게 말을 꺼내야 할지 알 수 없었다. 피차 침묵을 지킨 채 천천히 시간이 흘렀다.

답답함을 더는 견디지 못하고 다케시가 입을 열려는데 신음하는 듯한 엔진 소리가 주변에 울려 퍼졌다. 돌아보니 제방 위에 튼튼한 SUV가 정차해 있었다. 안에서 히로키가 수행원 둘과 함께 내렸다.

─도착했네. 자, 가볼까?

다케시는 무거운 발걸음으로 제방을 올랐다.

"차로 오셨어요?"

"그래, 오늘은 평소 거래와 조금 달라서." 히로키가 가볍게 손을 들었다.

"평소와 달라요? 무슨 일인데요?"

질문을 던진 다케시 앞에 수행원 하나가 끼어들었다.

"입 닥쳐. 너는 가만히 서서 지켜보면 돼!"

"아, 그래. 오늘 거래 상대는 지난번과 같은 녀석들이니까 가벼운 마음으로 지켜봐."

히로키는 다케시의 어깨를 두드리고 가만히 얼굴을 응시했다.

"왜, 왜 그러세요?"

"아니, 아무것도 아냐."

히로키가 의미심장하게 대답했을 때 왜건 차가 다가와 옆에 섰다.

"아이고, 안녕하십니까?"

밝은 목소리와 함께 지난번에 거래한 금발 남자가 조수석 창문으로 얼굴을 내밀었다.

"그럼 얼른 시작할까요?"

왜건에서 체격 좋은 남자 둘이 내렸다. 이들도 전에 봤던 남자들이다. 밴의 슬라이드 도어를 연 그들은 뒷좌석에 쌓인 종이상자를 옮겼다.

"어이, 멀거니 서 있지 말고 너도 옮겨. 저기 쌓인 것을 이리 옮겨야 해."

히로키의 수행원 하나가 SUV의 뒷문을 열며 말했다. 다케시는 금발 남자의 부하가 차에서 꺼낸 종이상자를 안아 들듯 받았다. 팔에 묵직한 무게가 전해졌다. 아마 20킬로그램은 될 것이다.

—이번에는 사파이어를 파는 게 아닌가 봐.

가이토의 속삭임을 들으면서 SUV에 종이상자를 쌓는다. 히로키가 상자를 열어 확인했다. 탁한 녹색 액체가 든 페트병이 가득했다.

─뭐야? 저 시궁창 물 같은 건?

"글쎄."

가이토와 다케시가 나지막하게 대화하고 있는데 금발 남자가 히로키 옆에 섰다.

"주문한 물건, 최대한 모았어요. 이 정도면 충분하죠?"

"응, 당분간은. 재고는 아직 있지?"

"이 약, 요즘은 전혀 안 팔리니까요. 재고를 안고 끙끙대는 녀석들, 아직 많겠죠. 또 열심히 모아둘게요. 만약 재고가 다 떨어지면 대륙 쪽에서 다시 들여올 테니 마음 놓고 계세요. 대신 간사이의 다른 조직에는 사파이어를 풀지 않는다는 약속은 잊지 마세요."

"알아. 너희 조직에만 싼값에 사파이어를 넘기지."

"그럼 부탁드립니다." 금발 남자가 기분 좋게 뒷머리를 두드렸다.

─야, 이거 설마.

"응⋯⋯."

페트병에 든 물질의 정체를 깨닫기 시작한 다케시의 앞에서, 히로키는 재킷 주머니에서 두꺼운 봉투를 꺼내 금발 남자에게 건넸다.

"대금이야."

"고맙습니다." 금발 남자는 봉투를 얼른 품에 넣고 끈적한 미소를 지었다. "그런데 이런 쓰레기 같은 약이 푸른 보석이 됩니까? 정말 마법 같네요. 히로키 씨, 한 번만이라도 좋으니까 이 약을 만드는 '연금술사'님을 만나게 해주시면 안 됩니까?"

"……사파이어가 필요해지면 또 연락해."

금발 남자는 더는 말 붙일 여지를 주지 않는 히로키의 태도에 순간 머쓱한 모습을 보였으나 바로 "정말 죄송했습니다"라며 원래의 비굴한 태도로 돌아오더니 부하 남자들과 왜건에 올라탔다.

—역시 이 상자에 든 게 사파이어의 원료였구나. 어제 반다 형사가 말한 거야. 그리고 저 남자가 말한 연금술사란……

"사파이어를 만드는 놈이겠지."

다케시가 소리를 죽여 대답하는데 금발 남자가 창으로 얼굴을 내밀었다.

"연금술사님에게 인사하는 건, 생각 한번 해주세요. 저런 고급 약을 혼자 만들어내는 천재에게 관심이 있거든요."

히로키가 무시로 일관하자 금발 남자는 어깨를 으쓱하더니 고개를 넣었다.

—어? 잠깐만! 사파이어를 만드는 사람이 하나야?!

가이토의 갈라진 목소리를 들으며 다케시도 반쯤 입을 벌리고 있었다.

—뭐…… 어쨌든 저 상자는 연금술사에게 전달될 거야. 그리고 그 연금술사가 진범과 이어질 단서고. 반드시 그 녀석이 누군지 알아내자.

"응……. 알았어."

다케시가 간신히 냉정을 되찾고 고개를 끄덕이는데 히로키가 다가왔다.

"이걸로 오늘 거래는 끝났어."

"네? 하지만 이 상자를 누군가에게 전해야 하잖아요?"

"왜 그렇게 생각하지?" 히로키의 목소리에 경계의 빛이 섞였다.

"아니, 그게……. 아까 그 남자가 연금술사에게 약을 건넨다고 해서……."

"저런 멍청이가 하는 말은 신경 쓰지 마."

"하지만 그걸 누군가에게 건넨다면 그 거래 현장에도 제가 있는 게 좋을 것 같은데요."

"아, 정말 시끄럽네." 히로키는 짜증스럽게 내뱉었다. "말썽이 생길 이유가 하나도 없어. 나는 입회할 수도 없고 이걸 누구에게 건네는지도 몰라."

대답이 궁해 우물쭈물하는 다케시에게 히로키가 "알아들었냐고?"라고 말하며 다가왔다.

―너는 매달리지 않는 게 좋겠어. 대신…….

가이토의 지시를 들은 다케시는 "알겠습니다"라며 고개를 끄덕이고 SUV의 뒷문을 닫았다.

"다시는 말대답하지 마라."

"네, 죄송했습니다!"

패기롭게 대답하자 히로키의 표정이 조금 풀렸다.

"뭐, 의욕이 좀 지나쳤던 거겠지. 그 의욕은 다음번에 내도록 해. 더 위험한 상대와 거래할 때도 있으니까. 네게 기대가 커. 그래서 이번에는 무엇으로 할래?"

"네, 무엇이라니?"

"보수 말이야. 돈이야 사파이어야? 이번에는 어느 쪽을 원해?"

히로키가 눈짓하자 수행원 하나가 SUV 대시보드에서 클러치 백과 얇은 봉투를 꺼냈다.

―돈이야!

가이토가 소리쳤다.

―사파이어는 이제 필요하지 않아!

옳은 말이다. 공급원의 단서를 잡은 지금, 사파이어는 필요 없다.

돈을……. 그렇게 말하려고 입을 연 순간 살짝 열린 클러치 백 지퍼 사이로 푸른 반짝임이 보였다. 시야가 출렁이더니 혀가 마음대로 움직였다.

"사파이어로 주세요."

―야! 무슨 소리야?!

히로키는 뺨을 긁적이면서 수행원에게 받은 클러치 백을 내밀었다. 다케시가 백을 잡자 히로키가 얼굴을 가까이 댔다.

"너무 하지 마라."

"네? 무슨 말씀이세요?"

"얼버무릴 생각 마라. 당연히 사파이어지. 어제 전화했을 때 이상하게 혀가 꼬여 있더라. 사파이어를 한 녀석의 특징이지. 게다가 네가 어떤 몰골인지 알아? 눈 밑에 판다처럼 시커먼 다크서클이 있어. 분명 밤새 사파이어를 마시고 여자랑 놀았겠지."

완전히 정곡을 찔려 말을 잇지 못했다. 히로키는 이거 보란 듯 한숨을 내쉬었다.

"나도 가끔 이 약을 써. 절제하며 적당히 쓰면 정말 최고지. 하지만 말이야, 그 '절제'를 지키지 않는 놈이 어떻게 되는지는, 너도 알 텐데."

사파이어의 노예가 된 사람들의 모습이 뇌리를 스치자 주위 기온이 훅 내려간 느낌이었다.

"너, 최근에 사파이어를 사용하기 시작했지? 주의해라. 돌이킬 수 없는 일이 생겨."

"……왜요?"

"기본적으로 사파이어의 노예가 되는 것은 수개월씩 이어서 이 약을 쓰는 놈들이야. 그런데 예외도 있어. 사파이어를 쓴 지 얼마 안 되어서 아직 몸에 익지 않았는데 대량으로 사용하면 갑자기 이상해지기도 해. 단숨에 그거 없이는 살 수 없는 몸이 된다고. 그래서 처음에는 소량만 팔아. 손님이 갑자기 망가지면 장사를 할 수가 없으니까."

다케시의 어깨를 다시 가볍게 두드리고 히로키는 차 조수석에 올라탔다.

"네가 앞으로 오래 일해줬으면 하거든. 멋대로 망가지지 말라고."

히로키 일행이 탄 SUV가 어마어마한 엔진 소리를 내며 멀어져갔다.

사파이어가 담긴 클러치 백을 든 오른손이 갑자기 무겁게 느껴졌다.

"정말 감사했습니다."

다케시는 통화를 마치고 오른손에 들린 가즈마의 스마트폰을 바라봤다.

―봐, 잘됐지?

볼펜을 든 가이토가 의기양양하게 말했다. 책상의 메모지에는 이타바시구의 주소가 적혀 있었다. 동글동글한 특징이 있는 글자가 생전 가이토의 필적과 똑같다는 사실을 깨닫고 다케시는 가볍게 입술을 깨물었다.

가이토는 다마가와 강변에서 거래를 끝낸 뒤 '얼른 방으로 가'라고 지시했다. 다마가와에서 가와사키로 돌아오는 동안, 보수로 사파이어를 받은 것에 대해 가이토는 나무라지 않았다. 그게 오히려 영 불편했다. 아파트에 도착하자 가이토는 바로 해야 할 행동을 지시했다. 가이토의 의도를 깨달은 다케시는 바로 그의 말에 따랐다.

"그런데 요즘 통신사는 이런 서비스까지 하네."

—그만큼 잃어버리는 사람이 많다는 거지. 스마트폰에는 GPS 기능이 있으니까. 전원만 켜두면 어디 있는지 알 수 있어.

두 시간쯤 전, 다마가와에서 히로키를 물고 늘어졌을 때 가이토는 '네 스마트폰을 트렁크 속에 숨겨'라고 지시했다. 왜 그래야 하는지 몰랐으나 다케시는 시키는 대로 뒷문을 닫을 때 SUV 트렁크에 슬쩍 스마트폰을 숨겼다. 시부야에서 남자에게 훔친 운전면허증으로 계약한 것이다. 그리고 몇 분 전, 통신사에 연락해 "스마트폰을 잃어버렸는데, 지금 어디 있는지 알려달라"고 부탁하자 간단한 본인 확인 후 너무나 쉽게 대강의 장소를 알려준 것이다.

"사파이어 원료가 지금 여기 있겠구나." 다케시는 책상의 메모지를 들었다.

—아마도 그렇겠지. 하지만 오늘 밤 당장 넘길 거야. 그러니 서둘러 가야 해.

창으로 스며든 빛이 붉게 물들기 시작했다. 곧 해가 질 것이다. 다케시는 "그러네"라고 답하고 현관을 나와 비상계단을 달려 내려갔다.

—야, 어딜 가는 거야?

1층에 도착해 아파트 정면 쪽으로 가려는데 가이토가 목소리를 높였다.

"어디긴, 그야 역이지."

─전차 타려고? 잘 생각해봐. 원료는 꽤 무거웠어. 받는 사람도 당연히 차를 이용하겠지. 그 차를 어떻게 미행할 셈인데?

"어떻게……라니, 그럼 어떻게 해야 하는데?"

─그저께 좋은 물건을 받았잖아. 그걸 이용하자.

얼굴 앞에서 왼손이 펼쳐진다. 왼손이 쥐고 있는 것을 보고 다케시는 숨을 삼켰다. 키였다. 아야카가 준 오토바이 키.

"설마 오토바이를 타자고?!"

─그것 말고 차를 쫓을 방법 있어?

"그야……." 사고의 기억이 다시 살아나 호흡이 거칠어졌다.

─망설일 틈은 없어. 그 원료는 온갖 위험을 감수하며 간신히 도달한 단서야. 이 기회를 놓치면 더는 진범을 찾아낼 수 없어.

강하게 채근당한 다케시는 비틀비틀 아파트 뒤로 갔다. 자전거 보관소 가장 안쪽에 놓인 대형 오토바이 앞에 서자, 가이토가 키를 꽂고 손목을 돌렸다. 묵직한 엔진 소리가 내장을 흔들었다.

─벌써 해가 지고 있어. 얼른 타!

다케시는 덜덜 떨리는 손을 뻗었다. 손가락 끝이 핸들에 닿는 순간, 평소보다 훨씬 선명하게 그 사고의 기억이 되살아났다. 흠칫 놀라 물러나는 바람에 다케시의 등에 닿은 자전거 몇 대가 도미노처럼 쓰러졌다.

"······안 되겠어." 입에서 흘러나온 목소리는 자신이 들어도 이상할 정도로 약했다.

─안 되다니! 할 수밖에 없어! 이제는 언제 경찰이 우리를 잡으러 와도 이상할 게 없다고.

"안 되는 건 안 되는 거야! 그 사고가 떠오른단 말이야. 네가 죽은 그 사고가!"

─······이제 좀 잊어도 되잖아.

"잊을 수 있을 리 없잖아!"

─할 수 있어.

가이토는 차갑게 내뱉었다.

─그걸 가능하게 하는 약, 가지고 있잖아.

"그건······."

왼손이 움직여 청바지 주머니에서 푸른 액체가 든 용기를 꺼냈다.

─이걸 마시면 나쁜 기억은 다 잊는다며?

"하지만 너, 사파이어 사용을 반대했잖아······."

─응, 물론 반대야. 이런 수상한 약을 마시다니. 게다가 환각 상태에서 오토바이를 타는 건 평소라면 절대 있을 수 없지.

"그런데 왜······?"

─그런 말을 하고 있을 때가 아니니까. 이 기회를 놓치면 우리는 틀림없이 살인범으로 체포돼. 인생이 끝장난다고. 그걸 생각하면 어쩔 수 없어.

가이토가 손가락 끝으로 능숙하게 용기를 열어 입으로 가져왔다.

"자, 잠깐만."

―왜? 어제는 그렇게 말려도 마시더니. 됐으니까 마음이나 단단히 먹어. 오토바이를 운전해 그 원료가 어디로 운반되는지 확인하는 거야. 이걸 마시면 나는 의식을 잃어. 그다음은 네가 스스로 상황을 판단해 임기응변으로 행동해야 해.

가이토는 용기를 손가락으로 누르고 내용물을 억지로 입에 흘려 넣었다. 다케시는 몇 초 동안 인공적인 달콤함을 품은 액체를 입에 머금은 후 천천히 삼켰다.

―잘 들어. 안전 운전해야 해. 그리고 헬멧을 안 쓰면 경찰에 잡힐 수 있어. 바로 옆 홈센터에서 헬멧을 사고⋯⋯

가이토의 목소리가 작아진다. 그와 동시에 동요도 가라앉았다. 체온이 살짝 오른 것 같다. 다케시는 하늘을 향해 "후⋯⋯" 하고 숨을 내뱉었다. 초조함과 불안이 급속히 옅어졌다.

가이토의 말대로 이것은 기회다. 그 원료만 쫓으면 연금술사에게 다가갈 수 있다. 그러면 틀림없이 진범의 정체에 바싹 다가갈 수 있을 것이다.

가자. 힘차게 오토바이에 올라탄 다케시는 양손으로 핸들을 잡았다. 그러나 몸이 움직이지 않았다.

"⋯⋯왜 이러지?"

시동을 걸려고 했으나 그럴 수 없었다. 마치 뇌와 이어진 신경이 끊어진 듯 몸이 움직이지 않았다.

소꿉친구였던 소녀, 정신병원에 강제 입원할 뻔한 것, 강변 둔치에서 사체를 발견한 것, 그리고 경찰에 쫓기는 것. 나쁜 기억들이 사파이어에 의해 녹아 사라진다. 그러나 4개월 전에 자신의 분신을 잃은 끔찍한 기억만은 벽 저 깊은 곳에 뿌리를 내린 곰팡이 얼룩처럼 마음 깊은 곳에 얼룩져 사라지지 않았다.

"움직여! 얼른 움직이라고!"

필사적으로 자신을 고무해봐도 그때마다 흐려져 있던 사고 기억이 선명해졌다.

이대로는 무리야. 그날 밤의 기억을 지우려면⋯⋯. 다케시는 양손을 핸들에서 떼고 오른손을 청바지 주머니에 넣었다. 손가락 끝이 가장 안쪽에 있는 물체에 닿았다.

다케시는 천천히 손을 뺐다. 검지와 중지 사이에 푸른 액체로 가득한 플라스틱 용기가 나타났다.

"가이토, 미안해. 예비로 하나 더 갖고 있었어."

다케시는 자기 의사에 따라 움직이게 된 왼손으로 용기 뚜껑을 열었다.

9

지금 몇 시지? 다케시는 주차장 가장 안쪽, 콘크리트 블록

과 주차 중인 세단 사이에서 헬멧을 안고 주저앉아 손목시계를 봤다. 시각은 오후 10시를 넘어서고 있었다. 이미 두 시간 이상 이곳에 주저앉아 충만한 행복을 느끼고 있다.

세 시간쯤 전, 자전거 보관소에서 사파이어를 두 개째 마시자 마지막까지 마음을 물들이고 있던 오토바이 사고의 기억도 손바닥에 떨어진 눈처럼 사라졌다. 온몸에 자신감이 넘치고 무슨 일이든 할 수 있을 것 같아진 다케시는 힘껏 시동을 걸고 좁은 자전거 보관소에서 턴을 해 오토바이를 출발시켰다. 가이토의 지시대로 가는 도중 풀페이스 헬멧을 사서 통신사가 알려준 주소로 서둘러 달렸다.

엉덩이로 전해지는 엔진의 울림, 찢어지듯 좌우로 갈라지는 바람, 시야 양 끝으로 빠르게 흘러가는 경치, 4개월 만에 맛본 감각에 가슴이 뛰었다. 얼마 후, 목적지에 도착해 오토바이로 주위를 살피고 다녔다. 그리고 마침내 주택가 안 코인 주차장에 히로키의 SUV가 세워져 있는 것을 발견했다.

스무 대쯤 주차할 수 있는 코인 주차장 밖에 오토바이를 세우고 SUV로 다가갔다. 차 안을 들여다보니 트렁크에 종이상자가 그대로 쌓여 있었다. 슬쩍 뒷문을 열어봤는데 뜻밖에도 잠겨 있지 않았다. 덕분에 다케시는 트렁크에 숨겨두었던 스마트폰을 회수하고 세단 뒤에 몸을 숨겼다.

기다림은 고통스럽지 않았다. 사파이어가 가져다준 행복감에 가만히 잠겨 있으면 되니까. 이대로 사파이어의 효과가 사라질 때까지 밤새도록 이러고 있어도 상관없었다.

행복이 녹아 있는 숨을 내뱉는데 주차장 입구의 차단기 바가 올라가는 소리가 들렸다. 다케시는 세단 뒤에서 상황을 살폈다.

경차가 주차장 안으로 들어와 SUV 옆에 섰다. 안에서 마른 체격의 사람 그림자가 나왔다. 얼굴의 아랫부분을 커다란 마스크로 가리고 있어서 인상은 분명하지 않으나 젊은 남자처럼 보였다. 남자는 신경질적으로 뒤를 둘러보면서 SUV로 다가가 뒷문을 열었다.

걸렸다! 당장이라도 뛰어 나가 남자에게 달려들고 싶은 충동을 필사적으로 눌렀다.

저 남자가 연금술사라는 법은 없다. 단순한 운반책일지 모른다.

다케시는 숨을 죽이고 계속 관찰했다. 남자는 비틀대면서 경차의 뒷좌석으로 종이상자를 다 옮기고는 다시 운전석에 탔다. 유턴한 차가 주차장을 나감과 동시에 다케시는 세단 뒤에서 나와 달리기 시작했다. 주차장을 나와 밖에 세워둔 오토바이에 올라탔다. 키를 돌려 시동을 걸고 단숨에 차도로 나왔다.

차는 골목을 빠져 편도 3차선 대로로 나왔다. 다케시는 상대가 알아차리지 못하도록 20미터 정도의 거리를 두고 미행을 계속했다. 30분쯤 대로를 나아가자 차는 조금 좁은 도로로 들어갔다. 교통량이 줄어든 만큼 더 거리를 두고 경계하며 따라갔다. 마침내 차가 속도를 줄이더니 인도로 올라가 몇 미터 정도 너비의 옆으로 열리는 철제문 앞에 섰다. 마스크 남자가 운전석에서 내렸다.

다케시는 미행을 들키지 않으려고 그대로 차를 지나쳐 좌회전해 옆길로 들어간 다음 오토바이를 세우고 내려 전봇대 뒤에서 상황을 살폈다.

마스크 남자는 낑낑대며 무거워 보이는 문을 열고 다시 차에 올라타 안으로 들어갔다. 전봇대에서 나온 다케시는 이미 닫힌 문 옆의 표찰을 보고 미간을 찌푸렸다. 거기에는 '고쿄이과대학 이학부 캠퍼스'라고 적혀 있었다.

"대학?"

다케시는 주위를 살펴 아무도 없는 것을 확인한 뒤 점프해 2미터쯤 되는 담을 잡고 기어오르기 시작했다. 담 너머에는 탁 트인 공간이 펼쳐져 있었다. 수많은 나무 사이로 아스팔트 포장도로가 나 있다.

그 차는 어디 갔지? 담을 넘은 다케시는 옅은 가로등 불빛이 떨어지는 길을 걸었다.

몇 분쯤 걸으니 나무 사이로 경차가 보였다. 다케시는 잠시 고민하고 어두운 숲속으로 들어갔다. 발밑을 조심하며 나무 그늘에 숨어 조금씩 다가가자 도로 옆에 세운 차에서 남자가 종이상자를 내리고 있었다. 남자는 종이상자를 안은 채 숲속으로 걸어갔다. 다케시는 발소리가 들리지 않도록 주의하며 뒤를 쫓았다.

마침내 숲속에 오도카니 선 조립식 창고 같은 건물이 나타났다. 남자는 건물 입구로 다가가 종이상자를 내려놓고 문에 달린 자물쇠를 열쇠로 열었다. 다케시는 커다란 나무 뒤에 숨어 남자가 건물 안으로 들어가는 것을 지켜봤다.

몇 분 뒤, 조립식 창고에서 나온 남자는 다시 자물쇠를 채운 뒤 피곤한 몸을 이끌고 차로 돌아갔다.

"가이토, 어쩌지?"

남자를 뒤쫓아야 할지 망설여져 왼손을 내려다봤다. 그러나 답은 돌아오지 않았다. 가이토가 잠들었음을 깨달은 다케시는 차와 조립식 창고 사이를 번갈아 쳐다봤다. 결단을 내리지 못한 사이에 차가 떠나고 말았다. 순간 자기혐오가 들끓었으나 아직 남아 있는 사파이어의 효과가 그 혐오감을 씻어냈다.

됐어. 사파이어 원료가 저 조립식 창고에 있는 건 틀림없으니까. 분명 저곳이 사파이어 제조 현장일 거야.

저 건물 안에 누군가가 있는 걸까? 아니, 자물쇠를 잠근 걸 보니 그럴 가능성은 작다. 그렇다면……. 다케시는 발소리를 죽이며 조립식 창고로 다가갔다. 입구 옆에는 비바람을 그대로 맞아 너덜너덜해진 나무 팻말이 걸려 있었다. 얼굴을 가까이 대고 지워져 희미해진 글자를 읽는다. '노나카 연구실(가설)'이라고 적혀 있다.

"공사나 다른 사정으로 연구실을 쓸 수 없게 되었을 때 잠시 사용한 건가? 그리고 필요 없어지자 그대로 방치했고?"

다케시는 평소 버릇대로 동의를 구하듯 가이토에게 말을 걸었다가 입술을 일그러뜨렸다. 그리고 자물쇠가 굳게 걸린 문을 관찰했다. 건물 자체는 간소하게 지어진 것이라 문을 통째로 부수는 것도 가능할지 모른다. 그러나 그것만은 피하고 싶었다. 이곳을 사용하는 놈들 모르게 조사해야 앞으로 여러모로 유리해진다.

창고 주위를 이동하며 잠긴 창문 너머로 안을 들여다봤으나 반투명 유리라 실내 상황은 알 수 없었다. 다케시는 뒤로 돌아가 높은 곳에 위치한 작은 환기구를 발견했다.

저기라면 안이 보일지도 모른다. 다케시는 바로 옆의 커다란 나무를 오르기 시작했다. 마침 창고 위까지 굵은 가지가 뻗어 있다. 조심스럽게 그 나뭇가지를 타고 창고 지붕에 내려선 다케시는 함석지붕을 밟아 발이 빠지지 않도록 마룻대 위에 섰다. 환기구가 있는 곳까지 기어가 지붕 끝에서 고개를 내밀었다. 예상대로 환기구로는 안이 보였다.

실내는 반투명 유리를 통해 들어온 가로등 불빛과 달빛만이 비쳐 어두웠으나 눈이 어둠에 익숙해진 덕분에 대강의 모습은 알아볼 수 있었다.

학교 과학 실험실 같은 곳이었다. 긴 책상 위에 비커와 플라스크, 버너 등의 기구가 놓여 있었고 그 외에 처음 보는 커다란 기기도 놓여 있었다. 그리고 바닥에는 조금 전 남자가 가져다 놓은 종이상자만이 아니라 폴리 탱크나 거대한 유리병 등이 빼곡하게 놓여 있었다. 아마 저것들도 화학약품일 것이다.

틀림없어, 여기가 사파이어 제조 현장이야. 다케시는 지붕에서 뛰어내렸다.

"자, 이제 어떻게 하지……."

창고를 감시해 드나드는 인물을 조사할 것인가, 들킬 것을 감수하고 내부를 조사할 것인가.

감시를 선택하면 위험은 줄어든다. 여기서 사파이어를 만드는 이상, 언젠가 연금술사가 올 것이다. 그러나 그게 언제인지는 알 수 없다.

혼자 감시하는 데도 한계가 있다. 그렇다면 위험을 감수하고 창고를 조사해야 하지 않을까? 창고 안에는 틀림없이 연금술사로 이어지는 단서가 있을 것이다. 그것만 찾으면 단숨에 정체를 밝힐 수 있고, 나아가 하야카와를 살해한 진범에도 다가설 수 있으리라.

다케시는 창고를 바라보며 입술을 축이고 머리를 굴렸다.

더는 시간이 없다. 언제 경찰에 체포될지 모르는 상황이다. 지금은 위험을 감수하고 창고 안을 조사해야 할 때다. 다케시는 마음을 먹고 발밑에 떨어져 있는 주먹 크기의 돌을 주워 다시 창으로 다가갔다. 입구 문을 부수기보다 유리를 깨고 창문을 여는 게 간단하다. 돌을 쥔 오른손을 크게 휘두르려 할 때 온몸의 세포가 크게 전율했다. 돌이 손에서 떨어졌다.

뭐지? 다케시는 당황한 채 양손을 얼굴 앞으로 가져왔다. 심장이 뛸 때마다 시야가 흔들리고 체온이 급속히 상승했다. 다음 순간, 훨씬 강한 충격이 온몸을 훑고 지나갔다. 의식이 날아가 반사적으로 눈을 감았다. 공중에 붕 뜬 듯한 부유감이 온몸을 감쌌다.

조심스레 눈을 뜬 다케시는 경악했다.

바로 눈앞에 자신이 있었다. 입을 반쯤 벌리고 넋을 놓은 표정으로 우두커니 서 있는 자신이. 그것을 지금, 조금 높은 위치에서 내려다보고 있다. 마치 영혼이 몸에서 빠져나온 것 같았다.

"이게…… 뭐야……?"

내려다보는 자신이 중얼거렸다. 의지대로 몸을 움직일 수는 있었다. 그러나 그것은 마치 자기 몸을 원격 조종하는 듯한 감각이었다.

어떻게 해야 하지? 어떻게 해야 원래대로 돌아갈 수 있지? 초조해하던 다케시는 자신의 내부에서 견디기 힘든 충동이 솟구치는 것을 깨달았다. 푸른 보석처럼 빛나는 액체에 대한 욕구.

사파이어다. 사파이어를 당장 마셔야 해.

왜 그렇게 생각했는지는 모르겠다. 그저 미칠 듯한 욕구가, 사파이어를 섭취하면 이 상황이 개선될 것이라고 알렸다.

다케시는 떨어진 곳에 선 자기 육체에 지시를 보냈다. 오른손이 청바지 주머니로 들어갔다. 손가락 끝의 감각이 약간의 시간 차를 두고 전해졌다. 그러나 그 손가락이 플라스틱 용기에 닿는 일은 없었다.

맞다. 주머니에 숨겨두었던 사파이어 두 개는 오토바이를 타기 전에 이미 다 마셨다. 절망이 마음을 물들였다.

다케시는 눈앞에 있는 몸에 지시를 내려 온몸의 주머니를 뒤지게 했다. 그 손의 움직임이 점차 느려졌다. 몸을 제대로 조작할 수 없었다. 그와 동시에 '자신'이 점차 흐려졌다. 이대로 계속 '흐려지면' 나는 어떻게 되는 걸까……? 공포에 휩싸여 있다 퍼뜩 깨달았다.

안이다! 저 창고는 사파이어를 제조하는 곳이다. 안에는 사파이어가 있을지 모른다.

더는 명령을 듣지 않는 몸을 필사적으로 움직여 발밑에 떨어진 돌을 들어 올렸다.

던져! 창을 향해 던지라고!

몸이 두 손으로 돌을 들고 이상한 자세로 던졌다. 돌은 한심한 포물선을 그리며 창 옆의 벽에 맞고 떨어졌다.

황급히 다른 돌을 주우려 했으나 이미 몸은 꿈쩍도 하지 않았다. 점차 '자신'이, 의식이 사라졌다. 이제 창고도, 주위 숲도, 자기 모습도 보이지 않았다. 그저 어렴풋하게나마 교복을 입은, 사랑스러운 소꿉친구 소녀의 모습이 보인 듯했다. 마침내 그 모습이 아야카로 변할 무렵 전원이 끊기듯 모든 것이 새까만 어둠으로 칠해졌다.

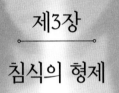

제3장

침식의 형제

1

"으악!"

비명을 지르면서 벌떡 일어났다. 몸을 덮고 있던 담요가 바닥에 떨어졌다.

정신없이 주위를 둘러보니 낯익은 장소였다. 지난 몇 주 동안 생활한 위클리 맨션의 방 침대 위였다.

암막 커튼 사이로 스며드는 햇살이 강하다. 다케시는 오른손을 관자놀이에 대고 열심히 상황을 정리했다. 분명히 사파이어의 원료를 뒤쫓아 대학 캠퍼스 안의 창고에 갔고, 거기서……

자신의 존재가 희미해지는 감각이 떠올라 등골이 서늘해졌다.

"꿈……?"

혹시 오토바이를 타려고 두 번째 사파이어를 마신 다음의 일은 모두 환각이었을까. 두 배의 양을 복용한 것이다. 그럴 가능성도 부정할 수 없었다.

ㅡ꿈이 아니야.

갑자기 들려온 목소리에 다케시는 "헉!" 하고 작은 비명을 질렀다.

ㅡ왜 놀라냐?

"갑자기 말을 거니까 그러지. 있었어?" 다케시는 오른손으로 가슴을 쓸어내렸다.

ㅡ몇 개월 전부터 줄곧 네 왼손에 있었다고. 뭐야? 그 약 탓에 내가 잠든 게 당연한 일이 된 거냐?

"그런 건 아니야…… 그보다 왜 내가 방에서 자고 있어?"

ㅡ내가 끌고 왔으니까.

"네가?"

ㅡ응. 정신을 차리니까 숲속의 한 창고 옆에서 우두커니 서 있더라. 도통 영문을 알 수 없었지만, 일단 그 자리를 뜨기로 했지. 그래서 가장 가까이에 있는 문을 넘어 밖으로 나와 택시를 타고 돌아왔어.

"자, 잠깐만!" 목소리가 갈라졌다. "돌아오다니, 무슨 뜻이야?"

ㅡ그러니까 택시를 타고…….

"그런 말이 아니야. 네가 내 몸을 움직였다는 거야? 아무리

'영역'을 넓혀도 왼쪽 어깨까지였잖아."

—그랬지. 그런데 어제는 달랐어. 정신을 차리니 온몸을 사용할 수 있었어. 마치 너와 뒤바뀐 것처럼.

"뒤바뀌어……."

—틀림없이 그 약의 영향이야. 4개월 전 사고로 너는 머리를 다쳤어. 그런 상태에서 약물을 사용했으니 무슨 일이 일어나더라도 이상할 게 없지.

문득 다케시는, 가이토의 '영역'이 평소보다 넓어진 것을 깨달았다. 왼 손목부터 손끝이 가이토가 '지배권'을 지닌 범위다. 평소에 가이토는 그 부분만 지배했는데 지금은 왼팔의 앞쪽 중간까지 감각이 없다.

왼손 이외의 부분은 기본적으로 다케시의 '지배 영역'이므로 언제든 그곳의 감각을 되찾을 수 있다. 그러나 왠지 알 수는 없지만 앞 팔의 감각이 돌아오지 않았다.

—이제 알았어? 맞아. 내 '영역'이 늘었어.

"늘었다니, 무슨 소리야?"

—일상적인 상태에서 팔 앞쪽 중간까지가 '내'가 된 것 같아. 아마 내 '지배권'도 거기까지 늘어났겠지.

"왜…… 그런 일이?" 혀가 굳었다.

—당연히 사파이어 때문이겠지. 그걸 마시면 '나'는 강제로 잠들어. 하지만 약효가 떨어지면 그 반동으로 '내'가 확장되는 거 아닐까? 네가 의식을 잃었을 때 내가 온몸을 움직일 수 있

었던 것도 틀림없이 같은 원리일 거야.

할 말을 잃은 다케시에게 사과하듯 왼 손목이 구부러졌다.

—어제는 미안했어. 진범을 쫓는다고 해도 사파이어를 마시고 오토바이를 타라고 하다니. 정말 이런 이상한 일이 벌어질 줄은 몰랐어.

다케시는 "아니야……"라며 말을 흐렸다. 두 개를 연달아 마셨다는 말은 끝내 할 수 없었다. 사파이어를 시작하자마자 대량으로 사용하면 이상해진다. 히로키의 경고가 떠오르자 공포심이 가슴을 검게 물들였다.

—자, 이제 알았지? 그런 약, 쓰면 안 된다는 걸. 그보다 알려줘. 그 더러운 창고는 뭐였어? 미행은 잘 했어?

다케시는 고개를 끄덕이고 어젯밤의 일을 설명했다. 10여 분 동안 가끔 가벼운 질문을 던지며 설명을 들은 가이토는 검지를 세웠다.

—그러니까 그 조립식 창고가 사파이어의 제조 현장이라는 말이네. 하지만 연금술사가 어떤 놈인지는 알아내지 못했고.

"창문을 깨고 안으로 들어가려 했는데 그 전에 의식을 잃어서……."

—나와 뒤바뀌었구나. 하지만 창문을 깨기 전이었던 게 불행 중 다행이었네. 그 창고를 찾았다는 것을 들키지 않았으니까. 그렇다면 연금술사는 거기를 계속 이용하겠지.

"그 창고를 조사해 연금술사의 정체를 밝혀야겠지?"

—바로 그거야. 그럼 준비해서 가볼까?

가이토가 현관을 가리켰다.

"가다니, 아직 낮이잖아. 여름방학 중이라고 해도 아직 학생이 있을 텐데."

—그 형사가 말했잖아. 언제 체포될지 모른다고. 느긋하게 여유 부릴 시간이 없다고. 게다가 밤중에 숨어드는 것보다 학생들이 있는 낮이 눈에 띄지 않아 좋아. 어쩌면 연금술사도 같은 생각으로 낮에 사파이어를 만들 수도 있고.

"낮에 약물을? 그것도 대학에서?"

—대학 구내란 그런 불법 행위를 저지르기에 꽤 좋은 장소가 아닐까? 그냥 보기에 일반적인 화학 연구로 보일 테고. 게다가 대학 안에는 자치권 같은 게 있어서 경찰도 함부로 손을 못 대니까.

"확실히 그러네."

—알았으면 가자. 연금술사는 틀림없이 하야카와 살해와 관련이 있어. 남은 건, 경찰이 우리를 먼저 발견할지, 아니면 우리가 진상에 먼저 도달할지의 승부야.

침대에서 일어난 다케시는 현관으로 가는 대신 책상으로 향했다.

—⋯⋯뭘 하는 거야?

가이토의 질문을 무시하고 서랍을 열어 가득 채워진 사파이어를 한 개 꺼냈다.

—야, 무슨 생각이야! 설마 또 쓸 셈이야?

"대학에 놓고 온 오토바이를 타야 할 거 아냐? 사파이어 없이는 못 타."

—오늘은 차를 미행하지 않아. 오토바이를 꼭 타야 하는 것도 아니라고.

"연금술사를 발견하고 그 정체를 밝히려면 미행해야 할 수도 있어. 그러면 당연히 오토바이가 낫잖아."

—그렇다고 그 약을 쓰려고 하다니 말도 안 돼.

"말이 되든 안 되든 쓸 수밖에 없어. 아까 네가 말했잖아. 느긋하게 여유 부릴 시간이 없다고."

가이토를 설득하던 다케시는 자신의 본심을 깨달았다.

사파이어를 마시고 싶다. 푸르게 빛나는 이 약의 마력에 몸을, 마음을 맡기고 싶다. 굶주림과도 비슷한 욕구가 몸의 저 깊은 곳에서 계속 꿈틀대고 있었다.

—하지만…….

다케시는 가이토가 주저하는 틈에 용기 뚜껑을 열고 내용물을 마셨다.

—아…… 정말……!

가이토의 목소리가 작아지면서 왼손의 감각이 돌아왔다.

"가이토, 미안해. 하지만 어제 같은 일은 일어나지 않을 거야."

어제는 한꺼번에 두 개나 마시는 바람에 그런 이상한 일이 벌어진 것이다. 어젯밤 실컷 돌아다닌 덕분에 오토바이에 대한 공포도 상당히 옅어졌다. 하나만 마셔도 충분히 운전할 수 있을 것이다.

맞다. 적정량을 섭취하면 사파이어는 안전한 약이다. 절제하면 계속 사용할 수 있다. 순간 머리를 스친 '사파이어의 노예'라는 단어를 뿌리치고 다케시는 현관으로 향하려다가 움직임을 멈췄다. 아직 열려 있던 서랍 속 사파이어에 눈길을 빼앗겼다.

다케시는 몇 초쯤 망설인 뒤 손을 뻗어 서랍 안의 내용물을 아무렇게나 움켜쥐었다.

가로등 불빛이 벤치에 앉은 다케시에게 쏟아졌다. 느긋한 여름 해가 저물고 어둠이 완전히 내려앉았다. 다케시는 이마를 닦았다. 기온이 그리 높지도 않은데 장갑 낀 손등에 묻은 땀이 끈적하다.

오후 2시 넘어 목적지인 대학에 도착해 풋풋한 대학생들이 넘치는 인도를 걷다가 주위에 사람이 없는 것을 확인하고 숲속으로 들어가 어제 온 조립식 창고로 향했다.

나무 그늘에 몸을 숨기고 수십 분에 걸쳐 창고를 살폈는데 안에 사람은 없는 것 같았다. 연금술사는 아직 오지 않았다. 그렇게 판단한 다케시는 다시 인도로 돌아와 조금 떨어진 벤치에 자리를 잡고 숲속으로 들어가는 수상한 사람이 없는지 몇 시간째 감시 중이다. 그러나 아직 이렇다 할 인물을 발견하지 못했다.

오후 7시가 넘었다. 이미 다섯 시간 이상 이곳에서 이러고 있다. 처음에는 괜찮았다. 사파이어가 불러온 부드러운 쾌락에 몸을 맡겼으니까. 그러나 시간이 흐르자 쾌감이 옅어지고, 그 대신 불꽃에 타는 듯한 초조함이 엄습했다.

왜 이렇게 괴롭지? 다케시는 입술을 깨물었다. 지금까지 사파이어의 영향은 슬금슬금 옅어지다가 자기도 모르게 사라졌다. 그런데 이번에는…….

금단 증상. 불길한 단어가 뇌리를 스쳤다. 무의식적으로 오른손이 바지 주머니로 가 안에서 사파이어 용기를 꺼냈다.

이것만 마시면 편안해진다. 가로등 불빛을 난반사하는 푸른 액체가 신경을 뒤흔든다. 뚜껑을 열기 위해 손가락 끝으로 잡은 그때, 다케시는 고개를 흔들었다.

여기서 사파이어를 마시면 돌이킬 수 없다. 그런 확신이 간신히 충동을 가로막았다. 용기를 거칠게 주머니에 쑤셔 넣고 일어났다. 학생들은 거의 없었다. 여기에 앉아 있으면 너무 눈에 띄겠다. 창고 근처에서 감시하자.

족쇄라도 찬 듯한 무거운 발을 질질 끌며 숲으로 들어가 어젯밤처럼 나무 뒤에서 창고를 살폈다. 창으로 불빛이 새어 나오지는 않았다. 역시 아무도 없는 듯하다.

오늘 밤, 연금술사가 올까? 다케시는 두꺼운 나무 기둥에 등을 기대고 이를 악물었다. 몸을 어디에 둬야 할지 모를 정도로 강한 불쾌감이 온몸을 덮쳤다. 입이 마르고 온 땀샘에서 식은땀이 줄줄 흘러나왔다.

사파이어를 마시고 싶다. 사파이어만 마시면…….

송곳니로 입술을 깨물어 생긴 고통으로 사파이어에 대한 욕구를 견디면서 창고로 다가갔다.

이런 상태로 앞으로 몇 시간이나 더 버틸 수는 없다. 어젯밤 하려 했던 대로 창문을 깨뜨리고 창고에 침입해 연금술사의 단서를 찾는 수밖에 없다. 틀림없이 극한까지 몰린 지금의 상황이 나를 이상하게 만든 것이다. 단서만 찾으면 이 갈증도 사라질 것이다.

어제 창문 아래에 떨어뜨린 돌을 찾아 들고 망설임 없이 그대로 창문을 향해 던졌다. 커다란 소리와 함께 유리창이 깨졌다. 손을 넣어 자물쇠를 풀고 힘껏 창을 연 다케시는 그 자리에 우두커니 멈춰 서고 말았다. 창고 안은 텅 비어 있었다.

운반된 종이상자. 바닥에 놓인 다양한 약품. 긴 책상에 설치된 전문 기기. 어젯밤, 환기구로 본 것들이 전부 사라지고 없었다.

도깨비에 홀린 듯한 심정이었다. 창틀에 발을 올리고 유리 파편을 조심하며 안으로 들어갔다.

창고를 착각했나? 벽에 있던 스위치를 눌렀다. 형광등 불빛이 실내를 비췄다. 눈이 부셔 눈을 가늘게 뜬 다케시는 바닥에 먼지가 전혀 쌓이지 않은 곳이 있음을 발견했다. 아주 최근까지 여기에 무언가가 놓여 있었다. 역시 이곳은 어젯밤 발견한 사파이어 제조 현장임이 틀림없다.

어제 의식을 잃은 뒤부터 오늘 오후에 이곳으로 돌아오기까지, 그사이에 약품과 기기가 전부 실려 나갔다. 왜? 이유는 간단하다. 다케시가 이곳을 알아냈다는 사실이 들통났기 때문이다.

"젠장!" 다케시는 대충 지어진 벽을 힘껏 발로 찼다. 창고 전체가 흔들렸다.

손을 뻗으면 닿을 거리까지 다가왔던 범인의 단서가 사라지고 말았다. 앞으로 연금술사는 경계를 강화할 것이다. 새로운 사파이어 제조 현장을 찾는 것은 이제 불가능하다.

끝이다. 이게 마지막 기회였다. 하늘에서 내려온 동아줄이 끊어지고 말았다.

낙담한 다케시의 눈에 책상 위에 놓인 무언가가 들어왔다. 다가가 보니 그것은 갈색 봉투였다. 안에는 몇 장의 사진과 종이가 들어 있었다. 봉투를 뒤집자 사진이 툭 떨어졌다. 목구멍에서 비명에 가까운 신음이 흘러나왔다.

사진에는 다케시의 모습이 찍혀 있었다. 가와사키 아파트 입구로 들어가는 모습. 바깥 복도를 걷는 모습. 집에 들어가는 모습.

왜, 이런 사진이? 저 아파트는 경찰도 아직 모르는데…….

찜통처럼 더운 창고 안에서 한기에 사로잡혔다. 어금니가 딱

딱 소리를 내기 시작했다.

다케시는 떨리는 손가락을 봉투에 넣었다. 독사가 숨어 있는 구멍에 손을 집어넣는 심정이었다. 봉투 안에서 꺼낸 종이에는 각진 글자가 적혀 있었다.

계속 너를 지켜보고 있어. 훔쳐 간 것 내놔.

"으악!" 다케시는 종이와 봉투를 내던지고 뒤로 물러섰다.

계속 지켜보고 있다고? 몸을 숨겼는데 계속 감시당했다고?

감시? 누구에게? 당연히 진범이다. 살인범은 나를 줄곧 감시하고 있었다.

바로 뒤에 누가 서 있을 것만 같았다. 다케시는 "헉!" 비명을 지르면서 몸을 돌려 라이트 훅을 날렸다. 그러나 주먹은 허공을 가를 뿐이었다.

다시 뒤에서 인기척이 느껴졌다. 다케시는 돌아봤으나 역시 아무도 없었다.

도망쳐야 해. 지금 당장 도망쳐야 해. 달리려고 하는데 다리가 말을 듣지 않는다. 간신히 창문을 기어 나온 다케시는 수없이 발을 헛디디며 어두운 숲속을 내달렸다. 그러는 동안에도 내내 뒤에서 누군가가 쫓아오는 것 같은 공포에 휩싸였다.

현관에 들어온 다케시는 문을 굳게 잠그고 체인까지 걸었다. 급히 양손의 라이더 장갑을 벗어 던지고 신발을 신은 채 방에 들어갔다. 대학 캠퍼스를 떠나 세워놓은 오토바이를 타고 바람같이 달려 가와사키 아파트로 돌아왔다.

사실 이 집으로 돌아오고 싶지 않았다. 하지만 도피 생활에 필요한 모든 게 이곳에 있었다. 다케시는 책상 서랍을 죄다 빼 바닥에 늘어놓았다.

가진 돈과 시부야에서 남자에게 뺏은 면허증, 하야카와의 금고에 있던 자료와 노트북 컴퓨터, 그리고…….

필요한 것을 차례로 가방에 담던 다케시의 눈길이 서랍의 사파이어로 이끌렸다. 저 아련한 빛이 당장이라도 무너질 듯한 정신을 어느 정도 안정시켜주었다.

서랍으로 손을 뻗으려 할 때 인터폰 벨 소리가 공기를 흔들었다. 다케시는 재빨리 고개를 돌려 현관문을 응시했다. 다시 벨 소리가 울려 퍼졌다.

진범일까? 드디어 진범이 나를 죽이러 왔나? 다케시는 떨리는 손으로 십자드라이버를 들고 일어섰다. 현관이 점점 가까워질수록 드라이버를 쥔 손에 땀이 배어 나왔다.

"올 테면 와. ……내가 죽여줄 테니까."

다케시는 도어스코프를 들여다보았다. 그리고는 무릎에서 힘이 빠질 정도의 허탈감에 휩싸였다.

"다케시! 잠깐만. 집에 있지? 열어줘. 아야카야."

밖에 선 아야카가 목소리를 높였다. 다케시는 체인과 자물쇠를 풀고 문을 열었다.

"빨리 좀 열지." 뺨을 부풀리며 현관에 들어선 아야카는 다케시가 쥔 드라이버를 의아하게 바라봤다. "가구라도 조립해?"

"아뇨, 아무것도 아니에요. 무슨 일이세요?" 다케시가 드라이버를 신발장 위에 놓았다.

"어머! 용건 없으면 보러 오지도 못해? 두 번이나 했는데?"

"그런 게 아니라……."

"농담이야. 그냥 편의점에서 물건을 사고 집에 오는 중에 다케시가 창백한 얼굴로 비상계단을 막 뛰어 올라가길래 보러 왔지. 무슨 일인가 싶어서."

"아뇨, 별로……."

말을 흐리는 다케시를 의심스러운 눈초리로 보던 아야카가 그의 곁을 지나갔다. 다케시가 "아?!" 하고 소리를 질렀을 때 그녀는 이미 방에 들어가 있었다.

"잠깐만?! 이거, 뭐야?"

아야카는 어질러진 방을 보고 소리를 질렀다. 다케시가 대답하지 못하자 아야카는 커다랗게 입을 벌린 가방 앞에 주저앉아 내용물을 꺼내기 시작했다. 끝내 하야카와의 자료를 꺼내 그것을 펄럭펄럭 넘기기 시작했다. 다케시는 억지로 자료를 빼앗았다.

"그만해요!"

"저기, 왜 짐을 싸고 있어? 설마 여길 나갈 생각은 아니지?"

다케시가 침묵하자 아야카는 얼굴을 들여다봤다.

"빨리 전부 설명해."

"……이 방은 감시당하고 있어요. 그래서 당장 나가야 해요."

"감시당해? 누구에게?"

"아야카 씨와는 상관없어요."

"……잠깐 따라와."

아야카는 서랍에 담긴 사파이어를 몇 개 움켜쥐더니 다케시를 억지로 일으켜 세워 그대로 현관으로 끌고 갔다.

"어디 가는데요?"

"일단 오라고!"

가타부타 의견을 허락하지 않는 말투에 압도되어 다케시는 입을 다물었다. 다케시를 바깥 복도로 데리고 나온 아야카는 옆집으로 향했다.

"여기는 괜찮지?" 자기 방으로 다케시를 끌고 온 아야카는 허리에 양손을 올렸다.

"왜 그러는데요?"

"그러니까 감시당하고 있다는 말 말이야. 다케시의 방이 감시당하고 있더라도 내 방이면 괜찮잖아. 여기서는 차분하게 얘기할 수 있겠지?"

"그런 얘기가 아니에요. 계속 감시당했다고. 분명 아야카 씨와의 관계도 들켰을 거예요. 그러니까 멀리 도망쳐야 해요."

"그럼 나도 감시당한다는 거야? 그런데 혼자 도망치겠다고?"

말문이 막혔다. 확실히 옳은 소리다. 이대로 가면 아야카에게도 위험이 닥칠지 모른다. 공황 상태에 빠져 거기까지는 생각하지 못했다.

"그, 그럼 둘이 도망쳐요! 아야카 씨가 준 오토바이라면 둘이 탈 수 있어요. 그걸로 날아가면 분명 아무도 못 쫓아올 테니까……."

정신없이 떠드는 다케시의 입에 아야카가 입술을 포갰다. 다케시의 눈이 커졌다. 천천히 입술을 뗀 아야카가 애달픈 미소를 짓고 있었다.

"진정해, 괜찮으니까. 다 알아. ……미안해, 내 탓이야."

"아야카 씨 탓이라고요?"

"최근에 사파이어를 꽤 많이 마셨지? 그래서 그런 거야. 아직 익숙하지 않은데 대량으로 사용하면 피해망상이 오기도 해. 누군가의 감시를 받고 있다거나 누가 자신을 노리고 있다거나."

"아니에요. 이건 정말……."

아야카가 다케시의 눈앞에 사파이어를 내밀었다. 푸른 액체에 눈길이 끌려 들어갔다.

"괜찮아. 이걸 마시면 그런 망상은 사라져."

"무슨 말을…… 지금 그것 때문에 망상이 생겼다고……."

순식간에 입 속의 수분이 사라졌다. 작열하는 사막을 며칠

씩 헤맨 것 같은 갈증에 시달렸다.

"갑자기 중단하면 위험해. 일단은 사파이어를 마셔서 금단 증상을 멈춰야 해. 그다음 천천히 섭취량을 줄이면 돼. 그게 제일 좋은 치료법이야."

"그게 아니에요. 나는 정말로 계속 감시당하고 있었어요. 당장이라도 습격을 당할지 몰라요."

"계속 감시당했는데 아무 일도 없었지? 그렇다면 그렇게 초조해할 필요 없잖아. 게다가 금단 증상 때문에 괴로운 상태에서는 냉정하게 판단할 수 없어. 일단은 안정부터 찾아야지."

아야카가 용기 뚜껑을 열었다. 바닐라 향이 살짝 코끝을 스쳤다. 미칠 것 같은 갈증이 한층 강해졌다.

"일단은 이걸 마시고 천천히 얘기하자. 그래도 여기를 나가고 싶다면 나도 같이 갈게. 둘이 방을 빌려도 좋고 호텔을 전전해도 좋고."

그래, 냉정해지려면 사파이어가 필요하다. 이건 필요한 일이다. 스스로 변명을 늘어놓은 순간 욕망의 족쇄가 풀렸다.

다케시는 아야카의 손에서 사파이어를 빼앗아 정신없이 마셨다. 입에서 식도, 그리고 위로 사파이어가 지나가자 그 촉촉함에 갈증이 사라졌다.

눈을 감고 의식을 집중한다. 명치 언저리가 따뜻해지고 10여 초 후, 몸 안에서 보석 같은 반짝임이 켜졌다. 그것이 단숨에 퍼져 온몸의 세포를 아름답게 물들였다.

고통의 진폭이 컸던 만큼 전에 없던 쾌락이 온몸을 관통했다.

다케시는 폐 안의 공기를 토해냈다. 몸이 풍선처럼 가벼워져 당장이라도 공중에 뜰 것만 같았다. 머리를 채운 혼란과 공포의 안개도 단숨에 개어 사고가 명료해졌다.

맞다. 감시를 당하고 있었는데도 해를 입지 않았다. 당장 도망치기보다 앞으로 어떻게 할지 차분히 생각하는 게 낫다.

안정을 되찾고 눈을 뜬 다케시가 숨을 삼켰다. 어느새 조명이 어두워진 어두컴컴한 방에서 속옷 차림의 아야카가 요염하게 웃고 있었다. 살펴보니 아야카의 옷과 함께 사파이어가 두 개 바닥에 떨어져 있었다.

"나도 마셨어. 자…… 하자." 아야카가 가는 팔을 다케시의 목에 둘렀다.

이런 일이나 하고 있을 때가 아니라는 이성의 경고는 타오른 욕망의 불꽃에 쉽게 타버리고 말았다. 다케시는 서둘러 옷을 벗고 아야카의 가냘픈 몸을 안았다. 맞댄 부위부터 피부가 녹아 하나가 되었다.

누가 먼저랄 것도 없이 침대로 다가간 둘은 한 몸이 된 상태로 쓰러졌다. 다케시는 입술 사이로 혀를 들이밀면서 아야카의 하반신으로 손을 뻗었다. 이미 그곳은 뜨거웠고 젖어 있었다.

서로의 속옷을 벗어 던지고 다케시는 딱딱해진 자신의 것을 아야카의 안으로 밀어 넣었다. 아야카는 쾌락의 비명을 지르며 다케시의 몸에 팔을 둘러 등에 손톱을 세웠다. 그 날카로운 통증조차 다케시에게는 쾌감이었다. 다케시는 본능에 따라 못이라도 박듯 허리를 움직였다.

"놓지 않을 거야. ……이제는 절대 놓지 않아."

아야카는 뒤로 몸을 젖히고 잠꼬대처럼 목소리를 짜냈다. 다케시는 거친 숨을 몰아쉬며 더 빠르게 움직였고 서로의 흥분이 최고조에 달했다.

다케시는 한층 강하고 깊게 아야카의 몸에 허리를 내리꽂고 아야카를 힘껏 안은 채 이를 악물었다. 등에 둘러진 아야카의 팔에 힘이 들어가며 손톱이 피부를 파고들었다.

"……다카……시."

굳어진 아야카의 입술에서 끊어질 듯 새어 나온 이름을 듣는 순간, 흥분의 파도가 썰물처럼 빠져나갔다. 그와 동시에 둘의 온몸 근육이 동시에 이완했다.

다케시는 쓰러지며 아야카의 가슴에 얼굴을 묻고 필사적으로 산소를 들이켰다.

다케시는 등에 난 상처의 통증을 느끼면서 아야카의 빨라진 심장 소리를 가만히 듣고 있었다.

2

정신을 차리니 남자와 마주 보고 있었다.

"우와?!"

다케시는 뒤로 몸을 뺐다. 눈앞의 남자도 놀라며 뒤로 물러났다. 그것을 보자마자 자신이 거울 앞에 앉아 있음을 깨달았다. 주위를 둘러보니 자기 집이었다.

"왜 여기에⋯⋯?"

미간에 손가락을 대고 필사적으로 기억을 더듬었다. 아야카의 집에 끌려 들어가 한 몸이 된 것까지는 기억한다. 그런데 그 뒤 어떻게 방으로 돌아왔는지는 모르겠다. 벽걸이 시계를 보니 오전 8시를 넘어서고 있었다.

―왜라니, 그게 아니지.

느닷없이 말소리가 들려 거울 속의 남자가 다시 놀란 표정을 지었다.

"가이토?! 도대체 뭐가 어떻게 된 거야?"

―그건 내가 할 소리야. 너는 연금술사의 정체를 찾으러 대학에 갔을 텐데? 그런데 왜 또 그 누나 침대에 있냐고! 설마 사파이어를 마셔 내 입을 다물게 한 것도 그 짓이나 하려고 한 거 아냐?

야유에 수치심이 끓어올랐다.

"그렇지 않아. 제대로 대학까지 가서 조립식 창고를 감시했다고."

—그런데 왜 내가 정신을 차려보니 그 누나 가슴에 얼굴을
파묻고 있냐? 너무 놀라 소리를 지를 뻔했다고. 간신히 참고
여기로 피난했더니 이번에는 방이 엉망이고. 너무 혼란스러워
계속 네가 깨기만을 기다렸어.

"피난이라니…… 또 몸을 썼다고?"

—응. 아무래도 네가 잠들어 있는 동안에는 내가 몸의 '권
리'를 가져오나 봐.

등골이 서늘해졌다. 그저께 가이토가 내 몸을 마음대로 쓸
수 있었던 것은 정상적인 양의 두 배를 섭취했기 때문이라고
생각했다. 하지만 어제는 정상 복용량만 마셨는데도 가이토
가 전신을 지배했다. 자기 몸에 무슨 일이 일어나고 있는지 알
수 없었다.

다케시는 문득 왼 팔꿈치부터 손가락까지의 감각이 사라졌
음을 깨달았다.

"가이토, 너, 팔꿈치까지……."

—맞아, 일상적인 상태에서 내 범위가 더 늘어났어. 이런 이
상한 일은 다 약 때문에 일어난 거야. 그것만 중단하면 다 원
래대로 돌아갈 거야.

"그러겠지……." 목소리가 갈라졌다.

정말 사파이어를 사용하지 않으면 원래대로 돌아갈까? 무엇
보다 약을 끊을 수 있을까? 이마에 비지땀이 배어 나온다. 막

연한 불안과 함께 어찌할 바 모를 초조함이 몸 저 깊은 곳에서 활활 타오르고 있었다. 자기 내부에 의식을 집중하고 그 정체를 찾던 다케시의 눈이 방구석에 뒹굴고 있는 것을 찾아냈다. 그 순간, 의문이 사라짐과 동시에 공포로 얼굴이 굳었다.

사파이어. 어쩌다 서랍에서 떨어져 나온 플라스틱 용기 속의 흔들리는 푸른 액체에서 눈을 뗄 수 없었다. 마지막으로 사파이어를 마신 지 아직 한나절도 지나지 않았다. 그런데도 내 몸은 또 약을 원하고 있다.

사파이어의 노예. 머리에 떠오른 그 단어를 필사적으로 뿌리쳤다.

—왜 그래?

"아냐……. 아무것도 아니야."

—그렇다면 이제 슬슬 설명 좀 해줄래? 어제 사파이어로 나를 억지로 잠들게 한 뒤 무슨 일이 있었던 거야?

가이토가 가시 돋친 말투로 재촉하자 어젯밤의 기억이 단숨에 떠올랐다.

"맞다, 이 방은 감시당하고 있어! 빨리 여기서 도망쳐야 해!"

다케시는 바닥에 널브러져 있는 가방으로 엉금엉금 다가갔다.

—침착해.

가이토가 이마를 가볍게 때렸다.

—자세히 설명부터 해. 그다음에 앞으로 할 일을 생각하자.

이토록 궁지에 몰린 상황임에도 태어나서부터 줄곧 의지해온 형의 말을 들으니 가슴속에서 불어대던 혼란의 폭풍우가 급속히 잦아들었다.

"실은……."

다케시는 안도감과 패배감이 뒤섞인 감정을 느끼며 어젯밤 일어난 일을 이야기하기 시작했다.

—그러니까 우리가 감시당했다는 말이야?

가이토는 가끔 맞장구를 치면서 이야기를 다 들은 후 낮은 목소리로 확인했다.

"맞아. 연금술사는 줄곧 우리를 감시했어. 지금도 틀림없이 어딘가에서 보고 있을 거야. 그러니까 얼른 도망쳐야 해."

—너무 초조해하지 말라고 했지?

가이토가 얼굴 앞에 왼손을 내밀었다.

—확실히 놀라긴 했지만, 이건 기회일 수도 있어.

"기회? 무슨 소리야? 우리가 있는 곳이 들켰어. 상대는 우리를 덮칠 수도, 경찰에 신고할 수도 있다고!"

—하지만 지금까지 둘 다 하지 않았어. 왜 그랬을까?

"어?" 허를 찔린 다케시는 목소리를 높였다.

—일단 상황적으로 연금술사가 하야카와 살인사건의 진범일 가능성은 매우 커. 만약 신고하면 녀석은 우리에게 죄를 뒤집어씌울 수 있어. 그런데 경찰은 아직 여기에 오지 않았어. 왜 그럴까?

"왜……라니." 다케시는 관자놀이를 눌렀다.

─답은 하나야. 연금술사는 우리가 경찰에 잡히면 곤란해. 하야카와의 금고에서 우리가 아주 중요한 것을 가지고 나왔다고 생각하니까.

"연금술사의 정체?"

─아냐, 그건 아닐 거야. 만약 하야카와가 알아낸 게 자신의 정체였으면 연금술사는 스네이크 놈들이라도 시켜서 우리를 공격했을 거야. 하지만 실제로는 그 수단을 쓰지 않았어. 왜냐면 우리가 가진 정보가 스네이크에 넘어가서는 안 되니까.

스네이크에게도 넘겨선 안 된다? 다케시는 입가에 손을 대고 생각하다 퍼뜩 고개를 들었다.

"사파이어 레시피!"

─맞아, 그거야. 하야카와가 손에 넣은 정보는 틀림없이 사파이어 레시피야. 레시피를 아는 사람은 연금술사뿐이야. 그래서 연금술사는 사파이어 제조로 엄청난 돈을 벌지. 하지만 만약 레시피가 스네이크에 알려지면 연금술사는 쓸모가 없어져. 아니, 오히려 다른 조직에 레시피가 흘러가는 것을 막으려고 입막음을 할 수도 있지. 그래서 연금술사는 혼자 힘으로 되찾으려는 거야.

가이토는 의기양양하게 왼손 검지를 세웠다.

─우리는 필사적으로 진범을 쫓았어. 하지만 그럴 필요가 없었네. 연금술사가 자기 발로 우리에게 다가올 테니까.

다케시는 넋을 놓고 설명을 들었다. 감시당한다는 사실을 알았을 때 그저 겁을 먹었을 뿐, 이런 견해가 존재할 수 있다는 생각은 하지 못했다.

─게다가 이번 일로 연금술사에 대해 여러 가지 알게 되었어. 우선 연금술사는 소수야. 간사이 사투리를 쓰는 그 금발 남자의 말처럼 혼자일 수도 있겠어. 만약 연금술사가 조직이었다면 스네이크 놈들을 사용하지 않고 직접 우리를 공격했을 테니까.

공격 가능성이 작다는 것을 깨닫자 긴장이 어느 정도 풀렸다.

"그럼 종이상자를 옮긴 남자가 연금술사일 수도 있겠네?"

─글쎄다. 그건 어떨지 모르겠다. 연금술사는 사파이어로 꽤 많은 돈을 벌었을 거야. 굳이 직접 중노동을 할까? 게다가 불법 약물 운반은 위험 부담이 너무 크기 때문에 네가 본 사람은 고용된 사람일 가능성이 커. 그보다 걸리는 것은 우리가 여기 숨은 걸 어떻게 알아냈냐는 거지.

"그거야말로 돈을 써서 탐정을 고용하지 않았을까?"

─야! 천하의 경시청도 아직 우리를 체포하지 못했어. 평범한 탐정 정도가 찾을 수 있겠냐?

가이토는 손가락을 살랑살랑 흔들었다.

─가능성이라면…… 하야카와의 방을 조사했을 때야. 그때 우리에게 형사가 온다고 알려준 전화, 틀림없이 연금술사가 걸었을 거야.

"왜 그렇게 확신해?"

전화로 들은 높고 인공적인 목소리가 귓가에 되살아났다.

—상황적으로 그것밖에 없어. 다마가와 강변 둔치에서 살해당할 때 하야카와는 레시피를 가지고 있지 않았어. 그래서 연금술사는 하야카와의 방을 조사했지만 레시피를 찾지 못했어. 어쩔 수 없이 방을 감시하고 있는데 우리가 와서 비밀 금고를 열어버린 거지. 그때 마침 형사가 오고 있다는 것을 안 연금술사는 황급히 전화해 우리에게 경고했어. 레시피가 경찰 손에 넘어가는 것을 막으려고. 그렇게 생각해야 앞뒤가 맞아.

"그리고 우리를 쭉 미행했다고?"

—그렇다고 생각해야겠지. 하지만 뭔가 석연치가 않아. 그때 우리는 뒷골목을 전력 질주했어. 미행당했다면 틀림없이 알아차렸을 텐데.

가이토가 몇 초 신음 같은 소리를 내더니 느닷없이 다섯 손가락을 펼쳤다.

—노트북! 그 노트북 컴퓨터 말이야. 틀림없이 그거야. 그걸 조사해야 해.

"노트북? 하지만 비밀번호가 걸려 있는데."

—일단 빨리!

다케시는 가이토의 성화에 밀려 "알았어"라며 가방에 넣어둔 노트북을 책상에 꺼내 전원을 켰다. 바로 비밀번호를 넣으라는 화면이 나왔다.

"역시 안 되잖아. 이 안에 정보가 있어도 볼 수 없으면 의미가 없다고."

갑자기 왼손이 움직여 컴퓨터를 움켜쥐었다.

—정보가 반드시 안에 있으리라는 법은 없지. 우리는 하야카와의 방에서 노트북을 가지고 나왔어. 뭔가 중요한 정보가 있을지 몰랐으니까 당연했지. 하지만 그게 덫이었을 수도 있어.

가이토는 컴퓨터를 뒤집어 배터리 덮개에 손가락을 댔다.

"무슨 소리야?"

—일부러 눈에 띄는 곳에 놔뒀을 수도 있지. 우리가 가져가도록.

덮개가 열렸다. 좁은 공간에 리튬 건전지와 함께 단추 정도 크기의 기기가 꽂혀 있었다.

"이게, 뭐야?"

—아마도 GPS 발신기 아닐까?

"GPS라니, 그러면……."

—맞아. 이 컴퓨터는 하야카와의 물건이 아니야. 우리가 그 집을 조사할 줄 알고 연금술사가 덫을 놓은 거지. 지금 생각해보면 우리보다 먼저 그곳을 뒤진 연금술사가 노트북은 안 가지고 간 게 이상해. 이 안에 자신과 이어질 데이터가 있을지도 모르는데. 우리는 덫에 완벽하게 걸려들어 은신처를 연금술사에게 알려준 셈이지.

"젠장!"

다케시는 기기를 들어 벽을 향해 힘껏 내던졌다. 허접한 기기가 산산이 부서져 부품들이 바닥에 흩어졌다.

　—화풀이는 그만해. 아까도 말했지만, 궁지에 몰린 건 연금술사도 마찬가지야. 그래서 사파이어 제조 현장에 협박장을 남겼지.

　가이토의 진의를 읽을 수 없어 다케시는 미간을 찌푸렸다.

　—잘 생각해봐. 감시당한다는 것을 알면 우리가 경계를 강화할 텐데 연금술사는 일부러 자기 패 하나를 보여준 거야. 왜 그랬을 것 같아?

　"왜라니……?"

　—연금술사는 분명 우리가 없을 때 이 방을 뒤졌을 거야.

　"뭐?!" 다케시는 소리를 높이며 방을 둘러봤다.

　—당연하지. 애써 은신처를 알아냈잖아. 이곳의 현관 잠금장치는 허술해. 마음만 먹으면 열 수 있겠지. 몇 주 전부터 감시한 거면 당연히 침입한 적도 있을 거야.

　유일하게 안전한 장소라 생각한 이 집에 살인범이 침입했었다. 가이토의 이야기에 집중하느라 잠시 잊고 있었던 사파이어에 대한 욕구가 공포와 함께 다시 찾아왔다. 눈길이 자연스럽게 구석에 떨어져 있는 푸른 액체가 담긴 용기로 빨려 들어갔다.

　—……어딜 봐?

　가이토가 차갑게 말했다.

"아무것도 아니야. 신경 쓰지 마."

—집중 좀 하고 들어. 집을 뒤졌지만, 연금술사는 원하는 것, 즉 사파이어 레시피를 찾지 못했어. 당연하지. 우리는 그런 걸 가지고 있지 않으니까. 하지만 비밀 금고에서 우리가 레시피를 훔쳐냈다고 착각한 연금술사는 이 집을 계속 감시했어. 그래도 레시피는 찾지 못했지. 이대로 가면 우리는 체포되고 레시피는 경찰에게 넘어갈지 몰라. 그래서 사파이어 제조 현장에 협박장을 남긴 거야.

"협박하면 우리가 레시피를 넘기리라 생각해서?"

—설마! 그게 아니라 감시당하고 있다는 것을 안 우리가 여기서 도망치기를 기다리는 거지. 숨긴 레시피와 함께 말이야.

가이토가 의기양양하게 검지를 흔들었다. 다케시는 "앗!" 소리를 흘렸다.

—이제 알았나 보네. 틀림없이 연금술사는 지금도 이 집을 감시하고 있겠지. 그리고 레시피를 들고 이곳에서 나가는 우리를 어떻게 할 것 같아?

"어떻게……라니, 공격한다는 거야?" 긴장으로 목소리가 갈라졌다.

—그럴 가능성도 있어. 상대는 하야카와를 죽였을 가능성이 커. 궁지에 몰리면 무슨 짓을 할지 몰라.

가이토의 목소리 톤이 낮아졌다. 다케시는 목울대를 울리며 침을 삼켰다.

"이제 어떻게 해? 이동하지 않는 게 나아?"

─……아니, 언젠가는 연금술사도 실력 행사에 나설 거야. 여기 있는 것은 위험해.

"하지만 이동하면 공격한다며!"

─이거야말로 천재일우의 기회야. 공격해 올 때 상대의 정체를 밝히자.

"그렇게 쉽게 말하지 마! 상대는 살인자라고!"

─너는 미들급 인터하이⁰ 복서야. 하야카와처럼 작은 몸집에 비쩍 마른 중년과는 다르지.

가이토는 왼손 검지를 다케시의 미간에 댔다.

─잘 들어. 이대로 가면 우리는 곧 체포돼. 이제 정말 벼랑 끝까지 몰렸어. 각오해야 해. 연금술사를 끌어내자고!

패기에 찬 말에 압도된 다케시는 굳게 입을 다물었다. 가이토가 이렇게 뜨거웠던 적은 이제껏 없었다. 큰 갈림길에 섰음을 실감했다.

다케시는 몇 번 심호흡하고 천천히 입을 열었다.

"알았어. 연금술사를 끌어내자. 끝장을 보는 거야!"

─그렇게 나와야지!

왼손이 엄지를 세웠다.

─자, 결정했으니 준비할까? 아주 중요한 것을 들고 나가는 것처럼 보여야 해. 상대가 덫에 걸리게. 게다가 인적이 드물어

∞ 전국 고등학교 종합체육대회

공격하기는 쉽지만, 덫이라는 사실은 알아챌 수 없는, 너무 튀지 않는 곳을 생각해야 해.

"저기 말이야, 아야카 씨는……."

다케시가 조심스럽게 말하자 왼손이 휙 회전해 손바닥을 보였다.

─그 누나가 왜?

"아니, 아까 아야카 씨가 이곳을 떠날 때는 같이 가자고 약속……."

왼손이 점점 얼굴로 다가와 이야기를 끝맺지 못했다.

─이게 얼마나 위험한 일인지 알아? 저 누나까지 끌어들일 생각이야? 너, 저 누나 좋아하지? 그렇게 가까이하지 말라고 해도 무시할 만큼.

다 옳은 말이라 뭐라 할 말이 없었다.

─나는 솔직히 그 누나 인상이 별로 좋질 않아. 그렇다고 네 연애에 잔소리할 생각은 없어. 하지만 지금은 일단 연금술사의 정체를 폭로해 누명을 벗는 데 집중하자. 누나와의 관계는 그다음에 천천히 생각하면 돼.

"알았어." 다케시는 마지못해 수긍했다.

"하지만 아야카 씨에게 인사나 하게 해줘. 곧 돌아오겠다고."

─아직도 모르네. 그런 짓을 하고 있을 때가 아니라고!

"그 사람은 내가 없으면 안 된다고!"

짜증스럽게 손목을 흔드는 가이토에게 다케시가 거친 목소리를 냈다.

"그 사람은 같은 경험을 한 내가 필요해. 그 고통을 이해하는 내가!"

—……그건 아니지.

가이토가 낮은 목소리로 중얼거렸다.

—그 사람이 원하는 것은 이해해주는 사람이 아니야. 죽은 동생을 대신할 사람이지.

목구멍에 뭔가 걸린 듯한 소리가 새어 나왔다.

—너도 사실은 알고 있지? 동생이 죽은 충격 탓인지, 아니면 그 후에 사파이어를 너무 한 탓인지는 모르지만, 저 누나는 망가졌어. 저 사람은 너를 자기 동생으로 보고 있어.

"계기가 무엇이든 상관없어. 아야카 씨는 나를…… 사랑해주었어."

—남자로서? 아니면 동생으로서?

뺨 근육이 굳어 말이 나오지 않았다.

—계기뿐이라면 문제가 아냐. 하지만 동일시하고 있는 거라면? 너를 죽은 동생으로 생각하고 있다면? 그래도 너는 괜찮아?

"그래도…… 내게는 아야카 씨가 필요해……."

가이토는 들으라는 듯 탄식에 가까운 소리를 냈다.

—그 상태를 뭐라고 부르는지 알아? '공의존'이라고 해. 가까워질수록 두 사람은 상처 입게 돼.

다케시는 주먹을 움켜쥐고 고개를 떨궜다. 그래도 괜찮았다. 그 사고 이후 줄곧 내장이 썩어 들어가는 것처럼, 살아 있으면서도 죽은 것 같은 감각에 시달렸다. 아야카와 계속 서로에게 상처를 입힌다고 하더라도 그 고통 덕분에 살아 있는 느낌이 들 것이다. 그리고 그 고통을 견딜 수 없게 되었을 때는……

사파이어를, 행복이라는 감정을 농축한 그 액체를 마셨을 때의 기억이 살아나 온몸의 세포가 갈증에 비명을 지르기 시작했다.

"그래도 상관없어! 나는 그 사람과 살아가고 싶어!"

다케시는 방구석으로 이동해 떨어진 사파이어를 주웠다.

—야, 잠깐만! 무슨 짓을 하려는 거야!

"아야카 씨와 얘기할 거야. 그녀 몰래 떠날 수는 없어."

—알았어. 얘기해도 돼. 하지만 그 약은 그만둬. 정말 돌이킬 수 없게 돼.

가이토의 간청을 들으면서 다케시는 용기를 흔들었다. 푸른 액체에서 흘러나온 반짝임이 마음의 부드러운 부분을 휘저었다. 입에 침이 고였다.

"가이토, 미안해. 이게 마지막일지도 몰라. 둘이서만 얘기할게."

용기 끝을 깨물어 열었다.

—진심이야? 제발 그만둬!

말리는 목소리를 무시하고 다케시는 망설임 없이 사파이어를 들이켰다.

몸과 마음의 갈증이 급속히 가라앉는다. 눈을 감고 천장을 올려다보며 한동안 쾌감을 음미한 다케시는 텅 빈 용기를 내던졌다.

둘이서만 얘기하고 싶다, 그게 사파이어를 마시기 위한 변명에 불과하다는 것을 안다. 이제는 자신이 사파이어 없이는 살 수 없는 몸이 되었다는 것도.

앞으로 어떻게 될지 모르겠다. 그러나 캄캄하기만 한 미래에 대한 불안도, 지금은 사파이어가 없애준다.

연금술사의 정체만 폭로하고 나면 뭐든 할 수 있다. 이 작전만 성공하면 틀림없이 모든 게 잘될 것이다. 그리고 지금의 자신이라면 연금술사에게 되갚아주는 것도 쉬울 것이다.

아무 근거 없는 자신감이 온몸을 훑고 지나갔다. 다케시는 그대로 성큼성큼 아야카의 집으로 갔다. 바깥 복도로 나와 노크도 하지 않고 현관문을 열자 아야카가 부엌에서 요리하고 있었다. 조금 작은 크기의 티셔츠와 청바지가 몸매를 돋보여 주었다.

"아, 다케시. 마침 잘됐다. 지금 아침 만들고 있었는데 같이 먹자."

프라이팬 위에서 달걀부침과 베이컨이 식욕을 돋우는 맛있는 소리를 내고 있었다.

"그건 그렇고 언제 갔어? 눈을 떴더니 옆에 없어서 놀랐어.

뭐, 바로 벽 너머에서 소리가 들려 안심하기는 했지만."

아야카가 프라이팬을 흔들어 능숙하게 달걀부침을 뒤집었다.

"여기는 벽이 얇아서 목소리가 잘 들려. 그런데 전부터 생각했는데 다케시는 혼잣말을 정말 많이 하더라. 뭘 그렇게 중얼거려? 이 방까지……"

"아야카 씨."

다케시는 신나서 떠드는 아야카의 말을 중단시켰다. 프라이팬을 흔들려던 아야카의 손도 움직임을 멈췄다.

"왜?"

"저기, 아무래도 저, 여기서 나가야 할 것 같아요."

아야카의 눈이 커졌다.

"왜?! 말했잖아. 감시당하는 것처럼 느끼는 것은 사파이어 때문이라고."

"아니에요. 자세한 사정은 말할 수 없지만, 큰 문제에 휘말려 있어요."

아야카는 심각하게 바라봤다. 그 눈빛에 압력을 느끼면서도 다케시는 이야기를 계속했다.

"그래서 그 문제를 해결할 때까지는 여기서 떠나 있어야만 해요."

"그럼 나도 같이……"

"그건 안 돼요!"

다케시의 목소리가 커졌다. 놀라움과 공포가 뒤섞인 얼굴로 입을 다문 아야카를 보니 가슴이 아팠다.

"나랑 있으면 아야카 씨에게 위험한 일이 생길 수 있어요. 그래서…… 함께 갈 수 없어요."

아야카는 금방이라도 울음을 터뜨릴 것 같은 표정을 짓더니 힘없이 고개를 숙였다. 다케시는 필사적으로 말을 이어나갔다.

"헤어지자는 게 아니에요. 문제가 해결되면 바로 여기로, 아야카 씨에게 돌아올게요. 아주 잠깐만 떠나는 거예요."

아야카는 부엌으로 몸을 돌리더니 도마 위의 식칼로 손을 뻗었다.

"아야카…… 씨……?"

아야카는 천천히 고개를 들었다. 다케시를 보는 그 얼굴에서 표정이 사라지고 없었다. 가면을 바라보는 것 같아 다리가 떨리기 시작했다.

아야카는 공허한 눈으로 식칼을 바라보고 칼날을 목에 댔다.

"무슨 짓이에요?! 멈춰요!"

"움직이지 마!"

다케시는 오른손을 뻗으려 했으나 비명에 가까운 아야카의 목소리에 움직임을 멈췄다.

"또…… 나를 두고 가?" 아야카는 억양 없는 목소리로 중얼거렸다.

"또라니……. 나는 이제까지 한 번도 아야카 씨를 두고 간적이……."

다케시는 잠긴 목소리로 대답하며 깨달았다. 초점 없는 아야카의 눈은 자신이 아니라 죽은 동생을 보고 있다는 것을. 육친의 죽음으로 뻥 뚫린 가슴의 구멍을, 대용품으로 채우려 한 것뿐이라는 것을.

하지만…… 그건 나도 마찬가지다. 다케시는 어금니를 악물었다.

가이토가 죽은 뒤 자신이 가이토를 죽였다는 사실에서 도망치려고 아야카의 제안을 받아들여 사파이어를 마시고 그녀에게 빠져들었다.

공의존. 정말로 그렇게 되고 말았다. 피차 서로를 이용해 가슴에 깊이 새겨진 상처로부터 눈을 돌리려 했을 뿐이다. 하지만…….

다케시는 아야카에게 한 걸음 다가갔다. 하지만 이 사람의 흉터를 메울 사람은 나뿐이고, 내 고통을 위로해줄 사람도 이 사람뿐이다.

"더는…… 나 혼자 두지 마……."

표정이 사라진 아야카의 눈동자에서 눈물이 주르륵 흘렀다. 그와 동시에 목에 대고 있던 칼을 쓱 뺐다. 피부가 찢어지며 살짝 배어 나온 피가 무기질의 회색 칼날에 퍼진다.

다케시는 급히 오른손을 뻗어 망설임 없이 식칼을 움켜쥐었다. 손가락 아래쪽에 날카로운 통증이 찾아왔으나 왠지 그게 더 마음이 편했다. 칼날 위에서 아야카와 다케시의 피가 섞여 간다.

다케시는 식칼을 꽉 움켜쥔 채 팔을 뺐다. 식칼을 따라 가슴에 뛰어든 아야카를 꼭 안았다. 떨어진 식칼이 바닥에서 튀었다.

"절대 혼자가 아니에요. 늘 함께 있을 거예요."

"……정말?" 잔뜩 굳은 아야카의 몸에서 힘이 빠져나갔다.

"네, 절대 당신을 놓지 않을 거예요. 절대로요."

부러지는 게 아닐까 싶을 정도로 아야카를 꽉 안았다. 아야카도 몸에 팔을 둘렀다. 누가 먼저랄 것도 없이 입술을 포갰다.

이제껏 아야카와 키스할 때는 끓어넘칠 것 같은 욕망을 느꼈었다. 특히 사파이어의 효과가 강할 때는. 하지만 지금은 자신을 감싸는 안도감을 느꼈다.

가이토의 말은 틀리지 않았다. 이 사람은 망가졌다. 이 사람에게서 벗어나지 않으면 언젠가 파멸이 찾아올 것이다.

하지만 그래도 된다. 나도 마찬가지로 망가져버렸으니까.

이 사람과 손을 맞잡고 추락하자. 한없이 깊이…….

마음을 다졌을 때 코끝에 탄내가 스쳤다. 다케시와 아야카는 동시에 부엌으로 눈길을 돌렸다. 프라이팬에서 새카맣게 탄 달걀부침과 베이컨이 검은 연기를 내고 있었다. 아야카는 조그맣게 비명을 지르고 프라이팬을 싱크대에 던진 다음 수돗물을 틀었다.

연기가 없어져 안도의 숨을 내쉰 아야카와 눈길이 마주쳤다. 둘이 동시에 웃음을 터뜨렸다.

"피 나와."

아야카가 다케시의 손을 잡았다. 검지와 약지가 시작되는 부분에 붉은 선이 생겼고 거기에서 피가 배어나고 있었다.

"아야카 씨도요."

다케시는 똑같은 모양의 상처가 난 아야카의 목덜미를 만졌다. 둘의 상처가 합쳐지고 피가 섞인다. 사파이어의 영향으로 더욱 빛나는 세계에서, 그 광경은 말로 표현할 수 없을 만큼 환상적으로 보였다. 둘은 다시 입술을 맞추고 서로의 혀를 탐했다. 그때 허리 언저리에서 경박한 전자음이 흐르기 시작했다.

"하필 이런 때 뭐야?"

아야카에게서 몸을 뗀 다케시는 청바지 주머니에서 스마트폰을 꺼냈다. 액정 화면에는 '히로키 씨'라는 이름이 떠 있었다.

다케시는 그 이름을 응시했다. 연금술사와 직접 대치하려는 지금, 히로키의 보디가드를 계속할 필요는 없었다. 다만 저 남자는 보수로 사파이어를 준다. 히로키와의 관계를 끊으면 앞으로 사파이어를 얻기 힘들어진다.

"전화, 안 받아?"

아야카의 질문에 다케시는 '통화' 아이콘을 터치했다. 불쾌한 듯한 목소리가 들려왔다.

"야! 내 전화는 바로 받으라고 했지!"

"죄송해요. 좀 바빠서요."

다케시는 입가를 왼손으로 가리고 목소리를 낮추며 아야카와 거리를 조금 두었다.

"뭐야, 누구랑 있어……?"

"네, 좀……."

"아, 됐고. 일이니까 나와. 처음 만난 롯폰기 클럽 앞에서 한 시간 뒤야."

"지금이요? 이렇게 갑자기……."

"갑자기 결정된 거래야. 잔말 말고 와. 보수는 평소의 두 배 줄 테니까."

"두 배……."

그것만 있으면 지금 방에 있는 것과 합쳐 당분간은 넘길 수 있다.

마음이 흔들렸으나 연금술사까지 이제 한 걸음 남았는데 괜한 일에 시간을 빼앗길 수는 없었다. 거절하려는데 기선을 제압하듯 히로키의 목소리가 들려왔다.

"너 말이야, 연금술사에게 관심 있지?"

갑자기 허를 찔려 순간 말문이 막혔다.

"……무슨 말이죠?"

"얼버무리지 마라. 전에 대놓고 연금술사 얘기를 끌어내려고 했잖아."

"별로 그런 적 없는데요……."

"만날 거야, 연금술사와."

"네?!"

갑자기 큰 목소리를 내는 바람에 아야카가 의아한 눈길을 던졌다.

"어떻게요?" 아야카에게 등을 돌리고 목소리를 낮췄다.

"이번 거래 상대는 연금술사 본인이야. 무슨 일인지 모르겠는데, 지금 있는 사파이어 재고를 다 팔아치우겠다는 연락이 왔어."

사파이어를 전부 팔아치워? 다케시는 필사적으로 상황을 정리했다.

가이토의 말처럼 연금술사도 궁지에 몰려 있다. 어쩌면 멀리 도망가려고 가진 사파이어를 다 팔아치워 자금을 마련하고 있을지 모른다.

연금술사는 내가 스네이크의 보디가드가 된 것을 알고 있을까?

이 아파트만 감시했다면 스네이크와의 관계는 파악하지 못했을 수 있다. 그러니까 별생각 없이 히로키에게 거래를 제안한 게 아닐까.

"어때, 올 생각 있어?"

히로키의 재촉에 다케시는 필사적으로 뇌를 채찍질했다. 만약 거래 장소에서 연금술사와 대면하면 어떻게 하지? 갑자기 허를 찔린 상대는 어떤 반응을 보이고, 무슨 일이 벌어질까?

다케시는 온갖 생각으로 가득 찬 머리를 흔들었다. 어떻게 되든, 적어도 연금술사의 정체를 알 수 있다. 그 자리에 있는 모두를 때려눕히고 연금술사를 잡을 수 있을지 모른다.

이건 기회야. 연금술사의 선수를 칠 천재일우의 기회라고. 놓쳐서는 안 돼.

"바로 가겠습니다!"

대답하자 "기다린다"는 말과 함께 전화가 끊겼다.

다케시는 긴장을 숨에 녹여내 뱉었다. 사파이어로 한껏 고양된 온몸의 세포에 흥분이 가득했다. 다케시는 주먹을 불끈 쥐었다.

드디어 승부를 낼 때가 왔다. 연금술사의 정체를 밝혀내자.

"어디 가?" 아야카가 불안한 얼굴로 말을 걸었다.

"괜찮아요. 일이 좀 생겨서 나가는 거니까. 금방 돌아올게요."

가슴을 펴고 말했지만, 아야카의 표정은 밝지 않았다.

"이 일이 끝나면 계속 같이 있어요. 약속할게요."

손을 잡고 매달리는 아야카에게 가볍게 입맞춤했다. 아야카는 주저하며 고개를 끄덕였다.

아야카를 남기고 현관을 나온 다케시는 비상계단을 성큼성큼 내려가 자전거 보관소에 세워둔 오토바이에 탔다. 시동을 걸자 엉덩이 밑에서 기분 좋은 진동이 전해졌다. 다케시는 재킷 주머니에서 라이더 장갑을 꺼내 양손에 꼈다.

—계속 같이 있겠다니…….

느닷없이 들리는 목소리에 오토바이를 출발시키려던 다케시의 움직임이 멈췄다.

"가이토?!"

—왜 그렇게 큰 소리를 질러?

"어떻게 말을 해? 사파이어를 마시면 자는 게……"

—지금까지는 그랬는데 이번에는 왠지 의식이 사라지지 않았어. 아, 왼손은 움직일 수 없지만.

"그거…… 네 범위가 늘어나는 것과 관련이 있어?"

찬물을 뒤집어쓴 것처럼 흥분이 사그라졌다.

—글쎄, 그건 나도 모르지.

"……조금 전 일, 다 봤어?"

—누나 방에 간 다음 일? 물론이지. 다만 네가 끝을 내려는 것 같아 잠자코 있었어. 설마 그런 말도 안 되는 일이 벌어질 줄은. 솔직히 무서워서 소리도 못 냈어. 그 누나 너무해.

비난 같은 말에 입가가 굳어졌다.

—게다가 너도 참 그래. '계속 같이 있자'라니. 낯부끄럽게.

"시끄러워! 지금 그런 말이나 하고 있을 때가 아니잖아!"

—맞아. 확실히 이런 말이나 하고 있을 때가 아니지. 연금술사를 만날 수 있을지 모르는데. 일단 그쪽에 집중하자.

"……거래에 나가는 거 반대하지 않아?"

—반대? 그럴 리 없지. 연금술사의 정체를 알 기회인데.

자신의 판단이 틀리지 않았음을 확인받자 자신감이 솟았다.

"하지만 정체를 안다고 바로 누명을 벗을 수 있는 건 아니잖아. 그다음에는 어떻게 하지?"

—간단해. 반다에게 연금술사가 누군지 알려주면 돼. 그러면 그 형사가 신이 나 앞장서 체포하겠지. 그리고 우리가 가진 하야카와의 자료를 수사본부에 보내는 거야. 그러면 하야카와 살해와 사파이어와의 관련성을 조사할 거고. 다음은 하야카와 연금술사가 싸우고 있었다는 것을 익명으로 제보하면 돼. 체포된 연금술사를 수사본부가 철저히 조사할 거야. 최종적으로 연금술사가 하야카와를 죽였다는 증거라도 나오면 우리 누명은 벗겨질 테고.

한달음에 설명한 가이토는 '뭐, 어디까지나 모든 게 잘 진행된다는 전제가 있긴 하지만'이라고 덧붙였다.

"하지만 다른 방법이 없잖아?"

—맞아. 그러니까 하는 수밖에 없어. 성공하기를 믿으며.

괜찮아, 틀림없이 성공할 거야. 사파이어의 영향 탓인지 그렇게 확신했다.

"좋아, 가자."

다케시는 엔진 소리를 높여 힘껏 오토바이를 발진시켰다.

3

시끌벅적한 밤은 신기루였다는 듯 인적 없는 정오의 롯폰기 환락가에 도착한 다케시는 골목으로 오토바이를 몰았다. 지시받은 대로 클럽 뒤에 도착하자 낯익은 SUV가 세워져 있었다. 문이 열리고 히로키와 수행원 둘이 내렸다.

"아이고, 왔네. 뭐야? 오토바이 좋네." 히로키가 기분 좋게 손을 들었다.

"여기서 거래하나요?" 헬멧을 벗은 다케시는 주위를 경계했다.

"어깨 힘 빼. 거래 장소는 여기가 아니야. 이동할 거니까 일단 차에 타."

"그럼 오토바이로 따라갈게요."

혹시 연금술사가 도망칠 경우 오토바이가 있으면 뒤쫓을 수 있다. 다케시가 헬멧을 다시 쓰는데 수행원 남자가 다가왔다.

"쓸데없는 소리 그만 지껄이고 얼른 타!"

"소중한 애마를 누가 훔쳐 가도 모를 곳에 두고 갈 수는 없어요."

다케시가 한 걸음 내딛자 남자는 물러났다. 히로키가 어이없어하며 머리를 긁적였다.

"너희들, 싸우지 말라는 말을 몇 번이나 해야겠냐? 알았어. 오토바이로 따라와. 이번 거래야말로 네가 필요하니까."

"말썽이 생길 가능성이 큰가요?"

히로키는 의미심장하게 웃고는 아무 말도 하지 않고 수행원들과 SUV에 올라탔다.

―뭐야? 기분 나쁘게.

가이토의 중얼거림을 들으며 다케시는 출발한 SUV를 오토바이로 따라가기 시작했다.

―어디로 가는 걸까?

"글쎄."

다케시는 앞에서 달리는 SUV를 바라봤다. 롯폰기를 출발해 30분쯤 지나, 해안가 공장지대를 달리고 있었다. 곁눈질로 표지판을 살펴보니 주소는 오타구였다.

주위에 인적도 없고 도로에는 달리는 차도 없었다. 분명 불법 약물을 거래하기에 적당한 장소일 수도 있겠다. 그러나 지금까지 히로키는 일부러 사람이 많은 곳에서 거래해왔다. 위화감에 가슴이 소란했다.

―왠지 예감이 안 좋아.

SUV가 좌회전해 펜스로 둘러싸인 부지 안으로 들어갔다. 다케시도 그 뒤를 따랐다.

중간중간 아스팔트 사이로 잡초가 난 길이 이어져 있다. 도로 양쪽에는 창고처럼 보이는 건물이 늘어서 있다. 그 대부분은 사용하지 않고 있는지 외벽의 칠이 벗겨져 있거나 높은 위치의 창이 깨져 있었다.

부지 안쪽에 있는 조그만 창고 앞에서 SUV가 멈췄다. 히로키 일행이 내렸다.

"여기서 거래해요?" 오토바이를 세운 다케시가 헬멧을 벗었다.

다른 창고보다 훨씬 더 황폐한 창고였다. 입구 셔터가 잔뜩 녹슬어 갈색으로 변해 있었다.

"맞아, 가자."

히로키 일행은 창고 옆의 작은 문을 열고 들어갔다. 다케시도 경계하며 뒤를 따랐다. 안으로 들어가자 열기와 찌든 기름 냄새가 온몸을 감쌌다. 다케시는 얼굴을 찡그리면서 창고 안을 관찰했다. 보닛의 내용물을 모두 드러낸 폐차 몇 대가 있었다. 낡은 목제 작업대에는 유압잭과 전기톱, 드라이버 같은 공구가 흩어져 있었다.

"여기는 뭡니까?"

탁한 공기에 가볍게 기침하면서 묻자 돌아본 히로키가 입 끝을 올렸다.

"지인이 하던 자동차 정비공장 터야. 망한 지 꽤 됐는데 사람 눈에 띌 염려가 없어서 여러모로 편리해. 위험한 일을 할 때 말이야."

"위험한 일?"

되묻는 것과 동시에 묵직한 소리가 울렸다. 돌아보니 수행원 둘이 입구 문을 닫고 있다.

─어쩐지 분위기가 안 좋네.

"……여기로 거래 상대가 옵니까?"

가볍게 턱을 당기며 묻자 히로키는 엄지로 등 뒤를 가리켰다.

"아니, 이미 와 있어. 네 상대가 말이야."

"와 있다고요?"

가리킨 곳을 응시하자 폐차 한 대 뒤에 사람 그림자가 보였다. 온몸에 긴장이 내달렸다.

"저게 연금술사?" 가이토에게만 들리게 조그맣게 속삭였다.

—모르겠어. 일단 방심하지 마.

폐차 뒤에서 그 인물이 나타났다. 다케시는 눈을 부릅떴다.

"어이, 오랜만이야."

가즈마, 며칠 전에 체포된 그 남자가 입꼬리를 올리며 낮고 숨죽인 목소리로 말했다.

"네가 나를 경찰에 찔렀냐?"

가즈마는 너무 놀라 우두커니 서 있는 다케시에게 천천히 다가왔다.

"뭐야? 유령이라도 본 것 같은 얼굴이네."

"아니…… 체포되었을 텐데……."

"맞아, 체포됐지. 하지만 석방됐어."

"석방……." 다케시는 그가 한 말을 멀거니 되풀이할 뿐이었다.

"우리 팀이 유능한 변호사를 선임해줬고, 무엇보다 나를 잡은 형사가 조사를 하도 적당히 하셔서."

"하지만 체포될 때 사파이어를 가지고 있었는데……."

"그 정도 마약을 소지했다고 해서 큰 죄가 되지는 않아. 검찰도 그 정도로 구류해 조사할 만큼 한가하지 않아. 게다가 그 형사는 체포할 때 나를 때려서 다치게 했어. 그것을 구실로 불기소 처분을 받았지. 고마워. 전부 네 덕이야."

가즈마는 다케시의 어깨에 팔을 걸쳤다.

"내 덕이라고……?"

"마약 판매가 들통났으면 그야말로 이 정도로 끝나지는 않았겠지. 하지만 내가 체포될 때 네가 모든 증거를 가져갔잖아. 뭔지 알지?"

질문을 받은 다케시는 청바지 주머니에서 가즈마의 스마트폰을 꺼냈다. 가즈마는 낚아채듯 스마트폰을 가져갔다.

"맞아, 이거야, 이거. 이걸 가진 채 체포되었으면 정말 위험했지."

"그거…… 다행이네요." 다케시는 전혀 영문을 알지 못하는 상태에서 간신히 목소리를 짜냈다.

"하지만 말이야, 좀 이상하더라." 가즈마의 목소리가 낮아졌다. "그 형사 말이야, 나를 체포해놓고 제대로 조사도 안 하더라고. 게다가 내가 사파이어를 받아 든 순간 기막히게 검문했고. 마치 전부 알고 있었던 것처럼."

―큰일이야. 이건…….

가이토의 말투에 조바심이 묻어났다.

"그리고 지금 생각해보니, 선선히 네게 이 스마트폰을 넘겨주게 내버려 둔 것도 이상해. 구치소에 처박혀 있는 동안 내내 생각해봤지."

"무슨 말씀이세요?" 입이 바싹 말라 목소리가 갈라졌다.

"무슨 말이냐고? 그렇지……."

가즈마는 순간 허공을 바라보다가 다케시의 어깨에 두른 팔을 휙 당겼다. 몸이 앞으로 쏠린 순간 명치에 묵직한 충격이 날아왔다. 느닷없이 무릎차기를 당한 다케시는 몸을 굽혔다. 열린 입에서 나온 침이 먼지 쌓인 바닥에 떨어졌다.

"아까 한 질문이야. 네가 나를 찔렀나?"

가즈마는 베어 넘기듯 발차기를 했다. 두 다리가 차여 다케시는 공중제비를 돌고 말았다.

"무슨…… 말씀이세요……?" 다케시는 쓰러져 배를 움켜쥐고 가즈마를 올려다봤다.

"너, 그 형사와 한패지? 안 그래?"

"아니에요……. 그렇지 않……"

필사적으로 해명하려는 다케시의 옆구리에 가즈마의 발이 박혔다. 숨이 턱 막히고 위 안에 있던 것이 식도를 타고 올라왔다. 가즈마는 얼굴이 벌겋게 달아올라 계속 발차기를 날렸다. 다케시는 동그랗게 몸을 말고 비처럼 쏟아지는 발차기가 끝나길 견디는 수밖에 없었다.

"그 정도 하면 됐어."

조금 떨어진 자리에서 보고 있던 히로키의 목소리에 드디어 공격이 끝났다. 다가온 히로키는 쭈그리고 앉아 쓰러진 다케시의 얼굴을 들여다봤다.

"나도 말이야, 어제 석방된 가즈마의 얘기를 듣고 살짝 마음에 걸리는 게 있었어. 너, 연금술사에 관해 지나치게 알고 싶어 하더라. 오늘도 연금술사와 거래한다니까 이렇게 쉽게 넘어왔잖아. 너, 끄나풀이지? 연금술사의 정체를 경찰에 찔러 사파이어의 유통 경로를 없앨 생각이지?"

완전히 들통났다. 절망이 마음을 검게 칠해간다.

"말 좀 해. 어이! 정말 그대로 걸려들었어. 연금술사의 정체는 극비 중의 극비야. 우리 팀 보스와 측근 두세 명밖에 몰라. 고위 간부인 내게도 알려주지 않는다고."

히로키가 얼굴을 갖다 댔다.

―완전히 들켰네. 다케시…… 이제 어떻게 해야 할지, 알지?

"……알아." 다케시가 조그맣게 대답했다. 하는 수밖에 없다.

"알아? 뭘 안다는 거야?"

되묻는 히로키의 얼굴에 다케시는 힘껏 주먹을 날렸다. 쓰러진 채 날린 펀치라 위력이 세진 않았으나 콧등을 맞은 히로키는 균형을 잃고 가즈마의 발밑에 쓰러졌다. 그 틈을 이용해 간신히 일어난 다케시는 재빨리 파이팅 포즈를 취했다.

다케시는 두 주먹을 가슴 높이까지 올리면서 자기 몸과 대화했다. 처음 당한 무릎차기의 충격은 상당히 회복되었다. 그

후 발차기가 날라올 때는 몸을 웅크려 급소를 지켰다. 온몸이 통증으로 아팠으나 싸우는 데 큰 문제는 없었다.

"만난 날 이후로 처음이네."

입꼬리를 올린 가즈마는 몸을 살짝 구부리고 가볍게 스텝을 밟기 시작했다.

다케시는 상체를 좌우로 흔들면서 달려들 타이밍을 쟀다. 상대는 발차기를 주 무기로 하는 가라테 고수다. 단숨에 사이를 좁혀 유리한 거리를 얻어야 한다.

지금이다! 지면을 차려는 순간 등 뒤에서 뻗어 온 네 개의 손이 두 팔을 잡았다.

"어?!"

돌아보니 문 앞에 있던 히로키의 수행원 둘이 팔을 잡고 있었다.

"클럽에서 당한 것에 대한 복수야."

남자 하나가 웃는 순간 가즈마가 달려들었다. 다케시는 라이트 쇼트 어퍼컷으로 응수하려 했으나 남자에게 붙잡힌 상태에서는 재빨리 펀치를 날릴 수 없었다.

가즈마는 유유히 손을 들어 다케시의 턱을 손날로 가격했다. 뇌가 흔들리고 다리에서 힘이 빠졌다. 다케시는 그 자리에 무릎부터 무너졌다.

"……비겁해." 다케시는 무릎을 꿇은 상태에서 가즈마를 올려다봤다.

"비겁? 끄나풀 주제에 웃기고 있네."

가즈마는 다케시의 머리를 움켜쥐고 잡아당겼다. 힘껏 날아오는 무릎을 다케시는 그저 멀거니 바라볼 수밖에 없었다. 불꽃이 터진 것처럼 시야가 밝아지더니 바로 블랙아웃이 찾아왔다. 온몸의 감각이 사라졌다.

"자, 이제 당분간 움직이지 못할 겁니다. 이 녀석, 어떻게 할까요?"

멀리서 희미하게 목소리가 들렸다. 아마도 가즈마다.

"당연한 거 아니야? 여기서 처리해서 물고기 먹이로 던져."

코를 맞아선지 묘하게 막힌 듯한 히로키의 목소리가 들려왔다.

"정말 죽여요?"

"당연하지. 이 녀석, 나를 때렸다고. 여기는 도구도 있고, 무슨 짓을 해도 들키지 않아. 가즈마, 뭐야? 이 새끼, 겁먹었냐?"

"아뇨, 별로. 나를 경찰에 찌른 놈이니까. 죽일 거면 빨리 죽이죠."

둘의 흉측한 대화를 들으면서 다케시는 당황하고 있었다. 이제까지 권투를 하며 여러 번 녹아웃된 적 있다. 그럴 때는 의식이 몽롱해 제대로 생각할 수 없다. 그런데 지금은 또렷이 사고할 수 있는데 몸만 움직일 수 없었다.

마치 의식이 몸 저 깊은 곳에 갇혀버린 것처럼.

혼란스러운 가운데 살짝 일그러진 시야 속에서 왼손이 흠칫 움직였다. 그러나 그 움직임은 다케시가 의도한 게 아니었다.

왼손은 가즈마 일행이 알아차리지 못하도록 벌레가 기듯 아주 천천히 주변 바닥에 흩어져 있는 모래를 조금씩 긁어모았다.

"그런데 누가 죽일까요?"

가즈마의 담담한 목소리가 들려오는 와중에 왼손이 다 긁어모은 모래를 움켜쥐었다.

"당연히 내가 죽이지! 제기랄, 코피가 멈추질 않아. 야, 너희들, 뭔가 적당한 것 좀 가져와. 이 녀석 머리를 뭉개버릴 거."

코피가 목으로 넘어가는 탓인지 히로키의 목소리는 아까보다 훨씬 막힌 것처럼 들렸다. 수행원들이 황급히 달리는 발소리가 들렸다.

"히로키 씨, 이거면 될까요?" 수행원 하나의 목소리가 들렸다.

"아, 딱 좋네. 방해되니까 너희들은 좀 떨어져 있어."

히로키가 뭔가를 들어 올리는 기척이 났다.

움직여! 움직이지 않으면 죽어! 다케시가 지면을 굴러 도망치려고 했을 때 갑자기 사지가 지면을 힘껏 눌렀다. 벌떡 일어난 다케시의 몸은 양손으로 해머를 치켜든 채 굳어버린 히로키와 대치했다.

자기 의사와는 전혀 관계없이 온몸이 움직였다. 그 사실에 전율하고 있는데 오른손이 아무렇게나 움직였다.

꽉 움켜쥔 오른 주먹이 멀거니 서 있는 히로키의 얼굴에 박혔다. 빈말이라도 절대 강하다고 할 수 없는, 힘만 잔뜩 들어간 펀치. 그러나 몸집이 작은 히로키에게 미들급 복서의 몸에서 날아간 주먹의 위력은 충분했다. 히로키가 코피를 흩뿌리면서 날아갔다. 다케시는 그 광경을 그저, 멀거니 인식할 수밖에 없었다.

"히로키 씨?!"

가즈마와 수행원 둘이 달려왔다.

위험하다. 수행원은 둘째 치고 지금 이 상태에서 가즈마와 싸우는 것은 무리다. 무슨 일이 일어났는지 어렴풋이 이해하기 시작한 다케시가 초조해하고 있자 몸이 힘껏 왼손을 휘둘렀다. 그 손에 쥐고 있던 가는 모래가 안개처럼 뿌려졌다. 가즈마 일행은 눈을 감싸고 걸음을 멈췄다.

—도망쳐!

다케시가 소리쳤다. 입이 아니라 의식 속에서.

"알아!"

다케시의 몸이 눈을 가리고 있는 가즈마를 향해 힘껏 몸통박치기를 날렸다. 허를 찔린 가즈마는 크게 날아가 바닥에 쓰러졌다.

—지금이야!

소리로 나오지 못한 다케시의 목소리를 신호로 몸이 재빨리 걸음을 돌리더니 창고 출구를 향해 뛰기 시작했다. 창고에서 뛰쳐나온 몸은 그대로 세워놓은 오토바이에 올라타고 키를 돌려 시동을 걸었다.

"이거, 분명 이쪽을 돌리는 거지?"

다케시가 아닌 사람이 움직이고 있는 몸이 잔뜩 초조한 목소리로 말했다.

—맞아. 그러면 되니까 서둘러!

다케시가 재빨리 말하는 순간 히로키의 수행원 둘이 창고에서 뛰어나왔다.

남자 하나가 몸을 날려 덮쳐오는 것과 동시에 다케시의 몸이 힘껏 액셀을 밟았다. 오토바이가 갑자기 가속하는 바람에 다케시를 잡으려던 남자의 손이 허공을 갈랐다.

"우와! 오토바이 운전, 의외로 어렵네."

목을 움츠린 몸이 조금 떨리는 목소리로 말했다. 오토바이가 부지를 나와 차도를 달렸다. 다케시는 옆으로 흘러가는 경치를 바라보며 천천히 말했다.

—하지만 바람 좋지? ……가이토.

4

—어떻게 된 거지?

여전히 소리가 되지 못한 목소리로 다케시가 물었다. 눈앞의 거울에는 자신이 비치고 있다. 창고에서 탈출한 다케시의 몸은 그대로 오토바이를 타고 달려 근처 터미널 역에 있는 백화점 다목적 화장실로 피난했다.

"나도 몰라. 그저 네가 녹아웃된 순간부터 온몸을 움직일 수 있게 되었어. 전처럼 말이야."

―전과는 달라! 그때는 내가 의식을 잃었고 그동안에만 네가 몸을 움직일 수 있었어. 지금은 의식이 있는데 네가 몸을 지배하잖아! 마치……

마치 서로의 처지가 바뀐 것처럼. 여기까지 생각하자 공포로 마음이 새카매졌다. 혹시 계속 이대로면 어쩌지? 이대로 가이토에게 몸을 빼앗기면…….

"내게 그런 말을 해봤자 나도 모르지."

가이토의 불만스러운 목소리에 다케시의 생각이 차단된다. 거울 속에서 자신과 같은 얼굴의 남자가 떠드는 것을 보니 가이토가 살아 돌아온 것 같아 혼란스러웠다.

"이번에는 네가 기절한 게 아니라 뇌진탕으로 움직일 수 없게 되어 특별했던 게 아닐까? 하지만 이것도 곧 끝날 것 같네."

―곧 끝나?

"몰랐어? 오른손의 '지배권'이 돌아오고 있어."

다케시는 '어?'라고 중얼거리고 의식을 오른손에 집중시켰다. 자기 의사대로 오른손을 쥘 수 있었다.

"지금은 오른손과 오른팔 앞부분 정도지만, 조금 전부터 점점 네 '지배 영역'이 회복되고 있어. 이러다가 곧 원래대로 돌아오겠지. 다만 이런 상태가 된 근본적인 원인은 틀림없이 뇌진탕이 아니야. 너도 알지?"

거울 속의 가이토가 똑바로 자신을 응시하고 있다. 가능하다면 눈을 피하고 싶었으나 애석하게도 머리의 '지배권'은 아직 가이토가 쥐고 있어서 그럴 수 없었다.

―……사파이어야.

"맞아. 틀림없이 사파이어 때문이야. 그걸 알면……."

―그 얘기는 수도 없이 들었어. 지금은 그보다 해야 할 이야기가 있잖아.

"그렇긴 하지……." 불만스러워하면서도 가이토는 수긍했다.

―스네이크 놈들에게 우리가 정보원인 게 들통났어. 녀석들, 아까 진짜로 나를 죽이려 했어.

"우리가 가진 정보를 전부 경찰에 알리면 녀석들은 끝이니까. 그러니 죽여서라도 입을 막아야겠지. 이로써 경찰과 연금술사만이 아니라 스네이크에게도 쫓기는 신세가 되었네. 우리, 정말 인기 많다."

―지금 농담할 때냐!

다케시는 '지배권'이 돌아오고 있는 오른손을 휘둘렀다.

―앞으로 어떻게 하지? 일단 가와사키의 아파트로 돌아갈까?

"그건 관두는 게 좋겠어. 그곳은 연금술사가 감시하고 있고 최악의 경우, 스네이크 놈들이 있을지도 몰라."

―왜 스네이크가? 연금술사가 놈들에게 정보를 흘리진 않을 텐데? 내가 붙잡혀 사파이어 레시피를 놈들에게 빼앗기면

연금술사도 곤란해져.

"연금술사가 흘리진 않겠지. 하지만 스네이크 놈들이 우리를 미행했을 가능성도 있어. 이제까지 놈들에 대한 경계가 좀 안일했던 것 같아."

너무나도 절망적인 예상에 다케시는 할 말을 잃었다. 그동안에도 다케시의 '지배권'은 점점 회복되어 오른쪽 어깨까지 감각이 돌아왔다.

"가능성은 작지만, 위험을 무릅쓸 수는 없어. 연금술사와 달리 스네이크는 대놓고 우리 입을 막으러 올 테니까."

더는 아파트로 돌아갈 수 없다. 아야카가 기다리는 아파트로……

―아야카 씨에게 연락을…….

"무슨 소리야!" 가이토의 날카로운 목소리가 날아왔다. "지금 그 누나에게 연락해서 어쩔 셈인데? 목숨이 위험해졌으니 거기로는 돌아갈 수 없다고 할 거야? 당연히 사파이어 때문에 생긴 망상이라 여길 테고 최악의 경우 경찰에 신고하겠지. 전에도 말했지? 이번 건이 해결될 때까지 그 누나는 좀 잊어."

―……알았어.

"정말 태평하다니까. 주위는 온통 적뿐이야. 이보다 더 궁지에 몰릴 수도 없겠어."

옳은 소리다. 연금술사의 정체를 폭로하러 갈 생각이었는데 경찰의 정보원임을 들키고 말았다.

오른손 손가락이 가늘게 떨리기 시작했다. 그 떨림이 손, 팔 앞쪽, 그리고 팔 위쪽으로 슬금슬금 올라가더니 다케시의 '지배 영역' 전체로 퍼졌다.

"어이, 진정해. 궁지에 몰리기는 했지만, 아직은 해결할 수 있을 거야."

가이토는 떨리는 오른손을 왼손으로 쓰다듬었다. 그러나 그 떨림은 공포에서 오는 게 아니었다.

사파이어를 향한 갈증. 궁지에 몰렸다는 초조함이 마중물이 되어 다케시의 사고는 그 푸르게 반짝이는 액체에 대한 욕구로 완전히 파묻혀버렸다.

주머니 깊숙한 곳에 예비로 넣어둔 사파이어가 몇 개 있다. 그것을 마시고 싶다. 지금 당장 마셔버리고 싶다. 그러나 머리의 '지배권'이 가이토에게 있는 한, 예컨대 사파이어를 마셔도 토해버릴 것이다.

빨리 머리까지 '지배권'이 돌아와라! 다케시는 불에 몸이 타는 듯한 고통을 견뎠다.

"그런데 그 형사, 일을 참 적당히 했다. 설마 가즈마를 석방할 줄이야."

─응, 한마디 해야지. 당장 전화할까?

다케시는 사파이어에 대한 갈증을 들키지 않도록 가볍게 말했다. 그러나 오른손의 떨림이 멈추기는커녕 커지기만 했다. 가이토의 눈이 의심스럽다는 듯 가늘어졌다. 다케시는 얼버무리려고 오른손을 움직여 주머니에서 스마트폰을 꺼냈다. 그 순간, 가이토의 눈이 커졌다.

"내놔!"

왼손으로 스마트폰을 빼앗아 서둘러 전원을 껐다.

—왜, 왜 그래? 왜 그렇게 난리를 쳐?

"스마트폰 때문에 우리가 있는 곳이 스네이크에게 들킬지도 몰라!"

—아니, 경찰도 아니고 그런 걸 할 수 있을 리가…….

다케시가 우물거리고 있자 가이토의 얼굴이 훅 거울로 다가 왔다. 가이토와 아주 가까운 거리에서 마주 보는 듯한 착각에 사로잡혔다.

"놈들은 우리를 진심으로 죽일 생각이야. 만에 하나라도 위험을 감수할 수는 없어."

—미, 미안해…….

다케시는 기가 죽어 사과할 수밖에 없었다. 사파이어에 대한 욕구가 더 부풀었다. 왼 손바닥에 비지땀이 흥건했다. '지배권'은 목덜미 근처까지 돌아왔다.

조금만 더, 조금만 더 있으면 머리의 '지배권'이 돌아온다. 그러면 사파이어를…….

"하지만 연락하는 것도 나쁘지 않겠다."

가이토는 왼손으로 콧등을 긁었다. 다케시는 '뭐?'라며 소리를 높였다.

"그러니까 반다 형사 말이야. 그 사람과 연락하는 것도 방법 가운데 하나겠어."

—만나서 불평하려고?

"그런 의미는 아니지. 그 사람에게 전부 알려주는 거야. 스네이크와 연금술사에 관한 정보를."

—연금술사?!

목소리가 커지고 말았다.

—우리가 연금술사를 끌어내 정체를 밝히는 거 아니었어?

"상황이 변했어. 일단은 스네이크의 움직임을 막아야 해. 그러기 위해서라도 이제까지 우리가 봐온 것을 전부 그 형사에게 전하자. 이미 우리는 연금술사에 대한 충분한 정보를 가지고 있어. 틀림없이 경찰이 연금술사를 추적해 체포할 수 있을 거야."

—그걸로 충분할까? 경찰이라도 바로 수사할 수 있는 것도 아니잖아. 게다가 경찰의 움직임을 알아차린 연금술사가 모습을 감출지도 모르고. 최악의 경우, 멀리 도망칠 수도…….

"알아." 가이토는 크게 고개를 저었다. "물론 알아. 그래서 이제까지 내내 우리끼리 조사한 거야. 하지만 더는 그러고 있을 수 없어. 스네이크만이라도 경찰력을 동원해 파멸시키지 않으면 안 돼."

정말 이게 옳은 선택일까? 내내 순순히 따랐던 가이토의 의견을 전처럼 믿을 수 없었다.

불안이 정신을 침식하고 있다. 이대로는 망가지고 만다. 자신이 더는 자신이 아니게 된다.

머리로 '지배권'이 넓어지고 있다. 다케시는 거울 속에 비친 남자의 얼굴에 의식을 집중했다.

이 남자는, 나일까? 아니면 가이토일까? 사파이어를 마시지 않으면 이 남자에게 삼켜질 것이다. 자신이라는 존재가 사라지고 만다. 그런 예감이 세포를 들끓게 했다.

"그 형사에게 연락해 스네이크와 연금술사에 대해 아는 것을 전부 알려주자. 그러는 게 좋겠어."

가이토가 말했다. 다케시는 말없이 거울 속의 남자를 계속 노려봤다. 머리의 '지배권'이 돌아왔다.

"……알았어. 녀석에게 연락할게."

다케시는 숨죽여 말했다.

"……네 범위가 꽤 넓어졌어."

다케시는 백화점을 나와 역 근처 골목에 있는 전화 부스로 들어갔다. 내리쬐는 태양 아래 폐쇄된 공간은 사우나처럼 뜨거웠다. 온몸의 땀샘에서 끈끈한 땀이 배어 나왔다.

가능하면 스마트폰을 쓰고 싶었으나 가이토가 강력하게 반대해 불볕더위 속을 20분 가까이 돌아다닌 끝에 유물처럼 변해버린 공중전화를 발견했다.

그러고 보니 아야카와 처음 롯폰기 클럽에 간 다음 날, 이렇게 찜통 같은 전화 부스에 들어갔었지. 그 뒤 사파이어 매매에 얽혔고, 반다에게 잡혀 정보원이 되었고, 그리고 아야카와…….

불과 몇 주 사이에 벌어진 일인데도 아주 먼 과거처럼 느껴졌다. 향수에 잠겨 있던 다케시는 담담한 가이토의 목소리에 정신을 차렸다.

—아무래도 몸이 뒤바뀔 때마다 내 '지배 영역'이 조금씩 넓어지는 것 같아.

숨 쉬기가 힘들어졌다. 일상적인 상태에서도 이미 왼쪽 목덜미 부근까지 가이토의 '지배 영역'이 되었다. 그 범위는 팔뿐만이 아니라 가슴과 옆구리까지 미쳤다.

이대로 '지배 영역'을 계속해서 잃으면 이 몸을 완전히 빼앗길지 모른다.

그 전에 사파이어를 마셔 가이토를 제자리로 돌려놓아야 한다. 다케시는 이마의 땀을 훔치고 손을 내려 바지 위로 주머니 속 사파이어 용기를 확인했다.

가이토의 말처럼 사파이어의 약효가 끊어질 때마다 '지배 영역'을 잃을지 모른다. 그렇다면 약효가 끊어지지 않도록 계속 마시면 된다.

그게 얼마나 바보 같은 짓인지 이해하고 있다. 사실은 가이토의 지시대로 다시는 사파이어에 손을 대지 않는 게 옳다. 하지만 본능이 그것을 허락하지 않았다.

이제는 사파이어를 끊을 수 없다. 끝없는 늪에 머리끝까지 빠지고 말았다.

이제 남은 것은 그저 더 깊이 잠기는 것뿐이다.

—왜 그래? 얼른 전화해. 열사병 걸리겠어.

가이토의 말에 다케시는 "응"이라고 대답하고 주머니로 손을 뻗었다. 지금은 사파이어를 꺼내도 '지배 영역'을 확장한 가이토에게 방해받는다. 틈을 노려야 한다.

다케시가 천천히 수화기를 들자 가이토가 미리 들고 있던 100엔짜리 동전을 투입구에 넣고 반다의 번호를 빠르게 눌렀다. 수화기에서 벨 소리가 들려왔다.

"그 형사 전화번호를 외우고 있어?"

—응, 비상시를 대비해서. 그보다 집중해.

가이토의 말과 동시에 벨 소리가 끊기고 전화가 연결되었다.

"누구야?" 불쾌한 듯한 목소리가 들렸다.

"안녕하세요, 료야입니다."

다케시는 평소 쓰는 가명을 댔는데 반다는 아무 대답도 없었다.

"저, 아시겠어요? 스네이크에서 정보원으로 일하는 세키구치 료야입니다."

"응, 알아. ……용건은?"

"용건이라니요! 가즈마를 석방했잖아요! 무슨 짓입니까?!"

"……가즈마?" 반다가 의아하다는 듯 되물었다.

"나를 스네이크에 잠입시키려고 당신이 체포한 사파이어 판매자요."

"아, 그 녀석? 그 남자, 석방됐어?"

남 일처럼 내뱉는 말에 머리에 피가 솟구쳤다.

"웃기지 마세요! 그 탓에 내가 정보원인 게 들통나 죽을 뻔했다고요!"

"들통났어?"

"그래요. 전부 다 당신 탓이야!"

다케시가 호통을 치고 씩씩거리고 있는데 가이토가 '책임지라고 해' 하고 속삭였다. 순간 왼손으로 눈길을 보낸 후 다케시는 입을 열었다.

"이 책임은 지셔야죠?"

"책임을 져? 무슨 뜻이지?"

다케시는 위협하는 듯한 반다의 목소리를 들으면서 수화기를 얼굴에서 떼고 작은 목소리로 "뭐라고 해야 해?"라고 가이토에게 물었다.

─지금부터 내가 말하는 걸 그대로 반다에게 전해. 알았지?

다케시는 고개를 끄덕이며 다시 수화기를 귀에 대고 가이토의 말을 그대로 내뱉었다.

"지금까지 스네이크와 사파이어에 대해 조사한 것을 전부 알려드릴게요. 당신에게 숨긴 것까지 다."

"……이 새끼, 내게 숨긴 게 있었어?" 반다의 목소리에 분노가 깃들었다.

"당연하죠. 당신과 나는 친구가 아니니까요. 잘못 정보를 흘렸다가 나를 무시하고 행동하면 내가 위험해지잖아요."

"쳇, 그렇게 조심하고서 들통나다니, 한심한 놈일세."

"누구 탓인데요? 어쨌든 이제 정보를 숨겨야 할 이유가 없어졌으니 다 털어놓고 스네이크를 섬멸하고 싶어요. 나쁜 얘기는 아니죠?"

대답이 바로 돌아오지 않았다. 수화기 너머에서 생각에 잠긴 듯한 기척이 났다. 왼손이 움직여 투입구에 100엔짜리 동전 하나를 더 넣었다. 무더위 탓인지 아니면 긴장 탓인지 이마에서 땀이 비 오듯 흘러 턱을 타고 콘크리트 바닥으로 떨어졌다.

꼬박 1분쯤 침묵이 이어진 뒤 반다의 목소리가 들려왔다.

"……확실히 나쁜 얘기는 아니네. 그래서 뭘 알아냈는데?"

"스네이크가 마약을 파는 대형 거래처와 거래 방법. 그리고 무엇보다 사파이어 공급원, 통칭 '연금술사'가 마약을 만드는 장소를 발견했어요."

"뭐?! 진짜야?" 반다의 목소리가 갑자기 커졌다.

"진짜예요. 다만 연금술사는 이미 그곳을 떠났어요. 하지만 경찰에서 유류품이나 CCTV를 조사해 연금술사를 추적할 수 있겠죠?"

"아, 그래. 아마 가능할 거야."

"그럼 지금부터 다 알려드릴 테니 반드시 연금술사를 찾아 내 스네이크랑 같이 싹 다 체포해주세요. 메모지 준비하셨어 요? 일단은……."

"잠깐만!"

반다가 제지했다. 다케시는 경계하며 "뭐죠?"라고 물었다.

"전화로 할 얘기가 아니야. 얼굴을 보고 자세히 이야기를 듣 고 싶어."

"왜요? 전화로도 괜찮지 않아요?"

"……전화로는, 네가 사실을 말하는지, 아니면 나를 속이려 는 건지 판단이 서질 않아. 하지만 얼굴을 보면 알아. 형사의 감으로."

"왜 내가 당신을 속입니까?" 다케시는 수화기에 대고 짜증 을 부렸다.

"실제로 넌 이제까지 정보를 숨겼잖아. 나와 너는 '친구'가 아니고. 금방 네가 한 말이야. 너, 쫓기고 있지? 지금 나랑 교 섭할 처지야?"

한 방 먹은 다케시는 입술을 일그러뜨리며 왼손을 봤다.

―어쩔 수 없지. 시키는 대로 하자. 확실히 우리가 교섭할 처지는 아니지.

가이토의 말을 들은 다케시는 혀를 차고 물었다. "어디로 가 면 됩니까?"

"그럼 그래야지. 그러면 두 시간 뒤 미나토구의……."

의기양양한 반다의 말투가 신경에 거슬렸다.

—자, 그럼 어디 숨을 만한 곳을 찾아 조금 시간을 보내고 약속 장소로 갈까? 그 근처는 스네이크의 구역이니 어슬렁댈 수 없어.

반다가 지정한 장소는 니시아자부 골목에 있는 버려진 빌딩의 지하 창고였다. 가즈마 밑에서 사파이어를 팔 때 그 근처를 열심히 돌아다닌 탓에 장소는 알고 있었다.

다케시는 사우나 같은 전화 부스에서 나오자마자 오른손으로 땀을 닦았다. 끈끈한 땀이 손등부터 팔 앞쪽까지 묻어났다. 밖은 부스 안에 비하면 기온과 습도 모두 낮았다. 그런데도 온몸에서 뿜어져 나온 땀이 멈추기는커녕 더 늘어났다. 전력 질주라도 한 듯 숨이 가쁘고 통증이 느껴질 정도로 심장이 빨리 뛰었다. 위 언저리는 타는 듯 메슥거렸다. 다케시는 얼굴을 돌리고 구역질했다.

목구멍에서 올라온 끈적한 액체가 실처럼 아스팔트에 떨어졌다.

—괜찮아? 가벼운 열사병이라도 걸렸나? 얼른 시원한 곳으로 피하자.

가이토가 걱정스럽게 말했다. 그러나 다케시는 알고 있다. 원인은 열사병이 아니다. 반다와 그토록 중요한 이야기를 나누는 사이에도 전혀 집중할 수 없었다. 모든 생각이 침식되었다. 요염하게 푸른색으로 빛나는 액체에.

사파이어를 마시고 싶다. 지금 당장 사파이어를 마시지 못하면 죽을 것 같다. 그런 본능적인 공포에 지배당했다. 다케시는 오른손을 바지 주머니에 넣고 사파이어 용기를 꺼냈다. 서쪽으로 기우는 해가 푸른 액체에 반짝반짝 반사되었다. 다케시는 손가락 끝으로 용기를 열었다.

─야, 잠깐만!

가이토가 용기를 빼앗으려 했으나 다케시는 왼손이 닿지 않는 위치까지 오른손을 높이 들었다.

─왜 사파이어를 마시려는 거야? 지금 이럴 필요 없잖아.

"네 탓이야!"

다케시가 왼손을 노려봤다. 가이토는 '내 탓?'이라며 당황한 목소리를 냈다.

"맞아. 너는 점점 영역을 넓히고 있어. 무서워. 이대로 가면 내 몸을 빼앗길 것 같다고. 그래서 이걸 마셔서 너를 제자리로 돌려놓고 싶어!"

─무슨 말도 안 되는 소리를 그렇게 하냐? 그 약이야말로 이렇게 내 '지배 영역'이 넓어진 원인이잖아. 맞아, 그 약을 먹으면 일시적으로 나는 '지배 영역'을 잃지만, 약효가 떨어지면 오히려 내 영역이 더 넓어졌어.

"그렇다면, 약효가 떨어지지 않도록 하면 되잖아! 계속 사파이어를 마시면 된다고!"

침을 튀기며 절규하는데 가이토가 경악하는 느낌이 들었다. 다케시는 그 틈에 용기를 입에 대려 했다. 그러나 푸른 액체를 입에 넣기 전에 왼손이 오른 손목을 움켜쥐었다. 고통이 느껴질 정도로 세게.

─……너, 진심으로 그럴 수 있다고 생각해?

"응, 할 수 있어! 그냥 사파이어를 계속 마시면 되니까."

─주머니에 몇 개를 숨겼는지는 모르지만, 그렇게 마셔대면 금방 없어져. 게다가 이제 스네이크에게 사파이어를 받을 수 없어. 어떻게 할 생각인데?

"아파트에는 아직 사파이어가 충분히 있어! 그걸 가지러 가면 돼!"

─아까 말했지? 아파트는 위험해서 갈 수 없다고.

"네게 몸을 빼앗길 바에는 그 정도 위험은 감수할 거야! 이거 놔!"

고함을 칠 때 젊은 여성이 골목으로 들어섰다. 왼손으로 오른 손목을 잡은 채 소리를 지르는 다케시를 보고 그녀는 겁먹은 표정으로 몸을 돌려 골목에서 나갔다.

─……그렇구나.

가이토가 아주 차갑게 읊조렸다.

─이제 알았어. 내게 몸을 빼앗긴다는 말은 그냥 변명이야. 사실은 그저 사파이어를 마시고 싶은 거지? 사파이어 없이는 살 수 없게 되었다는 것을 인정하고 싶지 않을 뿐이야.

반론하지 못하는 다케시를 향해 가이토가 천천히 알렸다. 이제까지 필사적으로 외면해온 진실을.

―다케시, 너는 완전히 '사파이어의 노예'가 되었어.

충혈된 눈으로 침을 질질 흘리면서 사파이어를 원하는 사람들의 추한 모습이 뇌리를 스쳤다. 그리고 웃으며 빌딩 옥상에서 몸을 던진 소녀의 모습도.

왠지, 등에 짊어지고 있던 무게가 훅 사라진 것만 같았다.

"아, 그래." 다케시는 평온한 미소를 지었다. "틀림없이 나는 '사파이어의 노예'야. 이제 사파이어 없이는 살 수 없어."

―그렇지 않아. 아직 어떻게든 할 수 있어. 지금부터 사파이어를 끊으면, 틀림없이.

사파이어를 끊으면, 이라……. 다케시는 조용히 웃었다. 가이토의 말이 옳다. 사파이어를 마시지 않으면 아직은 원래 상태로 돌아갈 수 있을지 모른다.

"가이토, 고마워."

―이제 알았어? 그럼……

가이토가 기쁘게 말한 순간 다케시는 왼 손목을 힘껏 깨물었다.

송곳니가 살갗을 파고드는 느낌이 나고 입 안에 피 맛이 퍼졌다. 그러나 통증은 느껴지지 않았다. 그곳은 가이토의 '영역'이니까.

―윽!

가이토의 비명과 함께 왼손의 힘이 풀어졌다. 그 틈에 다케시는 용기를 눌러 사파이어를 입에 털어 넣었다. 인공적인 달콤함이 느껴지는 액체를 마시자 몇 초 뒤 온몸의 세포가 아련히 빛나기 시작했다. 배어 나오던 비지땀도 쑥 들어갔다.

—왜 이런 짓을……

분해하는 가이토의 읊조림과 함께 왼쪽 반의 '지배권'이 단숨에 다케시에게 돌아왔다.

"가이토, 미안해. 사파이어를 끊는 건, 내게는 무리야."

나는 '사파이어의 노예'다. 그것을 인정하고 살아가자.

내 앞에 미래 같은 건 없을지 모른다. 하지만 그래도 상관없다.

틀림없이 그 아이도 이런 기분이었겠지. 옥상에서 몸을 던진 순간, 세일러복의 소녀가 웃었던 이유를 지금은 이해할 수 있다.

행복에 감싸인 채 인생을 끝낸다. 그것은 틀림없이 멋진 일일 것이다.

사파이어를 마시며 얼마 남지 않은 시간을 그 사람과 보내자. 사랑하는 사람과…….

눈을 감자 요염한 곡선을 그리는 아야카의 나체가 눈꺼풀 안에 나타났다. 가능하다면 이대로 아파트로 돌아가 서로 녹아버리듯 그녀와 하나가 되고 싶다. 하지만 가이토의 말처럼 스네이크 녀석들이 아파트를 감시하고 있을지도 모른다.

일단은 스네이크를 박멸하고 연금술사의 정체를 폭로해 살인범이라는 누명을 벗자.

"걱정하지 마. 반다를 만나 다 얘기할 테니까."

기분을 풀어주려고 말을 걸었으나 가이토는 대답하지 않았다.

왼 손가락 끝의 감각이 살짝 둔해졌다. 아주 조금이었으나 가이토의 '지배 영역'이 남아 있다. 이것은 곧 가이토가 깨어 있다는 소리다. 분노로 대화를 거부하는 거겠지.

어쩔 수 없지. 혼자 천천히 사파이어의 쾌락을 음미하자.

다케시는 하늘을 올려다보며 가슴에 공기를 잔뜩 넣었다.

5

다케시는 시동을 끄고 오토바이에서 내려 헬멧을 벗었다. 오후 6시를 넘긴 시각이다. 서쪽으로 기운 해가 좁은 골목을 붉게 물들이고 있다.

다케시는 길게 늘어난 자기 그림자를 바라보며 걸음을 내디뎠다. 바로 옆 다용도 빌딩 지하, 그곳이 반다와 만나기로 한 장소였다.

니시아자부 주변에는 고급 주택지와 은신처 같은 분위기의 바가 즐비한데, 다용도 빌딩이 늘어선 이 주변만은 버려진 듯

쓸쓸했다. 다케시는 목적지인 빌딩을 발견하고 그 옆의 심하게 녹슨 외부 계단으로 향했다. 삐걱삐걱 불길한 소리를 내는 계단을 내려가자 지하 창고 입구가 나왔다. 이곳이 바로 반다가 지정한 곳이었다.

"그럼, 간다."

왼손에 말을 걸었으나 대답은 없었다. 사파이어를 마시고 두 시간이 지나 약효도 꽤 약해졌다. 황홀감이 사라지고 가이토의 '지배 영역'도 왼 손목까지로 돌아왔다.

앞으로 한 시간도 안 되어 금단 증상이 조금씩 나올 것이다. 주머니에 남은 사파이어는 몇 개뿐이다. 이대로 가면 이틀이나 사흘이면 다 쓰고 없다.

위험을 감수하더라도 아파트에 가서 사파이어를 보충할 것인가. 그보다 아야카에게 부탁해 가져오게 하는 게 안전할까. 하지만 그녀를 이 문제에 얽히게 해서는…….

고민하던 다케시는 머리를 크게 흔들었다. 지금은 그런 생각을 할 때가 아니다. 반다와 교섭해 어떻게든 스네이크를 박멸해야 한다.

"가이토, 그 형사와 얘기하는 동안 조언할 게 있으면 말해."

다시 말을 걸었으나 역시 가이토는 아무 말도 하지 않았다. 완전히 토라진 모양이다. 다케시는 어깨를 움츠리고 철제 미닫이문을 열어 안으로 들어갔다.

먼지가 쌓인 창고였다. 이 빌딩에 입점했던 음식점에서 썼을 것 같은 테이블 세트와 식기 선반, 소파 등이 아무렇게나 쌓여 있다. 낮은 천장에 매달린 알전구가 싸구려 오렌지색 빛을 내고 있다.

"어이."

다케시는 안쪽으로 가다가 말소리를 듣고 파이팅 포즈를 취했다.

"뭘 그렇게 경계해? 나야."

목소리가 난 쪽을 보니 거대한 찬장 뒤의 소파에 반다가 앉아 있었다. 낡고 높이가 낮은 테이블에 위스키병과 잔이 놓여 있다.

"술 마셨어요? 이렇게 중요한 얘기를 하려는데?"

다케시가 다가가자 반다는 잔에 남은 위스키를 들이켰다.

"안심해, 이 정도로는 안 취하니까. 일단 여기 와서 앉아."

다케시는 시키는 대로 반다에게 다가가 테이블 반대편 의자에 앉았다.

"그래서, 스네이크 얘기인데요……."

반다는 갑자기 눈앞에 빈 잔을 내밀었다. 다케시는 "뭐예요?"라며 받았다.

"서두르지 마. 얘기가 길어질 테니. 일단 한잔하고 입이나 축여."

반다는 위스키병을 들어 다케시의 잔에 따랐다.

"지금은 술이나 마시고 있을……."

"내 술을 마시려 하지 않는 놈과는 대화하지 않아."

반다는 두꺼운 입술 끝을 올렸다. 다케시는 어쩔 수 없이 잔에 입을 대고 호박색 액체를 머금었다. 흙 맛이 단숨에 입 안에 퍼져 저도 모르게 사레들고 말았다.

"스카치는 너무 센가. 역시 애송이야."

놀리는 것 같아 확 화가 치민 다케시는 사레가 가라앉기를 기다려 술을 한꺼번에 들이켰다. 식도가 타는 것처럼 뜨거워지고 진흙을 삼킨 것처럼 진한 냄새가 코를 찔렀다. 반사적으로 토할 것 같았는데 간신히 참아 삼키고 큰 소리를 내며 빈 잔을 테이블에 내려놓았다.

"오호, 잘하네. 그럼 이야기를 들어볼까?"

빙긋 웃는 반다 앞에서 다케시는 입을 훔쳤다.

"우선, 스네이크에서 사파이어 거래를 담당하는 것은……."

"그랬군. 대학 안의 조립식 창고라. 그야말로 맹점이었네. 대학은 경찰이 좀처럼 손을 대기 힘들거든. 정말 잘 생각했어."

반다는 술잔을 흔들면서 중얼거렸다.

다케시는 한 시간 이상에 걸쳐 스네이크와 연금술사에 관해, 이제까지 모은 정보를 반다에게 전했다. 그동안 반다는 위스키를 홀짝이지도 않고 진지한 표정으로 귀를 기울였다.

"이걸로 연금술사의 정체를 밝혀낼 수 있나요?! 체포할 수 있습니까?!"

"그렇게 흥분하지 마. 말했잖아, 대학은 까다롭다고."

"하지만 연금술사는 틀림없이 거기서 사파이어를 만들었다고요! 그곳만 조사하면 분명 연금술사의 정체를 알아낼 수 있을 겁니다!"

"그렇지, 감식반이 제대로 조사하면 연금술사에 대한 증거가 나오겠지. 하지만 거기까지가 큰일이야. 정보원의 밀고라는 말만으로 허가가 떨어질 것 같지 않아."

"아니……."

"당장이라도 죽을 것 같은 얼굴이네. 그런 얼굴 좀 하지 마. 방법이 없는 것도 아니야."

"뭔데요?" 고개를 떨구고 있던 다케시가 퍼뜩 얼굴을 들었다.

"우선은 히로키라는 스네이크 간부를 잡아야지. 그런 녀석들은 일단 털면 뭐든 나오니까 간단해. 그 녀석을 철저히 몰아서 사파이어 원료를 대학으로 운반한 남자의 정체를 알아내. 다음은 그 남자를 체포해 대학 안에 사파이어 제조 장소가 있음을 털어놓게 해야지. 그 증언만 있으면 아무리 대학이라도 조사할 수 있어."

"그렇게 답답하게 처리하다니……."

"어쩔 수 없어. 어른들의 세계에는 절차라는 게 있거든."

다케시가 어금니를 악물고 왼손으로 눈길을 떨어뜨렸다. 이미 왼손가락 끝에서 팔 앞쪽 중간까지의 감각이 없다. 가이토는 분명 깨어 있을 것이다.

그렇게 반항하지 말고 말 좀 해. 다케시가 마음속으로 말을 걸자 그 말을 들은 듯 가이토가 읊조렸다. 너무나도 불쾌한 말투로.

─……그것밖에 방법이 없어. 받아들여야지. 대신 이렇게 말해. 잘 들어…….

다케시는 가이토의 조언을 듣고 반다를 바라봤다.

"알겠습니다. 그러면 됐어요. 하지만 히로키의 체포는 가능한 빨리, 내일이라도 해주세요. 간부로서 사파이어 거래를 책임진 그 남자가 체포되면 스네이크는 공황 상태가 될 것이고 나를 찾지 않을 테니까요."

"좋아, 뒤처져서 딴 놈에게 공을 빼앗길 수는 없으니까."

"그럼 이제 이야기를 끝내죠. 나는 일단 몸을 숨기겠습니다."

다케시가 의자에서 일어나려는데 "기다려" 하고 반다가 말을 걸어왔다.

"네 얘기는 끝났을지 모르지만, 내 얘기는 안 끝났어."

반다의 목소리에 위험한 빛이 깃들었다.

내 얘기? 무슨 소리지? 다케시가 미간을 찌푸리는데 초조한 가이토의 목소리가 들려왔다.

─재킷 벗어!

"어? 재킷?" 다케시는 조그맣게 되물었다.

─시키는 대로 해. 빨리!

다케시는 가이토의 재촉에 영문도 모른 채 "여기는 덥네요"

라고 얼버무리며 재킷을 벗고 팔을 걷었다. 반다의 눈이 쓱 가늘어졌다.

"저, 그래서 형사님 얘기라는 게……."

공기가 팽팽해지는 것을 느끼면서 질문하는데 반다가 잔에 남은 위스키를 단숨에 마시고 일어섰다.

"간단한 얘기야. 실은 오늘 아침, 사파이어 판매 경로를 일망타진하는 것보다 훨씬 큰 공을 세울 기회를 잡았어. 그야말로 천재일우의 엄청난 기회지. 잘만 하면 경시총감상도 받겠어. 그래서 오늘 내내 망설였지. 나 혼자 움직일까, 아니면 위에 보고할까. 마침 그때 네가 전화한 거야. 나는 생각했어. 이는 하늘이 내려준 계시다. 앞으로 나아가라는 계시나 다름없다고."

"무슨 말을……."

불길한 예감에 떨리는 목소리를 내며 다케시가 일어나자 반다는 바지 주머니에서 조그맣게 접은 종이를 꺼냈다.

"이런 말이야. ……가자마 다케시."

펼친 종이를 왼손으로 내밀며 반다가 불렀다. 다케시의 본명을.

순간 사고가 정지했다. 그 종이에 거칠게 인쇄된 것은 자신의, 그리고 가이토의 얼굴이었다. 사진 아래에는 '살인 용의자'라는 글자가 새겨져 있었다.

—경시청에 나돌고 있는 수배 사진이야! 살인 용의로 쫓기

고 있는 게 들통났어!

가이토가 소리친 순간, 목덜미에 묵직한 충격이 찾아왔다. 고개를 드니 가증스러운 미소를 지은 반다가 오른손으로 티셔츠 목덜미를 잡고 있었다.

반다와 처음 만났을 때 영문도 모른 채 내던져진 기억이 되살아났다.

"드디어 수사본부가 하야카와 살인사건 용의자의 사진을 공유해줬지. 보고 놀랐어."

―온다!

가이토의 경고와 함께 반다의 거구가 힘껏 회전했다. 몸이 앞으로 끌려갔다. 다케시는 필사적으로 몸의 중심을 낮췄다. 티셔츠 찢어지는 소리가 울렸다.

순간 다리가 땅에서 떨어졌으나 지난번처럼 공중을 날지는 않았다. 다케시는 크게 균형을 잃으면서도 간신히 다리로 착지했다.

재킷을 벗어놓길 잘했다. 티셔츠가 찢어진 만큼 당겨지는 힘이 줄었다.

―때려!

가이토의 목소리와 함께 왼손 전체의 감각이 돌아왔다. 그 의도를 깨달은 다케시는 왼 팔꿈치를 가볍게 접고 힘껏 허리를 회전했다.

다시 던지기 자세를 취하려던 반다의 옆구리에 레프트 보디 블로가 꽂혔다. 미들급 복서의 체중을 실은 펀치에 간 부위를 타격당한 반다는 탁한 신음을 흘리며 양손을 떼고 몸을 접었다.

리버 블로로 머리를 낮추게 하는 것이 다케시가 좋아하는 패턴이다. 다음 기술은 정해져 있다.

"이 새끼……."

양손으로 옆구리를 감싼 반다가 분노로 이글대는 눈으로 올려다봤다. 그 턱을 향해 힘껏 오른 주먹을 휘둘렀다. 표적을 잡은 코르크스크루 블로°가 턱을 가격했다. 목을 중심으로 반다의 머리가 30도쯤 힘껏 돌아갔다. 강력한 원심력이 머리뼈에 담긴 유연한 뇌를 뒤흔들어 의식을 몸 밖으로 날려버렸다. 반다는 온몸의 근육이 풀어지며 스르르 바닥에 엎어졌다.

─나이스 펀치.

가이토의 냉랭한 듯한 목소리가 들림과 동시에 왼손 감각이 사라졌다.

"경찰에…… 들켰어……."

다케시는 헐떡이며 멍하니 중얼거렸다. 마침내 경찰에 들키고 말았다. 한시라도 빨리 이 자리를 떠나야 한다.

─앗! 잠깐만.

가이토가 말려 출구를 향해 달리기 시작하려던 움직임을 멈췄다.

"왜?! 빨리 도망쳐야지!"

∞ 관절을 회전시켜 상대를 가격하는 펀치

―그 전에 형사의 수갑을 가져와.

"수갑? 왜 그런 짓을?"

―나중에 설명할게. 꼭 필요한 일이야.

다케시는 어쩔 수 없이 엎드린 자세로 쓰러진 반다의 재킷을 뒤졌다. 벨트에 매달린 가죽 홀더 속 수갑을 바로 발견했다.

―그거야. 그것과 열쇠를 가지고 당장 도망쳐.

"알았어."

다케시는 수갑을 들고 반다의 주머니에 있던 열쇠고리를 빼내 달리기 시작했다.

창고를 나와 외부 계단을 뛰어올라 오토바이에 타고 시동을 건 다음 헬멧도 없이 출발했다. 좁은 골목을 여러 번 돌면서 엄청난 속도로 달렸다.

"경찰이 미행하지는 않겠지?" 다케시는 수없이 사이드미러를 확인했다.

―괜찮아. 그 형사 말로는 공을 세우려고 너를 만난다는 말을 아무에게도 안 한 것 같으니까.

다케시는 안도의 숨을 내쉬고 살짝 속도를 늦췄다.

―안심할 때가 아니야. 이제 네가 사카구치 료야라는 이름을 쓴다는 게 밝혀졌어. 이제 정말 도망갈 곳이 없다고.

한없이 딱딱한 가이토의 목소리를 듣자 숨 쉬기가 힘들어졌다.

"이제부터 ……어떻게 하지?"

—일단 근처 역에서 이 오토바이를 버려. 헬멧도 없이 경찰에 잡히면 끝이고 역에 버리면 앞으로의 흔적을 지울 수 있으니까.

"흔적이라니? 이제부터 어디로 가는 건데?"

—괜찮아. 다 생각이 있으니까. ······너는 내가 하라는 대로하면 돼.

다케시는 묵직한 가이토의 말에 불안을 느끼면서도 고개를 끄덕일 수밖에 없었다.

6

"진짜 여기에 숨어?"

다케시는 눈앞에 선 폐허에 가까운 빌딩을 올려다봤다.

—응, 맞아. 무슨 문제라도 있어?

"하지만 여기는······."

—맞아. 그 형사가 데려온 빌딩이지.

그곳은 반다가 처음 만난 날 데려온 빌딩이었다. 여기 지하의 폐업한 바에서 반다와 이야기를 나누고 정보원으로 스네이크에 잠입하게 되었다.

"왜 하필 이런 데······."

—등잔 밑이 어둡다잖아. 게다가 전에 형사가 말했잖아. 이

빌딩, 입구를 봉쇄했다고. 그러니 숨어 있기 딱 좋잖아.

가이토가 가볍게 말했다. 그의 말대로 정면 입구의 문은 굵은 체인으로 둘둘 감겨 있고 커다란 자물쇠가 채워져 있었다.

네 시간쯤 전, 반다로부터 도망친 다케시는 시부야까지 가서 오토바이를 버렸다. 그 후 가이토의 지시를 따라 스크램블 교차로의 인파에 묻혀 시부야역으로 가서 전차를 여러 번 갈아타고 버스와 도보로 조심스레 흔적을 지우며 결국은 원래 있던 곳과 가까운 이 롯폰기 뒷골목으로 온 것이다.

—전에 왔을 때 건물 뒤편에 간신히 통과할 만한 크기의 창문이 있는 걸 봤어. 틀림없이 화장실 창문일 거야. 거기로 들어가자.

"당분간 여기서 숨어 지내자고?"

다케시는 손에 든 비닐봉지를 바라봤다. 안에는 편의점에서 산 대량의 에너지바가 들어 있다. 가이토가 사라고 명령한 것이다.

—응, 일단 문제가 해결될 때까지는.

"해결?! 그런 방법이 있어?"

다케시가 한껏 흥분해 묻자 가이토는 왼손 검지를 세웠다. 이미 가이토의 '지배 영역'은 목덜미 근처까지 넓어져 있었다.

—자세한 얘기는 진정 좀 하고 하자. 일단 안으로 들어가.

가이토의 재촉에 다케시는 빌딩 뒤로 돌아갔다. 정말 작은 창이 있었다. 높은 위치의 창에 손을 걸고 간신히 몸을 밀어

넣자 예상대로 화장실 개인 칸이 나왔다. 오랫동안 사용하지 않아선지 시큼한 악취가 가득했다. 변기에 시커먼 곰팡이가 잔뜩 나 있는 것을 보자 구역질이 올라왔다.

다케시는 간신히 창으로 침입하자마자 바로 화장실에서 나와 지하의 파산한 바로 갔다.

—일단 화장실을 확인해.

바로 들어가자마자 가이토가 말했다.

"왜 화장실을?"

—앞으로 여러 날을 지낼 건데 1층처럼 더러우면 안 되잖아. 일단 빨리 가봐.

성급하게 재촉하는 가이토의 말에 밀려 어쩔 수 없이 방 안쪽으로 갔다. 소파와 카운터에 살포시 먼지가 쌓여 있다.

정말 여기에 숨어도 괜찮을까? 가슴이 답답해지기 시작했다. 그 원인은 불안뿐만이 아니었다. 사파이어 금단 증상이다.

반다에게서 도망쳐 도쿄 안을 이동하는 동안 사파이어의 약효가 떨어져 안절부절못하게 되었다. 가능하면 당장이라도 주머니 속의 사파이어를 마시고 싶었다.

하지만 그랬다가는 가이토에게 버림받을지 모른다. 적어도 안전한 장소로 피난할 때까지는 가이토의 판단력을 따라야 한다. 그렇게 생각하고 필사적으로 견디고 있었지만 이제 한계에 가까웠다.

빨리 가이토로부터 '해결책'을 듣고 사파이어를 마시자. 이마에서 땀이 나기 시작하는 것을 느끼면서 화장실로 들어갔다.

"생각보다 깨끗하네."

다케시가 5제곱미터 정도 되는 크기의 화장실을 둘러보는데 가이토가 세면대의 수도꼭지를 열었다. 물이 나왔다.

—응, 물도 나오네. 먹을 것도 충분하니까 당분간은 이 안에서 살 수 있겠어.

"이 안이라니? 화장실에서 살 것처럼 말하지 좀 마."

—아니, 실제로 이 화장실에서 지낼 거야.

"뭐?" 다케시가 목소리를 높인 순간 왼손이 재빨리 움직였다. 주먹 쥔 왼손이 다케시의 턱을 때렸다. 완전히 허를 찔린 다케시는 쿵 쓰러지며 벽에 머리를 부딪쳤다.

"무, 무슨 짓이야⋯⋯?" 가벼운 뇌진탕이 일어났는지 혀가 꼬였다.

가이토는 말없이 반다에게 뺏은 수갑을 바지 주머니에서 꺼내 한쪽을 다케시의 오른손에 채우고, 다른 쪽을 세면대 밑의 튼튼해 보이는 배수관에 채웠다. 철커덕, 금속음이 좁은 공간에 울렸다.

—자, 이제 너는 여기서 도망칠 수 없어. 일단은 제일 큰 문제인 네 사파이어 중독을 '해결'하고 이 궁지를 벗어날 방법을 생각해야겠어. ⋯⋯천천히 많은 시간을 보내며.

마치 놀리는 듯 왼손 손가락이 살랑살랑 움직였다.

"무슨…… 말이야……?"

다케시는 몸을 일으키려 했다. 배수관에 채워진 수갑이 금속음을 내며 오른손을 잡아당겼다. 균형을 잃은 다케시는 다시 벽에 가볍게 머리를 부딪쳤다.

—조심해. 수갑 때문에 움직이기 어려울 거야.

얼굴 앞에 왼손이 나타났다.

"무슨 생각이냐고 물었잖아!"

—아까 말했잖아. 너를 이 화장실에 가둬 사파이어 중독을 치료할 거야. 안심해. 물도 나오고 에너지바도 충분히 샀으니까 마음만 먹으면 두세 주는 지낼 수 있어. 그 정도면 사파이어 의존증도 아마 나을 테고.

"두세 주……."

반쯤 열린 입에서 신음이 새어 나왔다. 장기간 감금되는 게 무서워서가 아니었다. 그동안 사파이어를 마시지 못한다는 게 무서웠다.

다케시는 곁눈질로 수갑이 채워진 오른손을 봤다. 손가락이 가늘게 떨리고 있었다.

불과 몇 시간 전에 사파이어를 마셨는데 이미 금단 증상이 나타난 것이다. 온몸의 땀샘에서 끈끈한 땀이 나오고 가슴에 통증이 생기기 시작했다. 배 속에 검고 탁한 독이 꿈틀대고 있다.

몇 시간, 겨우 몇 시간 만에 온몸의 세포가 사파이어를 원

하며 비명을 지르는 것이다. 사파이어를 마시지 못한 채 며칠
이 흐르면 어떤 고통이 찾아올까, 상상조차 할 수 없었다.

그건 견딜 수 없어. 죽고 말 거야.

열여덟 인생에서 처음으로 '죽음'이 바로 옆에 있음을 실감
했다. 가즈마 일행에게 죽을 뻔했을 때도, 이렇게 무섭지 않았
다. "헉!" 목구멍 속에서 천식이라도 일으킨 듯한 소리가 들려
왔다.

─자, 일단 제일 먼저!

가이토는 즐겁게 중얼거리고 왼손으로 바지 주머니를 뒤졌
다. 주머니에서 나온 손에는 푸른 액체로 가득한 조그만 플라
스틱 용기가 몇 개 쥐어 있었다. 예비로 주머니에 숨겨둔 사파
이어다.

"자, 잠깐……."

가이토가 뭘 하려는지 깨닫고 황급히 용기를 잡으려 했다.
그러나 오른손이 수갑에 매인 상태라 아무것도 할 수 없었다.
배수관과 수갑이 부딪치는 금속음만이 허무하게 울렸다.

─이제 포기해. 왜 깨끗하게 단념을 못 해?

가이토는 사파이어 용기를 아무렇게나 던졌다. 사파이어가
푸른 포물선을 그리며 변기 안으로 빨려 들어갔다. 물 내리는
레버로 왼손이 다가간다. 레버가 내려감과 동시에 변기 속에
생긴 소용돌이가 사파이어를 하수도로 끌고 갔다.

─다케시, 다행이지? 이제 그 위험한 약 때문에 고통받지 않

아도 될 테니까.

"웃기지 마! 네가 무슨 짓을 했는지 알아?"

다케시는 이가 다 드러날 정도로 입술을 일그러뜨리며 고함쳤다.

—……물론 알지.

가이토의 목소리가 낮아졌다.

—위험한 약물 때문에 파멸해가는 너를 구하려 하고 있지. 왜, 불만 있어?

전해지는 강렬한 분노에 완전히 기가 눌린 다케시는 필사적으로 반론할 여지를 찾았다.

"하지만 사파이어가 없으면 나는……."

—아, 맞아, 아마도 지옥 같은 고통을 맛보겠지. 그게 왜?

"왜라니……."

—나는 계속 경고했어. 이대로 가면 '사파이어의 노예'가 된다고. 하지만 너는 내 말을 안 듣고 계속 마셔댔고. 인과응보야. 한 번쯤 죽을 정도의 고통을 느끼면 두 번 다시 사파이어를 마실 생각이 안 들겠지.

"내, 내가 뭘 하든 내 맘이잖아? 왜 네가 그렇게까지……"

다케시의 말은 코에 닿을 정도로 가까워진 왼 손바닥에 의해 제지당했다.

—네 맘이 아니지. 나는 네 형이고 애초부터 네 몸의 일부를 쓰고 있어. 이 몸은 너 하나만의 것이 아니라고.

이 몸이 나 하나만의 것이 아니라고……?

다케시는 새삼 자기 몸의 감각을 확인했다. 왼쪽 손발, 몸의 좌반신, 그리고 목덜미에서 턱 끝까지 가이토의 '지배 영역'이 되었다.

이대로 몸을 빼앗기고 마는 걸까. 다시 끓어오르는 공포와 앞으로 지옥 같은 고통을 맛보게 되리라는 현실에 마음이 썩어 들어갔다.

"웃기지 말라고! 나를 여기서 내보내줘! 지금 당장 풀어달라고!"

다케시는 오른손을 힘껏 당겼다. 수갑이 손목을 파고들었지만 그 고통은 신경조차 쓰이지 않았다.

지금 당장 여기서 도망쳐 사파이어를 마셔야 한다는 충동이 온몸을 관통했다.

손목의 피부가 벗겨져 수갑이 붉게 물들었다. 그래도 다케시는 있는 힘껏 오른손을 흔들어댔다.

아무리 단단한 배수관이라도 언젠가는 빠질 것이다. 그래, 틀림없이 30분 정도면…….

―어쩔 수 없네…….

어이없어하는 가이토의 목소리와 함께 왼손 주먹이 얼굴을 향해 날아왔다. 다시 턱을 맞은 다케시는 그 자리에 무너져 내렸다.

천장이 빙글빙글 돈다. 머리뼈에서 둔탁한 소리가 계속 울리며 깨질 것처럼 머리가 아팠다. 오른손에도 힘이 들어가지 않았다. 자신의 '지배 영역'이 단숨에 줄어들고 있음을 깨달았다.

"영차!"

다케시의 의사와는 상관없이 입에서 소리가 나더니 왼손을 짚고 몸을 일으켰다. 몇 시간 전, 가즈마에게 녹아웃되었을 때와 똑같은 현상이다.

수갑이 채워진 오른손을 축 늘어뜨린 채 세면대 앞에 일어난 몸은 똑바로 거울을 응시했다.

"다케시, 안 된다니까."

거울 속 남자, 지금 몸을 지배하는 가이토가 말했다.

"오른손에 수갑이 채워져 있으니 나는 언제든 너를 때려 기절시킬 수 있어. 있는 힘껏 도망치려고 할 때마다 나는 똑같은 짓을 해서 너를 말릴 거야. 알았으면 얌전히 사파이어의 영향에서 벗어나길 기다려."

이제는 어떻게 해볼 방법이 없었다.

내 몸의 주도권은 가이토가 쥐고 있다. 이제 거스를 방법도 없다.

내 몸? 정말 그럴까? 지금의 나는 그저 '가이토의 몸'에 기생하는 존재가 아닐까?

시야가 빙글빙글 돌며 거울 속의 내 얼굴, 아니, 가이토의 얼굴이 다가왔다.

제4장

최후의 거짓말

1

변기에 얼굴을 대고 격렬하게 구역질한다. 그러나 텅 빈 위에서는 노란색의 끈끈한 위액이 소량 흘러나올 뿐이다. 견딜 수 없을 만큼 쓴맛이 입 안에 퍼졌다.

—괜찮아?

그다지 걱정하는 것 같지 않은 가이토의 목소리가 들렸다. 그러나 다케시에게는 그 질문에 대답할 기력조차 남아 있지 않았다.

변기에서 얼굴을 든 다케시는 다시 고개를 떨구고 세면대 옆 벽에 기대앉았다.

가이토의 책략에 걸려 이 좁은 화장실에 감금된 지 벌써 닷새가 지났다. 다케시는 그동안 줄곧 사파이어 금단 증상 때문에 지옥 같은 고통을 맛보았다.

쉴 새 없이, 내장이 썩어버린 것 같은 구역질이 나서 구토를 한없이 되풀이했다. 이글대는 사막을 방황하는 듯 목이 마르고, 영하의 세계에 알몸으로 내던져진 듯한 한기에 온몸이 떨렸다. 온몸의 땀샘에서 하염없이 비지땀이 나오고 시야는 뿌옇고 귓가에서 날벌레가 날아다니는 듯한 이명에 시달렸다. 피부 아래에서 뭔가 기어다니는 듯한 간지러움에 온몸을 뒤틀어야 했다.

그만 됐어. 이제 좀 끝내줘. 어제부터 줄곧 어떻게 하면 내 목숨을 끊을 수 있을지만 생각했다. 그러나 오른손에 수갑이 채워져 있고 이상한 행동을 하면 가이토가 제지하는 상황에서는 자신의 인생에 종지부를 찍는 것조차 힘들었다.

—자, 입이라도 헹궈.

왼손이 위로 뻗어 수돗물을 틀었다. 그러나 움직일 수조차 없었다.

벽에 머리를 대고 눈을 감자 눈꺼풀 속에 아야카의 모습이 떠올랐다. 부드러운 미소를 짓는 아야카. 아주 조금, 구역질이 가라앉는다.

지금 아야카는 뭘 하고 있을까? 갑자기 내가 사라져서 화내고 있을까?

한 번만 더 그녀를 만나고 싶다. 잠시 모습을 보는 것만으로도 충분하다. 한 번만 더…….

고갈되었을 터인 기력이 조금 솟아났다. 다케시는 오른손으로 배수관을 움켜쥔 채 비틀거리는 몸을 지탱하고 세면대에 기대듯 일어나 수돗물에 입을 댔다.

—그래, 잘했어. 제대로 수분을 섭취해야지. 그리고 가능하면 저것도 좀 먹어.

왼손이 움직여 옆쪽 바닥에 놓인 에너지바를 쥐었다. 가이토는 한 손으로 능숙하게 포장을 벗기고 노란색 막대를 입가로 가져왔다.

인공적인 달콤함을 품은 냄새가 코끝을 스치자 다시 구역질이 올라왔다. 그러나 다케시는 고개를 돌리지 않고 입을 벌려 에너지바를 베어 물었다. 치즈 비슷한 맛이 입 안에 퍼졌다. 소모된 몸은 지나치게 농후한 영양 덩어리를 반사적으로 토해내려 했으나 이를 악물고 목 안으로 넘겼다.

가이토의 말에 순응해 먹은 게 아니다. 살려면 먹어야 한다.

이런 곳에서 죽을 수는 없다. 어떻게든 여기서 살아서 나가자. 그리고…… 다시 아야카 씨를 만나자.

—오! 굉장하네. 이제까지 아무리 먹으려 해도 바로 토했는데. 조금쯤 사파이어 금단 증상에서 회복되었나?

기뻐하는 가이토의 말에 대답하지 않고 다케시는 자기 내부로 의식을 집중했다. 금단 증상은 지금도 끊이지 않고 이어지고 있다. 머리는 온통 푸르게 빛나는 그 액체에 대한 갈망으로 가득해 고문 같은 고통에 시달렸다.

그러나 어제부터 사파이어에 대한 욕구가 슬쩍 줄어드는 시간이 생기기 시작했다. 그게 금단 증상이 개선되어서인지, 아니면 고통을 견딜 수 없게 된 정신이 아무것도 느끼지 못하게 되어서인지, 다케시 자신도 알 수 없었다.

—자, 조금씩 여유가 생기는 것 같으니까 슬슬 시작해볼까?

왼손이 손가락을 딱 퉁겼다.

"……시작해? ……뭘?" 다케시가 모깃소리 같은 목소리로 중얼거렸다.

—물론 앞으로 어떻게 할 것인지를 생각해야지.

"……여기서 탈출해, 왼손을…… 너를 잘라버릴 거야……."

—하하하, 그것도 좋네. 그 의지대로 꼭 실행해라. 하지만 우선은 사파이어의 노예 상태에서 온전히 벗어나고 지금 상황을 해결하는 게 먼저야.

"상황을 해결……?"

—잊었어? 궁지에 몰린 우리 상황 말이야. 살인 용의자로 쫓기고 있고 반다에게는 정체를 들켰어. 게다가 스네이크는 우리 목숨을 노리고 있고. 그야말로 절체절명이야.

가이토는 왼손을 과장되게 움직이면서 이야기를 계속했다.

—이 상황을 뒤집을 방법은 딱 하나, 연금술사야. 사파이어를 스네이크에게 공급하는 인물이자 필시 하야카와를 살해했을 진범. 그 녀석의 정체를 폭로해 경찰이 체포하게 하면 모든 게 해결돼. 누명을 벗을 수 있고 스네이크 일당도 줄줄이 이어

서 체포될 거야.

"그렇게…… 잘될까……?"

―그것 말고 우리가 살 방법은 없어. 지금은 어떻게 연금술사의 정체를 찾을지만 생각해야 해.

"전에는 상대가 우리에게 접근해 올 거라고……."

―그 작전의 전제는 연금술사가 우리를 감시하고 있다는 것이었지. 하지만 이제는 틀렸어. 연금술사는 아파트를 감시했을 뿐이야. 지금 우리가 여기 있는지는 몰라. 그리고 반다가 우리를 찾는 지금, 아파트로 돌아갈 수는 없어.

"……왜? 우리가 그 아파트에 숨어 있는 것은 연금술사밖에 몰라. 반다가 알 리 없다고."

다케시는 금단 증상으로 제대로 돌아가지 않는 머리를 필사적으로 굴렸다.

―오호, 아주 좋은 점을 지적했어. 역시 사파이어의 영향이 상당히 옅어진 거 아닐까? 이대로 가면 앞으로 며칠만 버티면…….

"질문에 대답이나 해!"

이런 고통을 준 당사자의 가벼운 말투에 짜증이 나, 다케시는 고함을 쳤다.

―알았어, 알았다고. 그렇게 소리 좀 지르지 마. 아파트 얘기지? 경찰이 감시하고 있을 가능성이 크다고 봐. 우리가 어떤 가명을 썼는지 반다에게 이미 들켰어. 그렇다면 그 정보를 바

탕으로 수사본부가 그 가명을 조사해 우리가 빌린 방을 알아내겠지.

아, 맞다. 듣고 보니 옳은 소리다. 다케시는 고개를 떨구었다. 그렇다면 여기서 탈출하더라도 아야카를 만나러 갈 수 없겠구나…….

—다케시. 너 말이야, 그 누나 생각해?

"……네가 무슨 상관이야?"

—상관없지 않지. 누구 때문에 네가 이렇게 고통스러운지 생각 좀 해. 전부 그 누나가 네게 사파이어를 건넸기 때문이잖아.

"아냐, 네 탓이야."

다케시는 왼손을 노려봤다. 가이토가 '내 탓?'이라며 의아한 목소리로 되물었다.

"그래, 맞아. 네가 왼손에 깃든 탓에 사파이어를 마시지 않으면 견딜 수 없게 되었어. 네가 죽는 광경을 잊으려고, 늘 잔소리를 퍼붓는 네 입을 다물게 하려고, 그리고…… 내 몸을 침식하는 너를 억누르려고, 사파이어를 마셔댄 거라고!"

그것이 자신의 약점에서 눈을 돌리기 위한 궤변에 불과하다는 사실은 알고 있었다. 하지만 그렇게 생각하지 않으면 견딜 수 없었다.

—그래……? 내 탓이라고? 미안했다. ……다케시.

가이토가 중얼거렸다. 한없이 슬프게. 입술 틈으로 "아……"

라는 소리가 흘러나왔다.

자신을 이곳에 감금하고 지옥 같은 고통을 준 상대임에도 어쩐지 죄책감이 밀려들었다. 태어난 후로 인생을 줄곧 함께 살아온 분신. 우리 사이를 묶고 있는 강고한 유대감을 깨달았다.

다케시는 사죄의 말을 하려 했다. 그러나 그 전에 가이토가 입을 열었다.

─맞아, 나는 네게 안 좋은 존재일지도 몰라. 이 건이 잘 해결되면 본격적으로 앞으로의 일을 생각해야겠다. 다시는 너를 이런 상태로 만들지 않기 위해서라도.

가이토는 혼잣말처럼 중얼거리고 손가락을 튕겨 큰 소리를 냈다.

─일단은 앞일보다는 눈앞의 곤경을 어떻게 해결할지가 중요해. 아까 말한 것처럼 연금술사가 접촉해 오기를 기다리는 작전은 포기해야 해. 그렇다면 우리와 연금술사를 잇는 가장 중요한 접점, 그것을 찾는 게 가장 중요해.

"중요한 접점?"

도대체 그게 뭐지? 다케시는 다시 강해지는 구역질을 참으면서 머리를 굴렸다.

연금술사는 왜 우리 뒤를 쫓고 있지? 어떤 목적으로……?

필사적으로 생각하던 다케시는 퍼뜩 고개를 들었다.

"레시피! 사파이어 레시피다!"

─바로 그거야!

가이토는 왼손 엄지를 세웠다.

—사파이어 레시피, 그게 일련의 사건에서 가장 중요한 열쇠야. 반다의 의뢰로 사파이어를 조사한 하야카와는 어쩌다 레시피를 입수했어. 연금술사밖에 모르는 사파이어 조제법, 그것은 막대한 이익을 가져오는 황금알이야. 하야카와는 그 정보를 반다에게 알려주지 않고 연금술사를 협박했지.

"그런데 왜 연금술사에게 돈을 뜯어내려고 한 거지? 사파이어 레시피에 거금을 낼 조직은 얼마든지 있을 텐데."

다케시는 불끈불끈 통증이 날뛰는 관자놀이를 꾹 눌렀다.

—연금술사가 아주 소수 혹은 한 명이어서 아닐까? 스네이크처럼 위험한 단체와 거래하는 것보다는 위험이 적으니까. 뭐, 연금술사에게 돈을 받고 다른 조직에도 넘길 생각이었을지도 모르지. 하지만 그 계획은 어긋나서……

"하야카와는 연금술사에게 살해당했다."

이어서 말하자 가이토가 '응, 그렇지'라며 검지를 세웠다.

"그러면 사파이어 레시피는 어디에……?"

—그게 문제야. 적어도 연금술사는 레시피를 회수하지 못했어. 그러니까 하야카와는 거래 장소에 레시피를 가져가지 않았다는 소리야. 그래서 연금술사는 하야카와의 자택에 침입해 집을 뒤졌지만, 그래도 레시피를 발견하지 못하고 철수했어. 그리고 연금술사에 이어 하야카와의 방에 침입한 우리가 방에 설치된 금고를 열었고.

"하지만 안에 레시피는 없었다고."

—맞아, 없었지. 하지만 멀리서 방을 관찰하던 연금술사는 우리가 금고에서 레시피를 훔쳤다고 생각하고 계속 감시했어. 그게 현재 상황이야. 여기서 문제를 하나 낼게.

"레시피는 도대체 어디 있나?"

—그렇지. 하야카와는 분명 레시피를 손에 넣었어. 그것을 어디에 숨겼을까?

"어딘가 임대 금고에 넣어둔 게 아닐까?"

—그럴 가능성은 작지 않을까? 하야카와는 살인사건 피해자야. 아무리 우리 같은 유력한 용의자가 있더라도 경찰은 그의 주변을 샅샅이 조사할 거야. 임대 금고 같은 걸 빌렸다면 이미 찾아냈을 것이고, 만약 사파이어 레시피가 있었다면 그쪽을 더 팠을 거야. 하지만 반다 형사의 말이나 행동으로 보건대 경찰은 하야카와 살인사건과 사파이어를 연결하지 못하고 있어.

"그렇다면 하야카와가 자기만 아는 곳에 묻어둔 거 아닐까? 경찰이 못 찾는데 우리가 찾을 리 없잖아?"

다케시는 될 대로 되라는 식으로 말했다. 아무리 금단 증상이 잦아들었다고 해도 컨디션은 최악이었다. 더는 머리를 쓰는 게 버거웠다.

—포기하지 말자. 레시피를 찾는 것 외에는 지금 상황을 타개할 방법이 없으니까. 경찰은 분명 하야카와가 왜 그 강변 둔

치에 왔는지 모를 거야. 그걸 아는 우리가 더 유리해. 우리는 알아차리지 못했을 뿐, 레시피가 있는 장소를 알아낼 힌트를 가지고 있을지 몰라.

레시피가 있는 장소? 장소……? 다케시는 흐릿한 눈으로 천장을 봤다. 그러고 보니…….

"그러고 보니, 하야카와는 거래가 성립되면 어쩔 셈이었지? 레시피 원본도 없이."

다케시가 떠오른 생각을 내뱉은 순간 왼손이 갑자기 손가락을 쫙 폈다.

—그거다!

"뭔데? 갑자기 큰 소리를 내고 난리야. 머리가 울리잖아." 다케시가 얼굴을 찡그렸다.

—하야카와는 그 둔치에서 연금술사와 거래할 계획이었어. 그렇다면 레시피를 안 가져왔다는 게 이상해. 레시피 현물이 아니면 연금술사가 얌전히 돈을 건넬 리 없으니까. 하야카와는 어쩔 셈이었지……?

가이토가 다리를 달달 떨듯 손가락을 살살 흔들었다.

—레시피를 바로 근처에 숨겼나? 연금술사가 돈을 가져온 것을 확인하면 바로 건넬 수 있는 곳에? 그렇다면…….

손가락의 움직임이 멎었다. 갑자기 좌반신이 크게 경련했다.

"왜 그래……?"

—……노숙자.

가이토가 중얼거렸다. 다케시가 "뭐?"라고 되묻자 왼손이 재빨리 움직여 얼굴 앞을 가렸다.

—노숙자라고! 둔치에서 시비 붙었던 노숙자 말이야!

"그런 사람이 있긴 했지."

—우리가 둔치를 이용하려 하자 그 사람이 느닷없이 호통을 쳤잖아.

"응, 네가 500엔을 건네고 조용히 있게 했지." 다케시는 가슴을 쓸어내리며 고개를 끄덕였다.

—그런데 이후에 우리가 깼을 때 그 노숙자는 조용했어. 그렇게 큰 소리가 났을 정도면 노숙자도 분명 잠에서 깼을 텐데. 왜 노숙자는 우리에게 한 것처럼 소리 지르며 쫓아버리려고 하지 않았을까?

"하야카와가 둔치에 왔을 때 어디 갔던 거 아니야?"

—그럴 수도 있지. 하지만 다른 가능성도 있을 수 있어. 잘 생각해보면 하야카와가 칼에 찔린 그 새벽에 노숙자가 침상을 떠나 있었다는 건 좀 이상해. 아마도 노숙자와 하야카와는 계약을 맺었을 거야.

"계약?"

—틀림없이 하야카와는 거래 장소를 미리 물색했을 거야. 그리고 그때도 노숙자는 호통을 쳤을 테고. 하지만 하야카와는 거꾸로 그 노숙자를 이용하기로 했어. 우리처럼 돈을 주고.

"그러니까 거래 장소로 그곳을 이용하는 대신 돈을 줬다고?

그래서 노숙자는 거래 시간에 자리를 비켜준 거고?"

─그뿐만이 아니야. 거래 장소로만 쓸 거면 굳이 돈까지 주며 그곳을 이용할 필요는 없어. 아마도 하야카와는 그 노숙자에게 거래 장소만이 아니라 보관 장소도 빌렸을 거야.

고개를 갸웃하며 "보관 장소라……"라고 중얼거리던 다케시는 다음 순간 눈을 부릅떴다.

"설마 그거……!?"

─맞아, 레시피 보관 장소. 잘 생각해보면 어떤 의미에서는 제일 이상적이잖아. 연금술사가 돈을 가져온 것을 확인하면 바로 레시피를 가져올 수 있어. 게다가 더러운 골판지 집에 그 소중한 것을 숨겨놓으리라 생각하지 않을 테고.

"자, 잠깐만……."

다케시는 혼란스러운 머리를 감싸 안았다. 놀란 탓인지 금단 증상에 의한 통증이 전혀 느껴지지 않았다.

"그렇다면 사파이어 레시피는 지금도……?"

─응, 경찰이 하야카와 사건과 사파이어를 연결 짓지 못하는 것을 보면 그 노숙자가 가지고 있을 가능성이 커. 틀림없이 경찰 조사를 받으면서도 레시피에 관해서는 입을 다물었을 거야. 그게 뭔지는 모르지만, 돈이 될지도 모르니까 경찰에게는 건네지 않고 보관하고 있을 수도 있어. 적어도 알아볼 가치는 있어.

설마 그런 곳에 연금술사에게 다가갈 힌트가 잠들어 있다니……. 너무 놀라 아연실색한 다케시는 "윽!" 신음을 흘렸다. 일시적으로 잠잠해진 금단 증상이 큰 파도가 되어 몰려왔다.

내장이 뒤틀리는 느낌. 황급히 변기에 얼굴을 대고 탁한 소리와 함께 입 안의 점액질 액체를 토해냈다. 명치부터 목구멍까지 이어지는 타는 듯한 통증에 눈물이 일렁였다. 흐린 시야 속에서 노란 위액 안에 빨간색이 섞여 있는 게 보였다. 아무래도 지난 며칠 구토를 반복한 탓에 위 점막에 출혈이 생긴 듯하다. 피가 얼어붙은 듯한 오한이 덮쳐왔다.

—금단 증상이 회복되면 둔치로 가서 노숙자를 추궁해보자.

왼손이 가슴을 다정하게 쓸어준다. 다케시는 우반신을 덜덜 떨며 몸 둘 바 없는 고통에 시달리면서도 그저 견디는 수밖에 없었다.

2

—다케시, 다케시, 일어나.

멀리서 목소리가 들려왔다. 다케시는 눈을 감은 채 "……일어났어"라고 중얼거렸다.

—아, 다행이다. 컨디션은 어때?

"……최악이야." 건조해 갈라진 입술이 아파 입을 거의 벌리지 않고 대답했다.

바 화장실에 감금되고 얼마나 시간이 흘렀는지도 이제는 모르겠다. 그저 영원할 것만 같은 금단 증상과 싸우느라 몸과 마음이 다 피폐해져 한계에 달했다. 이제 눈을 뜨는 것조차 버거웠다.

—그야, 열흘간이나 거의 움직이지 않고 토하거나 덜덜 떨기만 했으니까 어쩔 수 없지. 그래도 전처럼 힘들지 않지?

다케시는 온몸의 감각을 확인했다. 사파이어 금단 증상이 일으키는 오한, 구토, 갈증 등은 이제 느껴지지 않았다. 그저 견딜 수 없는 피로감과 권태감이 온몸을 지배했다.

"······피곤해."

—금단 증상과 필사적으로 싸웠으니까. 제대로 영양을 보충하고 푹 쉬면서 기력을 회복하자. 여기는 화장실보다 편안하게 쉴 수 있을 테니까.

화장실보다? 다케시의 눈썹이 꿈틀댔다. 듣고 보니 좁은 화장실이 아니라 옅은 간접 조명이 떨어지는 세련된 공간이었다.

"여기는······?" 가죽 소파 위에서 다케시가 중얼거렸다.

—무슨 소리야? 당연히 우리가 숨은 바지. 봐, 줄곧 저기 화장실에 있었잖아.

가이토가 바 안쪽을 가리켰다. 열린 문틈으로 간이 감옥이었던 화장실이 보였다.

"그럼, 수갑은······?"

다케시는 오른 손목을 내려다봤다. 손목에는 감금 첫날 저항하다 수갑과 마찰해 생긴 상처의 흉터가 벌겋게 남아 있을 뿐 쇠고랑은 없었다.

—지난 2, 3일 동안 금단 증상이 거의 없어서 말이야. 이제는 괜찮을 것 같아 네가 숙면한 사이 내가 풀었지.

왼손 엄지와 검지가 바지 주머니에 들어가더니 조그만 열쇠를 집어 들었다.

—그리고 네가 숙면한 덕분에 몸을 이용해 편의점에 가서 쇼핑도 하고.

"쇼핑?"

중얼거리던 다케시는 옆 테이블 위에 커다란 비닐봉지가 놓인 것을 발견했다.

—일단 영양을 보충해 체력을 회복해야 하니까. 음식을 사 왔어. 그리고 몸도 단장해야 하니까 갈아입을 속옷, 면도기, 비누랑 샴푸…….

가이토가 설명하는 동안, 다케시는 테이블에 놓인 주먹밥을 잡고 정신없이 포장을 벗겨 한 입 베어 물었다. 앞니가 김을 씹는 감각에 이어 짭짤한 밥맛과 매실장아찌의 새콤한 맛이 입 안에 가득 퍼졌다.

영양분만을 추출해 굳힌 에너지바의 인공적인 맛과는 다른, 자연 재료의 맛에 눈물이 솟구쳤다. 금단 증상으로 연일 이어진 구토가 거짓말처럼 사라지고, 몸 저 깊은 곳에서부터 식욕이 샘솟았다. 온몸의 세포가 생생한 영양을 원했다.

다케시는 충동이 이끄는 대로 테이블의 음식을 입에 쓸어 넣었다.

─좀 천천히 먹어. 위가 약해져 있을 테니까.

가이토의 충고에도 멈출 수가 없었다. 샌드위치의 양상추가 입 안에서 사각사각 소리를 낼 때마다 자신이 살아 있음을 실감했다.

─뭐, 이렇게 식욕이 살아난 걸 보니 금단 증상은 완전히 이겨낸 것 같네. 다케시, 어때? 아직도 사파이어를 마시고 싶어?

곤약 주먹밥을 입으로 가져가던 다케시의 움직임이 뚝 멈췄다. 입 안에 든 밥을 씹어 넘기며 다케시는 자신의 내부로 각오도 내려보냈다.

사파이어를 마셨을 때의, 온몸의 세포가 빛을 내는 듯한 쾌감은 지금도 기억한다. 또 그것을 맛보고 싶다는 욕구는 사라지지 않았다.

그러나 사파이어를 원하는 배고픔과도 같은 갈망은 사라지고 없었다. 사파이어에게 몸과 마음을 지배당할 때와는 확연히 다른 자신이 여기에 있었다.

"……아니, 괜찮아. 더는 사파이어를 원하지 않아."

─그래? 축하해.

왼손 엄지가 착 올라왔다.

─이제 너는 사파이어의 노예가 아니야. 사파이어를 이겨낸 거야.

사파이어를 이겨냈다는 실감은 없었다. 아니, 지금도 사파이어를 적이라고는 생각하지 않는다.

다만 사파이어 없이 살 수 없었던 열흘 전으로 다시는 돌아가고 싶지 않았다.

—일단 다 먹고 다시 자. 체력을 회복해야 해. 그런 다음, 가자. 일련의 사건이 시작된 그 둔치로.

패기 있는 가이토의 목소리에 다케시도 힘차게 고개를 끄덕였다.

여름밤 특유의 따뜻하고 습한 바람이 불었다. 사람들의 통행이 적은 길을 마스크를 쓴 다케시가 경계하며 걸어갔다.

다케시는 바에서 배가 터지도록 먹은 다음 가이토의 말처럼 다시 소파에 누웠다. 열흘간 금단 증상과의 격렬한 전투로 소모된 몸이 갑자기 대량 공급된 영향을 흡수하려면 긴 휴식이 필요했다.

한나절을 혼수상태에 빠진 사람처럼 잔 다케시가 눈을 뜨자 기름이 떨어진 것처럼 기운이 없었던 몸이 다소 회복되어 있었다. 가이토가 '그럼 준비하자'라고 재촉해 스태프 대기실에 설치된 샤워실로 갔다. 무성해진 수염을 깎고 뜨거운 물을 머리부터 끼얹자 때와 함께 마음에 붙어 있던 더러움도 씻겨 내려간 듯 개운했다.

다케시는 가이토가 사다준 속옷과 셔츠로 갈아입고 열흘

간 지낸 바를 떠나 밤의 롯폰기를 걷기 시작했다. 그리고 전차를 갈아타고 이곳까지 온 것이다.

다케시는 고개를 들었다. 앞쪽에 다리가 보였다. 도쿄와 가나가와의 경계, 다마가와에 걸린 거대한 다리. 일련의 사건이 시작된 곳.

다리 옆으로 다가가 주위를 둘러봤다. 원래도 인적이 드문 곳인지 오후 9시 전인데도 인기척은 없었다. 다케시는 인도에서 벗어나 잡초가 웃자란 둔치를 조심스레 내려왔다.

있다. 다리 밑, 수십 미터쯤 떨어진 곳에 골판지 집이 있다. 손전등이라도 쓰는지 안에서 불빛이 새어 나오고 있다.

그쪽을 향해 발을 내딛는데 다케시의 뇌리에 피 흘리며 쓰러진 중년 남자의 모습이 스쳤다. 몸을 굳힌 채 발밑으로 눈길을 떨어뜨렸다. 지금 자신이 선 장소, 여기에 하야카와가 쓰러져 있었다. 혀를 살짝 내민 입에서 피를 흘리고 탁한 눈으로 허공을 노려보며.

—다케시, 괜찮아?

"응, 괜찮아……."

다케시는 심호흡을 되풀이했다. 그날 시신을 발견한 이후로 이어진 악몽. 그것을 끝내려면 집중해야 한다. 크게 한 걸음 내딛자 가이토가 '바로 그거야!'라며 밝게 말했다.

다케시는 골판지 집에 다가가며 눈만 움직여 왼손을 봤다. 지금 가이토의 '지배 영역'은 왼 손목부터 손끝까지다. 바 소파에서 일어난 이후로 계속 같은 상태다. 덕분에 별다른 지장 없이 몸을 움직일 수 있다. 그러나 왼손 이외의 '지배권'을 완전히 되찾은 것은 아니었다. 지금은 가이토가 왼손 이외의 '지배권'을 양도해줬기 때문에 사용할 수 있는 것에 불과하다. 가이토가 마음만 먹으면 왼쪽 몸의 '지배권'을 빼앗을 수 있다. 어쩌면 더 넓은 범위의 '지배권'도…….

생각하지 마! 다케시는 머리를 세게 흔들었다. 이제 '사파이어의 노예'에서 해방되었다. 이제까지는 사파이어의 영향으로 가이토의 '지배 영역'이 확대되었는데 앞으로는 곧 원상 복귀될 것이다.

잡초를 밟으면서 나아간다. 옆을 흐르는 다마가와의 물소리가 발소리를 지워줬다. 골판지 집을 슬쩍 들여다보니 남자가 누워 있다. 그 사건 전날, '자릿세를 내라'며 시비가 붙었던 노숙자. 남자는 과자 빵을 씹으면서 천장에 달린 손전등 불빛으로 성인 잡지를 읽고 있었다.

다케시는 다시 주위를 살펴 아무도 없음을 확인하고 재빨리 골판지 집으로 들어갔다. 다케시를 발견한 남자는 상체를 일으키고 눈을 부릅뜨며 입을 벌렸다. 그러나 비명이 터지기 전에 다케시가 오른 손바닥으로 남자의 입을 막았다.

"오랜만이네. 나, 기억하지?"

다케시가 낮게 말했다. 이제부터 할 행동은 여기까지 오는 동안 가이토와 철저히 의논했다.

남자는 떨면서 슬며시 고개를 끄덕였다.

"손을 뗄 거야. 하지만 소리는 지르지 마. 그런 짓을 하면 어떻게 될지…… 알지?"

입가를 올리며 왼손을 재킷 안에 넣었다. 마치 칼이라도 숨겨놓은 듯. 남자는 공포로 얼굴을 일그러뜨리며 열심히 고개를 끄덕였다.

다케시가 손을 떼자 남자는 기어서 뒤로 물러났다. 그의 등이 변색한 잡지 더미에 닿자 그 위에 놓인 담배꽁초로 가득한 종이컵이 바닥에 떨어졌다.

"나, 나를 죽일 거야……?" 남자는 온몸을 덜덜 떨기 시작했다.

"그야 너 하기 나름이지."

다케시는 최대한 흉악하게 보이도록 표정을 지었다. 이 노숙자는 다케시가 하야카와를 살해했다고 믿고 있다. 그렇다면 그것을 최대한 활용해야지.

"뭘…… 뭘 하면 살려줄 건데……?" 남자가 빌듯 두 손을 모았다.

"그날, 여기서 찔려 죽은 남자가 누구지? 너는 알지?"

"찔려 죽은? 죽인 사람은 너잖아?"

"그런 건 어떻든 상관없어! 너, 그 남자 알지?!"

호통을 치자 남자는 "헉" 놀라며 몸을 움츠렸다.

"몰라. 아는 사람 아니야!"

"그럼 왜 나한테 한 것처럼, 그 남자에게 시비를 걸어 자릿세를 받으려고 하지 않았지?"

남자의 눈이 허공을 헤맸다.

"살해된 남자와 지인 사이라 할 정도로 친하지는 않았겠지. 다만 전에도 여기서 만난 적이 있을 텐데. 아마도 사건이 일어나기 며칠 전에. 안 그래?"

다케시가 재촉하자 남자는 주저하며 끄덕였다.

"그날, 너는 남자에게 돈을 받고 빈 캔이라도 주우러 다른 곳으로 갔어. 그런데 돌아왔더니 남자가 죽어 있었고. 그렇지?"

"마, 맞아. 너야! 네가 그 사람을 죽였어!"

다케시를 가리키며 남자가 소리쳤다. 다케시는 입술을 일그러뜨리고 다시 왼손을 품에 넣었다.

"……목소리가 너무 커. 소리 내지 말라고 경고했을 텐데."

남자는 서둘러 양손으로 자기 입을 막았다.

—야! 너 연기 잘한다! 정말 살인범 같아. 박력이 대단해.

다케시는 가이토의 농담에 짜증을 내며 남자를 노려봤다.

"한 번만 더 물을게. 남자와 아는 사이지?"

"아, 아는 사이는 아니야. 그냥 며칠 전에 만나 돈을 받았어."

"사건이 일어난 날 밤, 그 남자가 이 다리 아래에서 뭘 하려는지 들었나?"

"……누구와 만난다고 했어."

"그게 누구냐고?!"

"몰라. 그냥 한두 시간만 어디 가 있으라고 했어."

역시 하야카와는 이 남자와 접촉했다. 그렇다면 '그것'이 여기 있을 가능성이 크다.

"그럼 마지막 질문이야. 너, 그 남자한테 뭔가 맡았지?"

남자에게서 뚜렷한 동요의 기색이 드러났다. 다케시는 남자의 멱살을 잡았다.

"어디야?! 하야카와가 맡긴 거, 어디 있냐고?! 죽고 싶지 않으면 얼른 말해!"

"알았어! 줄 테니까 죽이지 마!"

다케시가 손을 놓자 남자는 몸을 돌려 중고 잡지 더미를 뒤지기 시작했다. 그 안에서 제일 더러운 잡지를 꺼내 펼쳤다. 안에는 노트 한 권이 끼워져 있었다. 어디서나 팔 법한 너무나 평범한 대학 노트다.

남자가 내민 노트를 오른손으로 받아 들자 왼손이 마음대로 움직여 노트를 펼쳤다.

복잡한 화학기호가 눈에 들어왔다. 화학 물질의 생성법이 적혀 있다는 것은 그냥 봐도 알겠는데 난해한 화학식과 마구 휘갈겨 쓴 필기체 알파벳으로 빼곡하게 채워진 내용까지는 수학에 약한 다케시로서는 이해할 수 없었다.

—이게 레시피인가…….

"가이토, 너, 이걸 이해해?"

—당연히 이해 못 하지. 이렇게 영어로 쓴 전문적인 내용인데. 하지만 여길 봐.

가이토가 가리킨 부분에 적힌 필기체 글자를 다케시는 열심히 해독했다. 'Sapphire'라는 글자 밑에 빨간 줄이 그어져 있었다.

"사파이어?!" 목소리가 갈라졌다. "그럼 이 노트가……?"

—응, 틀림없이 사파이어 레시피야.

드디어 손에 넣었다. 연금술사에게 대항할 결정적인 무기를. 흥분으로 몸이 뜨거워졌다. 왼손과 대화하는 자신을 노숙자가 의아하게 쳐다보는 것조차 개의치 않았다.

—자, 이 안에 연금술사의 정체를 밝힐 힌트가 없을까?

가이토는 가볍게 말하며 노트를 넘겼다. 그러나 처음 몇 페이지에 복잡한 화학식이 빼곡하게 적혀 있을 뿐 그다음은 백지였다.

시간을 더 들여서 노트에 적힌 내용을 해독하면 뭔가 힌트를 얻을지도 모르겠으나 적어도 여기서는 무리다. 다케시는 고개를 들고 노숙자를 봤다.

"이 노트에 관해 하야카와가 무언가 말하지 않았나?! 이걸 누구에게 준다거나?"

"아무 말도 못 들었어. 돈을 줄 테니까 노트를 여기에 숨겨 달라고만 했지."

—귀중한 것 같아서 하야카와의 시신이 발견되고 경찰 조

사를 받을 때도 이 노트에 대해 얘기하지 않았겠지. 이 아저씨 욕심 덕분에 살았네. 자, 원하는 것을 손에 넣었으니 그만 끝내자. 계획대로.

"아, 그러자. ……계획대로."

다케시가 노트를 말아 쥐고 왼손을 깊이 품에 넣었다. 남자의 얼굴이 공포와 절망으로 물든다. 가이토는 왼손을 품에서 꺼내 손안에 든 것을 남자에게 쥐여줬다.

"협박해서 죄송했어요. 이거, 받으세요."

만 엔짜리 지폐를 손에 쥔 남자가 눈을 껌뻑이는 사이에 골판지 집을 나온 다케시는 대학 노트를 움켜쥔 채 둔치를 달려 올라갔다.

미리 계획한 대로 강변에서 수백 미터 떨어진 사철私鐵 역까지 이동한 다케시는 모든 역에 정차하는 전차를 탔다. 이대로 종점인 시부야까지 가서 인파에 묻힐 계획이었다. 그러면 노숙자가 신고하더라도 경찰의 추적을 피할 수 있다.

빈자리에 앉아 가져온 대학 노트, 사파이어 레시피를 펼쳤다. 차분하게 살펴봤으나 역시 내용이 너무 전문적이라 전혀 이해할 수 없었다.

"저기, 레시피를 입수했는데 정말 이걸로 연금술사의 정체를 알 수 있을까?"

조그맣게 물었으나 대답은 없었다. 다케시는 "가이토?"라고 목소리를 높였다. 그러자 갑자기 왼쪽 어깨까지 '지배권'을 빼앗겼다. 왼손이 멋대로 움직여 무릎 위에 놓인 대학 노트를 휙휙 넘겼다.

"야, 가이토. 갑자기 왜 그래? 진정 좀 해."

말을 걸자 왼손의 움직임이 딱 멈췄다.

—……있다.

"있어? 뭐가 있는데?"

—우리가 찾던 힌트 말이야. ……연금술사의 정체를 알아낸 것 같아.

"진짜?!"

큰 목소리를 내고 말았다. 근처에 앉은 직장인이 자다 깨 비난의 눈길을 던졌다. 목을 움츠려 사과하고 목소리를 죽여 다시 물었다.

"정말 연금술사의 정체를 알았어? 도대체 누군데?"

—그게 말이야……

생각에 잠겼는지 왼손이 천천히 노트를 열었다 닫기를 반복했다.

—이 노트만으로는 충분하지 않아. 연금술사의 정체를 폭로하려면 증거가 하나 더 필요해.

"그게 뭔데?"

—하야카와의 금고에 들어 있던 파일. 시간이 없어서 자세히 설명할 수는 없어. 하지만 그 파일과 이 노트를 비교하면

누가 연금술사인지 알게 될 거야.

"파일……? 하지만 그건……."

—맞아. 가와사키 아파트에 두고 나왔지. 그러니까 목적지를 바꿔야겠어.

가이토는 차 안에 붙여진 노선도에 적힌 '가와사키'라는 글자를 가리켰다.

—가와사키에, 우리들의 은신처로 돌아가자.

3

"……정말 괜찮을까?"

다케시는 전봇대 뒤에서 주위를 살피면서 조그만 목소리로 물었다. 수십 미터 앞에는 다케시가 오랫동안 은신처로 이용한 아파트가 있었다.

—응, 아마도.

"아마도라니, 너, 전에 말했잖아. 다시는 이 아파트로 돌아올 수 없다고."

—우리가 가명을 쓴다는 것을 반다에게 들켰으니까. 그 정보가 하야카와 살인사건 수사본부에 전해져 이 아파트를 빌렸다는 사실이 밝혀질 줄 알았지. 하지만 잘 생각해보니 꼭 그러란 법은 없더라.

"왜? 알아듣기 쉽게 좀 설명해." 다케시는 오른손으로 관자놀이를 눌렀다.

─반다는 공로를 독점하려고 혼자 우리를 체포하려다 실패했어. 이거, 상당히 큰 실수 아닐까? 만약 우리가 하야카와 살인사건의 용의자임을 깨달은 시점에서 보고하고 대량의 수사원을 동원했으면 틀림없이 체포했을 테니까.

"그러니까 반다가 아직 우리를 수사본부에 보고하지 않았다고?"

─그랬을 가능성이 커. 보고하면 처분을 받아. 그 형사의 성격을 고려하면 아직 우리 정보를 독점하면서 혼자 공을 세우려 할 거야.

"하지만 반다가 저 아파트를 감시하고 있을 수도 있잖아."

─여기는 가나가와현이야. 반다와 만난 롯폰기와는 거리가 멀어. 아무리 우리가 사용한 가명을 조사해도 이 아파트까지 혼자 도달하기는 힘들지 않을까?

"하지만 절대 할 수 없는 일은 아니잖아. 반다가 근처에서 감시하고 있을 수도 있고 반성한 녀석이 수사본부에 정보를 제공해 수사원 여러 명이 주위에 있을지도 몰라."

다케시는 말하다 보니 더 긴장되어 가볍게 몸을 떨었다.

─맞아, 절대 아니라고는 할 수 없어. 하지만 그리 나쁜 도박은 아니라고 생각해. 방에 있는 파일만 찾으면 연금술사의 정체를 알아내 누명을 벗을 수 있으니까.

"······틀림없어? 정말 그 파일만 찾으면 연금술사의 정체를 알 수 있는 거야?"

─응, 틀림없어.

가이토가 강하게 말하자 다케시는 입을 축이고 각오를 다졌다.

"알았어, 가자."

─그렇게 나와야지. 자, 시간 거의 다 됐어.

가이토가 왼 손등을 내밀었다. 시곗바늘이 오후 10시 40분을 막 지나가고 있었다. 다케시는 아파트로 눈길을 던졌다. 이 자리에서는 현관문이 죽 늘어선 바깥 복도가 훤히 보였다. 그때 문 하나가 열리고 안에서 젊은 여성이 나타났다. 심장이 크게 뛰었다.

"아야카 씨······." 무의식적으로 입에서 이름이 나왔다.

현관문을 잠근 아야카는 종종걸음으로 바깥 복도를 걸어 엘리베이터에 탔다.

─좋았어, 계획대로야. 앞으로 2, 3분만 있다가 가자.

"저기, 굳이 아야카 씨를 속일 필요까지 있어?"

여기 오기 전에 다케시는 약 열흘 만에 스마트폰 전원을 켰다. 오랜만에 생명을 되찾은 스마트폰에는 수십 통의 문자가 와 있었다. 대부분이 아야카의 연락이었다. '어디 있어?' '당장 만나고 싶어!' '무사한지만 알려줘!'라는 내용이었다. 그것을 보자 강한 죄책감이 들었으나 가이토의 지시대로 그녀에게 문

자를 보냈다. 오후 11시에 아파트에서 수백 미터 떨어진 패밀
리레스토랑에서 보자고.

—당연하지. 저 누나, 너에게 이상할 정도로 집착하니까. 만
약 방에 돌아가면 당장 소리를 듣고 달려올 거야.

"……그래도 문제가 될 건 별로 없잖아."

불평처럼 중얼거리자 왼쪽 손목이 빙글 돌더니 손바닥을
내밀었다. 가이토가 노려보는 듯해 다케시는 눈을 피했다.

—또 그런 소리를 한다. 잘 들어. 앞으로의 행동에 우리 인
생이 달렸어. 저 누나를 만나면 넌 동요해서 작전을 제대로 수
행하지 못할 거야.

"딱히 꼭 그렇다고는……."

—게다가 우리는 아주 위험한 상황에 처해 있어. 저 누나를
끌어들이고 싶어?

"아니, 그건……."

—싫지? 저 누나가 소중하면 지금은 일단 작전에 집중해. 그
리고 살인 혐의가 풀리면 다시 만나 모든 걸 설명해. 알았어?

"……그래, 응, 알았어."

다케시는 힘차게 고개를 끄덕였다. 가이토의 말이 옳다. 일
단은 연금술사의 정체를 밝혀내 내게 씌워진 누명을 벗는 데
집중하자. ……그녀를 위해서라도.

—그럼 가자.

가이토의 명령에 다케시는 전봇대 뒤에서 나와 신중하게 나

아갔다. 아파트 뒤쪽으로 접근해 2미터쯤 되는 블록 담을 넘어 자전거 보관소를 통해 비상계단을 올랐다.

"경찰은 없을까?" 4층과 5층 사이의 층계참에서 걸음을 멈추고 주위를 둘러봤다.

—응, 아직은 없는 것 같아. 가자.

다케시는 계단을 뛰어 올라가 몸을 낮추고 바깥 복도를 지나 자기 집 현관 앞까지 이동했다. 신중하게 잠금장치를 풀고 문틈으로 숨어들어 신발을 신은 채 복도를 통과해 방으로 들어갔다. 밖에서 얼마 안 되는 빛만이 들어오는 어두컴컴한 방의 책상으로 다가가 가장 아래 서랍을 열었다.

그곳에는 하야카와의 방 금고에서 가져온 파일이 들어 있었다. 손을 뻗던 다케시의 몸이 굳었다. 파일 옆에 어렴풋이 빛나는 푸른색이 보였기 때문이다.

사파이어. 푸른 액체로 가득한 용기 딱 하나가, 서랍 안에 있었다.

호흡이 거칠어졌다. 손끝이 떨렸다. 사파이어를 마셨을 때의 쾌감이 되살아났다.

금단 증상이 사라지고 사파이어의 노예 상태에서 해방되었다고 생각했다. 그러나 한번 맛본 쾌락의 기억은 뇌 깊은 곳에 스며 있을 뿐, 절대 사라지지 않음을 깨달았다.

어느새 입 속이 칼칼하게 말라 있었다. 목이 꿀꺽 소리를 냈다.

안 돼! 무엇 때문에 지옥 같은 시간을 보냈냔 말이다! 이를 악문 다케시는 억지로 사파이어에서 눈길을 떼어내고 파일을 꺼낸 다음 거칠게 서랍을 닫았다.

"이 파일의 어딜 봐야 하는데?"

필사적으로 마음을 진정시키고 조그만 목소리로 묻는데 왠지 가이토는 대답이 없었다.

"어이, 듣고 있어? 여기 어디에 연금술사의 정체가 적혀 있냐고?"

─……없어.

가이토가 나지막하게 중얼거렸다.

"뭐? 무슨 소리야?"

─그러니까 그 파일에 연금술사의 정체는 적혀 있지 않고. 전부 내가 이리 오게 하려고 한 거짓말이야.

"아니, 왜……?"

억양 없는 가이토의 말투에 불길한 예감이 커졌다.

─그 파일은 필요 없으니까 당장 베란다로 나가 옆집으로 숨어들어.

"옆집이라니, ……아야카 씨네 집?"

─맞아. 그래서 일부러 누나에게 거짓 문자를 보내 내보낸 거야.

"왜……, 왜 그런 짓을……?"

다시 호흡이 거칠어지기 시작한 다케시의 얼굴에 왼손이 다가왔다.

―그야 당연하지 않아?

가이토는 다케시의 코끝을 가볍게 손가락으로 튕겼다.

―저 누나가 바로 연금술사, 하야카와를 살해한 진범이니까.

"무슨 소리야…… 너……."

목소리가 떨렸다. 무슨 말인지 이해할 수 없었다.

―그러니까 저 누나가 연금술사, 사파이어 제조자이자 하야카와 살인사건의 배후야.

"그럴 리 없어!"

고함을 치자 왼손이 얼굴 앞을 가로막았다. 놀리듯 다섯 손가락을 살랑살랑 움직였다.

―왜 그럴 리 없다고 단언하지?

"왜라니……."

다케시는 펄펄 끓는 머리를 필사적으로 식히고 머리를 굴리다가 퍼뜩 고개를 들었다.

"연금술사가 옆집에 산다니, 그런 우연이 있을 리 없잖아! 안 그래?!"

―저기 말이야.

가이토가 한심하다는 듯 말했다.

―우연일 리 있겠어? 하야카와의 방에서 우리가 가지고 나온 노트북 컴퓨터. 거기에 GPS가 깔려 있었어. 저 누나는 우리가 여기 산다는 것을 확인하고 옆집으로 이사 온 거라고.

우리와 접촉해 사파이어 레시피를 돌려받으려고.

"아니야, 그건 이상해. 아야카 씨는 우리가 여기 오기 전부터 옆집에 살았어. 역시 아야카 씨가 연금술사일 리 없어!"

논리의 모순을 지적받은 가이토는 '그건 아니지'라며 낮고 숨죽인 목소리로 중얼거렸다.

"아니라고?"

—저 누나는 전부터 옆집에 살던 게 아니야. 우리가 여기 온 뒤에 왔지.

"그럴 리가……"

다케시는 기억을 더듬었다. 이 아파트에 온 날, 벽 너머 울려 온 교성이 귓가에 되살아났다. 이제까지 그날을 떠올리면 질투로 머리에 피가 솟구쳤다. 하지만 오늘은 얼굴에서 핏기가 사라지는 것 같았다.

—이제 알았어? 처음 여기 온 날, 옆집에서 들린 소리는 저 누나 목소리가 아니었어. 그날 옆집에 살던 사람은 전혀 다른 사람이었지.

"그럴 수가……. 그럼, 누가……?" 다케시가 힘없이 중얼거렸다.

—첫날, 아주 새까맣게 탄 젊은 남자를 봤지? 틀림없이 그 남자가 살았을 거야.

엘리베이터를 내릴 때 젊은 남자와 스쳐 지나간 장면이 뇌리에 되살아났다.

—이 층에서 마주쳤다는 것은 그 남자도 이 층 어딘가에

살 가능성이 크다는 거야. 하지만 첫날 이후 그 남자를 본 적이 없어. 그렇게 눈에 띄는 외모인데 말이야.

왼손 검지가 갑자기 올라왔다.

—즉 첫날, 드디어 은신처를 발견하고 안도한 네가 깊은 잠에 빠진 사이 그 남자는 이사한 거야.

"왜 갑자기 이사해?"

다케시가 재빨리 물었다. 대답은 알고 있다. 그래도 물을 수밖에 없었다.

—우리가 여기에 산다는 것을 알아낸 누나가 쫓아냈겠지……. 그보다 기꺼이 제 발로 나갔을 거야. 틀림없이 누나가 방을 나가는 대가로 거금을 건넸을 테니까. 사파이어로 큰돈을 번 누나에게는 푼돈이었겠지만.

가이토는 말을 끊고 굳어 있는 다케시의 얼굴 앞에서 왼손을 쥐었다 폈다.

—옆집을 사들인 누나는 아주 오래전부터 그곳에서 살던 사람인 듯한 태도로 우리와 마주쳤지. 게다가 연인에게 폭력을 당하는 척 한껏 설정해 우리에게 접근했어. 사람 좋은 너는 그대로 넘어갔고.

"그렇다면 그때 그 남자는……."

다케시는 당장이라도 무너질 것 같은 무기력함을 느끼며 갈라진 목소리를 냈다.

—맞아, 당연히 가짜지. 돈으로 고용한 건지 아니면 스네이

크 보스에게 부탁해 적당한 남자를 구했을지는 모르겠지만.

"다 거짓이었다고……? 그렇게 나를……."

―사랑해줬다고 생각해?

한심해하는 가이토의 말에 다케시는 오른손 주먹을 움켜쥘 수밖에 없었다.

―아니, 죄다 거짓말은 아니었겠지.

다케시는 "어?!"라며 고개를 들었다.

―그게, 옆에서 보기에 너에 대한 누나의 태도는 범상치 않았어. 그건 연기가 아닐 거야. 무엇보다 그런 연기를 할 필요가 없잖아. 너는 누나의 어른스러운 매력에 완전히 빠졌으니까.

"그럼 왜?" 다케시는 혼란스러운 머리를 오른손으로 감쌌다.

―처음에는 사파이어 레시피를 빼앗으려고 접근했겠지. 그리고 그 요염함에 너는 완전히 포로가 되었고. 하지만 너와 사귀면서 누나도 네게 빠졌어.

"빠져?"

―응, 누나가 동생을 잃은 건 사실인 것 같아. 아주 소중한 동생을 사고로 잃고 살아갈 희망을 잃었어. 이제까지의 얘기로 보면 사파이어를 만들기 시작한 것도 그것 때문 아닐까? 저 누나, 원래 대학에서 화학을 전공했다고 했잖아. 아마도 그 지식을 총동원해 절망으로 견딜 수 없어진 현실을 잊으려고 약을 만들었겠지.

"그게 ……사파이어?"

푸르게 빛나는 액체를 마셨을 때의 쾌감을 몸과 마음이 기억해내자 다케시의 목울대가 울렸다.

—맞아. 생각보다 효과가 강하고 의존성까지 있어서 개인적으로 사용할 뿐만 아니라 스네이크 같은 조직을 통해 세상에 뿌렸어. 동생의 죽음으로 완전히 망가진 저 누나에게 일반적인 윤리관은 아무런 의미가 없었을 테니까. 그 약 탓에 엉망이 된 사람들도 신경 쓰지 않았겠지.

사파이어의 노예가 되어 빌딩 옥상에서 뛰어내린 소녀의 미소가 뇌리를 스쳤다.

—아, 무엇보다 인격이 파괴될 정도로 저 누나에게 있어 동생의 죽음은 충격이었어. 하지만 그때 네가 나타난 거지. 죽은 동생과 어딘가 분위기가 비슷한 네가 말이야. 물론 처음부터 너를 동생으로 착각한 건 아닐 거야. 하지만 너와 오랜 시간을 보내면서 점점 누나 안에서 너와 동생의 경계가 모호해졌어. 저 누나, 동생을 잃은 뒤로 줄곧 대용품을 찾았으니까.

대용품. 그 말에 가슴이 에이듯 아프면서 동시에 머릿속에 어떤 기억이 떠올랐다.

"……다카……시."

마지막으로 아야카와 하나가 되었을 때 절정에 달한 순간, 그렇게 읊조렸다. 그때는 옛 애인의 이름이라고 생각해 불타는 질투를 느꼈다. 하지만 어쩌면 그녀가 부른 것은 죽은 동생의 이름이었을지 모른다. 온몸에 소름이 돋았다.

─처음부터 저 누나는 망가져 있었어. 틀림없이 바로 그것 때문에 너는 그토록 그녀에게 끌린 거고. 다른 게 아니야. 망가진 사람끼리 서로의 상처를 핥아주며 의존했던 거지. 하지만 누나가 한 수 위야. 사파이어와 자기 몸, 가지고 있는 무기를 이용해 너를 완벽하게 지배했어. 죽은 동생 대신 계속 자기 옆에 두고······

"시끄러워! 입 닥쳐!"

다케시는 오른 주먹으로 벽을 쳤다. 둔탁한 소리와 함께 벽에 구멍이 뚫리고 안의 단열재가 그대로 드러났다.

─아, 정말 한심한 벽이네. 이사할 때 수리비 좀 나오겠다.

태평한 가이토의 말이 더 신경을 거슬렀다.

"입 닥치라고 했잖아!"

─도대체 누구에게 그렇게 화가 난 거야? 인정하기 힘든 진실을 지적한 내게? 너를 줄곧 속여온 누나에게? 아니면 아무것도 모르고 사파이어와 누나의 몸에 빠졌던 자신에게?

다케시는 오른손으로 난폭하게 머리를 긁어댔다. 손톱이 두피를 찢어 손가락 끝에 미지근한 감촉이 찾아왔다. 그러나 그래도 손을 멈출 수 없었다.

수십 초 후, 다케시는 드디어 머리 긁기를 멈추고 피에 젖은 오른손으로 왼손을 잡았다.

"······전부 거짓말이야. ······아야카 씨와 나를 떼어놓으려고 네가 만들어낸 얘기야."

─분명 나는 두 사람을 떼어놓고 싶어. 하지만 지금 얘기는 만들어낸 게 아니야. 틀림없이 저 누나는 연금술사, 우리가 쫓는 하야카와 살인사건의 진범이야.

"어떻게 그렇게 단언하지?! 증거라도 있어?"

다케시가 침을 튀겨가며 소리치자, 가이토는 아주 의기양양하게 세운 검지를 좌우로 흔들었다.

　─필적이야.

"필적?" 다케시는 무슨 소린지 알 수 없어 되물었다.

　─응, 사파이어 레시피가 적힌 노트의 글자, 어디선가 본 것 같더라. 필사적으로 생각하다 깨달았어. 그게 저 누나 글씨라는 것을.

"아야카 씨의 글씨? 그런 건 본 적 없을 텐데."

　─아니, 있어. 네가 저 누나 방에 갔을 때 냉장고 문에 메모지가 붙어 있었어. 그것과 사파이어 레시피를 적은 글씨가 똑같아. 상당히 특징적인 글씨라, 틀림없을 거야.

"그런 거 본 기억 없어. 아무 소리나 둘러대지 마!"

　─둘러대는 게 절대 아냐. 너도 봤을 거야. 나는 네 눈을 통해 세상을 보니까. 다만 나랑 너는 의식해 보는 게 다르니까. 인간은 뇌의 부담을 줄이려고 들어온 시각 정보의 아주 일부만 인식하니까.

"그렇게 얼버무리지 마. 내가 직접 보지 않는 한 나는 절대 안 믿어!"

—그러니까 보러 가자고.

　가이토의 가벼운 말에 다케시는 "……뭐?"라며 얼빠진 소리
를 흘렸다. 오른손에 힘이 빠져 왼손을 놓치고 말았다.

　—왜 여기에 왔을 것 같아? 지금부터 옆집에 숨어들어 확
인할 거야. 정말 누나가 연금술사인지 아닌지. 어쩌면 하야카
와 살해 증거도 나올지 몰라. 자, 어서 가자.

　"자, 잠깐만 기다려."

　가이토의 독촉에 다케시가 낭패한 기색을 보이자 왼손 손가
락이 이마를 가볍게 튕겼다.

　—그럴 시간이 없다고! 옆집만 조사하면 누나가 연금술사인
지 분명해져. 아니면 진실을 아는 게 두려워?

　그렇다, 두려웠다. 다케시는 자신의 마음을 깨달았다. 아야
카와의 달콤한 시간, 둘 사이에 생긴 끈끈한 유대감, 그것들이
모두 가짜일지 모른다. 그 가능성에 겁먹었다.

　다케시는 비틀비틀 현관으로 걷기 시작했다. 그러나 바로
등 뒤에서 당겨져 몸의 균형을 잃었다. 돌아보니 왼손이 책장
을 잡고 아무 데도 못 가게 하고 있었다.

　"……이거 봐." 다케시는 힘없이 중얼거렸다.

　—그럴 수는 없어. 마지막 기회야. 누나가 연금술사라는 것
만 증명하면 틀림없이 하야카와 살해 혐의도 벗을 수 있어.
천재일우의 기회를 놓칠 순 없어. 알았으면 얼른 가자.

　가이토가 재촉했으나 다케시는 움직일 수 없었다. 가이토의

한숨 같은 소리가 들렸다.

─다케시, 누나가 연금술사가 아닐 가능성도 충분히 있어.

"뭐?!" 다케시가 힘껏 고개를 들었다.

─네 말대로 나는 저 누나를 싫어해. 누나랑 있으면 네가 엉망이 되니까. 내 그런 기분이 사파이어 레시피의 글씨와 누나의 필적이 같다고 착각하게 만들었을지 몰라. 기억은 쉽게 왜곡되거든.

"무슨 소리야?! 그럼 아야카 씨가 연금술사가 아니라고?"

열정적으로 묻는 다케시의 코끝에 가이토가 검지를 내밀었다.

─그러니까 명백하게 밝히고 앞으로 나아가려면 옆집을 조사해야 한다고.

"앞으로 나아가려면……."

다케시가 그 말을 반복하자 가이토는 고개를 끄덕이듯 왼쪽 손목을 굽혔다.

다케시는 천천히 몸을 돌려 느릿느릿 베란다로 다가갔다. 창을 열고 베란다로 나오자 왼손 손가락 끝까지 감각이 돌아왔다. 가이토가 '지배권'을 양보해준 모양이다.

─떨어지면 끝장이야. 조심해.

다케시는 고개를 끄덕이고 조심스럽게 베란다 난간에 발을 걸고 몸을 내밀었다. 베란다를 막은 얇은 벽을 잡고 신중하게 난간 위를 이동해 간신히 옆집 베란다로 이동한 다음 한숨 돌리고 창에 손을 댔다. 그러나 안에서 잠겨 있어 열리지 않았다.

갑자기 왼쪽 어깨부터 손끝까지 감각이 사라졌다. 다음 순간, 왼쪽 팔이 휙 움직여 팔꿈치로 창문을 쳤다. 커다란 소리와 함께 유리가 깨지고 창문에 구멍이 생겼다.

—쳇, 살짝 다쳤네. 재킷을 입고 있어서 괜찮을 줄 알았는데.

"무, 무슨 짓이야?"

—무슨 짓을 했는지 보면 알잖아. 잠겨 있어서 창을 깼어. 이제 열어.

가이토가 팔꿈치로 깬 유리 구멍에 왼손을 넣고 크레센트 잠금장치를 풀어 창문을 열었다.

—빨리 들어가. 아, 신발은 벗지 마. 유리 파편에 발이 베일지 몰라.

"들어가라니, 너, 무슨 생각이야?"

—우리는 무슨 짓을 해서라도 하야카와 살해 혐의를 벗어야 해. 그렇지 않으면 끝장이라고. 창문 정도는 당연히 깰 수 있지. 알았으면 얼른 들어가!

평소와 다른 강한 말투에 반론하지 못한 다케시는 커튼을 손으로 젖히며 실내로 들어갔다.

여러 번 방문한 아야카의 집. 이 집에서의 기억이 되살아나 가슴에 날카로운 통증이 찾아왔다.

그 사람이 연금술사일 리 없다. 그것을 확인하자.

다케시가 오른손을 가슴에 대는데 왼손 검지가 현관으로

이어지는 복도를 가리켰다.

　—봐, 저 냉장고에 붙은 메모지야. 얼른 확인해. 우리에게 속았다는 것을 알아차린 누나가, 즉 연금술사가 언제 돌아올지 모르니까.

　"아야카 씨는 연금술사가 아니야!" 다케시는 반사적으로 호통을 쳤다.

　—그렇다면 그걸 증명하기 위해서라도 얼른 확인하라고.

　다케시는 고개를 살짝 끄덕이고 신발을 신은 채 카펫 위를 천천히 걸어 다가갔다. 냉장고와의 거리가 줄어들수록 심장 박동이 아플 정도로 빨라졌다.

　부엌에 놓인 소형 냉장고 앞까지 오자, 다케시는 무릎을 굽혀 냉장고를 바라봤다. 가이토의 말대로 메모지가 붙어 있었다.

　'우유 500밀리리터 2개, 양파 1개' '전화 요금 28일까지' '090-82……'

　장보기와 요금 이체, 몇 개의 전화번호가 적혀 있었다.

　—봐, 역시 레시피에 적힌 글씨와 똑같지? 특히 숫자.

　이야기를 들으며 다케시는 사파이어 레시피에 적힌 글씨를 기억해냈다. 원본은 만일에 대비해 역 물품 보관함에 맡겨뒀다.

　확실히 듣고 보니 비슷한 것 같다. 하지만……

　"이것만으로 똑같은 사람이 썼다고 단언하긴 힘들어."

　—잘 보라고.

　가이토가 메모 하나를 가리켰다.

—이 숫자 8을 봐. 특징적이지? 상당히 기울었고 위의 둥근 부분보다 아래가 작아. 분명 같은 사람 글씨야.

"너는 아야카 씨가 연금술사라고 믿고 있으니까 그렇게 보일 뿐이야."

—아니야! 틀림없이 같은 사람이 쓴 거야. 너야말로 그 누나가 연금술사가 아니라고 믿고 있어서 똑같은 글씨라는 것을 알면서도 인정하지 않는 거지?

그럴까? 다케시는 자문한다. 그럴지도 모르고 아닌 것 같기도 하다.

자신과 가이토, 누가 더 객관적이고 냉정하게 상황을 파악하고 있을까?

다케시가 대답하지 않자 애가 탔는지 왼손이 난폭하게 흔들렸다.

—알았어. 이걸 보고도 여전히 누나가 연금술사가 아니라고 생각하면 집을 뒤지자. 더 직접적인 증거를 발견할지 모르니까.

"아야카 씨의 개인 물건을 뒤지자고?!"

—왜, 문제라도 있어? 지금은 누나가 하야카와 살해의 중요한 용의자야. 당연히 조사해야지. 일단 책상 서랍부터. 얼른, 서둘러!

"아, 응……."

다케시는 가이토의 기세에 눌려 방으로 돌아와 책상 앞까지 이동했다. 왼손이 마음대로 움직여 차례로 서랍을 열었다.

안에는 문방구 같은 일용품, 액세서리, 가구 설명서, 그리고 몇 개의 계약서가 들어 있었다.

—아래쪽을 열고 싶으니까 무릎 좀 굽혀봐.

멀거니 서 있는데 가이토의 날카로운 지시가 날아왔다. 다케시는 시키는 대로 그 자리에서 무릎을 굽혔다. 왼손이 제일 아래 서랍을 열고 그 안에 있는 서류를 차례대로 꺼냈다.

—앗!

느닷없이 커진 가이토의 목소리에 다케시는 몸을 떨었다.

"……왜 그래? 갑자기 소리를 지르고."

—이것 좀 봐.

가이토가 들고 있던 서류를 카펫에 놓았다. 위클리 맨션 임대 계약서였다. 가이토는 서류 아랫부분을 가리켰다. 거기에는 입주자의 사인이 뭉개진 글씨로 적혀 있었다. '다나카 고헤이'라고.

—역시 내 예상이 맞았어. 이 방은 누나가 계약한 게 아니었어.

다케시는 가이토의 말을 들으며 서류를 하염없이 바라봤다.

—자, 누나가 연금술사일 가능성이 커졌어. 하지만 아직 결정적이진 않아. 더 분명한 것, 누나가 하야카와 살해 진범임을 단정할 증거가 필요해. 서랍 속에는 이렇다 할 만한 게 더는 없을 것 같아. 다음은 저길까?

왼손은 방 한쪽, 침대 안쪽에 있는 옷장을 가리켰다.

―늘 저기가 수상했어. 네가 있을 때 한 번도 안 열었거든. 야, 또 넋을 놓고 있네. 가자.

반론할 기력조차 남아 있지 않았다. 다케시는 일어나 비틀비틀 옷장으로 다가갔다. 구름 위를 걷는 것처럼 걸음이 불안정했다. 사파이어를 마셨을 때처럼 현실감이 사라졌다. 그러나 그 푸른 액체에 빠졌을 때의 황홀감은 조금도 찾아볼 수 없었다. 누가 심장을 움켜쥔 것처럼 고통스럽고 가슴이 답답했다.

옷장 앞까지 오자 왼손이 거칠게 미닫이문을 열었다. 옷걸이에 윗옷 몇 개가 걸려 있고 아래에는 서랍과 플라스틱 수납케이스. 그리고 작은 책장이 있었다.

―어려워 보이는 책들이 많네. 영어 전문서인가? 유기화학에 관한 것 같아.

왼손으로 책등을 쓸면서 가이토가 중얼거렸다.

―방에도 책장이 있는데 이런 종류의 전문서만 옷장 안에 넣다니, 연금술사라는 것을 감추기 위해서인가. 자, 생각보다 조사할 게 많은 것 같아. 언제 누나가 올지 모르니 서둘러야겠어.

다음 순간, 왼쪽 하반신의 감각이 단숨에 사라졌다. 얼굴도 정중앙부터 왼쪽의 감각이 사라졌다.

―미안하지만 왼쪽은 내가 쓸게.

왼손이 재빨리 움직여 서랍을 위에서부터 차례대로 열었다. 그와 함께 왼쪽 안구가 움직여 열린 서랍으로 눈길을 보냈다.

오른쪽 눈과 왼쪽 눈이 전혀 다르게 움직이는 바람에 시야가 일그러졌다. 다케시는 토할 것 같아 서둘러 의식을 오른쪽 눈에만 집중하며 전율을 곱씹었다. 설마 왼쪽 눈까지 가이토의 '지배권'에 들어갈 줄이야. 오른쪽 반과 왼쪽 반, 서로 똑같은 영역의 '지배권'을 나눠 가진 상태가 되었다. 이렇게 되면 누가 이 몸의 소유자인지 알 수 없다.

─앗!

가이토의 목소리가 울렸다.

─다케시, 이거!

다케시가 천천히 오른쪽 눈을 움직여보니, 왼손이 제일 아래 서랍을 열어놓았다. 안에는 컬러풀한 속옷이 가득 있었다.

"야, 가이토, 무슨 장난이야!"

─그게 아니야.

가이토는 왼손을 흔들었다.

─속옷 속에 감춰놓았어.

"속에?"

응시하니 왼손이 헤친 속옷 속에 손바닥 크기의 작은 수첩이 놓여 있었다. 가이토가 꺼낸 그것을 보고 다케시는 숨을 삼켰다. 수첩은 끝부분이 더러워져 있었다. 피처럼 보이는 것으로.

─피가 꽤 묻어 있어. 틀림없이 하야카와의 피겠지?

가이토는 한 손으로 능숙하게 수첩을 펼쳤다. 안에는 몇 가지 화학식과 연락처 메모 같은 게 휘갈겨 적혀 있었다. 화학식이 적힌 페이지를 보고 다케시는 입술을 깨물었다. 그것은 명백히 사파이어 레시피를 적은 글씨와 같은 필적이었다.

―하야카와의 피가 묻은 수첩이 여기에 있다는 것은……

가이토는 검지를 이마에 대고 10여 초 침묵을 지킨 다음 손가락을 튕겼다.

―아마도 하야카와는 사파이어 레시피가 적힌 대학 노트만이 아니라 이 수첩도 손에 넣었나 봐. 그리고 연금술사와의 교섭 때 레시피를 그 노숙자에게 맡기고 이 수첩만 가져갔어. 그런데 연금술사는 틈을 노려 하야카와를 칼로 찔러 살해하고 수첩을 회수했지. 그리고 찾지 못한 사파이어 레시피를 내내 찾아 헤맨 거야.

가이토는 잠시 뜸을 들였다가 낮게 숨죽여 말했다.

―그게 연금술사, 즉 저 누나가 한 짓이야.

더는 반론할 수 없었다. 할 방도가 없었다. 아야카가 연금술사, 내내 추적했던 하야카와 살해의 진범이었다. 자신은 줄곧 속은 것이다. 우롱당했을 뿐이다.

정신을 놓으면 무너져 내릴 것 같은 허탈감이 가슴에 퍼졌다.

―자, 이제 저 누나가 흑막이라는 사실은 분명해졌어. 이제 어떻게 이 사실을 경찰에 알려서 우리 혐의를 벗을지……

가이토가 거기까지 말했을 때 문 열리는 소리가 울렸다. 돌아보니 현관으로 이어진 복도에서 아야카가 나타났다. 나른하게 머리카락을 쓸어 올리던 아야카는 다케시를 발견하고 작게 비명을 질렀다.

"다케시……. 무슨 일……이야?"

다케시는 고개를 숙인 채 초점 잃은 눈동자로 아야카를 응시했다.

화장실에 감금되어 사파이어 금단 증상으로 지옥의 고통을 맛본 열흘간, 내내 아야카를 생각했다. 그녀를 딱 한 번만 만나고 싶다. 그 마음이, 수없이 꺾여 살고 싶은 의욕조차 버릴 뻔한 순간을 간신히 지탱해주었다.

아야카의 모습을 본 순간, 몸 깊은 곳에서 환희가 끓어올랐다. 그러나 그 감정은 곧 격렬한 분노의 불꽃에 타버리고 말았다.

"다케시……?"

아야카가 불안한 표정으로 다가왔다. 다케시의 입술이 살며시 열리고 혀가 그 말을 자아냈다.

"연금술사……."

벼락이라도 맞은 듯 아야카의 몸이 떨렸다. 그녀의 단정한 얼굴에서 쑥쑥 핏기가 가시는 것을 다케시는 멀거니 바라봤다.

이 순간까지도 희미하게나마 기대했다. 모든 게 착각이라고. 아야카는 순수하게 자신을 사랑해준 것이라고. 그러나 아름답고 정교한 유리 세공품 같은 그 바람은 허무하게도 산산이 깨졌다. 아야카의 태도, 그것이 여실히 증명했다. 그녀야말로 연금술사라는 것을.

"계속…… 나를 속였네요. ……전부, 거짓말이었어요?"

앙다문 이 사이로 다케시가 떨리는 목소리를 짜냈다.

"아니야! 그게 아니야!"

한 걸음 내디디던 아야카는 칼날처럼 예리한 다케시의 눈길을 받고 움직임을 멈췄다.

"뭐가 아니라는 거지? 당신이 사파이어를 만든 장본인이잖아?!"

아야카의 얼굴이 동요로 완전히 일그러졌다.

"대답해! 당신이 연금술사지?!"

다케시의 고함에 얻어맞기라도 한 듯 아야카는 몸을 움츠리고 조심스레 입을 열었다.

"……맞아, 내가 연금술사야. 내가 사파이어를 만들었어……."

기어들어 가는 듯 약한 목소리로 내뱉은 아야카의 고백에 다케시는 눈을 굳게 감았다.

"내게 접근한 것도, ……사파이어 레시피를 돌려받으려고? 나는 내내 아야카 씨를……"

더는 말이 이어지지 않았다.

"아니야! ……아니, 물론 처음에는 레시피 때문이었어. 하지만 너와 같이 있다 보니 그런 건 상관없어졌어! 정말 네 옆에 있고 싶어졌어!"

"옆에 있고 싶어?" 다케시가 눈을 떴다. "옆에 있게 하려고 나를 사파이어에 중독시켰어? 아니겠지. 나를 노예로 만들고 싶었을 뿐이지. 사파이어 레시피가 어디 있는지 실토하게 하려고. 전부 거짓말이야!"

아야카와의 추억이 주마등처럼 머리를 스쳤다. 몸이 찢어지는 듯한 고통과 함께.

"그렇지 않아! 이제 너만 있으면 나는 아무것도 필요 없어! 사파이어 레시피는 어떻게 되든 상관없어! 너만 있으면……."

아야카는 도움을 요청하듯 손을 뻗었다. 그러나 다케시는 그 손을 뿌리쳤다.

"만지지 마. ……살인자."

가는 눈매의 아야카가 눈을 부릅떴다. 뻗었던 손이 힘없이 떨어졌다.

"살인범이 하는 말은 믿을 수 없어. 틈을 봐서 나도 죽일 셈인가?"

"……아니야." 아야카의 떨리는 입술이 살짝 움직였다.

"아니라고? 뭐가 아닌데? 새삼 자신이 연금술사가 아니라고 하는 거야? 사파이어 레시피를 하야카와에게 도둑맞아 그 강변에서 거래하려던 거였잖아?!"

"……아니야. 나는 연금술사이고 하야카와라는 남자에게 사파이어 레시피를 도둑맞았어."

아야카는 억양 없는 목소리로 이야기를 시작했다.

"사파이어 유통 경로를 조사하던 그 남자는 원료 마약을 추적해 그 무렵 내가 사용한 교외의 버려진 빌딩까지 찾아냈어.

452   **두 번의 작별**

그렇게 내가 연금술사라는 사실을 알아냈지."

―하야카와는 우리랑 같은 방법으로 사파이어 제조 현장까지 도달한 것 같네.

가이토의 읊조림을 들으면서 다케시는 수첩을 들었다.

"그리고 하야카와는 그곳에 잠입해 사파이어 레시피와 이 수첩을 훔쳐내 당신을 협박했겠지. 레시피를 돌려받고 싶으면 돈을 내라고."

아야카는 아무 대답도 하지 못했다. 다케시는 개의치 않고 이야기를 계속했다.

"하야카와는 상대가 여자라 방심했어. 하지만 당신은 얌전히 돈을 건넬 인물이 아니었지. 사파이어 레시피를 복사해놨을지도 모르고 무엇보다 하야카와에게 자신이 연금술사라는 게 알려졌어. 하야카와가 살아 있는 한 위험은 사라지지 않아. 그래서……"

―맞아. 그래서……

"하야카와를 죽였어."

―하야카와를 죽였어.

다케시와 가이토가 동시에 같은 말을 내뱉었다.

아야카는 총에라도 맞은 듯 몸을 떨더니 몇 걸음 비틀댔다.

"하지만 하야카와의 시신에서 사파이어 레시피는 발견되지 않았어. 그리고 내가 레시피를 손에 넣었다고 생각한 당신은 사파이어와 자기 몸을 무기로 내게 접근했어. 나를 사파이어의 노예로 만들어 조종하면 레시피를 돌려받을 수 있고 하야카와 살해의 희생양으로 삼을 수 있으니까. 전부 자신의 안위를 위해서잖아!"

다케시는 주먹으로 옆에 있던 책상을 내리쳤다. 무겁고 커다란 소리가 울리자 아야카는 목을 움츠렸다.

"저, 저기, 부탁이야……. 내 말 좀 들어줘……."

아야카의 얼굴에 떠오른 교태에 가까운 어색한 웃음을 보자 가슴에 불이 치밀었다.

"살인자의 얘기를 들어서 무슨 소용 있겠어!"

"주, 죽이지 않았어……." 헐떡이듯 아야카가 말했다. "나는…… 아무도 죽이지 않았어."

"무슨 소리지?! 당신, 자신이 연금술사라고 인정했잖아!"

"분명히 나는 그 남자의 협박을 받아 강변에 갔어. 하지만 내가 도착했을 때 그 남자는 이미 죽어 있었고 그것을 보자마자 바로 도망쳤어."

—뭐? 저 누나, 무슨 소릴 하는 거야?

가이토가 어이없다는 듯 목소리를 높이는 가운데 아야카가 열에 들뜬 목소리로 이야기를 계속했다.

"맞아, 나는 아무도 죽이지 않았어. 그러니까 내 얘기 좀 들어봐……."

비틀비틀 다가오던 아야카는 "다가오지 마!"라는 다케시의 고함에 움직임을 멈췄다.

"그런 말을 믿을 수 있겠어? 당신이 하야카와를 죽였잖아!"

"부탁이야. 믿어줘! 부탁이니까……."

눈물로 얼룩진 눈동자가 다케시를 응시했다.

—다케시, 또 속지 마라. 이 사람은 하야카와를 죽이고 우리에게 죄를 뒤집어씌운 장본인이야.

다케시는 마음의 중심이 흔들리는 것을 느끼고 살짝 턱을 당겼다.

"제발 부탁이야. 아무 데도 가지 말아줘. 나를 두고 가지 마. 네가 가면 끝이야. 이제 나를 혼자 두지 마……."

아야카는 억양 없는 목소리로 속삭이면서 다시 거리를 좁혀왔다. 눈에서 흐르는 눈물로 화장이 번졌다. 그 연약하고 가슴 아픈 모습에서 눈을 뗄 수 없었다.

"제발 부탁이야. ……다카시."

"가까이 오지 말라고!"

양손을 뻗고 매달리듯 다가오는 아야카를 다케시는 거칠게 뿌리쳤다. 그러지 않으면 그녀를 안아버릴 것만 같았다.

아야카는 몸의 균형을 크게 잃고 벽에 부딪치더니 그대로 무너져 내렸다. 벽에 몸을 맡기고 정신을 잃은 듯 고개를 떨군 그녀에게 다케시는 저도 모르게 오른손을 내밀려 했다.

—도망쳐!

가이토의 목소리에 오른손의 움직임이 멈췄다.

"뭐? 도망쳐?"

—이 사람이 하야카와를 살해한 범인이라는 걸 알아도 아직 증명할 방법이 없어. 여기서 싸움이 붙어 경찰이 출동하면 살인 혐의가 걸린 채 체포돼. 진범을 발견했다는 목적을 달성했으니까 일단 물러나 이 사람을 경찰에 고발할 방법을 생각해야 해.

"하지만……."

정말로 그렇게 하는 게 옳을까? 다케시는 당황한 채 왼손과 아야카를 번갈아 바라봤다.

—일단 얼른 도망쳐! 소동을 알아차린 이웃이 신고하기 전에!

강하게 말하는 통에 다케시는 "아, 알았어"라고 대답하고 몸을 돌렸다. 고민될 때는 가이토의 판단을 따른다. 그 원칙이 다케시의 몸을 움직였다.

현관문을 열고 바깥 복도로 뛰쳐나왔다.

방 안에서 희미하게 울려오던, 한없이 비통한 통곡이 문을 닫는 소리와 함께 사라졌다.

4

—어이, 살아 있어?

들려오는 가이토의 목소리를 다케시는 무시했다.

―너무 누워만 있으면 관절이 녹슬어.

"……시끄러워."

다케시는 소파에 누워 오른팔로 눈가를 가린 채 가라앉은 목소리로 중얼거렸다.

―오! 대답했다! 아, 다행이다. 너무 반응이 없어 죽은 줄 알았어.

"……내가 죽으면 너도 같이 죽는 거야."

―아, 아마 그러겠지? 아니면 내가 네 몸을 물려받게 되나?

몸을 물려받는다. 가이토가 이 몸을 지배한다.

가이토의 말투는 한없이 가벼웠으나 공포로 몸이 떨렸다.

―자, 농담은 이쯤 하고 슬슬 앞으로의 일을 얘기해보자.

다케시는 눈에서 오른팔을 뗐다. 샹들리에가 달린 어두컴컴한 방 천장을 바라봤다.

철거 예정인 빌딩 지하의 바. 다케시는 아야카의 방을 뛰쳐나온 후 가이토에게 열흘간 감금당한 이 바로 돌아와 몇 시간째 이렇게 소파에 누워 있었다.

더는 아무것도 생각하고 싶지 않았다. 아야카에게 배신당했다는 것, 처음부터 그녀가 놓은 덫이라는 쓰라린 진실을 필사적으로 머리 밖으로 쫓아내려 했다. 그러나 그러려고 할수록 아야카와의 기억이 되살아나 다케시를 괴롭혔다.

―자, 우리는 드디어 하야카와 살해 진범을 찾아냈어. 이제 그 누나가 범인이라는 사실을 경찰이 알게 하면 만사 해결이

야. 하지만 그게 상당히 어려워. 경찰은 여전히 우리를 용의자로 쫓고 있고, 그 누나가 범인이라는 직접적인 증거를 우리는 갖고 있지 않아.

다케시의 고통을 아랑곳하지 않고 가이토는 유유히 이야기를 시작했다.

─하지만 우리에게는 큰 무기가 있어.

다케시는 바로 옆 낮은 테이블에 놓인 대학 노트와 작은 수첩을 가리켰다.

─여기에는 누나 필적의 글씨가 적혀 있고 무엇보다 하야카와의 피가 묻어 있어. 잘만 활용하면 하야카와 살해가 그 누나의 범행임을 입증할 수 있을 거야. 그 방법을 빨리……

가이토가 거기까지 말했을 때 느닷없이 구역질이 올라왔다. 다케시가 황급히 오른손으로 입을 막았다.

─괜찮아? 토할 거면 화장실에서 해라.

다케시는 소파에서 일어나 비틀대며 화장실로 가 변기 앞에 주저앉아 얼굴을 대고 구역질했다. 입에서 끈끈한 타액이 흘러나왔다.

─내 참. 그 누나에게 배신당한 게 그토록 큰 충격이야? 그래서 처음부터 내가 경고했잖아. 그 사람과 가까워지지 말라고.

가이토의 야유에 반론할 여유도 없었다. 구역질은 점점 강해지는데 나오는 것은 없었다. 배 속이 썩어 들어가는 듯한 감각. 사파이어 금단 증상 못지않은 고통을 느끼며 다케시는 후회했다.

가이토에 의해 이 화장실에 감금당했을 때, 사파이어 금단 증상으로 빈사 상태가 되었을 때, 나는 왜 죽음을 택하지 않았나?

그때 목숨을 끊었다면 그녀의 배신도 몰랐을 텐데. 금단 증상에 따른 신체적 고통보다 운명의 사람이라고 생각한 상대에게 배신당한 마음의 고통이 훨씬 괴로웠다.

사라져버렸으면 좋겠다. 지금이라도 늦지 않았다. 이 세상에서 사라져버리고 싶다. 마음속으로 빌면서 다케시는 변기에 머리를 박고 있었다.

몇 분을 계속 구역질했으나 토할 수 없었다. 그런데도 구역질이 가라앉지 않았다. 다케시는 그대로 화장실 바닥에 주저앉았다.

—……일단 입이라도 헹궈. 그나마 좀 개운해질 테니까.

입을 헹구는 정도로 기분이 풀릴 것 같지 않았으나 억지로 토하려 해서인지 목이 아팠다. 다케시는 일어나려 했다. 그 순간 몸이 훌쩍 흔들렸다. 균형을 잃은 다케시는 왼쪽 어깨부터 벽에 세게 부딪혔다. 가이토의 '아야!'라는 소리가 울렸다.

—무슨 짓이야. 똑바로 서!

"아, 미, 미안!"

다케시는 이제까지 경험해보지 못한 감각에 당혹하며 다시 일어서려 했다. 그러나 역시 몸이 왼쪽으로 크게 기울고 말았다.

이번에는 왼팔이 재빨리 움직여 벽을 짚어 충돌은 막았다.

　—야, 이봐! 왜 그래? 무슨 짓이야?

　가이토가 초조함이 담긴 목소리로 물었으나 다케시 본인도 지금 자기 몸에 무슨 일이 일어나고 있는지 알 수 없었다. 오른손을 뻗어 세면대를 잡고 팔에 힘을 주어 필사적으로 몸을 일으켰다. 완력으로 간신히 일어날 수 있었다. 그러나 오른손을 세면대에서 떼면 다시 균형을 잃고 쓰러질 것 같았다.

　다케시는 자기 몸에 의식을 집중했고 조금 후 왜 제대로 일어서지 못했는지를 깨달았다. 왼쪽 하반신에 힘이 들어가지 않는 것이다. 왼발은 땅바닥을 딛고 있는데 그냥 지팡이처럼 몸통을 지탱하고 있을 뿐, 선 자세를 제대로 유지하지 못했다.

　무슨 일이……? 공황 상태에 빠지며 고개를 든 다케시의 눈동자가 세면대 거울을 봤다. 그곳에 비친 자기 얼굴을 본 순간, 얼음장 같은 손이 심장을 움켜쥔 듯했다.

　얼굴 좌우가 전혀 다른 표정을 짓고 있었다.

　거울에 비친 오른쪽 눈에는 힘이 없었고 뺨은 늘어져 있었으며 입은 굳게 다문 채 입가가 아래로 떨어져 있다. 그러나 왼쪽은 눈을 크게 부릅뜨고 입을 벌리고 있다.

　오른쪽 반에는 절망의 표정을, 왼쪽 반에는 놀라움의 표정을 짓고 있는 남자가 거울 속에 있었다.

　순식간에 모든 것을 이해했다. 왼쪽 반이 마비된 게 아니다. 왼쪽 반의 '지배권'이 가이토에게 넘어간 것이다. 조금 전까지 가이토는 왼 손목부터 손끝까지를 '지배'했다. 그런 가이토가 왜 느닷없이 지배할 수 있는 최대 범위까지 자신의 영역을 넓혔는지 모르겠다.

아니, 중요한 것은 그게 아니다. 다케시는 자신의 신체 감각을 신중하게 탐색하다가 전율했다.

가이토의 '지배 영역'이 명백히 확대되었다.

오늘 아침 시점에는 왼쪽 손발, 뺨과 목덜미, 그리고 몸통의 왼쪽 3분의 1 정도까지가 가이토의 '지배 영역'이었다. 그러나 지금은 정중앙에서 왼쪽 반, 아니, 몸통은 오히려 정중앙에서 조금 오른쪽까지 가이토가 지배하고 있었다.

"왜 이렇게 갑자기 영역을 넓혔어?!"

다케시가 빠르게 말했으나 입도 오른쪽밖에 움직이지 않아 어눌한 목소리가 나왔다.

"딱히 넓히려고 한 적 없어. 그냥 정신을 차려보니 갑자기 이렇게 되어서……."

평소처럼 다케시에게만 들리는 목소리가 아니라 가이토도 입을 이용해 대답했다. 역시 왼쪽만 사용하는 터라 알아듣기 힘든 목소리였다.

"무슨 소리야? 실제로 네 범위가 늘었잖아!"

"분명 그래. 하지만 내가 일부러 그런 건……."

"너, 네 '지배 영역'이 확대되는 것은 사파이어 탓이라고 했잖아. 그런데 사파이어를 끊었는데도 왜 계속 늘어나는 건데!"

"모르겠어. 틀림없이 일시적인 현상일 거야. 분명 원래대로……"

다케시는 가이토와 말다툼하면서 머릿속으로 무슨 일이 벌어지고 있는지 깨달았다.

내가 바랐기 때문이다. 사라져버리고 싶다고 강하게 바란 탓에 자신이 조금씩 사라지고 있는 것이다.

아야카 씨와 다시 만나고 싶다. 그리고 그녀와 살아간다. 그게 삶의 목적이었다. 그 마음이 있었기에 사파이어의 금단 증상을 이겨낼 수 있었다. 하지만 목적이 사라지고 말았다.

그래서 내가 사라지기 시작한 것이다. 가이토에게 존재가 침식되기 시작했다.

"이, 일단 네게 '지배권'을 돌려줄게. 이래서는 말하기 힘들어서 안 되겠어."

가이토가 말했다. 그러나 아무 변화도 일어나지 않았다. 왼쪽 반의 감각이 사라진 채 돌아오지 않았다.

"왜?! 내가 들어가겠다는데?!"

가이토의 절규를 들으면서 다케시는 오른발을 움직여 이동하기 시작했다. 감각이 없는 왼발을 질질 끌며 화장실을 나왔다. 바를 가로질러 소파에 쓰러졌다.

"이제 됐어."

"……이제 됐다니, 무슨 뜻이야?" 가이토의 목소리가 딱딱해졌다.

"말 그대로야. 이제 어떻게 되든 상관없어. 나는 이대로 사라져도 좋아."

"웃기는 소리 좀 하지 마! 드디어 여기까지 왔다고. 개고생해서 드디어 진범을 찾았다고. 이제 혐의만 풀면……."

"풀어서 어쩌자고?"

다케시는 가이토의 말을 막듯 말했다. 같은 입으로 말하니 목소리가 겹쳤다.

"어쩌냐니……?"

"살인 혐의가 풀려도 내게 남는 게 하나도 없어. 이제 아무것도 안 남는다고."

다케시는 천장을 바라보며 담담하게 이야기를 계속했다.

"나 말이야, 계속 생각한 게 있어."

"생각한 거?" 가이토가 되물었다.

"그 사고 때 네가 아니라 내가 죽었어야 한다고. 있잖아, 그날, 왜 내가 너를 데리고 나왔는지 알지? 오토바이로 너를 산 정상의 전망대로 데려가 무슨 얘기를 하려 했는지."

가이토는 바로 대답하지 않았다.

무거웠으나, 그런대로 편안한 침묵이 바를 채웠다.

"……나나미."

꼬박 1분이 흐른 뒤에야 가이토가 속삭이듯 말했다. 자신들의 소꿉친구 이름을. 쌍둥이 형제가 나란히 사랑한 소녀의 이름을.

"응, 맞아."

다케시가 낮게 말했다. 내내 목에 걸려 있던 게 빠진 듯한 기분이었다.

"나나미가 너를 선택한 것을 보고 분했어. 머리가 어떻게 된 게 아닐까 싶을 정도로 분했어. 나와 너는 똑같은 유전자를 가졌잖아. 같은 인간이라고. 그런데 왜 나는 안 돼? 나는 늘 부러웠어. 나보다 우수하고 모두의 사랑을 받는 네가."

입도 혀도 반밖에 움직이지 못하는데도 말이 유창하게 흘러나왔다.

"그날, 아무도 없는 전망대에 너를 데려가 무슨 짓을 하려던 걸까? 그냥 얘기하려고 했을까, 아니면 두들겨 패려고 했을까, 그것도 아니면……."

다케시는 일단 말을 끊고 자학적인 미소를 흘렸다.

"어쩌면 그곳에서 사고가 일어난 것도 내가 무의식중에 너를 죽이려 했기 때문일지도 모르겠다. 맞아. 원래 너를 죽이고 싶어서 그때 나는…… 네 손을 놓았을지도."

"아니야!" 가이토의 고함이 울려 퍼졌다. "너는 그런 녀석이 아니야. 너는 마지막까지 나를 도우려 했어. 그 사고도 어떤 동물이 갑자기 튀어나오는 바람에 일어난 거야. 너는 다정한 사람이야. 누구보다 따뜻하고 선량한 사람이라고. 그건 함께 자란 내가 누구보다 잘 알아!"

"……그런가? 뭐, 어느 쪽이든 상관없어. 나 때문에 네가 죽은 것만은 틀림없으니까. 그리고 주위 사람들도 다 그렇게 생각할 거야. 나나미의 말처럼 네가 아니라 내가 죽는 게 나았다고. 틀림없이 아버지도, 어머니도……."

"그럴 리 있겠어? 그건 사고였어. 너 때문이 아니라고. 나나미도 진심으로 한 말은……."

필사적으로 이야기를 쏟아내는 가이토의 말을 다케시는 흘려들었다.

"저기 말이야, 너는 결국 뭘까? 가이토의 영혼이 내 왼손에 깃든 걸까, 아니면 죄책감을 견디다 못한 내 뇌가 만들어낸 가짜일까. 만약 진짜라면 이대로 모두의 바람을 이루면 되겠다. 내가 사라지고 대신 네가 살아 돌아오면 되니까."

"웃기지 마! 그런 일을 모두가 바랄 리 없어! 도대체 몇 번을 말해야 하냐? 나는 틀림없이 환상이라고. 진짜 나는 사고로 죽었다고."

"그래……? 뭐, 뭐든 상관없어."

"뭐든 상관없어……?" 가이토가 할 말을 잃었다.

"중요한 것은, 내가 이 괴로운 세상에서 사라질 수 있다는 거야. 그리고 진짜인지 가짜인지는 모르겠으나 '가이토'가 남아. 그러면 다 잘 수습되는 거 아닌가? 모두가 행복해질 거야. 나까지 말이야."

충격이 찾아오고 얼굴 위치가 흔들렸다. 입 안에 피 맛이 퍼졌다.

다케시는 자신이 얻어맞았다는 것을 깨달았다. 아무래도 왼손 주먹이 왼뺨을 갈긴 듯하다. 그러나 그곳은 가이토의 영역이라 전혀 아프지 않았다. 대신 "윽……!" 하고 통증을 참는 목소리를 가이토가 흘렸다.

"가이토, 무슨 짓이야?"

가이토가 이런 한심한 실수를 저지르다니, 어지간히 화가 난 모양이다.

"나는 행복해질 수 없어!"

가이토가 고함쳤다. 피가 섞인 침이 바닥에 튀었다.

"네가 사라지고 이 몸을 받는다고 해도 나는 행복해질 수 없어!"

"맞아. 그럴지도 모르지." 다케시는 오른손으로 머리를 긁었다. "뭐, 하지만 그 정도는 모두를 위해 좀 참아라. 이 몸을 받는 대가라고 생각해."

"포기하지 마. 무슨 방법이 있을 거야. 이제까지 우리 둘이 잘 헤쳐왔잖아."

"소용없어." 다케시는 포기한 듯 오른손을 저었다. "이미 늦었어. 사파이어를 너무 늦게 끊었어. 어떻게 작용하는지는 모르지만, 그 약은 사용할 때마다 '나'를 없애고 '너'의 영역을 넓혔어. 그리고 임계점을 넘어선 거야. 사파이어를 중단하면 다시 원래 상태로 돌아올 줄 알았는데 안일했어. 이제 멈추지 않을 거야. '내'가 사라질 때까지."

"그건 모르는 일이잖아!"

"알아. 느껴져. 점점 '내'가 없어지는 게, 그리고 어떤 방법을 사용하더라도 멈출 수 없다는 것을. 너도 사실은 알고 있잖아."

가이토는 대답하지 않았으나 덜덜 떨릴 정도로 세게 쥔 왼손 주먹이 다케시의 생각이 옳음을 증명했다.

"너는 줄곧 그 약이 위험하다고 경고했는데 내가 무시하고 계속 사파이어를 마셨어. 자업자득이지. 가이토, ⋯⋯마지막까지 멍청한 형제라 미안했어."

다케시가 오른쪽 입가를 올렸다. 왠지 후련했다. 사라지면 이 썩어빠진 현실로부터 도망칠 수 있고, 그날의 보상도 할 수 있다. 자신의 분신이 목숨을 잃은 그날의 보상을.

갑자기 몸이 자리에서 일어났다. 왼손과 왼발이 소파에 누워 있던 몸을 억지로 일으켰다. 그대로 왼발이 움직여 카운터로 다가갔다.

"야, 가이토, 왜 그래?"

당장이라도 무너질 듯한 균형을 오른발로 간신히 지탱하며 물었으나 가이토는 대답하지 않았다. 가이토는 카운터 앞까지 가서 왼손으로 잡은 의자를 허리 아래로 밀어 넣었다.

몸이 의자에 앉자 카운터 너머로 왼손을 뻗었다. 그 손이 든 것을 보고 다케시는 숨을 삼켰다. 그것은 싱크대에 놓아둔 커다란 식칼이었다.

"⋯⋯무슨 짓을 하려는 거야?"

다케시가 갈라진 목소리로 묻자 가이토는 능숙하게 칼을 돌려 칼날을 잡고 손잡이를 오른손 쪽으로 내밀었다. 다케시는 반사적으로 식칼을 받고 말았다.

"……잘라내."

가이토는 음울하면서도 비장한 각오가 담긴 목소리를 짜냈다.

"이번에는 정말 왼손을…… '나'를 잘라버려. 그렇게 하면 너는 사라지지 않아."

왼 손목이 카운터 위, 식칼을 내려치기 가장 쉬운 곳에 놓였다.

"이게 마지막이야! 나를 잘라내!"

다케시는 왼손을 바라봤다. 이제 오른쪽 눈만이 자신의 '지배 영역'인 탓인지, 원근감이 잘 느껴지지 않았다. 왼손이 멱살을 잡을 것 같은 착각에 사로잡혔다.

다케시는 식칼을 쥔 오른손을 천천히 머리 위로 들어 올렸다.

"해! 어서 해!"

가이토가 비명 같은 절규를 질렀다. 그와 동시에 다케시는 오른손을 힘껏 휘둘렀다.

파열음이 울려 퍼졌다.

"……무슨 짓이야?"

가이토가 중얼거렸다. 카운터 안 선반을 향해 날아가 여러 술병을 깨고 떨어지는 식칼을 바라보면서.

"아까 말했잖아. 이제 됐다고. 너무 피곤해."

"그건 내가 용서할 수 없어! 네가 안 하면 스스로 왼손을……"

"어떻게 자를 건데?"

다케시가 말을 자르자 가이토는 "어?"라는 소리를 흘렸다.

"왼 손목을 잘라내려면 오른손을 써야 해. 하지만 그 오른손은 내 '지배 영역'이야. 내가 완전히 사라지기 전까지 너는 왼손을 잘라낼 수 없어."

가이토는 말이 없었다.

"아니면 내가 잠든 틈에 오른손을 쓰려고? 하지만 왼손을 잘라내려면 아무리 너라도 냉정해질 수 없어. 그 동요를 느끼고 내가 깨면? 몸을 공유한다는 것은 이럴 때 불편하지. 그리고 혹시 내가 잠들었을 때나 의식이 없을 때 왼손을 자른다고 해서 이 몸의 소유권이 내게 돌아온다는 보장은 없어. 잘못하면 '다케시'도 '가이토'도 소멸하고 이 몸은 껍데기만 남을 수 있어."

다케시는 단숨에 마구 지껄였다. 분한 듯 가이토가 혀를 차는 소리를 들은 순간 만족감이 가슴 오른쪽 반을 채웠다. 태어난 이래 가이토를 이렇게까지 일방적으로 몰아본 적은 처음이다.

"조금 피곤하니까 쉴게."

다케시는 카운터에 엎드려 오른쪽 눈을 감았다. 바로 부드러운 수마가 덮쳐왔다.

몸이, 마음이 가벼워졌다. 지난 몇 개월 동안 내내 짊어지고 있던 것을 내려놓은 기분이었다. 모든 것을 잊고 자고 싶다. 이대로 '자신'이 사라져도 좋다. 진심으로 그렇게 생각했다.

"앞으로의 일은 네게 맡길게. 잘 해나가. ……가이토."

의식이 흐려진다. 눈꺼풀 안에 다정하게 미소 짓는 아야카의 모습이 잠시 스쳤다.

5

무거운 눈꺼풀을 뜨자, 안으로 길게 뻗은 카운터가 눈에 들어왔다.

"……좋은 아침!"

음울하고 알아듣기 힘든 목소리가 울렸다. 자기 입에서.

다케시는 여전히 나른함을 느끼며 오른손으로 오른쪽 눈을 문질렀다.

"몇 시간 잤지?"

아직 '내'가 사라지지 않았나? 다케시는 가볍게 실망하며 몸을 일으켰다.

"다섯 시간쯤 잤어." 가이토는 왼 손목에 단단히 찬 손목시계를 얼굴 앞으로 가져왔다.

"그래? 꽤 지났네."

다케시는 카운터에 닿았던 오른쪽 관자놀이를 주물렀다. 잠들기 직전의 만족감과 고양감은 사라지고 없었다. 아야카에게 배신당했다는 현실을 떠올리자 기분이 가라앉았다.

"내가 자는 동안 왼손을 잘라내지 않은 것 같네."

내던진 식칼은 여전히 카운터 너머에 떨어져 있었고, 가이토가 주운 흔적도 없었다. 그러기는커녕 꼼짝하지도 않고 몇 시간 동안 카운터에 엎드려 있었던 모양이다.

"냉정하게 생각해봤는데, 그렇게 서두르지 않아도 될 것 같더라. 확실히 이상한 상황이기는 한데 이대로 내 '지배 영역'이 확대되는지는 조금 더 상황을 봐야 아니까."

그럴 리 없다. 앞으로 '나'는 '가이토'에 침식되고, 사라질 것이다. 그렇게 확신했다.

"게다가 생각해야 할 게 더 있어. 그래서 계속 이 자세로 머리를 쓰고 있었어."

"더 생각해야 할 것?"

다케시가 되묻자 가이토는 왼손 검지를 세웠다.

"물론 그 누나가 하야카와 살해 진범이라는 걸 어떻게 경찰이 알게 하느냐는 거야. 그에 성공하지 못하는 한 우리 혐의는 풀 수 없으니까."

다케시는 몇 시간 전, 필사적으로 매달리던 아야카의 모습을 떠올렸다. "나는 아무도 죽이지 않았어"라는 목소리가 오른쪽 귓가에 되살아났다.

"저기 말이야……." 다케시가 조심스레 말했다. "아야카 씨가 하야카와를 죽이지 않은 게 아닐까?"

"뭐? 그 누나 본인이 인정했잖아. 자신이 연금술사라고. 사파이어 레시피를 도난당해 하야카와의 협박을 받았다고."

"응, 그랬지만 강변에 도착했을 때 하야카와는 이미 살해된 상태였다고 했잖아. 그게 만약 사실이라면……."

가이토가 보란 듯 깊은 한숨을 내쉬었다.

"아이고, 그 누나에게 처음부터 속았다는 사실을 알고 충격을 받은 건 알겠어. 그래서 적어도 살인만큼은 그 누나 범행이 아니길 바라는 마음도 이해해. 하지만 아무래도 억지 논리야."

"왜? 스네이크 놈들이 먼저 하야카와를 죽이고 사파이어 레시피를 손에 넣으려 했다면?"

"그건 아니지." 왼 손가락이 톡톡 카운터를 두드렸다. "만약 그 누나 외에 다른 사람이 하야카와를 죽이러 갔다면 하야카와는 도망치려 했을 거야. 그리고 살해하려 해도 필사적으로 저항했을 거고. 그런데 실제로는 하야카와의 시신 주위에 그런 흔적은 없었어."

분명 그날, 하야카와의 시신과 그 주변에 격렬하게 다툰 흔적은 없었다.

"하야카와는 찔리기 직전까지 전혀 경계하지 않았어. 그러지 않았다면 찔리기 전에 큰 소리로 도움을 요청했거나 비명을 질렀을 거야. 그럼 근처 텐트에서 자던 우리도 깨서 뛰쳐

나왔겠지. 하지만 우리가 일어난 것은 남자 목소리, 칼에 찔린 하야카와가 낸 낮은 신음을 듣고 나서였어."

가이토는 일단 말을 끊고 더 강하게 손가락으로 카운터를 두드렸다.

"즉 사건이 일어난 순간, 그 둔치에 있던 사람은 하야카와 우리, 그리고 그 누나뿐이었어. 그 누나는 순순히 거래하는 척 해 방심한 하야카와에게 다가가 불시에 칼로 찌른 거야. 그 이 외에는 생각할 수 없어."

"하지만 그날은 너무 피곤해 하야카와가 큰 소리를 냈다고 해도 못 들었을 수도……."

그게 얼마나 빈약한 반론인지 이해하면서도 다케시는 얘기 할 수밖에 없었다. 아야카와의 시간, 그것에 조금이라도 가짜 가 아닌 게 있다고 믿고 싶었다.

"너 말이야, 중요한 것을 잊고 있어. 그 수첩은 어쩔 건데?"

가이토는 타이르는 듯한 말투로 소파 옆 낮은 테이블에 놓 인 수첩을 가리켰다.

"그 누나는 하야카와가 살해된 것을 보고 바로 도망쳤다고 했어. 하지만 옷장 안에서 피 묻은 수첩이 나왔어. 명백한 모 순이잖아. 그 수첩은 누나 방에 있었다고. 그것은 그녀가 하야 카와를 살해한 진범임을 가리키는 움직일 수 없는 증거야."

논리정연한 설명에 반론의 여지가 없었다. 사랑하는 여성이 살인범이라는 사실을 억지로라도 받아들여야 했던 다케시는 오른 주먹을 움켜쥐었다.

"그렇게 낙담하지 마. 그 누나, 처음에는 오로지 이용하기 위해 접근했지만, 함께 지내다 보니 네게 특별한 감정을 지니게 되었어. 나는 그렇게 생각해."

왼손이 관자놀이를 살살 긁었다.

"뭐, 이런 낯부끄러운 말은 하기 싫은데, 마지막에는 그 누나, 너를, 뭐라고 해야 하나……. 사랑한 것 같아. 처음에는 거짓으로 시작된 관계였으나 시간이 흐르면서 진짜 유대감으로 변한 게 아닐까? 지금은 그 누나, 진심으로 너를 잃고 싶지 않은 것 같았어. 정말 사파이어 레시피는 어찌 되든 상관없을 정도로."

"……그래, 그럼 좋겠는데."

다케시는 목소리를 짜냈다. 방심하면 오열이 새어 나올 것만 같았다.

"하지만" 가이토의 목소리가 심각해졌다. "그 유대감은 옳지 않아. 너는 마찬가지로 형제를 잃은 그 누나에게 구속되었고, 그녀도 죽은 동생의 대용품으로 너를 곁에 두려는 거야. 너는 나를, 그녀는 동생을 잃은 상처를 서로 핥아줬을 뿐이야. 그런 상태가 이어지는 한, 상처는 낫지 않아. 다케시, 이제 슬슬 현실을 받아들이고 앞으로 나아가야 해. 너도, 그리고 그 누나도."

알고 있다. 알면서도 계속 외면해왔다. 하지만 가이토의, 내 내 의지해온 형의 입에서 나온 그 말은 가슴 깊이 스며들었다.

"응, 그래야지……." 다케시는 크게 한숨을 내쉬었다.

가능하다면 이대로 사라지고, 이 몸을 가이토에게 양보하고 싶다. 하지만 만약 그 바람을 이룰 수 없다면 더는 과거에 매달리지 말고 가슴을 펴고 살자. 왼손에 깃든 가이토와 함께. 그리고 가능하다면…….

"가능하다면 너뿐만 아니라 그 누나도 구하고 싶어."

머릿속을 들여다본 듯한 가이토의 말에 다케시는 오른쪽 눈을 부릅떴다.

"아야카 씨를?!"

"응, 그래. 뭐니 뭐니 해도 너를 남자로 만들어준 여성이니까."

놀리는 것 같아 뺨이 굳었다.

"농담이야. 그렇게 화내지 마. 뭐, 우리를 궁지에 몬 원흉이지만 그 누나에게 일어난 일을 생각하면 조금 동정이 가기도 해. 이대로 두면 너무 가슴 아프고 불쌍할 것 같아."

"……맞아."

"이대로 두면 그 누나는 틀림없이 완전히 망가질 거야. 그 전에 경찰에 잡혀 자신이 한 일에 대한 책임을 지는 것이 그녀에게 가장 좋다고 생각해. 그러면 적절한 치료도 받을 수 있을 테고."

"……그래, 네 말이 맞아." 다케시는 천천히 고개를 끄덕였다.

"자, 그런 이유로 다시 우리 혐의를 풀 방법을 생각해볼까? 그것만 성공하면 모든 게 잘 굴러갈 거야. 틀림없이 나와 네 관계도 원래대로 돌아갈 테고. 사파이어를 쓰기 전처럼."

정말 그럴까? 다케시는 의문이 들었으나 일단 "알았어"라고 대답했다.

"일단 세수부터 하고 정신을 차리자."

왼손이 엄지를 세워 화장실을 가리켰다.

다케시와 가이토는 협력해 좌우 다리를 어색하게 움직여 화장실로 갔다.

"그 수첩이 열쇠라고 생각해. 그 수첩에는 누나의 개인 정보가 잔뜩 적혀 있었잖아? 일정이나 지인의 연락처, 사파이어의 매매 기록까지. 게다가 하야카와의 피까지 묻어 있고. 적어도 그녀가 연금술사라는 증거는……."

청산유수처럼 말하는 가이토의 이야기를 들으며 다케시는 문득 위화감을 느꼈다. 그러나 무엇이 마음에 걸리는지는 알지 못했다.

뭐지, 지금 이 감각은? 오른쪽 눈꼬리를 올리면서 화장실에 들어간 다케시는 세면대 앞에 섰다. 왼손이 수돗물을 틀자 수도꼭지에서 물이 흐르기 시작했다. 다케시는 물이 배수구로 흘러 들어가는 것을 바라보며 정체불명의 불안이 부풀어 오르는 것을 느꼈다.

"야, 왜 그래? 얼른 세수해."

다케시는 가이토의 재촉에 "아, 어……"라고 정신을 차리고는 고개를 숙이고 얼굴을 내밀었다. 왼손이 물을 퍼 얼굴에 끼었었다. 차가운 자극이 막 일어나 멍한 뇌를 각성시켰다.

나는 뭔가 놓치고 있어. 뭔가, 중요한 것을. 그게 도대체 뭐지?

얼굴에 여러 번 물을 끼었은 뒤 왼손이 수도꼭지를 잠그고 옆에 놓아둔 수건을 잡았다. 부드러운 촉감이 얼굴에 닿더니 물을 닦았다. 그 순간 심장이 크게 뛰었다.

호흡이 거칠어졌다. 오른손이, 오른발이, 오른쪽 얼굴이 가늘게 경련하기 시작했다.

'그 수첩에는 누나의 개인 정보가 잔뜩 적혀 있었잖아?'

'하지만 옷장 안에서 피 묻은 수첩이 나왔어. 명백한 모순이잖아.'

'사건이 일어난 순간, 그 둔치에 있던 사람은 하야카와와 우리, 그리고 그 누나뿐이었어.'

지난 몇 분 동안 가이토가 쏟아낸 말들이 차례대로 머릿속에 재생되었다. 공포와 충격과 함께.

오른손이 툭 떨어지고 발에서 힘이 빠져 몸의 균형이 무너졌다. 왼손이 재빨리 손을 뻗어 세면대를 잡아 쓰러지는 것을 간신히 막았다.

"야, 왜 그래? 위험했잖아!"

"어떻게…… 알았어……?" 다케시는 오른발에 힘을 주어 버티고 가라앉은 목소리로 중얼거렸다.

"응? 뭘?"

가이토가 영문을 모르겠다는 듯 물은 순간 다케시는 오른 손으로 왼 손목을 움켜쥐었다. 뼈가 비틀릴 정도로 세게.

"어떻게, 너는 그 수첩 내용을 알고 있냐고!"

"어떻게……라니."

다케시는 대답하려는 가이토의 말을 혀를 힘껏 움직여 막 았다.

"우리는 그 수첩을 아야카 씨네 집 옷장에서 발견했어. 그때 슬쩍 몇 페이지를 들여다봤을 뿐이야. 그리고 이리 돌아오는 동안에도, 돌아온 뒤로도, 한 번도 수첩을 펼치지 않았어. 그 런데 너는 어떻게 수첩에 적힌 내용을 자세히 알고 있지?!"

"……아까 네가 잠들었을 때 읽었어."

"거짓말하지 마. 일어났을 때 나는 잠든 때와 같은 자세였 어. 게다가 너도 말했어. 생각할 게 있어서 움직이지 않았다 고. 아니야?!"

"……아니, 네 말대로야. 그렇다면 너는 어떻게 생각하는데? 왜 내가 그 수첩 내용을 안다고 생각해?"

가이토의 말투는 도전적이었다. 다케시는 목울대를 울리며 침을 삼킨 다음 천천히 입을 열었다.

"그 수첩은 아야카 씨의 방에 보관되어 있던 게 아니야. 네 가 그곳에 두고 원래 거기 있었던 것처럼 가장한 거지."

"그러니까 내가 너 몰래 그 수첩을 서랍장에 숨겼다고? 뭐,

못 할 것도 없겠지. 너는 늘 주의가 산만하니까. 그렇다면 나는 그 수첩을 어디서 손에 넣었을까?"

"……처음에." 다케시가 거친 호흡을 내뱉으며 말했다. "처음, 하야카와의 시신을 발견했을 때. 그때 너는 나 몰래 하야카와의 지갑을 빼냈어. 그와 마찬가지로 수첩도 빼낸 거야. 그리고 여차할 때 도움이 될까 싶어 보관해뒀어. 청바지 왼쪽 주머니에 숨기면 왼손을 쓸 수 없는 나는 모르니까."

"그렇지, 불가능한 일도 아니네. 그러니까 내가 쭉 그 수첩을 숨기고 있었다? 그리고 그것을 잘 활용해 그 누나를 자백하게 했단 말이네. 딱히 별문제 없잖아? 그래서 하야카와 살해 진범을 알아냈으니까. 왜 그렇게 흥분하는데?"

가이토는 잡힌 손을 살살 흔들었다.

"……그게 아니지. 아야카 씨가 자백한 건 자신이 연금술사라는 것뿐이야. 하야카와는 죽이지 않았다고 했지."

"야, 왜 그래! 아까 설명했잖아. 그 누나 외에 하야카와를 죽일 수 있는 놈은 없어. 만약 스네이크 놈들이 범인이라면……"

"스네이크가 아냐!" 다케시가 갈라진 목소리로 소리쳤다.

"흠…… 그 누나도, 스네이크 놈들도 아니라면 누가 하야카와를 죽였는데?"

가이토는 높낮이가 없는 평탄한 목소리로 물었다.

다케시는 천천히 고개를 들어 거울 속 자신과 가이토를 응시했다.

"너야. 네가 하야카와를 죽였어."

6

세면실에 침묵이 가득 찼다. 납처럼 무겁고, 차가운 침묵이. 다케시는 거울을 응시한 채 가이토의 반응을 기다렸다.

꼬박 1분 이상의 침묵이 흐른 뒤 거울에 비친 남자의 왼쪽 눈이 쓱 가늘어졌다.

"야, 무슨 말을 그렇게 하냐? 내가 어떻게 하야카와를 죽이냐? 지금과 달리 그때는 왼손만이 내 '지배 영역'이었는데."

"……잠들었을 때는?" 다케시는 틈을 두지 않고 바로 지적했다.

"응? 무슨 소리야?"

"내가 잠들어 있을 때 말이야. 너는 늘, 내가 잠든 사이에는 너도 잠든다고 했어. 사파이어를 마시고 난 다음부터 내가 의식을 잃었을 때 몸을 움직이게 되었다고. 하지만 사실은 처음부터 할 수 있었던 거 아니야?"

"……흠, 만약의 경우지만, 만약 그렇다면 어떻게 되는데?"

"그날, 내가 텐트에서 잠든 뒤 너는 몸을 자유롭게 쓸 수 있게 되었어. 그리고 우연히 둔치에 나타난 하야카와를 칼로 찔러 죽였어. 그 노숙자로부터 내가 텐트에서 노숙한다는 이야

기를 들은 하야카와는 가출 소년 정도로 여겨 경계하지 않았
겠지. 너는 그 틈을 노렸고. 그래서 싸운 흔적도, 큰 비명도 없
었던 거야."

"그래? 재미있는 이야기네. 그래서? 계속해." 가이토는 진심
으로 즐거운 듯 이야기를 재촉했다.

"일단 돌아와 상황을 살피던 너는 그곳에 찾아온 아야카 씨
가 하야카와의 시신을 보고 도망치는 모습을 확인했어. 그리
고 그 뒤 나를 깨워 시신을 발견하게 한 거지!"

다케시는 단숨에 내뱉고 긴장한 채 가이토의 반응을 살폈다.

거울에 비친 남자의 왼쪽 뺨이 떨리기 시작했다. 마침내 그
떨림은 왼쪽 얼굴 전체로 퍼졌다.

"하하…… 하하하…… 하하하하하!"

참을 수 없다는 듯 입에서 조소를 터뜨린 거울 속 남자를,
다케시는 오른쪽 눈으로 멀거니 바라봤다. 남자의 얼굴은 왼
쪽 반만 웃고 있었다. 너무나 처참하고 일그러진 웃음이었다.

수십 초, 한바탕 크게 웃은 후 가이토는 글썽이는 눈을 왼
손으로 닦았다.

"아니, 뭐야……? 내 말이 그렇게 우스워?! 틀렸으면 근거
를……."

"틀리지 않았어."

가이토는 왼팔을 크게 펼치고 당당하게 말했다. 다케시는
눈을 부릅뜨고 귀를 의심했다.

"아니, 무슨 그렇게 바보 같은 표정을 짓고 있냐? 못 들었어? 맞아, 네 추리는 완벽한 정답이야. 내가 하야카와를 죽였어. 숨기고 다니던 칼로 녀석의 가슴을 단숨에 찔렀지. 네가 잠들어 이 몸을 자유롭게 움직일 수 있을 때."

진심으로 즐겁다는 듯, 그리고 자랑스럽게 가이토가 고백했다. 왼쪽 입가가 올라가고 눈이 가늘어졌다.

"왜…… 왜 그런 짓을……?"

"왜? 동기가 뭐냐는 거야? 뭐야! 아직도 그걸 몰라? 정말 너는 바보구나. 나와 같은 유전자를 가졌다는 게 믿기지 않을 만큼 바보야."

왼쪽 눈동자에 경멸의 빛이 깃들었다. 다케시는 오른쪽 손바닥으로 거울을 쳤다.

"입 닥쳐! 얼른 설명해! 왜 하야카와를 죽였냐고?! 그 바람에 나는, 우리는 경찰을 피해 도망 다녀야 했잖아!"

"그게 목적이야."

가이토는 혼잣말처럼 중얼거렸다. 다케시는 "……뭐?"라며 미간을 찌푸렸다.

"참 이해력 떨어지는 녀석이라니까." 가이토가 왼쪽 어깨를 움츠렸다. "살인사건의 용의자로 도망쳐야 하는 상황을 만들어야 했어. 그게 내 목적이야. 뭐, 너는 계속 누명이라고 믿었지만 말이다. 피해자가 하야카와였던 것은, 마침 딱 좋은 타이밍에 둔치에 나타났기 때문이야. 다른 누구라도 괜찮았어.

……그 누나라도 말이야."

"무, 무슨 소리를 하는 거야?! 도통 무슨 소린지 모르겠어. 살인범으로 쫓겨서 우리에게 무슨 득이 있다고?"

오른쪽 몸이 가늘게 떨리기 시작했다. 무서웠다. 내내 자신의 분신이라고 생각한 남자가 떠드는, 상상을 초월한 내용이, 한없이 두려웠다.

"흥, 우리라니!" 가이토가 콧방귀를 뀌었다. "내게 말이지. 내게만 득이 있지."

"네게……?"

"맞아. 경찰에 쫓기게 된 상황이라 너는 집에 못 돌아가. 즉 정신과 주치의의 치료를 받을 수 없게 되지. 왼손에 깃든 '나'를 없애는 투약 치료 말이야."

몸 오른쪽에 소름이 돋았다. 오른뺨이 딱딱하게 굳었다.

"그래서? 그런 것 때문에…… 사람을 죽여?"

"그런 것? 어이, 쉽게 말하지 마. 내게는 말 그대로 존재가 걸린 문제야. '내'가 사라지는 거니까. 어떤 의미에서 살해되는 것이나 마찬가지야."

왼손이 올라가 오른뺨을 쓱 쓰다듬었다.

"나는…… 가자마 가이토는 네게 살해됐어."

낮고, 억눌린 목소리로 가이토가 말했다.

"하지만 운 좋게 네 왼손에 깃드는 형태로 '나'는 다시 살아났어. 내가 진짜 '가자마 가이토'인지, 네 뇌가 만들어낸 환상인지는 모르지만, 적어도 '나'는 살아 돌아왔어. 그런데 너는 또 나를 죽이려 했지."

"아니야! 너를 없애려 하지 않았어. 그래서 치료를 받기 전에 집에서 도망쳐 나온 거잖아!"

다케시가 숨을 헐떡이며 반론하자 가이토는 "흐흐흐" 하고 숨죽여 웃었다.

"그게 네 뜻에 의한 행동이라고 생각해? 진짜 어이없는 녀석이네."

"무슨…… 소리야……?"

"네가 그렇게 행동하도록 내가 유도한 거야. 평소 자연스럽게 나눈 대화로 네 행동을 조종했어. 너는 스스로 선택한 것처럼 보이겠지만, 전부 내 의도대로, 내 지시대로 움직인 거야."

"그런 게, 가능할 리……"

"가능할 리 없다고 생각해? 생각해봐. 너는 늘 내게 의지했잖아. 곤란할 때는 늘 내 지시에 순순히 따랐잖아. 태어나서 18년 동안 줄곧."

그랬다. 다케시는 오른손으로 얼굴을 덮었다. 문제가 생겼을 때는 가이토의 판단에 따른다. 그게 내 행동 원칙이었다. 그렇게 하면 모든 게 잘되리라 생각했다.

"너는 왼손 이외의 몸은 네가 움직이고 있다고 생각했지? 하지만 아니었어. 이 몸을 조종한 것은 처음부터 나였어. 너는 내 생각대로 움직여 경찰을 피해 필사적으로 도망치며 필요한 시간을 벌어준 거지."

"필요한 시간?"

다케시가 되묻자 거울에 비친 왼쪽 눈에 위험한 빛이 켜졌다.

"내가 진정한 의미에서 되살아나는 시간. 완전히 이 몸을 지배해 '가자마 다케시의 왼손'이 아니라 '가자마 가이토'로 환생하는 시간 말이야."

"너…… 처음부터……" 다케시는 눈가가 찢어질 정도로 오른쪽 눈을 부릅떴다.

"응, 맞아. 처음부터 그럴 생각이었어. 이번에는 내가 너를 죽일 차례라고 생각했어. 그 방법을 찾고 있는데 네가 그 누나의 권유로 사파이어를 마시기 시작했어. 이야! 그건 정말 행운이었어. 설마 그 약에 내 '지배 영역'을 확대하는 작용이 있을 줄이야. 그것을 알자마자 나는 그 약을 이용해 이 몸을 빼앗기로 하고 네가 최대한 약을 마시게 했어. 그 누나에게 진심으로 감사해."

우두커니 서 있는 다케시의 뇌리에 오토바이에 타는 것을 주저할 때 가이토가 사파이어를 내민 광경이 떠올랐다.

"하지만 너는 사파이어를 반대했고…… 아야카 씨와 헤어지라고도……."

"그렇게 말하면 네가 반발해 오히려 사파이어를 마실 걸 알았으니까."

"나를 감금해 사파이어 의존증을 치료한 건……."

"이제는 내 '지배 영역' 확대를 더는 막을 수 없는 단계에 도달했음을 자연스럽게 알게 되었으니까. 애써 이 몸을 빼앗았는데 약으로 너덜너덜한 상태면 의미가 없잖아. 자, 질문이 더 있나?"

가이토는 기지개를 켜듯 왼손을 올렸다.

"……왜, 인정해?" 다케시가 턱을 당기고 거울에 비친 남자를 노려봤다.

"응? 무슨 소리야?"

"결정적인 증거가 있는 것도 아니잖아. 너라면 얼버무릴 수도 있었을 텐데. 그런데 왜 내게 전부 털어놓는 거야?"

"말한다고 해서 내게 손해될 것도 없으니까."

"그렇지 않아! 나는……."

"이번에야말로 왼손을 잘라내 나를 없애겠다고?"

기선을 제압당해 다케시는 말문이 막혔다.

"하하하, 정말 어이없는 자식이라니까. 내가 그 정도 생각도 안 했을 것 같아? 내게 죄책감을 지닌 너는 나를 또 죽이지 못해. 이 몸을 내게 바치는 것만이 네 속죄니까."

다케시는 반론하지 못하고 어금니를 악물었다.

"게다가 이제 하려고 해도 이미 무리야. 보라고……."

가이토는 마술이라도 하듯 왼 손가락을 튕겼다. 그 순간, 얼굴, 몸통, 그리고 다리의 감각이 사라졌다.

─어?!

다케시가 놀라 소리를 질렀다. 그것은 입으로 나오지 않고 의식 속에서만 울렸다.

"몰랐어? 네가 태평하게 자는 동안 내 '지배 영역'이 더 넓어졌어. 지금 네가 '지배'할 수 있는 것은 오른쪽 어깨부터 손끝까지가 전부야."

거울 속 남자는 미소를 머금고 있었다. 왼쪽 반만이 아니라 얼굴 가득 환한 미소를.

"입장이 완전히 역전되었네. 이제 너는 아무 데도 자기 뜻대로 갈 수 없어. 네 말은 나만 들을 수 있어. 이제 네가 할 수 있는 일은 아무것도 없어. 이대로 가면 앞으로 하루면 너는 사라지고 이 몸은 완전히 내 몸이 돼. 너는 오른팔에 갇힌 채로 천천히 그 과정을 지켜보면 돼. 나도 그 정도는 보게 해줄 테니까."

왼손을 입가에 대고 일부러 하품하는 시늉을 한 가이토는 몸을 돌리려 했다.

—기다려! 기다리라고!

"왜? 다 설명했잖아."

—치료받기 싫어서 사람을 죽이다니, 제정신이야? 네가 전에 말했잖아. 경찰에 체포되면 인생은 끝이라고. 이 몸을 빼앗은 뒤 앞으로의 인생을 살인범으로서 살 생각이야?

"아! 그거? 그거라면 걱정하지 마."

가이토는 팔랑팔랑 손을 흔들었다.

"가출하기 전에 너는 정신과에 다니며 '왼손에 죽은 형의 영혼이 깃들었다'라고 주장했잖아. 제삼자가 보면 그거, 완전히 병이야. 체포되어도 정신질환에 의한 범행으로 기소조차 안 될 거야. 아마도 정신병원에 입원시켜 치료받게 하겠지. 뭐, 치료로 나은 것처럼 행동해 최대한 빨리 퇴원해야지."

─마, 만약 그렇게 되더라도 사람을 죽였다는 사실에는 변함이 없어!

"확실히 그렇기는 하지. 앞으로의 인생, 나름 힘들 수도 있겠지만, 그때 치료받아 사라지는 것보다는 위험성이 낮다고 판단했기 때문에 강변에서 하야카와를 죽인 거야. 그게 가장 옳은 선택이라고 생각했거든. 그 판단은 정답이었어. 지금도 그렇게 생각해."

─살인이…… 정답…….

툭 하고 오른팔이 떨어졌다.

이 녀석은 진짜 가이토가 아니다. 역시, 내 뇌가 만들어낸 가짜다. 가이토는 따뜻한 사람이었다. 언제나 나를 지지해주었다. 이런 말을 할 리 없다.

하지만, 그 따뜻함도 처음부터 전부 거짓이었다면…….

혼란이 혼란을 불러와 개미지옥에 떨어진 듯한 감각에 사로잡혔다.

"게다가 살인범으로 체포되지 않을 가능성도 생겼어." 가이토가 입술 끝을 올렸다.

—체포되지 않을 가능성?

다케시는 견딜 수 없는 절망감에 시달리며 되물었다.

"그 누나 말이야. 그 사람은 연금술사고 심지어 하야카와의 협박을 받아 그날 밤, 강변에 왔어. 나는 그 증거도 가지고 있고. 잘만 활용하면 그 누나에게 죄를 뒤집어씌울 수도 있겠어. 나는 누명을 쓴 불쌍한 피해자가 될지도 몰라."

거울에 비친 가이토가 양손을 펼치고 당당하게 말하는 것을, 다케시는 아연한 표정으로 바라봤다.

"네가 잠든 사이 내내 그 방법을 생각했어. 이제 한 걸음, 한 걸음만 더 가면 내 계획은 완벽해져. 그러려면……"

또랑또랑 이야기하는 가이토의 말을 들으면서, 다케시는 오른손을 청바지 오른쪽 주머니에 쓱 넣었다. 손가락 끝에 딱딱한 것이 만져졌다. 전원을 끈 스마트폰이다.

다케시는 손끝의 감각만으로 전원 버튼을 찾아 눌렀다. 스마트폰이 살짝 진동했다. 전원이 켜졌다.

경찰이다. 가이토가 아야카 씨에게 죄를 뒤집어씌우기 전에 우리를, 가이토를 경찰이 체포하게 해야 한다.

거기까지 생각했을 때 오른 손목에 통증이 찾아왔다. 다케시의 의사와는 상관없이 눈길이 떨어졌다. 왼손이 오른 손목을 움켜쥐고 있었다.

"내 뒤를 치겠다? 네 생각 따위 다 읽혀."

왼손이 오른손을 억지로 주머니에서 끌어낸다. 그 바람에 스마트폰이 바닥에 떨어졌다. 다케시는 서둘러 그것을 주우려 했으나 오른손이 스마트폰에 닿기 전에 몸이 뒤로 물러났다. 오른손이 허공을 가른다.

"아직도 모르나 봐. 이 몸은 이제 거의 내 거야. 네가 할 수 있는 게 없다니까."

가이토는 오른손으로는 스마트폰을 잡을 수 없는 위치에 쭈그리고 앉아 왼손을 뻗었다.

"애당초 말이야, 110번에 전화해 경찰에 신고해도 목소리를 내지 못하잖아. 어떻게 통화할 생각이었어?"

가이토는 스마트폰을 주워 다케시에게 빼앗기지 않도록 왼쪽 위로 높이 들었다.

"아이고, 부재중 전화가 엄청 많이 와 있네. 아마도 그 누나겠지. 정말 너에 대한 집착이 강하다니까. 아, 안심해. 이 몸을 빼앗은 뒤 그 누나와 이상한 짓거리를 할 생각은 없으니까. 그 여자, 좀 위험하거든. 게다가 그 누나는 나 대신 하야카와 살인범이 되어줘야 해서."

―그런 짓은 내가 절대 못 하게 할 거야!

"기운이 넘치네. 하지만 지금의 네가 뭘 할 수 있는데? 어? 부재중 전화에도 메시지가 있네. 사라지기 전에 한 번이라도 그 누나 목소리 들을래? 그 정도는 서비스해주지."

가이토는 부재중 전화 서비스 아이콘을 터치하고 한 손으로 능숙하게 화면을 조작해 스피커를 켰다. 부재중 전화에 녹음

된 음성이 들려왔다.

"안녕, 다케시."

들려온 것은 뜻밖에도 남자 목소리였다. 가이토가 "어, 이게 누구지?"라고 중얼거렸다.

"처음 뵙겠습니다……라고 할 수도 없네. 하지만 일단 인사하지. 나는 스네이크의 보스야."

가이토가 "뭐?!"라며 놀라는 소리를 냈다. 다케시도 할 말을 잃었다.

"자, 자기소개도 끝났으니 비즈니스 이야기를 할까? 에둘러 말하는 건 딱 질색이니까 단도직입적으로 말하지. 연금술사, 그러니까 구와시마 아야카를 납치했어."

―아야카 씨를……?

순간 무슨 말을 들었는지 이해하지 못했다.

"너, 사파이어 레시피를 갖고 있지? 그것과 교환하는 거야. 오늘 밤 0시에 공장 터로 와. 기억하지? 히로키 일행이 너를 죽이려 한 공장 터 말이야. 레시피를 들고 혼자 와. 우리 목적은 레시피뿐이야. 그것만 손에 넣으면 너희들에게 해를 끼치진 않아. 만약 0시까지 네 모습이 보이지 않으면 아야카는 고통스럽게 죽여 물고기 밥으로 뿌려버릴 거야."

남자가 말을 끊었다. 이어서 "다케시, 살려줘……"라는 가녀린 여자 목소리가 들려왔다.

수없이 귓가에서 속삭이던 목소리. 아야카의 목소리. 다케시는 스마트폰을 향해 오른손을 뻗었다. 그러나 그 손은 닿지 않았다.

"이상이야. 기다리지."

다시 남자 목소리가 울린 후 부재중 메시지가 끊겼다. 이어서 '이 메시지를 삭제하시려면……'이라는 안내 음성이 담담하게 울렸다.

"멍청한 녀석들." 가이토가 어깨를 움츠리고 스마트폰 전원을 껐다. "이런 데 속아 넘어가리라 진심으로 생각했나? 머리가 너무 나쁜 거 아냐?"

—야, 설마 도우러 가지 않을 생각이야?!

다케시가 당황해 말하자 가이토는 "뭐?"라며 어이없어하는 목소리를 냈다.

"이건 당연히 덫이야. 그 누나의 덫."

—아야카 씨의?

"그래. 그 누나는 네게 버려진다는 사실을 견딜 수 없었어. 완전히 네게 의존했으니까. 그래서 스네이크 놈들에게 연기를 부탁한 거지. 비즈니스 파트너인 스네이크의 보스에게 직접 의뢰했겠지. 그렇게까지 해서 너를 만나려는 거야. 근데 만나서 어쩌겠다는 건지. 자신이 연금술사라는 것이 밝혀진 시점에서 이미 너와의 관계는 파국인데. 역시 그 누나도 제정신은 아니야."

—그렇지는 않지! 그런 일에 스네이크가 협력할 리 없어!

"꼭 그렇다고는 볼 수 없어. 히로키와 가즈마는 네게 원한이 있으니까. 불러내자고 제안하면 좋아하겠지. 순순히 나갔다가는 도쿄만에 수장될 게 빤해."

가이토는 연기라도 하듯 과장되게 어깨를 움츠렸다.

—하지만 내게 원한이 있다는 것만으로 스네이크의 보스까지 나서진 않겠지.

"전화한 사람이 진짜 보스라는 보장은 없어. 다만……."

가이토는 스마트폰을 왼쪽 주머니에 넣으면서 생각에 잠겼다.

"진짜라면 그 누나는 의뢰비로 엄청난 것을 건넸을 가능성이 커."

—엄청난 것?

"사파이어 레시피."

—사파이어 레시피?! 하지만 그건……?

"응, 그게 적힌 노트는 우리에게 있지. 하지만 연금술사인 그 누나의 머릿속에는 그 레시피의 내용이 다 들어 있어. 그것을 스네이크 보스에게 알려주기로 약속하고 협력을 구한 게 아닐까. 뭐, 어느 쪽이든 나와는 상관없는 일이야. 어차피 안 갈 거니까."

가이토는 바로 흥미를 잃은 듯 말하며 하품을 참는 시늉을 했다.

—만약 우리가 안 가면…… 아야카 씨는 어떻게 돼?

"응? 그야 선불인지 후불인지에 달린 거 아닐까? 만약 작전이 성공한 후에 레시피를 알려주기로 했다면 우리가 가지 않는다고 해서 아무것도 달라지는 건 없지. 그 누나는 앞으로도 스네이크를 위해 사파이어를 계속 만들 테고. 하지만 만약 선불, 그러니까 이미 사파이어 레시피를 스네이크에게 건네줬다면 이야기는 달라지지. 그 정보를 독점하는 데 있어 레시피를 아는 누나는 방해물이야. 전화로 말한 대로 고통스럽게 죽여 바다에 버리겠지. 그 누나, 상당히 혼란스러운 상태였으니 선불이었을지도 모르겠다."

─그렇다면 당장 도우러 가야지!

다케시가 크게 소리치자 가이토가 거울에 얼굴을 들이댔다. 얼어붙은 듯한 차가운 눈길이 거울에 반사되어 다케시에게 날아왔다.

"무슨 그런 바보 같은 소리를 하냐? 그 누나가 죽어주면 최고의 결과 아냐?"

─최……고……?

"맞아. 우리는 그 누나에게 하야카와 살해 혐의를 덮어씌울 만큼의 재료를 가지고 있어. 게다가 그 누나가 죽으면 그야말로 이상적인 전개지. 죽은 자는 말이 없어. 그 누나가 반론에 나설 위험이 사라지는 거라고."

─아야카 씨는 아무도 죽이지 않았어!

"죽이지 않았다고?" 가이토는 도발적으로 입꼬리를 올렸다. "그건 아니지. 그 누나는 죽였어. 너도 봤잖아. 그 누나가 만든

약 때문에 앞날이 창창한 소녀가 죽었어."

빌딩 옥상에서 춤추듯 몸을 던진 세일러복 소녀의 모습이 되살아나 다케시는 신음했다.

"사파이어를, 그 악마의 약을 만들어냄으로써 그 누나는 몇 명, 아니 수십 명을 죽였어. 스네이크 놈들에게 살해된다 해도 자업자득이야. 그 누나는 다른 이의 도움을 받을 가치가 없어. 그러니까 나는 여기서 천천히 기다릴 거야."

—안 돼!

다케시가 오른손을 뻗어 가이토의 먹살을 잡으려 했다.

"……무슨 짓이지?" 가이토의 표정이 일그러졌다.

—……아야카 씨를 도우러 가야 해.

"방금 얘기 못 들었어? 그 누나는 범죄자야. 살인자라고."

—응, 맞아, 그녀는 살인자야. 그리고…… 우리도. 그러니까 죗값을 받아야지.

"죗값을 받아? 경찰에 체포되어 재판받는다고? 그러면 자신들이 한 일이 없던 게 되나?"

—없었던 일이 되진 않아. 하지만 진실이 밝혀지면 뭐든 변할 거야. 적어도 사파이어의 유통 경로를 일망타진해 옥상에서 뛰어내린 아이처럼 불행해지는 사람은 줄어들겠지. 틀림없이 그게 옳은 일이야.

가이토는 먹살을 잡힌 채 한심하다는 듯 콧방귀를 뀌었다.

"무슨 어설픈 이상론을 펴는 거지? 너처럼 머리 나쁜 녀석

은 모르겠지만, 이 세상은 그렇게 만만하지 않아. 약육강식,
안일한 놈들은 짓밟혀. 그러니까 나는 그 누나를 발판 삼아
앞으로 나아갈 거야."

─아니야, 앞으로 나아가려면 정의가 필요해.

다케시가 목을 조르는 오른손에 더 힘을 주었다.

─그러니까 옳은 일을 하는 거야. 우선은 아야카 씨를 돕자.
스네이크 놈들과 ……그녀의 아픈 과거로부터. 그다음에 경찰
에 가서 모든 것을 고백하자.

"웃기……지 마……."

목구멍 깊은 곳에서 목소리를 짜내며 가이토는 왼손으로
오른 손목을 잡고 떼어내려 했다.

"이 몸은…… 이미 내…… 거야. 이제, 내…… 거라고."

─응, 이제 곧 나는 사라지고 네가 되살아나겠지. 그때는 네
마음대로 해. ……하지만 딱 한 번만 내가 원하는 대로 할게!

다케시는 오른손에 강하게 힘을 주었다. 가이토의 비명에
가까운 절규가 울렸다. 그 순간 오른쪽 어깨에서 손끝에만 있
던 신체 감각이 단숨에 퍼져나갔다. 몸통, 양쪽 다리, 그리고
얼굴로. 가이토의 '지배 영역'이 밀려났다.

다케시는 크게 숨을 토해냈다. '지배권'을 되찾은 입을 이용해.

─……젠장!

목소리가 들려왔다. 왼 손목에서 손끝까지로 '지배 영역'이
줄어든 가이토의 목소리가.

—일시적인 현상이야. 네가 사라진다는 사실에는 변함이 없어. 곧 이 몸은 내 것이 돼.

그럴 것이다. 하지만 그래도 괜찮다. 내가 사라지기 전까지의 시간, 내게 남은 얼마 되지 않은 시간 동안 해야 할 일을 하자.

다케시는 힘차게 몸을 돌렸다.

7

"손님, 정말 여기면 되나요? 이 근처에는 아무것도 없어요."

차를 세운 택시 운전사가 돌아보면서 말을 걸었다.

"네, 괜찮습니다. 고생하셨습니다."

다케시는 청바지 주머니에서 만 엔짜리를 꺼내 "잔돈은 됐습니다"라며 운전사에게 건넸다.

택시에서 내려 주변을 둘러봤다. 심야의 도쿄만 지대. 공장과 창고가 즐비한 일각을 드문드문 서 있는 가로등의 옅은 빛이 비추고 있었다. 다케시는 심호흡했다. 밤의 차가운 공기가 몸에 채우고 있는 열기를 그나마 희석해주었다.

"자, 갈까?"

다케시는 왼손을 내려다봤다. 그러나 대답은 없었다. 은신처였던 바를 나온 이후로 가이토는 한마디도 하지 않았다. 의식이 없나 생각했는데 왼 손목부터 손끝까지 여전히 감각이 없는 것으로 보아 그저 입을 다물고 있는 것이리라.

하야카와 살해 진범인 가이토에 대한 분노와 혐오감은 지금도 있다. 그러나 시간이 흐르면서 진실을 알았을 때의 충격이 옅어짐과 동시에 그런 부정적인 감정도 약해졌다.

태어나서부터 18년, 가장 가까이에 있던 존재. 그 정을 버릴 수 없었다. 게다가 자신은 질투로 가이토를 한 번 죽였다. 가이토를 단죄할 자격은 없었다.

가이토를 경찰에 넘기고 제대로 죗값을 받게 하자. 그게 남은 얼마 안 되는 시간 동안 자신이 해야 할 일 가운데 하나였다.

다른 하나는……. 다케시는 고개를 들고 수백 미터 앞에 서 있는 창고 건물들을 바라봤다.

저곳에 있는 아야카 씨. 그녀를 진정한 의미에서 구해주자. 그것을 이룬다면 더는 미련도 없다. 다케시는 오른손으로 주먹을 쥐고 걷기 시작했다.

다케시는 스마트폰을 주머니에 찔러 넣고 눈앞에 서 있는 버려진 창고를 올려다봤다.

죽을 뻔한 경험을 했던 이곳에 다시 올 줄이야.

입술 한쪽 끝을 올리고, 경계하면서 옆에 있는 문을 열고 안으로 들어갔다. 불이 켜진 창고 안은 어둠에 익숙해진 눈에는 조금 눈부셨다. 다케시는 눈을 가늘게 뜨고 내부 상황을 재빨리 관찰했다. 전에 왔을 때와 마찬가지로 자동차 정비용 기기가 어지럽게 놓인 공간. 10여 명의 사람 그림자가 보였다.

"다케시!"

귀청을 울리는 쨍쨍한 소리가 났다. 발소리가 들리고 몸을 날리듯 사람 그림자가 부딪혀 왔다. 통증이 느껴질 만큼 강하게 팔이 목을 감았다. 부드럽고 따뜻한 감촉과 함께 장미 향이 코끝을 스쳤다.

"……아야카 씨."

다케시는 사랑하는 여성의 이름을, 자신을 속인 여성의 이름을 불렀다. 목에 두른 아야카의 팔에 더 힘이 들어갔다.

"이제 놓지 않을 거야……. 절대 놓지 않을 테니까……."

주문처럼 속삭이는 목소리가 고막을 흔들었다. 다케시는 기쁨과 공포를 동시에 느끼며 주위 상황을 파악하려고 노력했다. 밝은 빛에 적응하기 시작한 눈으로 창고 안에 펼쳐진 광경이 들어왔다.

가즈마, 히로키, 그의 부하 둘, 익숙한 얼굴이 다 있다. 다케시는 그 가운데 한 사람에게 눈길을 고정했다. 양아치처럼 보이는 장발의 남자, 어디선가 본 기억이 있다. 처음 아야카를 만났을 때 아야카에게 폭력을 쓰던 남자. 헤어져주지 않는 그 남자를 쫓아낸 일을 계기로 아야카와 가까워졌다. 그랬던 것으로 안다.

아야카가 스네이크 조직원을 전 애인으로 둔갑시켜 자신을 속인 것이다. 그 현실을 확인하고 어금니를 악물었다.

"다케시, 잘 왔어. 우리 애들이 여러모로 신세를 졌다더군."

또렷한 목소리가 창고 안에 울려 퍼졌다. 바에서 들은 부재 중 메시지와 같은 목소리. 다케시가 창고 가장 안쪽에 선 그 남자에게 눈길을 주었다. 장신의 남자였다. 나이는 마흔 전후일까.

다케시는 마른 입 안을 축이고 입을 열었다.

"당신이 스네이크의 보스야?"

"아, 그래. 오랜만이야."

"오랜만?"

다케시는 미간을 찌푸렸다. 확실히 남자의 얼굴이 낯익었다. 그러나 어디서 만났는지는 생각나지 않았다.

"잊었어? 우리 가게에 왔었잖아. 저 여자와 뜨겁게 춤추던데."

기억이 났다. 아야카에게 이끌려 간 롯폰기 클럽. 그곳에서 바텐더로 일하던 남자였다.

나는 처음부터 줄곧 아야카와 스네이크의 손바닥 위에서 놀아났단 말인가. 다케시는 입술을 깨물었다.

"하지만 말이야, 설마 네가 사람을 죽이고 쫓기는 신세인 줄은 몰랐네. 아야카의 말을 듣고도 믿을 수가 없어서 아는 경찰에게 돈을 쥐여주고 정보를 얻었지. 그랬더니 정말이더라. 야, 정말 겁나던데? 게다가 그런 상태에서 우리 팀에 들어와 경찰에게 정보까지 흘리고. 너 말이야, 도대체 목적이 뭐야?"

하야카와 살해 진범을 찾아내 내가 쓴 누명을 푸는 것. 그게 모든 것의 목적이었다. 그것을 위해 필사적으로 달려왔다. 그러나 그 끝에 도달한 것은 자신이야말로 살인범이라는 진실이었다.

너무나도 우스꽝스러운 희극. 다케시는 슬며시 쓴웃음을 지을 수밖에 없었다.

"대답 안 해? 너처럼 머리가 영 이상한 놈에게는 그다지 흥미가 없어서 말이야. 그보다 너, 왜 온 건데? 메시지를 남기기는 했어도 설마 진짜 올 줄은 몰랐어."

"당연히 아야카 씨를 구하러 왔지."

"구해?"

보스가 놀리듯 말했다. 안겨 있던 아야카의 몸에서 어렴풋하게 떨림이 전해졌다.

"너, 진심으로 우리가 저 여자를 납치했다고 생각해? 저 여자가 먼저 제안했어. 너를 불러낼 테니까 협력하라고. 너희들, 무슨 관계야? 너무 진지해서 아주 질린다. 뭐, 자세히 들어보니 괜찮은 거래여서 시작은 했지만."

가이토의 말대로 이것은 아야카가 놓은 덫이었다. 그러나 그것을 알고도 실망하지는 않았다. 지금 품 안에 사랑하는 여자가 있으니까.

"거래 대가는 사파이어 레시피?"

"아, 맞아. 그 약의 레시피만 손에 넣으면 해외 불법 공장에 의뢰해 이전보다 훨씬 많은 양의 사파이어를 만들 수 있어. 말도 안 되는 거금이 들어오겠지. 뭐든 할 수 있어! 뭐든지 말이야! 우리가 이 나라의 조직 세계를 접수하는 것도 꿈이 아니라고!"

얼굴을 붉히면서까지 떠들어대는 보스를 차갑게 바라보던 다케시는 바지 허리 뒤에 끼워놓은 대학 노트를 꺼냈다.

"여기에 사파이어 레시피가 적혀 있어. 이걸 건네지. 그러니까 아야카 씨는 내가 데려갈게."

목덜미에 얼굴을 묻고 있던 아야카가 가볍게 몸을 떼고 동그란 눈으로 다케시를 바라봤다.

"다케……시……?"

다케시는 조심스럽게 자기 이름을 부르는 아야카에게 부드럽게 미소 지었다.

"아야카 씨, 전에 모진 말 해서 미안해요."

"용서해……주는 거야?" 아야카의 표정이 완전히 일그러졌다.

"그럼요, 용서하죠."

내내 속인 것도, 사파이어에 중독시킨 것도.

그 모든 것을 용서한 후 아야카에게 전해야 하는 게 있다. 하지만 그러기 위해서는 우선 안전한 장소로 이동할 필요가 있었다.

"자, 받아."

다케시는 원반던지기라도 하듯 대학 노트를 던졌다. 노트는 보스의 발밑까지 미끄러져 갔다. 다케시는 숨을 죽이고 스네이크 일당의 다음 행동을 기다렸다.

보스는 노트를 줍지도 않고 입가에 손을 댔다. 손바닥 아래에서 웃음이 흘러나왔다. 그를 따라 주위 남자들도 웃기 시작했다. 창고 안에 조소가 울려 퍼졌다.

"멍청한 놈. 이제 이런 건 필요 없어."

보스는 거칠게 대학 노트를 짓밟았다.

"벌써 저 여자에게 사파이어 레시피를 받았다고. 다음은 우리가 독점하게 이 노트를 처분하면 그만이야. 굳이 가져다줘서 고마워."

아, 역시 가이토의 예상대로였구나. 최악의 사태에 놓인 것을 깨닫고 오른 주먹을 움켜쥐었다.

"어쨌든 우리에게 용건은 없을 테니 이만 가볼게."

다케시는 재빨리 말하고 아야카를 재촉해 몸을 돌렸다. 그러나 어느새 출구 앞을 남자 몇 명이 막아서 있었다.

"유감스럽게도 그럴 수는 없지."

등 뒤에서 보스의 목소리가 울렸다. 아야카가 힘차게 보스에게 몸을 돌렸다.

"무슨 소리야! 계약했잖아. 레시피를 알려주는 대신 다케시를 내게 주겠다고!"

아야카가 비명 같은 소리를 지르자 보스는 잔혹한 미소를 지었다.

"너, 참 바보구나. 사파이어 레시피는 독점해야 의미가 있어. 단물을 빨아온 네가 제일 잘 알잖아? 너를 그냥 보내면 다른 조직에도 레시피를 팔 거 아닌가?"

"그런 짓 안 해! 나는 다케시와 함께 해외로 갈 거야. 그러니까 놔줘!"

"바보네, 정말 바보야. 그런 약속, 우리가 믿을 것 같아? 너는 줄곧 감정 없는 기계처럼 사파이어를 만들어왔어. 늘 레시피를 뺏고 싶었는데 도무지 틈이 없었지. 그런 여자라도 남자와 얽히니까 이렇게 멍청해지는구나."

보스가 천천히 고개를 좌우로 흔드는 모습을 아야카는 절망적인 표정으로 바라봤다.

"안심해. 네게는 감사하고 있어. 이제까지 꽤 많은 돈을 벌게 해줬고 마지막에는 레시피까지 넘겨주었으니까. 편안하게 죽여주지. 그리고 시체는 그 남자와 함께 바다에 버려줄게."

아야카는 곁눈질로 다케시를 봤다. 굳은 표정이 살짝 풀어졌다.

"미안…… 다케시, 미안해. 하지만 둘이 함께 죽는다면 그것도……."

다케시는 떠듬떠듬 눈물 섞인 목소리를 짜내는 아야카의 허리에 오른팔을 감고 당겼다. 놀란 표정을 짓는 아야카의 입술에 다케시는 자기 입술을 부딪쳤다.

경직되어 있던 아야카의 몸에서 천천히 힘이 빠졌다.

주위 남자들이 환호성을 질렀으나 다케시의 귀에는 들리지 않았다. 그저 부러질 정도로 아야카의 몸을 꼭 안았다.

계속 이렇게 있고 싶었다. 이대로 사라지면 얼마나 행복할까.

하지만 아직 해야 할 일이 있다.

수십 초, 입맞춤을 나눈 뒤 다케시는 몸을 뗐다. 불안한 눈빛을 던지는 아야카에게 "괜찮아"라며 미소를 짓고 다케시는 보스 쪽으로 몸을 돌렸다.

"참 볼만하네." 보스는 빈정대듯 입술 한쪽 끝을 올렸다. "자, 이별 인사는 다 했나? 미안하지만, 너는 편안하게 보낼 수 없어. 우리 녀석들이 네게 빚이 있다네?"

보스는 남자들에게 눈짓했다. 그와 동시에 괴성을 지르며 드레드 헤어의 남자가 쇠 파이프를 휘두르며 달려왔다.

히로키였다. 얼마 전, 다케시에게 코를 맞은 남자가 벌건 눈으로 달려오고 있다.

다케시는 아야카의 어깨를 가볍게 밀어 거리를 두고 양손을 가슴 앞까지 올리며 소리쳤다.

"가이토!"

대답은 없었다. 그러나 왼손 주먹이 힘껏 쥐어졌다. 파이팅 포즈가 완성되었다.

"죽어!"

히로키가 고함과 함께 쇠 파이프를 수평으로 풀 스윙해 머리를 노렸다. 그러나 너무 동작이 큰 그 공격은 일류 복서인 다케시에게는 슬로 모션처럼 보였다. 두 무릎을 굽히고 상반신을 숙이는 더킹 자세로 공격을 피하고 뒷발로 땅을 차 단숨에 히로키의 품으로 뛰어들었다.

공포로 일그러진 히로키의 얼굴에 허리를 휙 돌리며 레프트 훅을 날렸다. 다시 코가 부러지고 뇌가 크게 흔들린 히로키는 날아가듯 얼굴부터 쓰러져 흠칫흠칫 경련했다.

파이팅 포즈를 취한 채 숨을 고른다. 그때 박수가 울려 퍼졌다.

"야, 정말 강하네. 들은 것 이상이야. 유감이군. 우리 팀이었으면 엄청난 전력이 되었겠어. 그건 그렇고 히로키는 참 안됐네. 꼭 자기가 죽이고 싶다고 해서 먼저 해보라고 했는데. ……자."

보스가 박수를 멈췄다. 그와 동시에 창고 안의 남자들이 차례로 주머니에서 칼 같은 흉기를 꺼내기 시작했다.

"그럼 밤이 늦었으니까 슬슬 끝내볼까?"

남자들이 슬금슬금 다가왔다. 다케시는 아야카를 등으로 가리고 서서 쉴 새 없이 남자들에게 눈길을 던졌다.

무기를 든 남자가 열 명 이상. 승산은 없다. 어쩌지? 어떻게 하지? 도움을 요청하듯 왼손을 봤다. 그러나 이런 상황에도 가이토는 말문을 열지 않았다.

왼손에서 눈길을 뗀 다케시는 크게 숨을 내쉬었다.

그래, 아까 정했잖아. 이걸로 끝내자고.

18년간, 가이토에게 의지해왔다. 그래서 죽은 후에도 녀석은 내 왼손에 깃들어 계속 나를 도왔다. 하지만 마지막 순간만큼은 녀석에게 걱정 끼치지 말자.

가이토가 하야카와를 죽인 것도, 자신을 속여 없애려 한 것도, 지금은 다 괜찮다. 늘 곁에 있어준 자신의 분신에 대한 고마움만이 가슴속에 솟구쳤다.

혼자만의 힘으로 이 난국을 헤쳐나가는 것이다. 다케시는 결의를 다지고 혼자만 무기를 들지 않은 채 심드렁한 표정으로 다가오는 남자를 봤다. 두 번 대결해본 가라테 유단자, 가즈마다.

이 녀석이다! 다케시는 가즈마를 노려봤다.

"또 비겁한 방법을 쓰려고!"

"……비겁?" 가즈마의 한쪽 눈썹이 불쑥 올라갔다.

"그래, 나를 이길 수 없으니까 전에는 다른 놈들의 도움을 받더니 이번에는 이런 숫자로 멍석말이라도 하려고? 너, 팀의 싸움꾼이라며? 부끄럽지도 않아?"

"이 새끼……." 가즈마의 얼굴이 일그러지며 뺨이 벌겋게 달아올랐다.

넘어와라. 넘어오라고. 마음속으로 중얼대며 계속 도발한다.

"일대일 대결도 못 하는 주제에 잘난 척하지 마. 아직 너랑은 승부를 보지 못했어. 도망칠 생각이 아니면 마지막으로 붙어보자."

어때? 단숨에 지껄이고 가즈마의 반응을 기다렸다. 가즈마는 살기등등한 눈길을 다케시에게 던진 채 낮은 목소리로 말했다.

"보스, ……괜찮겠죠?"

걸렸다! 속으로 환희의 소리를 지르면서 다시 두 주먹을 가슴 높이로 올렸다. 가즈마도 중심을 낮추고 앞뒤로 살살 몸을 흔들기 시작했다.

"참 못 말리는 놈이라니까. 뭐, 괜찮아. ……알아서 해."

보스의 이 말이 시작을 알리는 공gong 소리가 되었다. 다케시와 가즈마는 경계하며 점점 거리를 좁혔다. 관객이 된 남자들이 소리를 지르기 시작했다.

몇 미터는 되었던 두 사람의 거리가 손을 뻗으면 닿을 거리로까지 좁혀졌다. 그 순간, 가즈마의 몸이 팽이처럼 회전했다. 원심력을 이용한 뒤돌려차기를 다케시는 두 팔을 교차해 막았다. 그러나 체중이 실린 발차기의 위력은 예상을 훨씬 뛰어넘었다. 균형을 잃고 뒤로 헛발을 짚었다. 가즈마는 그 틈을 놓치지 않았다.

단숨에 거리를 좁히면서 날린 앞차기가 다케시에 배에 박혔다. 발로 급소를 맞은 탓에 위산이 목구멍으로 역류했다.

회복할 시간을 벌어야 해. 다케시는 레프트 잽을 날려 가즈마를 물리치려 했다. 그러나 가즈마는 그 잽을 가볍게 피하고 몸을 접어 품으로 파고들었다.

"핫!"

기합과 함께 묵직하게 날아온 팔꿈치가 다시 내장을 파고들었다. 다케시는 몸을 웅크리며 뒤로 쓰러졌다. 남자들이 일제히 환호성을 올렸다.

다케시는 황급히 일어나려 했으나 묵직한 복통에 몸이 마음대로 움직여지지 않았다. 그러나 가즈마는 추격해오지 않았다.

"일어나." 가즈마는 입술 끝을 올리며 내려다봤다.

철저하게 때려 부수어 싸움꾼으로서의 위엄을 보여줄 생각인가. 의도를 깨달은 다케시는 조금이라도 회복할 시간을 벌려고 천천히 일어났다.

쓰러진 상태에서 몰아넣었다면 틀림없이 승부가 났을 것이다. 가즈마의 여유가 고마웠으나 동시에 초조하기도 했다. 왜 가즈마가 단숨에 승부를 보지 않았는지, 뼈아플 정도로 그 이유를 잘 알았기 때문이다.

실력 차가 너무도 큰 것이다.

처음 롯폰기 뒷골목에서 대치했을 때는 호각, 아니, 체격에서 우세한 만큼 자신이 우위에 있었다. 그러나 사파이어의 남용, 그리고 열흘간의 감금으로 다케시의 전투 능력은 눈에 띄게 약해졌다. 첫 공방만으로 이길 수 없음을 확신할 정도로.

가즈마도 그 사실을 알았을 것이다. 그래서 시간을 두고 괴롭히기로 마음먹은 것이다.

가즈마는 경계 태세를 갖추지도 않고 성큼성큼 과감하게 거리를 좁혔다. 다가오면 당한다. 다케시는 레프트 잽을 계속 날리며 거리를 유지하려 했다. 그러나 배 속 깊이 남은 둔통에 펀치 속도가 떨어졌다. 가즈마가 가볍게 고개를 흔들어 잽을 피하고 오른발 정강이를 날렸다. 배에 또 충격이 오면 더는 움직일 수 없다. 다케시는 필사적으로 손을 내려 그것을 막으려 했다. 그러나 몸에 맞기 직전, 발이 궤도를 바꿔 머리를 향해 날아왔다. 다케시는 필사적으로 몸을 돌렸다. 발차기가 코끝을 아슬아슬하게 스쳤다.

간신히 피했다. 그렇게 생각한 순간 허벅지에 격렬한 통증이 찾아왔다. 오른발이 착지함과 동시에 대신 날린 왼발차기가 허벅지를 노린 것이다. 가즈마는 물러나는 다케시를 가차 없이 공격해왔다.

발차기, 찌르기, 팔꿈치 치기부터 박치기까지. 몸이 둔해진 다케시는 공격 속도에 대응하지 못해 날아오는 공격을 그대로 받았다. 끝내는 몸을 둥글게 말고 두 팔로 머리를 감싸 샌드백처럼 하염없이 얻어맞는 수밖에 없었다.

"다케시!"

아야카의 절규가 들렸으나 폭풍우처럼 쏟아지는 타격에 고개를 들 수조차 없었다.

시간이 없어. 이러다가는 개죽음하겠어.

누가! 누가 좀 도와줘! 내심 그렇게 소리친 순간, 왼쪽 어깨부터 손끝까지의 감각이 사라졌다.

─내 참! 정말 손이 많이 가는 녀석이라니까.

이 상황과 어울리지 않는 가벼운 목소리가 들려왔다. 동시에 왼팔이 마음대로 움직여 가즈마의 발차기를 쳐냈다. 느닷없는 반격에 몸의 균형을 잃은 가즈마는 뒤로 물러나 거리를 뒀다.

"가이⋯⋯토⋯⋯?"

─그래, 왜? 왜 그렇게 이상한 소리를 내냐?

"도와⋯⋯줄 거야?"

─너 혼자 하게 맡길 생각이었는데 도무지 그냥 둘 수가 없네. 내가 없으면 영 안 되는구나.

"⋯⋯응, 맞아. 역시 나는 네가 없으면 안 되겠어."

가슴속에서 뜨거운 것이 흘러나왔다. 자신을 속이고, 또 자기 몸을 빼앗으려 한 상대에게 왜 이런 감정이 솟구치는지, 스스로도 알 수 없었다.

─하지만 너를 돕는 건 이게 마지막이야. ⋯⋯알겠어?

"⋯⋯응, 알았어."

그리 머지않은 미래, 나는 소멸할 것이다. 하지만 그래도 상관없다. 이 자리만 넘기면 더는 미련도 없을 테니까.

왼손이 손가락을 튕겼다.

─좋았어! 그럼, 형제의 마지막 공동 작전을 시작해볼까!

"응!"

다케시는 힘차게 대답하고 오른손을 가슴 높이로 올렸다.

왼손은 주먹을 펴고 중국 권법처럼 가즈마를 향해 손바닥을 보였다. 조금 전까지와는 완전히 다른 파이팅 포즈에 가즈마는 당황한 표정을 지었다.

"가즈마, 왜 그렇게 넋을 놓고 있어? 이미 상대는 엉망이야. 얼른 끝내."

보스의 잔소리를 들은 가즈마는 살짝 끄덕이고 단숨에 거리를 좁혔다.

─킥은 내가 대처할게. 너는 펀치에만 대응해.

가이토가 빠르게 말한 순간, 뒤돌려차기가 날아왔다. 그러나 발꿈치가 배에 꽂히기 직전 왼손이 그것을 쳐냈다. 가즈마는 살짝 혀를 차고 얼굴을 향해 철권을 날렸다. 그러나 다케시는 가볍게 몸을 돌려 스웨이°로 주먹을 피했다. 가이토가 조종하는 왼손이 채찍처럼 부드럽게 공회전해 균형을 잃은 가즈마의 얼굴에 이권裏拳°°°°을 꽂았다.

그렇게 강한 이권은 아니었으나 콧등을 맞은 가즈마는 얼굴을 감싸고 뒷걸음질했다. 다케시는 그 틈을 놓치지 않고 단숨에 거리를 좁혀 혼신의 라이트 스트레이트를 날렸다.

가즈마는 당황하며 양손을 교차해 얼굴을 막았으나 다케시는 개의치 않고 손 위로 주먹을 꽂아 넣었다. 체격적으로 우위인 다케시의 일격을 받은 가즈마는 1미터쯤 날아가 엉덩방아

∞ 그 자리에서 몸을 젖혀 상대의 펀치를 피하는 기술
∞∞ 주먹의 손등으로 때리는 것

를 찢었다.

"이제 끝인가?"

—이제 끝인가?

다케시와 가이토가 동시에 말했다. 가즈마의 얼굴이 분노로 일그러졌다. 벌떡 일어나 발차기와 주먹질을 비처럼 쏟아냈다.

조금 전까지는 이런 파상 공격에 대응하지 못했다. 속도에 놀아나 보란 듯 얻어맞았다. 그러나 지금은 가즈마의 공격이 먹히지 않았다.

종횡무진 움직이는 왼손이 발차기를 재빨리 쳐낸 덕분에 다케시는 주먹에만 집중할 수 있었다.

펀치 공격에만 특화해 훈련해온 복서에게 가라테 유단자의 주먹은 위협적이지 않다. 조금 전까지는 발차기와 조합된 탓에 당했을 뿐이다.

다케시는 상체를 흔들며 오른손으로 날아오는 상대의 공격을 쳐내고 풋워크로 거리를 조절하며 가즈마의 주먹을 피했다.

주먹과 발차기가 허공을 가를 때마다 그 틈을 노려 다케시와 가이토는 주먹을 꽂았다. 공격에 나설 때마다 카운터를 맞게 된 가즈마의 몸에는 충격이 쌓여갔다. 눈두덩이 붓고 코가 부러져 피가 나왔다. 그에 따라 공격의 위력도 떨어졌다.

주위에서 환호성을 지르던 스네이크 일당도 어느새 말을 잃었다.

정권 날리기를 더킹으로 피한 다케시가 가즈마의 명치에 보디 스트레이트를 꽂았다. "윽!"이라는 억눌린 신음을 흘리며 가즈마는 몇 걸음 물러났다.

"왜? 왜……?"

찢어져 피가 밴 가즈마의 입술 틈으로 가녀린 목소리가 새어 나왔다. 다케시가 씩 입꼬리를 올렸다.

"미안해, 이쪽은 형제 태그 팀이라서 말이지."

"제기랄!"

가즈마는 한층 큰 소리로 포효하고 크게 점프해 다케시의 얼굴을 향해 날아차기를 시도했다. 다케시는 얼굴로 날아오는 신발을 웃으며 바라봤다. 피할 마음은 없었다. 그럴 필요가 없었으니까.

얼굴에 날아차기가 꽂히려는 순간, 왼손이 거칠게 가즈마의 발을 뿌리쳤다. 발차기의 궤도가 빗나가 가즈마는 다케시의 바로 옆에 균형을 잃으며 착지했다.

가즈마는 절망으로 가득한 표정으로 다케시를 올려다봤다.

―자, 마무리할까?

"응."

다케시는 대답하고 꼭 쥔 오른손 주먹을 겨눴다. 동시에 왼손 주먹도 굳게 쥐어졌다.

다케시는 힘껏 허리를 돌렸다. 왼팔이 부드럽게 원을 그리고 그 주먹이 가즈마의 간 부위를 때렸다. 강렬한 리버 블로를 맞은 가즈마는 몸을 완전히 접고 신음했다. 다케시는 활을 당기듯 오른손 주먹을 뺐다.

공격의 기척을 느꼈는지, 가즈마는 입가에 침을 흘리며 다케시를 올려다봤다. 공허한 눈동자가 크게 벌어져 있었다.

이걸로 끝이다. 다케시는 오른손 주먹을 휘둘렀다. 혼신의 코르크스크루 블로가 가즈마의 관자놀이에 박혔다. 전기 충격과 같은 반응이 손등에서 뇌까지 관통했다.

날아가 쓰러지며 옆머리를 바닥에 부딪힌 가즈마는 한 번 크게 경련하더니 전혀 움직이지 않았다.

창고 안에 정적이 찾아왔다. 그 누구도 입을 열지 않았다. 모두가 처절한 승부에 할 말을 잃었다.

다케시는 천천히 전투 태세를 풀고 아연한 표정으로 우두커니 서 있는 보스에게 몸을 돌렸다. 퍼뜩 정신을 차린 보스가 다케시를 노려봤다.

"나대지 마라!" 왠지 겁먹은 듯한 목소리로 보스가 소리쳤다. "네가 아무리 강해도 이 많은 수의 사람들을 상대할 수 있을 것 같아? 어쨌든 너는 오늘 밤, 물고기 밥이 될 거야."

"과연 그럴까?"

다케시는 평온하게 말했다. 보스의 눈썹이 흠칫 올라갔다.

"무슨 뜻이지? 일대일 대결에서 이겼다고 그냥 놔줄 줄 알았어? 상황 파악이 그렇게 안 되냐?"

—상황 파악이 안 되는 놈이 누군지 모르겠네.

가이토가 우습다는 듯 말했다. 다케시도 자기도 모르게 웃음을 흘리고 말았다.

"이 새끼, 뭐가 웃겨!"

호통치는 보스를 보면서 다케시는 입술 앞에 오른손 검지를 세웠다.

"그렇게 흥분하니까 상황 파악이 안 되는 거야. 잘 들어보라고."

"들어……?"

허공을 응시하던 보스의 얼굴이 굳었다. 스네이크 멤버들 사이에도 동요가 퍼졌다.

아주 멀리서 울리는, 사이렌 소리를 들은 것이다.

"설마?!" 보스가 비명 같은 소리를 내질렀다.

"응, 맞아. 곧 이곳에 엄청난 숫자의 경찰이 들이닥칠 거야. 아, 참고로 전화를 연결해뒀기 때문에 지금까지의 대화도 전부 들었을 거야."

다케시는 청바지 주머니에서 스마트폰을 꺼냈다. 이 창고에 들어오기 직전, 스마트폰으로 반다에게 전화를 걸어 전했다. 여기에 자신과 스네이크의 보스가 있다고.

이제까지 완고하게 수사본부와 거리를 두어온 반다이지만, 상황이 여기까지 온 이상 망설임 없이 정보를 보고했을 것이다. 그럼으로써 살인범 체포와 사파이어 유통 경로 일망타진이라는 말도 안 되는 공을 세울 수 있을 테니까.

"이 멍청한 새끼! 대체 무슨 생각이야? 너도 경찰에 쫓기고 있잖아?!"

보스의 얼굴에서 핏기가 사라졌다.

"난 이제 그만 도망치려고."

다케시는 스마트폰 전원을 끄고 어깨를 움츠렸다. 사이렌 소리가 분명하게 들릴 정도로 가까워졌다. 아마도 창고 구역 안으로까지 들어왔을 것이다.

보스는 "젠장!"이라고 울부짖고 출구를 향해 달리기 시작했다. 그것을 보고 다른 조직원들도 뒤를 따랐다. 아직 걸을 수 없는 히로키는 두 부하의 부축을 받고 끌려갔으나 의식이 돌아오지 않은 가즈마는 방치되었다.

"너희들 동료야. 좀 데려가라."

다케시는 중얼거리며 가는 숨을 뱉었다. 이로써 스네이크는 괴멸될 것이다. 다음은······.

다케시는 돌아서서 아연한 채 우두커니 서 있는 아야카에게 다가갔다.

"아야카 씨."

가까이 가 말을 걸자 아야카는 가볍게 몸을 떨었다.

"우, 우리도 도망치자! 얼른!"

"아야카 씨."

다케시는 다시 그녀의 이름을 부르고 오른손으로 부드럽게 그 어깨를 잡았다.

"이대로 경찰을 기다려요."

"아니 왜?! 그랬다가는 우리도 체포돼!"

"그걸로 충분해요. 아니, 그래야 해요."

아야카는 타이르듯 온화하게 말하는 다케시를 유령이라도 보는 듯한 표정으로 바라봤다.

"이제까지 정말 고마웠어요. 아야카 씨를 정말 사랑했어요. 하지만 이제 이별이에요. 다들, 자기가 한 짓에 대한 책임을 져야 하니까."

아야카는 사파이어로 사람들을 고통스럽게 한 것, 가이토는 하야카와를 살해한 것, 그리고 나는…… 가이토를 죽인 것.

아야카와 가이토는 교도소에서 죗값을 치르고, 나는 사라진다. 그것이 다케시가 정한 책임을 지는 방법이었다.

"무슨…… 말이야? 우리는 계속 함께 있어야지. 계속 함께 있지 않으면……."

아야카의 눈이 초점을 잃었다. 그녀는 비틀비틀 불안정한 걸음으로 창고 가장 안쪽에 있는 커다란 작업대로 다가갔다. 다케시는 말없이 그녀의 뒤를 따른다.

"아니야……. 우리는 둘이 도망칠 거야. 아무도 쫓아올 수 없는 곳으로."

드라이버와 펜치, 소형 전기톱, 잭 같은 공구들이 놓인 작업대에서 녹슨 칼을 든 아야카는 갑자기 그것을 다케시의 가슴에 들이댔다.

"지금 당장 나랑 도망쳐! 아니면 내가 여기서 너를 죽여버릴 거야!"

"왜?" 다케시가 동요하지 않고 미소를 머금은 채 물었다.

"너를 사랑하니까! 너를 잃으면, 또 너를 잃으면 나는 더는……."

아야카는 신경질적으로 소리치면서 칼을 들이댔다. 칼날이 다케시의 셔츠를 살짝 찢었다.

"아야카 씨, 지금 말하는 '너'가 누군데요?"

"……어?"

아야카는 공허한 눈을 깜빡였다. 그 틈을 타 다케시는 오른손으로 가슴에 닿은 칼을 움켜쥐었다. 칼날을 직접.

"무, 무슨 짓을……."

아야카는 칼을 빼내려 했다. 그러나 다케시가 힘껏 칼날을 움켜쥐어 허락지 않았다. 손바닥의 피부가 찢어지며 날카로운 통증이 찾아왔다. 주먹 안에서 피가 흘러나왔다. 아야카의 표정에 공포가 내달렸다.

"아야카 씨, 대답해요. 지금 말한 '너'란 누군가요? 나인가요, 아니면…… 동생인가요?"

아야카의 입에서 "헉!"이라는 딸꾹질에 가까운 소리가 새어나왔다. 다케시는 못을 박듯 이야기를 계속했다.

"……다카시."

그 이름을 꺼낸 순간, 아야카의 얼굴 근육이 마구 떨리기 시작했다. 희로애락, 그중 뭐라고 집어 말할 수 없는 표정이 그 얼굴에 떠올랐다.

"그게 동생 이름이죠?"

아야카는 대답하지 않았다. 하지만 그것만으로도 다케시는 충분히 알 수 있었다.

"아야카 씨에게 나는 동생 대신이죠. 내가 옆에 있으면 동생이 살아 돌아온 것 같았겠죠. 괴로운 현실을 잊을 수 있었을 테고요."

다케시는 가차 없이 진실을 들이댔다. 그때마다 아야카의 가녀린 몸이 떨렸다. 길을 잃은 어린애 같은 표정으로 아야카는 절레절레 고개를 저었다.

너무나 가슴 아픈 그 모습에 죄책감을 느끼면서도 다케시는 공격을 늦추지 않았다. 동생을, 유일한 가족을 잃은 탓에 그녀는 망가지고 말았을 것이다. 그렇다면 한 번은 완전히, 정말 끝까지 망가지지 않으면 앞으로 나아갈 수 없다. 자신이 그랬듯.

"나는 다카시가 아니에요."

다케시는 마지막 결정타가 될 그 말을 아야카에게 내뱉었다.

"비슷한 사람을 곁에 두든, 약으로 현실을 잊든 다 소용없어요. 아야카 씨는 이제 다시는 동생과 얘기할 수도, 동생을 만질 수도, 그리고 동생에게 사과할 수도 없어요. ……당신의 동생은 죽었으니까요."

아야카는 칼자루를 놓고 총에라도 맞은 듯 가슴을 움켜쥐었다. 그 눈에서 눈물이 흘러넘쳤다.

"아야카 씨."

다케시도 칼날을 놓고 오른손으로 아야카의 뺨을 어루만졌다. 도기처럼 하얗고 매끄러운 뺨에 붉은 피가 칠해졌다.

"소중한 사람을 잃는다는 건 괴롭죠. 정말 괴로워요. 심장이 뭉개지는 것처럼."

아야카의 눈에서 떨어진 눈물이 뺨을 타고 내려와 다케시의 피와 섞였다.

"하지만 남은 사람은 그 사실을 받아들여야 해요. 받아들이고 앞으로 걸어가야 해요. 그게 세상을 떠난 소중한 사람을 위해 할 수 있는 유일한 일이에요."

다케시는 아야카에게, 그리고 가이토에게 마음을 전했다.

나는 가이토의 죽음을 받아들이지 못했다. 그래서 가이토가 왼손에 깃들었다. 하지만 그래도 나는 가이토에게 끝없이 실망만 안겼다. 그런 내게 정나미가 떨어진 나머지 가이토는 하야카와를 죽이면서까지 내 몸을 차지하려 했을 것이다.

아니면 너무나 괴로워하는 나를 보다 못해서. 지금은 그런 생각이 들었다.

나는 마지막까지 계속 실수를 저질렀다. 하지만 아야카 씨는 다시 일어설 수 있을 것이다.

사랑하는 여인을 구하자. 그게 마지막 일이다.

다케시는 오른손을 주먹 쥐었다. 뜨거운 피가 바닥에 떨어졌다.

"하지만…… 나는 다카시를 잊을 수 없어. 그 애를…… 잊고 싶지 않아."

아야카는 목소리를 짜냈다. 다케시는 천천히 고개를 저었다.

"잊을 필요는 없어요. 소중한 사람은 내 가슴속에 있다는 사실을 잊지 말고 앞으로 나아가는 거죠. 틀림없이 그게 정답일 거예요."

"가슴속에…… 그 아이가……?"

아야카의 입에서 나지막한 오열이 흘러나왔다. 곧 둑이 터진 것처럼 깊은 통곡이 울려 퍼졌다.

아야카는 두 손으로 얼굴을 덮고 하염없이 울었다.

이제까지 가슴을 채우고 있던 독을 모두 토해내듯.

"미안해……. 정말…… 미안해……."

아야카는 흐느껴 울며 뜨문뜨문 사죄의 말을 내뱉었다. 그게 자신을 향한 것인지, 사파이어로 고통받은 사람들을 향한 것인지, 아니면 그 죽음과 마주하지 못했던 동생에 대한 것인지, 다케시는 판단할 수 없었다.

창고 밖에서 희미하게 고함 같은 게 들려왔다. 아마 스네이크 일당이 경찰에게 체포되고 있을 것이다. 곧 이곳에도 경찰이 들이닥칠 것이다.

다케시가 계속 울고 있는 아야카를 안으려는 순간, 그 일이 일어났다.

갑자기, 왼팔의 감각이 사라졌다.

"가이토?!"

다케시가 놀라 소리를 지른 순간 왼손이 뻗어 나와 아야카의 목을 움켜쥐고 그대로 뒤의 벽으로 밀어붙였다. 눈물로 젖고 충혈된 아야카의 눈이 크게 벌어졌다.

"그만해! 무슨 짓이야!!"

다케시는 소리치며 오른손으로 왼 손목을 쥐고 아야카에게서 떼어내려 했다. 그와 동시에 다케시의 '지배 영역'이 오른쪽 어깨에서 손끝으로 축소되었다. 몸 대부분의 '지배권'이 가이토에게로 이동했다.

"다케시, 모르겠어? 이 누나를 죽이는 거야."

"다케시……?" 아야카는 고통스러운 표정을 지은 채 간신히 말했다.

"다케시가 아냐. 나는 가이토야. 이 녀석의 왼손에 깃든 죽은 형의 인격이지. 곧 내가 이 몸을 받을 예정이지만. 누나, 잘 부탁해. 친해질 시간은 없겠지만."

가이토는 놀리듯 말했다. 다케시는 기합을 넣어 필사적으로 '지배 영역'을 되돌리려 했다. 왼팔 이외의 '지배권'이 돌아왔다.

"가이토, 그만해! 왜 이런 짓을 해?!"

소리치면서 왼손을 떼어내려 하는데 순간 다시 '지배 영역'이 밀려나 오른팔 이외의 '지배권'을 잃었다.

"왜? 너는 이 누나 때문에 엉망이 되었잖아! 그 책임을 물어야지. 게다가 이 누나가 죽으면 모든 게 좋아."

모든 게 좋다. 다케시는 그 말의 의미를 바로 이해했다. 아야카가 체포되어 하야카와가 살해된 날 밤에 대해 증언하면 범인이 가이토임이 명백해진다. 그러나 그 증언만 없으면 아야카에게 하야카와 살인죄를 충분히 뒤집어씌울 수 있다.

연금술사인 야아카가 협박당해 그날 밤 강변에 간 것은 사실이니까. 사파이어 레시피와 하야카와의 피가 묻은 수첩 등, 이를 입증할 증거도 가지고 있다.

아야카의 입을 막아 그녀에게 살인죄를 떠넘기는 것. 그런 짓을…….

"그런 짓을, 하게 둘 것 같아!"

다케시는 다시 '지배권'을 크게 되찾았으나 얼마 안 가 오른쪽 어깨에서 손끝까지로 밀려났다. 몸 안에서 다케시와 가이토의 범위가 시계추처럼 흔들렸다.

"다케시, 소용없어. 조금 전까지 네가 이 몸 대부분을 지배할 수 있었던 것은 스네이크 일당을 체포하고 이 누나를 구하려던 목적이 있었기 때문이야. 그 목적을 달성해 긴장의 실이 끊어졌어. 사파이어의 영향으로 사라질 네게는 나를 막을 힘이 더는 남아 있지 않아. 너도 알지?"

가이토의 말이 맞았다. 자신과 가이토의 역학 관계가 압도적으로 상대에게 기울었음을 다케시는 느끼고 있었다.

"걱정하지 마. 다음 일은 내가 다 알아서 할게. 나는 누명을 쓴 가여운 고등학생으로 보호될 거야. ……이 누나를 죽이고서."

가이토는 낮게 말하면서 목을 조르는 손에 힘을 줬다. 벽에 밀린 아야카의 몸이 공중에 떴다. 필사적으로 발을 동동거리는 그녀의 얼굴에서 핏기가 사라지고 창백해진 입술 끝에서 거품이 흘러나왔다.

이대로 가면 아야카는 정말 살해된다. 어떻게 해야⋯⋯. 다케시는 필사적으로 머리를 굴리다가 시야 끝에 놓인 것을 발견하고 그것을 향해 오른손을 뻗었다. 소형 전기톱을 향해.

손잡이를 잡고 스위치를 켰다. 으르렁대는 소리를 내며 전기톱의 날이 회전하기 시작했다.

"어? 그걸로 뭘 할 건데?" 아야카의 목을 조른 채 가이토가 신난 듯 말했다.

―아야카 씨를 놔! 지금 당장!

다케시가 소리쳤다. 가이토에게만 들리는 목소리로.

"싫다면 그걸로 왼 손목을 자르려고?"

―응, 맞아. 네 본체는 왼손이야. 그것만 잘라내면 너는 사라질 거야.

"아마 그러겠지. 하지만 너는 못 해. 이제까지 쭉 못 했잖아."

―아야카 씨를 놓지 않으면 할 거야! 진심이야!

"나를 또 한 번 죽이려고? 네가? 내 지시가 없으면 아무것도 결정하지 못하는 네가?"

가이토는 천장을 향해 고개를 젖히고 크게 웃었다. 다케시는 전기톱을 든 손에 힘을 주었다. 아야카의 발 움직임이 약해졌다. 그 두 눈동자에서 빛이 사라지기 시작했다.

―당장 놓으라고! 진짜 자를 거야!

"할 테면 빨리 해, 이 한심한 새끼야! 빨리 하지 않으면 네가 사랑하는 사람은 죽어!"

가이토의 비난이 울림과 동시에 다케시는 전기톱을 치켜들었다. 가이토와의 기억이 주마등처럼 흘러갔다.

"하라고!"

가이토의 성난 목소리가 공기를 뒤흔들었다.

―으아아아아악!

다케시는 목소리가 되지 못한 절규와 함께 왼 손목을 향해 전기톱을 휘둘렀다.

뭔가에 걸리는 듯한 느낌과 딱딱한 것끼리 부딪치는 소리가 울린 다음 전기톱 날이 바닥에 떨어졌다.

통증은 느껴지지 않았다. 다만 몸의 반쪽이 비틀린 것 같은 격렬한 상실감이 덮쳐왔다.

―……잘했어. 이걸로 된 거야.

희미하게 가이토의 만족스러운 목소리가 들렸다.

"가이……토……"

줄곧 함께 살아온 형의 이름을 부르면서 다케시의 의식은 어둠 속으로 가라앉았다.

8

눈을 뜨자 눈부신 빛이 날아들었다. 다케시는 신음하면서 얼굴 앞으로 오른손을 들어 올렸다.

"여기는……?"

머리뼈에 납을 가득 채운 것처럼 무거운 머리를 돌려 주위를 확인했다. 그곳은 약 10제곱미터 정도 크기의 방이었다. 그 방 창가에 놓인 침대에 누워 있었다.

지나칠 정도로 청결한 살풍경한 방. 이 분위기를 안다.

"병실?"

오토바이 사고로 다쳤을 때 입원한 방과 똑같다.

다케시는 안개가 낀 것처럼 무거운 머리를 흔들어 필사적으로 상황을 파악하려 했다.

스네이크 일당이 기다리는 창고로 가서 아야카 씨를 구하고……

격렬한 두통이 찾아와 관자놀이를 눌렀다. 왠지 그다음이 생각나지 않았다. 담요 밑에 있는 왼손으로 눈길을 보냈다. 평소와 마찬가지로 손목부터 손끝까지의 감각이 없다.

"가이토, 어떻게 된 거야?"

말을 걸었으나 가이토의 대답은 없었다.

"무시하지 말고 어떻게 된 일인지 알려줘."

조금 세게 말했으나 여전히 가이토는 아무 말이 없다.

"야, 뭐라고 좀 해봐!"

짜증을 내며 담요를 젖힌 다케시의 입에서 "어······?"라는 얼빠진 소리가 흘러나왔다.

왼손이 없었다.

손목에 두꺼운 붕대가 감겨 있고 그 앞에 있어야 할 손은 없었다.

이 광경의 의미를 알 수 없었다. 다시 두통이 덮쳐왔다. 그와 동시에 의식을 잃기 직전의 기억이 되살아났다. 왼 손목을 향해 전기톱을 휘두르는 광경이.

"아아······ 아아아······."

입에서 신음이 흘러나옴과 동시에 타는 듯한 통증이 찾아왔다. 존재하지 않는 왼손이 불에 타는 듯한 통증. 몇 개월 전 그날, 가이토의 손을 놓을 때 느꼈던 바로 그 통증.

다케시가 붕대를 감싸고 몸을 웅크렸을 때 출입구의 미닫이문이 덜컹 열렸다.

"오호, 이제 깬 것 같네."

걸쭉한 목소리와 함께 곰 같은 체격의 몸을 구겨진 양복으로 감싼 남자가 들어왔다.

"바, 반다?!"

얼마 전 때려눕힌 형사의 등장에 다케시는 몸을 움츠렸다. 놀란 탓인지 통증이 약해졌다.

"이놈아! 생명의 은인에게 반말해?"

"생명의 은인?"

되묻자 반다는 성큼성큼 다가와 병문안 손님용 파이프 의자에 털썩 앉았다.

"맞아, 제일 먼저 창고에 들어간 내가 왼손이 잘린 너를 발견하고 바로 구급차를 불렀다고. 조금만 늦었으면 너는 과다 출혈로 저세상 신세였어."

"반다…… 씨가 구해준 거예요?"

"뭐, 나 혼자 한 건 아니지만. 내가 올 때까지 구와시마 아야카가 필사적으로 네 상처를 눌러 지혈한 것 같아. 그러지 않았다면 내가 발견했을 때 넌 이미 죽어 있었을지도 몰라. 그리고 손목시계를 단단히 조여 찬 것도 다행이었다네. 그 덕분에 출혈량도……."

"아야카 씨!" 다케시가 반다의 말을 막고 목소리를 높였다. "아야카 씨는 무사한가요? 어디 있나요?"

"아 참, 그렇게 소리 좀 지르지 마. 참 성가시네. 사후 처리가 끝난 어제부터 내내 이 병원에 붙어 있어서 수면 부족이라 머리가 울린다고."

반다는 벌레라도 쫓듯 손을 흔들었다.

"내내라니, 제가 얼마나 잤나요?"

"사흘이야. 너, 꼬박 사흘을 잤다고."

"사흘이요?!" 다케시는 자기 귀를 의심했다.

"응, 그래. 그동안 힘들었다고. 네 치료 절차를 내가 다 챙겼다니까."

"······나를 살인 용의자로 체포하려고요?"

입 안이 쩍쩍 말라갔다. 하야카와를 죽인 것은 가이토, 즉 내 왼팔이다. 그 책임을 질 각오는 했다. 그러나 공포가 완전히 사라진 것은 아니다.

"살인 용의자? 아, 그거라면 안심해. 네 혐의는 이미 풀렸어. 진범이 자백했거든. 구와시마 아야카 말이야."

"아야카 씨가 범인이요?!" 다케시는 침대에서 몸을 내밀었다.

"맞아. 사파이어를 만든 그 여자는 하야카와에게 협박당했어. 이후 거래를 가장해 하야카와를 둔치로 불러내 칼로 찔러 죽였어. 본인이 그렇게 인정했어."

"아니에요!"

다케시는 오른손을 내밀어 반다의 양복 옷깃을 움켜쥐었다.

"하야카와를 죽인 사람은 나예요! 아야카 씨는 범인이 아니라고요!"

다케시의 고백을 들은 반다는 부어오른 눈을 깜빡이더니 웃음을 터뜨렸다.

"너, 꽤 멋지다. 여자의 죄를 대신 쓰려고? 하지만 그건 아무래도 힘들 거야. 구와시마 아야카의 증언대로 다마가와 근처 용수로에서 하야카와를 찌른 흉기인 칼이 발견되었어. 게다가 무엇보다 하야카와의 손톱 밑에 남은 피부 조직 DNA가 구와시마 아야카의 것으로 확인되었어. 습격당할 때 하야카와가 순간적으로 범인을 움켜쥔 것 같아."

"흉기……? DNA……?" 다케시는 멍하니 그 단어를 되풀이했다.

"너를 범인으로 단정한 탓에 수사본부는 그 DNA가 사건과는 관계가 없다고 판단하고 그리 중요하게 여기지 않았다더라. 내 참, 한심한 놈들이지."

콧방귀를 뀌는 반다 옆에서 다케시는 오른손으로 머리를 감싸 안았다.

하야카와를 살해한 것은 가이토가 분명하다. 그런데 왜 아야카가 범인이라고 가리키는 증거가 나온 것일까. 이것도 가이토가 꾸민 짓일까.

"뭘 그렇게 복잡한 얼굴을 하고 있냐? 안심하라고. 네게 걸렸던 살인 혐의는 벗겨졌으니까. 그것만이 아니야. 스네이크 일당도 죄다 체포했어. 너에 대한 폭행 혐의로 말이야. 앞으로 놈들의 아지트를 수색하면 사파이어 유통 경로를 일망타진할 수 있을 거야."

반다는 다부진 얼굴 가득 미소를 짓고 있었다.

"나도 수사본부 녀석들을 제치고 엄청난 공을 세웠어. 스네이크 놈들뿐만 아니라 하야카와 살해범까지 내 보고로 체포했으니까. 대가로 네가 사파이어 매매에 관계했던 것은 눈감아줄게. 그리고 나를 때려눕힌 것도."

반다는 주먹을 쥐고 자기 턱을 가볍게 때렸다.

"고, 고맙습니다."

다케시는 혼란스러운 상태에서 일단 감사 인사를 건넸다. 그러자 반다가 다케시의 눈을 들여다보며 말했다.

"그 대신 말이야, 나 혼자 너를 체포하려던 것도 비밀이다. 나와 네 관계는 적당히 둘러댈게. 나는 다른 정보 제공자의 정보로 그 창고에 간 거야. 그런 식으로 가자. 이런 공작은 내 특기니까 맡겨. 자, 얘기는 이 정도야. 너무 오래 기다리게 해선 안 되니까 슬슬 들어오시게 할까?"

"들어오게 해요? 밖에 누가 있어요?"

반다는 질문에 대답하지 않고 출입구로 가서 미닫이문을 열고 "오래 기다리셨습니다"라며 정중하게 말했다. 다음 순간, 뛰어들듯 방에 들어온 남녀를 보고 다케시는 소리를 높였다.

"어머니, 아버지?!"

오랜만에 만난 부모님이 침대로 달려왔다. 어머니가 힘껏 다케시를 안았다. 그 가는 팔에서 떨림이 전해졌다.

"다행이다……. 가이토만이 아니라 이제 너까지 다시는 못 만나나 싶었는데……. 정말 다행이야……."

어머니 품에 안긴 채 다케시는 고개를 들었다. 평소 과묵한 아버지는 침대 옆에서 입을 일그러뜨리고 있었다. 그러나 그것은 분노를 삭이는 얼굴이 아니라 오열이 터져 나오지 않도록 입에 힘을 주고 있는 듯 보였다.

"……살아 있어줘서 고맙다."

조심스레 손을 뻗어 다케시의 머리를 쓰다듬으면서 아버지가 간신히 낸 목소리를 듣고 시야가 흐려졌다. 늘 부모님이 자신을 멀리한다고 생각했다. 가이토 대신 내가 죽었기를 바란다고 믿었다. 하지만 아니었다.

가이토와 마찬가지로 자신도 사랑받은 것이다. 자신과 같은 얼굴을 한 잘난 형에 대한 콤플렉스 때문에 그것을 깨닫지 못했을 뿐이다.

"어머니, 아버지…… 죄송해요."

사과한 순간 홀쩍 몸이 가벼워진 듯했다. 어머니가 한층 크게 울기 시작했다.

"그럼, 나는 슬슬 좀 쉴게. 가족의 시간을 방해할 수는 없으니까. 또 시간 봐서 보러 올게."

반다는 출입구 근처에 서서 손을 들었다. 미닫이문을 열고 밖으로 나가려다가 잊은 물건이라도 생각난 듯 돌아봤다.

"아, 맞다. '그녀'의 전언을 맡아두었지."

그녀, 아야카 씨의 전언. 다케시는 몸을 내밀었다.

"뭐라고 했나요?! 그녀가 뭐라고?"

"'고마워, 그리고 이제 안녕.' 이렇게 말했어."

반다는 그 말을 남기고 병실을 나갔다.

가벼운 소리를 내며 문이 닫히는 것을, 다케시는 말없이 바라봤다.

9

"······나, 왔어."

문을 열고 실내로 들어갔다. 몇 개월 만에 돌아온 집이 마치 몇 년쯤 돌아오지 않은 것처럼 정겹게 느껴졌다.

다케시는 2주 정도 입원을 한 뒤 집에 돌아왔다. 잘린 왼손의 수술 상처도 상당히 나아져 향후 치료와 재활은 집 근처 종합병원에서 하기로 했다.

2주간의 입원 중 경시청 수사1과 형사가 몇 번 이야기를 들으러 왔다. 그러나 다케시가 미성년자에 부상자인 데다 살인범으로 계속 쫓아다녔던 잘못이 있어선지 그렇게 심한 추궁은 하지 않았다.

반다는 매일 병문안이라는 구실로 자신에게 불리한 말을 하지는 않았는지 확인하러 왔는데 그의 방문은 지긋지긋했으나 그가 요모조모 조언해준 덕분에 형사들의 질문에 잘 대처할 수 있었다.

대거 체포된 스네이크 일당은 각각 보신을 위해 다른 멤버의 악행 정보를 흘려 조직이 저지른 범죄가 낱낱이 드러났다. 어차피 사파이어로 얻는 막대한 돈만으로 이어진 양아치 집단이었다. 머리를 잃으니 강철 같은 결속도 흐지부지되었으리라.

다케시는 왼손이 절단된 경위에 대해 진술할 때 반다의 조언에 따라 "정신을 잃어 기억나지 않는다. 스네이크의 누군가에게 당한 것 같다"라는 태도로 일관했다. 다케시에 대한 폭행을 입증하지 않더라도 스네이크 일당을 충분히 기소할 수 있어선지, 형사들은 다케시의 왼손에 거의 관심이 없었다.

치료가 일단락된 다케시를 집까지 데려가고 싶다고 부모님이 호소하자 형사들은 "앞으로 상황에 따라서는 재판에서 증언해야 할 수도 있습니다"라고만 말하고 김이 샐 정도로 쉽게 귀가를 허락했다.

다케시는 창가 책상으로 다가가 의자에 앉았다. 왼손에 통증이 느껴져 얼굴을 찌푸렸다. 피부를 꿰매 절단된 상처를 덮는 수술을 받았는데 그 부분이 아픈 게 아니었다. 마치 왼 손목부터 손끝에 손이 있고 그곳이 불타는 듯한 통증을 자주 느꼈다.

주치의는 그 통증에 대해 이렇게 설명했다.

"그건 환상통, 팬텀 페인이라고 해. 사지를 절단한 사람에게 자주 나타나는 증상이지. 절단면의 신경이 느낀 고통을 뇌에서 절단된 부위가 아직 존재한다고 인식하고 그곳이 고통스러운 것처럼 느끼는 거지."

시간이 지나면 환상통은 개선되는 경우가 많다고 한다. 그러나 다케시는 이 통증이 나아질 것 같지 않았다. 왜냐면 아직 왼손이, 가이토가 없다는 것을 받아들일 수 없으니까.

하야카와를 죽인 것은 틀림없이 가이토였다. 그런데 아야카 씨가 진범으로 체포되고 그를 입증하는 증거가 발견되었으며,

또 그녀도 그것을 인정했다. 도대체 무슨 일이 일어났는지 이해할 수 없어 혼란이 계속되고 있다.

"가이토, 너 도대체 무슨 짓을 한 거야?"

다케시는 붕대로 감긴 왼 손목을 쓰다듬었다. 그러나 대답은 없었다.

전기톱을 내려칠 때 가이토가 중얼거린 '이걸로 된 거야'라는 말의 의미. 그걸 모르겠다.

그것은 다시 가이토를 죽인 내가, 그 죄를 견디지 못하고 만들어낸 환청이 아닐까. 가이토는 나를 원망하며 사라진 게 아닐까?

그런 생각이, 내내 다케시를 괴롭혔다.

환상통이 더 심해졌다. 이를 악물고 견디고 있는데 문득 책상 구석에 봉투와 엽서가 산처럼 쌓여 있는 것을 발견했다.

그러고 보니 가출 중에 온 우편물을 모아놓았다고 어머니가 말했지.

뭔가에 열중하면 기분도 풀리고 이 통증도 얼마쯤은 완화될지 모른다. 다케시는 오른손으로 우편물을 긁어모아 하나씩 보기 시작했다.

광고 전단 사이에 고등학교 동급생들이 보낸 편지가 있었다. 대부분이 등교하지 않는 다케시를 걱정하는 것이었다. 그 가운데 소꿉친구였던 소녀, 가이토의 연인이자 자신이 짝사랑한 상대의 편지도 있었다. 다케시는 그 편지를 들었다. 거기에는 가이토가 죽은 후 함부로 말한 것을 사과하는 내용이 적혀 있었다. 그리고 가이토가 죽은 것은 다케시 탓이 아니라고도.

다케시는 살짝 미소를 짓고 숨을 내쉰 다음 그 편지를 서랍 안에 넣었다.

그녀의 편지는 기뻤다. 하지만 역시 가이토를 죽인 사람은 나다. 나는 두 번이나 그 녀석을 죽이고 말았다.

입술을 씹으면서 다음 봉투로 손을 뻗었다. 자로 그린 것처럼 각진 글자로 '가자마 다케시 님'이라고 적혀 있다.

누가 보냈지? 봉투를 뒤집어보고 숨을 멈췄다. 거기에는 'K 가'라고 적혀 있었다.

설마?! 다케시는 떨리는 오른손으로 서둘러 봉투를 열었다. 안에는 접힌 편지지가 들어 있었다. 그것을 꺼내 펼친 다케시의 입에서 "아아……"라는 소리가 흘러나왔다.

동글동글한 독특한 글자. 가이토의 필적. 가이토가 보낸 편지였다.

다케시는 숨을 몰아쉬면서 편지지에 적힌 문장을 눈으로 좇았다.

다케시에게

이 편지를 네가 읽고 있다면 나는 이미 사라졌겠지.

이렇게 시작하는 편지, 영화 같은 데 자주 나오잖아? 한번 해보고 싶었어. 꿈을 이뤘네.

자, 쓸데없는 얘기는 이 정도로 끝내고 본론으로 들어가자. 시간도 없고.

나는 은신처 바에서 이 편지를 쓰고 있어. 맞아. 그 누나 방에 숨어들어 그녀가 연금술사라는 사실을 안 뒤 낙담한 네가 잠든 사이에 쓰는 거야.

네가 깨면 나는 "계속 같은 자세로 잠들어 있었어"라고 말할 생각인데 그건 새빨간 거짓말이야. 그동안 나는 아주 바쁘게 돌아다녔어. 일테면 편의점에 가서 이 편지지와 펜, 우표도 사 왔지.

너도 이미 알다시피, 난 거짓말쟁이야.

그럼 이제부터 내가 한 가장 큰 거짓말을 알려줄게. 중요한 얘기니까 잘 읽고 제대로 이해해야 해.

나는 하야카와를 죽이지 않았어.

맞아. 우리는 하야카와 살해범이 아니야.

하지만 나는 이제부터 잠에서 깬 네가 나를 하야카와 살해 진범이라고 착각하도록 할 거야.

너는 내가 수첩 내용을 안다는 것을 알아차리고 내가 그 수첩을 내내 가지고 다녔다고 생각하겠지. 그것을 그 누나 방에 몰래 넣어 그녀야말로 하야카와 살해범이라고 착각하게 했다고.

하지만 이거야말로 내 작전이야. 나는 네가 잠든 이 시간에 그 수첩을 봤어. 네가 깨면 어쩌다 실수해 떠든 것처럼 해서 내가 진범인 것으로 착각하게 할 거야.

참고로 이 시간에 일단 스마트폰 전원을 켜서 스네이크 일당의 협박도 확인했어. 뭐, 틀림없이 그 누나가 꾸민 가짜 유괴겠지만.

자, 여기까지 읽은 너는 틀림없이 이렇게 생각할 거야.

왜 자신이 범인이라고 생각하게 할 필요가 있나. 이렇게 말이야. 대답은 아주 단순해.

네가, 나를 잘라버리게 하려고.

그 누나 방에서 지하 바로 돌아오면서 깨달았어. 이대로 가면 내가 너를 집어삼킬 거야. 네가 사라지고 말 거야.

사파이어를 끊은 게 너무 늦었나 봐. 더 빨리 너를 감금했어야 했는데. 이런 생각을 했지만 물론 때늦은 후회지.

마지막 수단은 내 본체인 왼손을 잘라내는 거야. 하지만 그 누나에게 속았다는 사실을 안 너는 무기력해져 그럴 수 없었어. 그렇다고 나 스스로 자르는 일도 어려워.

그래서 나는 연극을 하나 꾸미기로 했어. 일생일대의 연극이지.

우선, 내가 진범이고, 게다가 네 몸을 처음부터 빼앗으려 했다는 착각이 들게 할 거야. 그러면 나를 원망해 저항감 없이 잘라낼 테니까.

다음은 일부러 그 누나의 덫에 걸려 그녀를 만나러 가. 그리고 필사적으로 도운 다음에 그녀를 죽이는 척해. 나를 잘라내지 않으면 그녀가 죽는다는 상황을 만들어. 그게 내 계획이야.

이 편지를 네가 읽고 있다는 것은 틀림없이 계획이 성공했다는 소리겠지. 너는 자기 뜻에 따라 나를 잘라냈겠지?

하지만 죄책감 같은 거, 느끼지 마. 이것은 내가 선택한 일이야. 내 뜻대로 한 일이야.

너는 어쩌면, 나를 두 번이나 죽였다고 생각하고 있을까? 하지만 그건 아니야. 내가 죽은 것은 누구의 책임도 아니야.

오히려 나는 네 덕분에 살 수 있었어.

너는 태어난 이후 줄곧 내 옆에 있던 분신이야. 내가 죽은 뒤에도, '나'라는 존재의 한 조각은 네 안에 계속 존재할 거야. 그러니까 '내'가 네 왼손에 깃든 게 아닐까? 그리고 왼손이 잘려 너와 얘기할 수 없게 되더라도 네가 나를 잊지 않는 한 '나'의 일부분은 네 안에 계속 존재할 거야.

나는 계속, 네 안에서 살 거야.

그러니까 가슴을 펴고 앞으로 나아가. 자신을 갖고 인생을 구가해.

그리고 혹시 힘든 일을 겪으면 생각해줘. 내가 어디선가 지켜보고 있다고.

자, 네가 깨기 전에 이 편지를 우체통에 넣어야겠다.

그럼, 이제 이별이야.

마지막으로 한마디 할게.

네 인생이 행복하기를!

이만 줄일게.

친애하는 동생에게

가이토가

가슴속에서 뜨거운 마음들이 흘러넘쳐 시야가 흐려졌다. 앙다문 이 사이로 통곡이 새어 나왔다.

"가이토⋯⋯ 가이토⋯⋯."

다케시는 편지를 움켜쥔 채 형의 이름을 하염없이 불렀다.

붕대를 감은 왼 손목에 얼굴을 댔다. 부드러운 천에 뜨거운 눈물이 흡수되었다.

그곳에 가득했던 환상통이, 바닥에 떨어진 눈처럼 녹아 사라졌다.

에필로그

"다녀오겠습니다!"

다케시는 현관문을 열고 크게 숨을 들이켰다. 흙냄새에 섞인 겨울의 차가운 공기가 폐 가득히 퍼졌다.

일련의 사건이 해결되고 두 달, 다케시는 재활을 끝내고 오늘부터 복학한다.

다케시는 왼손, 정교하게 제작된 의수로 눈길을 떨궜다. 이 의수에도 꽤 익숙해졌다.

체포된 스네이크 일당의 재판은 착착 진행되고 있었다. 이따금 연락하는 반다의 정보에 따르면 일당들의 증언으로 스네이크가 조직적으로 자행한 범행의 전모가 밝혀져, 간부들을 중심으로 상당히 긴 징역형을 받게 될 전망이라고 한다. 걱정하던 재판 증언은 지금까지 요청된 바 없다. 아마도 다케시의 증언이 필요 없을 정도로 증거가 많기 때문일 것이다.

다케시의 왼손 부상도 어느새 사고로 처리되었다. 부모님은 불만스러워했으나 다케시가 "더는 그때를 떠올리고 싶지 않아"라고 주장해 간신히 이해시켰다.

이렇게 사파이어 유통 경로가 사라져 그 기괴하게 반짝이는 푸른색 약은 세상에서 모습을 감췄다.

아야카는 사파이어 제조와 하야카와 살해를 전면 인정했다.

얼마 전 반다는 전화로 "10년 이상의 실형을 받을 거야"라고 말했다.

이제부터 오랜 시간을 들여 아야카는 자신의 죄를 갚아나갈 것이다. 틀림없이 죽은 동생을 추억하며.

뇌리를 스친 아야카의 미소를, 다케시는 뿌리쳤다. 이제 그녀와 자신이 걷는 길은 달라졌다. 그녀가 반다를 통해 전한 '이제 안녕'이라는 말. 그것은 그녀 역시 다시 앞을 향해 걷겠다는 결의일 것이다.

나도 앞으로 나아가자. 앞으로 곧장.

다케시는 천천히 걷기 시작했다. 오토바이 사고를 일으킨 후부터 지금까지의 기억이 선명하게 머리에 되살아났다.

악몽 같은 몇 주 동안의 기억. 그러나 그것은 왠지, 반짝반짝 빛났다.

보석 같은 한여름의 경험.

소중한 형제의, 끈끈한 유대감의 이야기.

"즐거웠어, 가이토."

다케시는 오른손으로 의수를 만진다.

겨울의 방문을 알리는 바람과 함께, 어디선가 가이토의 목소리가 들리는 것만 같았다.

옮긴이의 말

기묘한 형제의 논스톱 청춘 소설

한밤을 질주하는 자전거 위에는 막 가출한 고등학생 다케시가 거친 숨을 몰아쉬고 있다. 한계에 도달한 다케시는 다리 밑에서 하룻밤을 보내기로 하고 텐트를 쳤다가 새벽, 수풀에 쓰러진 남자를 발견한다. 자기도 모르게 남자를 만졌다가 피범벅이 되고 만 다케시, 그 모습을 목격한 노숙자는 소리를 지르며 도망친다.

꼼짝없이 살인범으로 몰리게 된 위기 상황. 다케시는 태어나서 지금까지 지켜온 원칙대로 행동한다. 고민될 때는 그의 말을 따른다. 그의 말에 따라 자리를 뜬 다케시는 경찰보다 먼저 살인사건의 진범을 찾아내 누명을 벗기로 마음먹는다. 조언한 그와 함께.

다케시를 움직이게 하는 그, 가이토는 쌍둥이 형이다. 고등학교 권투 전국대회에서 상위권에 입상했을 만큼 운동 능력이 뛰어나고 감각적인 다케시와는 정반대로 가이토는 언제나 냉정하고 침착하게 상황을 판단한다. 그리고 형 가이토는 지금 다케시의 왼손에 있다.

왼손? 이게 무슨 소리지?

'에일리언 핸드 신드롬'. '외계인 손 증후군'이라고도 부르며 뇌질환이나 정신질환이 원인으로 한쪽 팔이 본인의 의사와 상관없이 움직이는 병이다. 3개월 전 사고로 형을 잃은 다케시는 어느 날, 자기 왼손에 형이 깃들었음을 깨닫는다. 태어나서 줄곧 분신으로 살아온 형의 귀환을 다케시는 반기지만, 주위는 그렇지 않다. 입원 치료를 권하는 의사와 부모님을 피해 가출을 감행했다가 살인사건에 휘말리게 된 것이다. 그러나 괜찮다. 자신에게는 형이 있으니까! 이리하여 운동 능력과 두뇌를 겸비한 형제가 한 몸—진짜 한 몸—이 되어 사건의 진상에 맞선다.

문고판 발매와 맞춰 진행된 출판사의 유튜브 인터뷰에서 치넨 미키토 작가는 "기존과는 조금 다른, 새로운 경지를 시도한 작품이다"라고 이 작품을 소개했다. 의학과 미스터리를 융합하면서도 다른 의료 미스터리 작가와는 달리 늘 사람 냄새 나는 작품을 내놓는다는 작가의 특징은 물론 이 작품에도 고스란히 녹아 있다.

다른 점 하나는 일단 의사가 전면에서 물러섰다는 점이다. 주인공이 의사이거나 의료 현장에서 벌어지는 사건이 주류였던 기존 작품과 달리 이번 작품에서 의사는 조연으로 잠시 등장할 뿐이다. 아직 모든 판단에서 미숙한 고등학생을 주인공으로 내세운 이 작품에서 이 어린 학생이 맞서야 하는 것은 도쿄의 화려한 번화가 뒤에 숨은 신종 마약과 그것을 거래하는 조직이다. 이 과정에서 다케시는 달리고 얻어맞고 베인다. 치넨 미키토의 작품에서는 보기 힘든 속도감 넘치는 액션 장면에 절로 숨이 가빠진다. 병원과 특정 마을이라는 좁은 공간을 벗어나 도시를 질주하는 치넨 미키토를 보는 것은 새로운 체험이며, 작가의 새로운 가능성에 입회했다는 즐거움을 준다.

그리고 마약에 젖어가는 주인공을 통해 작가는 새로운 미스터리 장치를 실험한다. 형이 있을 때와 없을 때, 그리고 주인공의 기억이 없는 시간이라는 설정을 통해 기존과는 다른 미스터리를 만들어낸 것이다. 둘 중 누구의 기억을 믿어야 할 것인가? 누가 내린 판단이 옳은 것인가? 독자들은 수없이 판단해야 하고 그 결정에 흔들리게 된다.

다케시는 끊임없이 실수를 저지른다. 죽은 시신을 함부로 만져 살인범으로 몰리고, 진범을 쫓으려다가 마약 조직의 운반책이 되고, 섣부른 판단으로 누군가를 죽음으로 몰고 가고, 3개월 전 사고를 잊기 위해 마약에 손을 대고, 옆집 누나와의 불같은 사랑에 허우적대기도 한다. 타락하는 가운데 몸은 두 인격을 오가게 되고 만다.

죄책감에 으스러지는 젊은 영혼을 보고 있자니 읽는 사람의 마음에까지 시커먼 어둠이 내린다. 바로 그때 작가는 한 줄기 빛을 보낸다. 새로운 '구원'의 손길을. 그것은 의학이라는 과학적 힘도, 추리를 통한 냉혹한 진실도 아니다. 형제의 유대감이라는 따뜻함이었다.

　새로운 틀과 시도를 거쳐 치넨 미키토의 핵심으로 돌아왔다. 인간성을 지키려는 자들이 만들어내는 구원. 이 한여름의 경험을 통해 실수투성이, 상처투성이의 다케시는 성장한다. 과거의 상처를 잘라내고, 사랑을 가슴에 품고 새로운 문을 열고 한 걸음 내디딘다. 작가가 늘 우리에게 하려는 말이 이것일지 모르겠다. 자기만의 주제를 새로운 그릇에 담는 시도는 성공한 듯 일본에서는 이미 누계 15만 부는 돌파했다. 개인적으로는《구원자의 손길》,《몽환의 아이ムゲンのアイ》(국내 미출간)와 함께 치넨 미키토의 '구원 3부작'으로 부르고 싶다.

두 번의 작별

2023년 3월 23일 1판 1쇄 발행

저　　　자 치넨 미키토
옮 긴 이 민경욱
발 행 인 유재옥

본 부 장 조병권
담당편집 김혜연
편 집 1 팀 김준균 김혜연
편 집 2 팀 정영길 조찬희 박치우 정지원
편 집 3 팀 오준영 이해빈
편 집 4 팀 전태영 박소연
디 자 인 김보라 박민솔
라 이 츠 김정미 맹미영 이윤서
디 지 털 박상섭 김지연
발 행 처 (주)소미미디어
발행등록 제2015-000008호
주　　　소 서울시 마포구 토정로 222, 403호(신수동, 한국출판콘텐츠센터)
제 작 처 코리아피앤피
영　　　업 박종욱
마 케 팅 한민지 최원석 박수진 최정연
물　　　류 허석용 백철기
전　　　화 편집부 (070)4164-3960, (070)4253-9250 기획실 (02)567-3388
　　　　　 판매 및 마케팅 (070)4165-6888, Fax (02)322-7665

ISBN 979-11-384-7787-1 (03830)